U0525046

本书以博士论文为基础，经多年研究及拓展深化之学术成果。其中部分获学术论著奖。本书出版获陕西师范大学人文社会科学高等研究院科研专项基金资助，特此致谢。

IDENTITY AND CULTURAL CONSTRUCTION

身份认同与文化建构

——华人文学跨文化特质

吕红 ◎ 著

中国社会科学出版社

图书在版编目(CIP)数据

身份认同与文化建构:华人文学跨文化特质/吕红著. —北京:中国社会科学出版社,2021.10
ISBN 978-7-5203-9076-7

Ⅰ.①身… Ⅱ.①吕… Ⅲ.①华人文学—文学研究—世界 Ⅳ.①I106

中国版本图书馆 CIP 数据核字(2021)第 184143 号

出 版 人	赵剑英
责任编辑	郭晓鸿
特约编辑	杜若佳
责任校对	师敏革
责任印制	戴　宽

出　　版	中国社会科学出版社
社　　址	北京鼓楼西大街甲 158 号
邮　　编	100720
网　　址	http://www.csspw.cn
发 行 部	010-84083685
门 市 部	010-84029450
经　　销	新华书店及其他书店

印　　刷	北京明恒达印务有限公司
装　　订	廊坊市广阳区广增装订厂
版　　次	2021 年 10 月第 1 版
印　　次	2021 年 10 月第 1 次印刷

开　　本	710×1000　1/16
印　　张	23.75
插　　页	2
字　　数	330 千字
定　　价	138.00 元

凡购买中国社会科学出版社图书,如有质量问题请与本社营销中心联系调换
电话:010-84083683
版权所有　侵权必究

目　录

写在前面 ………………………………………………………（1）
序言 ……………………………………………………………（1）
前言 ……………………………………………………………（1）

绪论 …………………………………………………………（1）
　　第一节　本选题的相关界定 ………………………………（4）
　　第二节　研究的历史和现状 ………………………………（5）
　　第三节　存在问题 …………………………………………（17）
　　第四节　重点、难点及选题意义 …………………………（18）

第一章　身份焦虑与认同危机 ……………………………（23）
　　第一节　现实的个体身份焦虑 ……………………………（23）
　　第二节　边缘情境与故土情结 ……………………………（28）
　　第三节　五种典型的身份认同 ……………………………（34）

第二章　语言身份：特殊文本与表达 ……………………（39）
　　第一节　失语或是语言驳杂 ………………………………（39）
　　第二节　徘徊在双重文化边缘 ……………………………（42）
　　第三节　作家"职业病"就是与主流悖逆 …………………（47）

第四节　不能翻译回母语的困惑 ………………………………（54）

第三章　族裔身份：从隔膜到融入 ………………………………（63）
　　第一节　族裔身份与代沟冲突 …………………………………（63）
　　第二节　华人电影中的身份困扰 ………………………………（70）
　　第三节　华裔的电影和电影中的华裔 …………………………（72）
　　第四节　从隔膜到融入　嬗变延伸 ……………………………（78）

第四章　艺术身份及人性透视 ……………………………………（85）
　　第一节　严歌苓：身份颠覆与女性叙事 ………………………（85）
　　第二节　异域文化语境下凸显叙述语言的奇绝 ………………（89）
　　第三节　艺术身份和文本的现代性 ……………………………（93）
　　第四节　由身份失落到文化批评 ………………………………（95）
　　第五节　女性影像嬗变的多重解析 …………………………（105）

第五章　性别身份与性别话语 …………………………………（113）
　　第一节　错位：男性失声与女性声音扩张 …………………（113）
　　第二节　张翎：从《望月》、《金山》到《三种爱》 ……………（116）
　　第三节　女性命运的多重文化解读 …………………………（127）

第六章　中华文化传承与文学嬗变 ……………………………（145）
　　第一节　延续现代文学精髓，突破窠臼 ……………………（148）
　　第二节　"离去与道别"解析人性幽微 ………………………（164）
　　第三节　新移民文学中的各类窘困 …………………………（168）

第七章　移民文学的跨文化影响 ………………………………（199）
　　第一节　异质文化融合为多元特质 …………………………（199）

第二节　移民作家在世界文坛异峰突起 …………………… (204)
第三节　身份理论对移民文学的影响 …………………… (208)
第四节　"红杉林"作家群及其成就 …………………… (212)
第五节　女性架构的轴线跨越时空 …………………… (259)

第八章　海外作家的现代视域与融合态势 …………………… (274)
第一节　双重生存经验互相审思的文本书写 …………………… (274)
第二节　开采文化资源与海外生存策略 …………………… (302)
第三节　跨界经纬　海外创作与学术史料整理的对话 ……… (325)
第四节　从身份困扰到哲学思考 …………………… (337)

结语 …………………………………………………………… (344)

参考文献 ……………………………………………………… (349)

后记 …………………………………………………………… (361)

写在前面

在苍茫之中，自我放逐者则不再于现有的身份体系之中努力，转而试图进入另外一个身份体系之中寻求。毋庸置疑，人之身份不能脱离既有坐标体系而被定义。身份是一个族群或个体界定自身文化特性的标志。对身份的寻索体现了其价值观念和文化认同。然而，文化身份"决不是永恒地固定在某一本质化的过去，而是服从于历史、文化和权力的不断'嬉戏'"。

其实，在社会群体中获得承认或身份的尝试几乎从人类文明诞生的那一天起就存在。而力图做到标新立异别具一格的人，则希望在这个复制生产的年代寻找到自己特殊的身份与归属感。身份在一定程度上是"我们自己的设计"。萨特说人总能在自身的基础上进行再创造。真正的人性无非就是人的无限的创造性活动。

身份认同也是人自我塑造的一种过程：是人的无限的创造性活动指向，存在于人类不断的智慧探求之中。因此，正是这种人类活动的体系，与人类永无休止的创造力，语言、神话、宗教、艺术、科学、历史，都是这个圆的组成部分和各个扇面。在这个神秘莫测瞬息万变的世界呈现了人性刚柔并济的广度和深度，那些释放心灵能量、创造出交织着充沛的激情与生命力的皇皇巨著，展现出一部人类精神文化成长的史诗与命运交响曲。

序　言

张　炯

　　源于中华文化母体的海外华文文学是世界华文文学作为语种文学的重要部分。华人移居国外已有数百年的历史，从东南亚到欧美、到大洋洲和非洲，如今已有六千万华人生活在国外，既有入籍所在国的，也有至今仍属侨民的。华人作家有用所在国语言创作的，但更多却仍用华语创作，因为他们既怀恋中华文化，包括华语，也深知华文文学的作品绝大多数的读者仍在中华大地。最近数十年出于各种原因移居北美的华人，数量急剧增多，有从中国台湾和香港、澳门地区去的，更多的是中国改革开放后从内地去的，既有求学的、经商的，还有去打工而成为草根阶层的。他们中涌现了许多作家。因此，海外华人作家的身份认同和文化建构就成为世界华文文学研究的重要课题。

　　吕红博士的专著《身份认同与文化建构——华人文学跨文化特质》正是在上述历史背景下推出的一部难得而适时的著作。

　　我认识吕红已有多年。据我所知，吕红最早在1995年参加的首届中外女性文学国际学术研讨会，是由天津社会科学院主办的学术论坛。当时，联合国第四次世界妇女大会在京举行，作为"会前会"，当时最活跃的女作家、评论家济济一堂。我作为中国社会科学院文学所的所长和中国当代文学研究会女性委员会的筹办者之一，注意到吕红发表的论文《从情感到欲望：女性文学的流向》，载入《论女性文学——中外女性文学国际研讨会文选》并出版，同时在《文艺评论》上发表。由于论文的中英文本在海内外刊发，引起反响。这是促使吕红迈向学术之路的契机。她从荆楚大地出发，负笈游学，访美最先联系的是文坛前辈聂华苓女士，来自湖北的名家。值得一提的是，她细读文本，将女性文学作为研究的重点内容并占有相当篇幅，列举多位有代表性的作家，包括女作家聂华苓、於梨华、陈若曦等人的创作概述，也有对新移民作家严歌苓、张翎、虹影等人的作品特色分析。吕红既创作又兼评论，主编文学刊物，并邀我为学术顾问。她小说散文文笔清新婉丽，人物刻画生动，体现她的哲思和才华。她还力促中国当代文学研究会女性委员会与海内外文化团体密切联系，为海外女作家协会编撰文集《女人的天涯》，并请我作序。积极推动加州伯克利大学与中国社会科学院文学所、中国世界华文文学学会等联合举办北美华人文学国际论坛。从作家、研究学者、博士到高校客座教授，一步一个脚印。多年来，她筹划各类学术会议，举办专题讲座，参加世界华文文学研究界的学术会议，成为华文文学领域的活跃人物，也成为跨地域跨文化交流的一位使者。

　　本书是吕红在她博士学位论文基础上，根据她多年对海外华人文学的广泛接触和熟稔，进一步拓展和深化而写成的理论性很强，但又理论密切联系实际的著作。它从课题界定以及课题研究的历史和现状说起，探讨华人作家身份焦虑与认同危机，揭示五种典型的身份认同：个人现实的身份、语言的身份、族裔的身份、艺术的身份、性别的身份，进而论述海外华人作家及其文学的跨文化影响，指出华文文学家的许多视域与多国文化融合的态势和移民作家在世界文坛的突起，阐述他们如何开采文化资源以及在海外的生存策略。全书引证丰富，结构合理，逻辑严谨，语言通达。可贵的是作者广泛联系具体作家作品进行论析，以"在场"的多维视角，对文本做深入研究，宏观与微观并举，感性与理性兼具，所论多有新见。它的出版，必将有助于世界华文文学研究的拓展和有关理论问题的切磋，为这一学科的建构添砖加瓦，也会帮助广大读者更好地了解海外华人文学的状况和发展前景。我衷心祝贺这本书的出版，也希望作者会有更多的力作问世。

是为序。

2019 年 9 月 25 日于北京花家地

前　言

　　本书试从身份认同这个角度切入，以个体的现实身份、语言身份、群体的族裔身份、艺术身份和性别身份等几方面来透析海外华人文学的特点及成就；阐释移民作家的个性特征、群体与流派之形成、发展与影响、其作品主题、风格之变化等。通过对海外移民作家作品的观照，结合传统文本细读批评和文化研究的方法，分析在多元文化语境中的身份建构之意义。为什么说海外华人文学的核心关键词是身份认同？华人移民在迁徙异乡的漫长过程中，虽然可以跨越地域疆界，获得一个新地的居留权或身份位置，却无法从精神上获得归属感。移民文学表现其内在的文化震荡与困惑：既疏离于故乡，又疏离于异乡。因诸多差异无法融入异域主流，又因时空疏离与故土隔膜、徘徊在双重边缘的尴尬状态，引起人们对自身存在的焦虑，以及全球化带来的各种变化因素的关注与思考。移民作家的曲折经历以及创作绩效宣示他们如何以传统及社群、民族等稳定的范畴为纽带建构文化身份的努力，也宣示了跨文化的书写对母国文化发展变化所产生的影响。

　　绪论部分对世界华文文学的研究状况进行综述，说明在这种背景下各种研究理论的积极意义，同时介绍论文的立论依据、主要观点和篇章结构。并从历史轨迹、时空的优势、社会变迁等角度讨论海外华文文学研究的重要性，说明本书研究的主要动机预期。就本书主题之相关问题如身份认同作为论述之准据。次就文学研究的类别、方法、观点等说明本书研究之基本态度、新移民作家群之研究概况，以作为本书深入研究之基础。

第一章从身份焦虑到认同危机的角度切入，阐述海外华人文学更新换代及影响。从时间和空间的纵横坐标来看，北美华人文学发展脉络迄今已经历了四代：第一代是20世纪初期的华文文学；第二代是20世纪60年代从台湾进入美国的留学生文学；第三代是20世纪80年代改革开放推动下出现的，以大陆人为主的新移民文学；第四代则适应了全球化、信息化的大潮而出现，包括第二代华裔华人文学。文学所表现的主题经历了从昭示移民身份无所归依，华人历史延伸，身体和精神的离散、分裂到异国的悲凉处境再向呈现人性的普遍性、身份重建的转变过程。如果说留学生在美国找不到心灵的"西方"归宿，是白先勇作品的显著特征，那么聂华苓的长篇小说则是对20世纪中国人"何处是归程"的持续追问。从留学生文学延续到新移民文学，再到严歌苓小说中的一系列女性形象的塑造，将文化属性和文化身份的思考延续到新的层面。

第二章探讨语言身份问题。海德格尔称"语言是存在之家"，把人的最高本质归结为语言的存在。而失语或是语言驳杂是生存面临的最直接的文化冲击。移民最初的经历是徘徊在双重文化边缘，正因为身份由种族、国籍、性别、语言、阶层、年龄和宗教信仰等因素构成，而区分个体的身份就是各种因素的综合。移民文学即是特殊文本与表达。作为世界文学发展史的一个重要阶段，它和世界历史有横向联系。文学地缘的变动，虽有因疏离本土文化而生出的隔膜和痛苦，但也促使在异域产生新的变化，反而成为海外作家得天独厚的条件和机缘。并对当今最活跃的新移民代表作家的作品进行解析，来探讨文学发展的基本脉络，并进一步展示作品的独特价值。

第三章简述族裔身份从隔膜到融入，表现移民为世界文学宝库提供新的特质。从文学地图上看，有北美板块、东南亚板块、澳洲板块、欧洲板块，而北美作为文学重镇，华裔作家和影剧家通过对自己童年和青年时期的反思，反映了种族、语种、宗教、文化杂糅的社会状态。多元文化语境的身份认同凸显在社会多个层面。

第四章关注艺术身份及人性透视。全球化与信息化的迅猛发展，使思想文化交流超越时空的限制。多元化的生存空间和个体身份立场，产生了多元语境中的文学，赋予作家更加灵活多样的表达方式。当代作家因而比前辈作家更能在不同文化之间进行平等对话，深入人的内心世界，深入异质文化的内核。新移民文学中的性爱窘困，亦体现在艺术身份与文本的现代性层面上。

第五章讨论性别身份与性别话语。男性失声与女性声音扩张。从女性作家群崛起看海外华人文学。作为海外最具创新力的群体，与世界华文文学的发展历程同步，同时又表现出自己鲜明的个性特征和强烈的时代特征。女性文学发展对当代中国文学乃至世界华文文学的影响不可低估。

第六章纵论中华文化传承与文学嬗变。分别论述重点作家及解读作品多元文化内涵。

第七章重点分析华人移民文学的跨文化影响。包括各种西方文化思潮对文学发展的影响。作为移民文学，远离主流，难免有边缘和特殊性。但正因为没有束缚框框，更有从内到外跨疆域、跨时空、跨语言、跨文化的特质。从海外作家群特色，以及华文刊物的起落沉浮，探讨华人移民创作实践与成就。语言疆界的拓展将为文学史的重写带来新的契机：从流散、追索进入一种自觉的身份建构，也即以语言的疆界而非国家或民族的疆界来建构文学的历史。

第八章解析多元文化观形成与新时代运动。交叉渗透相互影响的东西方文化，不仅对世界文学产生影响，同时包含了无限丰富的人学内容。在人类社会现代进程中，异质文化相互融合为新的文化特质。而全球化时代的理论思潮推波助澜，并在多元文化融合中承前启后不断地发展，促使海外移民作家逐渐建立新的文化身份，进而推动人类文明健康发展，摒弃对抗，实现和平理想。

绪　　论

为什么说海外华人文学的核心关键词是身份认同？所谓身份，一般指的是在某个社会结构中人所具有的合法居留标识及其所处的位置。作为从心理学引入文化研究的重要概念，身份认同原意是"一个个体所有的关于他这种人是其所是的意识"。① 作为文化研究的一个分析工具，身份是"人们对世界的主体性经验与构成这种主体性的文化历史设定之间的联系"，② 换言之，身份是一个族群或个体界定自身文化特性的标志。而所谓"身份焦虑"就是指身份的矛盾和不确定，即主体与他所归属的社会文化传统失去了联系，失去了社会文化的方向定位，从而产生观念、心理和行为的冲突及焦虑体验。

美国著名的精神分析学家埃里克在其论著中将"Identity"表述为"同一性"，③ 即所谓的认同也就是人们对于自我身份的确认。身份认同带有社会和历史的影响及烙印。正由于海外移民处在一个疏离错位的文化氛围之中，急剧的人生境遇变化使得移民的归属感岌岌可危。事实

---

① Peter Straffon & Nicky Hayes, *A student's Dictionary of Psychology*, Edward arnold, 1998, p. 87.

② Paul Gilroy, "Dispora and the Detors of Identity", in *Identtity and Difference*, Ed., *Kathryn Woodward*, Sage Publications and Open University, 1997, p. 301.

③ ［美］埃里克·H. 埃里克森：《同一性：青少年与危机》，孙名之译，北京大学出版社1999年版。

上,时空的断裂还只是造成他们身份危机的因素之一。个人的身份认同还与民族、人种、族群等其他相对稳定的范畴有着千丝万缕的联系。即便是移民的后代,同样有可能存在身份认同的危机。

美国学者斯蒂芬·P.桑德鲁普在分析移民文学的特性时指出:"移民作为一种社会现象,展示出一系列复杂的分裂化的忠诚、等级制度以及参照系等问题。对于移民者本身来说,各种各样的边缘化是一种极其复杂而且通常令人困惑不已的体验。一方面,移民在新的文化环境中体会到了不同程度的疏离感:陌生的风俗、习惯、法律与语言产生了一般将其甩向社会边际或边缘的强大离心力;另一方面,移民也体会到了一种对于家国文化的疏离感。那些导致移民他乡——远离自己所熟悉的、鱼水般融洽、优游自如的环境——的各种因素,会更为清晰与痛苦地一起涌来。"①

安东尼·吉登斯则认为"机会"与"风险"并存,现代生活与个体决策经历"转换的每一个片断都倾向于变成一种认同危机(an identity crisis)"。因而产生焦虑,"由于与客体世界的建构性的特征相关的自我知觉变得模糊不清,正在发展的焦虑会威胁自我认同的知觉"。而"焦虑是所有形式危险的自然相关物。其成因包括困窘的环境或其威胁,但它也有助于建立适应性的反应和新的创新精神"。②

移民在迁徙异乡的漫长过程中,虽然可以跨越国家的疆界,获得另外一个国家的居留权,但却无法从中获得归属感。因此,海外华人文学表现了移民及其后裔的一种尴尬:既疏离于故乡,又疏离于异乡。移民作家不仅描写这种困惑,也试图书写与重构失去的"家园"来解决自己身份问题。然而在疏离错位的当代文化氛围中,这种建构身份的努力有时反而使身份问题变得更加尴尬和模糊不清,从而使身

---

① [美]斯蒂芬·P.桑德鲁普:《〈喜福会〉里的汉语》,乐黛云、张辉主编:《文化传递与文学形象》,北京大学出版社1999年版。

② [英]安东尼·吉登斯:《现代性与自我认同》,赵旭东、方文、王铭铭译,生活·读书·新知三联书店1998年版,第14页。

份焦虑不但未能缓解反而被加深。移民作家在创作中描述了因为种族差异无法得到移民国家的认同，又由于时空的疏离与祖国有着隔膜，徘徊在双重边缘的尴尬状态，因而引起人们对自身存在以及全球化带来的各种变化的关注。

当移民跨越国界在地理位置上重新定位后，其族性和文化性必然会受到异域主流文化和其他方面的影响，包括排斥、渗透、分解、融合，会经历从单一到双重甚至多重的变化，同时也促使移民在传统和异质文化冲突中不得不重新寻找和建构新的文化身份。离开故土以后的文化身份的追寻、重建、认同和确认，是离散理论中的一个核心部分。

海外华人文学与其说表现了一种认同感的匮乏与需求，不如说是深刻的现实焦虑的呈现；与其说是对自我身份的建构，不如说是对自我身份的解构和由此产生的焦虑。人们所关心的已不是如何通过自己的力量去实现自我，而是如何在文化身份中获得认同。而文学地缘的变动，虽然有因为疏离本土文化而生出隔膜和痛苦，但也促使在异域成长的文学产生新的变化，反而成为海外作家得天独厚的条件和机缘。移民作家的曲折经历以及创作绩效宣示他们以传统及地域、民族等稳定的范畴为纽带建构文化身份的努力，也宣示了跨文化的书写对母国文化发展变化所产生的影响。

本书试从身份认同这个角度切入，从个体的现实身份、语言身份、群体的文化身份、艺术身份和性别身份等几方面来分析北美新移民文学的特点及成就；通过对海外作家作品的观照，结合传统文本细读批评和文化研究的方法，阐述北美华人作家群体与流派之形成、发展与影响、其作品主题、风格之变化等。

绪论部分对海外移民文学的研究状况进行综述，说明在这种背景下各种研究理论的积极意义，同时介绍本书的立论依据、主要观点和篇章结构。本书的主体部分大致沿用"概念"到"现象"再到"个案"的思路，分八章来论述海外移民文学的文化身份寻找和建构。通过对海外移民作家作品的观照，结合传统文本细读批评和文化研究的方法，分析在多元文化语境中的身份建构之意义。

第一节 本选题的相关界定

需要说明的是，近年来学界主张超越语种的区限而立足于族性和文化之上，将"华文文学"易名为"华人文学"，扩展了研究视野。"华人文学"、"华文文学"和"新移民文学"原义有所不同：前者包括海外华人不同语种的创作，甚至有些外文作品已经改编成歌剧或影视剧，并广为流传或赢得主流社会的奖项；后者则多指海外华文作家创作的各种题材体裁的作品；"新移民文学"特指大陆新移民作家在海外三十多年来的文学创作。通过对当今最活跃的北美华人代表性作家的作品，尤其是对小说的观照解读，来探讨华文文学发展的基本脉络及独特价值。限于篇幅，重点也就是构成20世纪后半叶的海外华人文学创作的论述。

从文学地图上看，世界华人文学有北美板块、东南亚板块、澳洲板块、欧洲板块，而北美作为海外移民文学的重镇，尤其活跃。随着北美新移民作家逐渐兴起，作为最具创新力的群体，与海外华人文学的发展历程同步，又表现出自己鲜明的个性特征。

关于北美华文文学的断代，其说不一。有学者认为，移居美国的华人大致可以划分为四批。第一批从1840年到1911年，所谓"晚清七十年"。早期移民大多充当苦力，下矿山，修铁路，种植瓜果蔬菜，开饭馆或洗衣店。见诸报端的文字几乎很少，除清末早期留学生凤毛麟角的文字，亦有"天使岛诗篇"[①]。第二批是"抗战"（1931—1945）前后。

[①] 《天使岛诗篇》被视为研究华人文学发端。天使岛上遗存诗词有135首。从1910年到1940年，大约有10万名中国移民滞留岛上。在拘留所的墙壁上，刻下一首首或凄凉或悲怆的诗歌，以发泄心中的满腔怨愤。1910年3月16日旧金山的中文报纸《世界日报》刊登的据称是最早发现的华文作品。华裔学者麦礼谦、林小琴、杨碧芳辑录相关诗歌，搜集了90张历史照片，采访了19位亲历者，珍贵资料整理成书，一经出版，就获得了"美国图书奖"，并被列入"美国经典文学书目"。

移民大多是学者、教授和留学生，从事教学或研究工作。第三批是20世纪70年代到世纪之交。这批移民的构成比较复杂，经历了不少挫折和艰辛。80年代之后大批新移民文学创作渐入佳境。

全球化与信息化的迅猛发展，使思想文化交流超越时空的限制。在多元化的世界，多元化的生存空间和个体立场身份，产生了多元语境中的文学，赋予作家更加灵活多样的表达方式。当代新移民作家因而比前辈作家更能在不同文化之间进行平等对话，深入人的内心世界，深入异质文化的内核。而信息化的社会，更平添诸多表达平台，借助网络，打破时空疆域约束，在不同界面中切换、跳跃，获得更多的创作灵感。因而创作势头正越来越受到海内外读者和学者专家的关注。

海外华人文学作为现当代文学研究的一个新的学术生长点，无论从世界移民文学的研究和发展，还是对嬗变中的中国文学所产生的影响都是不可低估的。尤其作为文化的表现形式之一，移民文学在很大的程度上体现了全球化视域下异质文化的冲突、融合的历史。本书试从文化身份的角度，分析华人移民文学的特质和走向，阐述移民作家不仅承载着传统和现代、东方和西方文化精髓，更凸显其在全球化、现代化进程中如何建构身份、融合为全新的生命特质。

第二节 研究的历史和现状

一 华人文学的历史和现状

由于移民在异乡生存不易，早期华人移民谋生的压力大于文字表达或文学创作的动力，华文文学基本上是处于一种喑哑的状态。在相当一段时期内仿若星星之火，若明若暗。据考证，北美华裔移民文学创作的最早源头可追溯到19世纪70年代赴美任教的戈鲲化，其《赠哈佛特书院罗马文掌教刘恩》和《赠耶而书院华文掌教前驻中国使臣卫廉士

（三畏）》（1881）据称是在美国最早出现的华文创作。20世纪上半叶，在美国旧金山海湾的天使岛上，20多万华人移民被拘禁，他们在居住的木屋板墙上镌刻了大量的诗词，经后人发掘、整理、结集出版——构成了北美华人文学的早期形态。先是进入了华人历史学家的视野，随后被移民文学研究者关注。

"二战"期间随着华侨抗日文艺的兴起，华人创办了第一份华文纯文学期刊《华侨文阵》，同时在1944年明确提出了美国华人文艺的概念，以至于在20世纪40年代中后期，形成了北美华人文学的强盛势头。到了五六十年代，大量来自中国台湾和香港的留学生赴美留学，许多人或者在出国之前就有创作的经历，或者在留美后开始自己的创作历程，他们的创作和他们的存在，使华人文学开始以一种绚烂丰富、成就卓然的姿态出现，从80年代到现在，大陆赴美留学人数的增多和各种各样的移民越洋跨海，定居繁衍，则使北美作家队伍不断壮大，也使海外华人文学的呈现形态更加纷繁多姿，成为世界华文文学中最亮丽的景观。

半个多世纪以来，北美华文创作可谓风格各异、佳作迭出。譬如"白先勇在各种浪迹天涯者的大悲大恸中表现出的对人类文明进化受阻的透悟，於梨华所写几代华人无根放逐、寻根飘泊、落根无定中的苦苦挣扎，聂华苓对人生终极意义上的游子归宿的探寻，张系园从人类文化共同命运上对海外游子命运的审察，郑愁予在西方智者和东方仁者的心灵对话中酿成的深沉气韵，王鼎钧在磅礴人生和宗教虔诚中的大化境界，琦君在清明敦厚中呈现的世态百相，杨牧对中国传统文人静观自得、精神高蹈的文化资源的深入开掘……"①都足以在华文文学史上留下辉煌篇章。

随着全球化趋势、海外中文热以及东西方文化交流日趋频繁，华人文学无论是内容还是形式，都发生了质的飞跃及变化。而这种流变恰恰传达出科技文化与社会人生所呈现的相互影响、相互作用的关系。移民

---

① 《海外华文文学的身份证在哪里?》，《羊城晚报》2005年10月3日。

潮的兴起，使文学社团如雨后春笋，蔚为大观，北美华人作家协会、美国华文文艺界协会、海外华文女作家协会、全美中国作家联谊会、美国中文作家协会、加拿大华裔作家协会、加中笔会、纽约女作家协会、海外文轩、文心社、诗艺会等，有些属于初出茅庐的小众团体，有些闻名遐迩甚至已经创立逾半世纪，聚集了譬如纪弦、黎锦扬等前辈作家，和聂华苓、於梨华、陈若曦、李黎、从甦、喻丽清等资深女性作家，而新移民作家更是活跃其中、影响越来越广泛：有以留学生涯开拓其异国人生的创作，成果令人瞩目，譬如查建英小说的理想追寻及文化冲突，严歌苓创作出入于"历史"和"想象"间的智慧，当是其中的佼佼者；也有以异域谋生的打工者为表述对象，形成了美华文学的"草根文群"；更有一大批在海内外华文报刊园地呕心沥血的耕耘者，将色彩斑斓风格迥异的人生经历积淀和感悟，或闪烁在读者众多的平面媒体中，或流动在网络纵横交错的多维时空，逐渐形成海外华人移民文学异峰突起的势态。

二　关于华人文学研究的历史和现状

有关世界华文文学研究，一般包括海外华人文学、华文文学和新移民文学研究。中国大陆学者对海外华人文学的研究，起始于20世纪70年代末80年代初的台港文学研究。当时，首先关注台港文学并在大陆倡导此项研究的是广东、福建等沿海地区的学者。1979年，广州《花城》杂志创刊号发表了香港曾敏之先生的《港澳与东南亚汉语文学一瞥》，此后，有关研究文章愈渐增多，但主要的关注点是台湾和香港文学。1982年6月，在暨南大学召开了第一次全国性的"台港文学"研讨会。1986年在深圳大学举行的第三届研讨会议的名称更改为"台港暨海外华文文学"国际研讨会。这一更名说明：大家已认识到台港文学与海外华文文学的差异性。1993年在庐山举行的第六届研讨会上，与会代表有感于世界范围内的"华文热"正在加温，正日益成为一种世界性的文学现象，经过充分酝酿，"世界华文文学"被正式命名，这意味着一种新的学术观念在大陆学界出现。从此开始建立了华文文学的整体观。

这30多年来，经历了对海外华文文学"空间"的界定、历史状态和区域性特色的探索，以及中华文化关系探源、如何撰写海外华文文学史等重要问题，进而转入世界华文文学的综合研究和世界华文文学史的编撰，以及从文化上、美学上对各种理论问题的思考，[①] 并已经有专门的刊物：《台港文学选刊》（福建省文学艺术联合会主办）、《华文文学》（广东汕头大学主办）、《世界华文文学》（北京中国文联出版公司主办）、《世界华文文学论坛》（江苏省社会科学院主办）。此外，《中国比较文学》等一些有影响的学术期刊，也不定期开设这方面的专栏，中国人民大学书报资料中心的复印报刊资料《中国现代、当代文学研究》月刊也经常复印有关论文。可见这个领域的研究成果已受到人们的关注，也有了相当的学术和社会影响。

目前国内已有20多所大学和科研单位成立了研究单位，举行过多次研讨会及征文评奖活动，并出版了海外华文文学百科全书、学术刊物、作家辞典和大批文学作品。从发表和出版的华文文学研究论文和著作看，大体可分为六类：一是作家论、作品论；二是各地区、国家华文文学的概论；三是各种专著、专论（含文体论、文学思潮、流派论等）；四是各种论文集，其中有代表性的为历届学术年会和国际研讨会的十几本论文集；五是各种文学史（含国别、地区华文文学史，文学理论批评史等）；六是各种辞书。从已有的各种研究成果、研究对象的地域分布看，大陆学者对台湾、香港文学的研究起步较早，成果也多。20世纪80年代中期以后，美华文学、东南亚各国华文文学、欧华文学先后进入研究者的视野，也有不少成果问世。在澳门回归前后，关于澳门文学与文化方面的研究论文也相当多。近四五年，澳大利亚华文作家作品也为研究者所注意，已有专著出版，报刊上也发表过一些有关评论

---

① 何与怀：《关于华文文学的几个问题》，《海南师范学院学报》2001年第6期。

和论文。从体裁上来说，诗歌、小说、散文、戏剧、批评都进入了考察之列。通俗文学和精英文学都受到研究者的热情关注。①

多年来，国内学术界对华人文学的研究，主要包括两大类，一是对居住于外国、以所在国语言进行写作的华裔作家的研究；二是对居住于中国大陆以外的、以华文进行写作的华裔作家的研究。前者通常命名为某某国华裔文学研究，后者则常常命名为海外华文文学研究。而对华裔文学的研究，起初多集中于美国，后来扩展至加拿大，对其他国家的华裔作家涉及并不多。海外华文文学研究，长期以来依地缘划分主要是中国台港澳、东南亚、北美，近几年开始扩展至欧洲、澳大利亚和新西兰。这两大类，在命名和研究范围上一直存在分歧和争议。有些人认为不管是以何种语言写作，只要是华裔，就可以集结在华裔文学的旗下，这主要是以血缘为划分依据的。有人据此又提出了"华人文学"的概念，认为这一概念更为准确地涵盖了其研究范围。而后者在命名方面最为纷乱，有"台港澳暨海外华文文学""世界华文文学""海外华文文学""华文文学"等，在涵盖范围上也一直没有公认、统一的说法，有的认为主要包括居住于中国大陆以外的以华文写作的华裔作家；有的认为除此以外，还应包括虽不是华裔，但以华文写作的作家，如澳大利亚的白杰明、韩国的许世旭、日本的新井一二三等；有的则认为台港澳本来就是中国领土，其文学自然也是中国文学的一部分，不应该与其他国家的华文文学混为一谈。厦门大学周宁教授提出"走向一体化的世界华文文学"，包括大陆在内的汉语文学，拥有共同的作者群、读者群，共同的媒介和文化价值观；跨越国家界限，以民族语言为基础建立一个"想象的疆域"，一个文学中华；这个观念的"宏大叙事"性质，反映了华文文学某种超越性意识。

福建省社会科学院的刘登翰、刘小新研究员在《关于华文文学几个基础性概念的学术清理》中提出：突破语种的限制，接纳华人的非

---

① 饶芃子：《中国世界华文文学研究的历史》，《羊城晚报》2002年6月14日。

汉语书写。① 中南财经政法大学古远清教授在《21世纪华文文学研究的前沿理论问题》②中提出三点：一是研究对象是华文文学还是华人文学；二是学科命名是"海外华文文学"还是"世界华文文学"；三是研究方法和理论基础，即"语种的华文文学"还是"文化的华文文学"。该文观点与刘登翰、刘小新文章思路相近，都认为华文文学应该把华人非汉语写作纳入研究范围，不同的研究可以共存互补。有些学者主张仅以语言作为界定依据，而不涉及国籍与血缘，这样就无所谓"中国文学"与"海外文学"了。其观点是把居住于中国本土（包括台港澳）以外的华裔作家都纳入华人作家的群体之中的，如以英文写作的美国华裔作家汤亭亭、谭恩美、赵健秀、黄哲伦、哈金等，以汉语写作的虹影、严歌苓等。这一认定显然比较宽泛。赵毅衡教授则更为清晰地把华裔写作群体划分为三，即"留居者华文文学、留居者外语文学、留居者后代外语文学"。③

武汉大学的陈国恩教授认为："海外华文文学学科要走向成熟，必须更好地解决三个基础性的问题，第一是弄清楚海外华文文学要研究些什么，第二是明确由谁来研究海外华文文学，第三是搞明白为谁而研究海外华文文学。"④ 认为海外华文文学，不能当作中国现当代文学的一部分来研究；相反，要关注它的既不同于中国文学而又介于中国文学和世界文学之间的那种身份，以及这种身份所包含的海外华人面临中西文化冲突时如何从自身的生存经验出发融合中西文化矛盾，从而获得不可或缺的精神支柱的独特经验。海外华文文学研究的主体存在差异，所以包容的态度和宽容的精神十分必要。这些观点对本书研究的主旨均有一定的参考价值。

---

① 刘登翰、刘小新：《关于华文文学几个基础性概念的学术清理》，《文学评论》2004年第4期。
② 古远清：《21世纪华文文学研究的前沿理论问题》，《甘肃社会科学》2004年第6期。
③ 赵毅衡：《三层茧内：华人小说的题材自限》，《暨南学报》（哲学社会科学版）2005年第2期。
④ 陈国恩：《3W：华文文学的学科基础问题》，《贵州社会科学》2009年第1期。

海外华人作家是个数量庞大、情况复杂的群体，需要在细致的划分下分别论述。就地域而言，生活于欧洲和北美、澳大利亚等地的华裔作家与东南亚诸国的华裔作家，由于地域和文化的差异，写作中的文化意蕴也是纷繁复杂的。而作为少数族裔生活于西方国家的华裔群体，虽然同样视自己为当然的居住国国民，但历史上的排华阴影、种族歧视、文化冲突等因素却使他们无法完全融合进主流社会，从文化身份上看亦属边缘状态。

在身份认同上除地域上的区别以外，代际区别也是个重要因素。在其居住国出生并长大的华裔作家，与成年后才移居外国的第一代华人移民作家，不仅在文化认同上有着极大的差异，他们的作品所体现的中华文化底蕴也有极大的差异。而且1949年之前从中国大陆移居国外的华人，20世纪五六十年代由中国台湾移居到国外的华人，和内地改革开放后移居国外的华人，在移民的构成、移民的心态以及他们在居住国的生存和发展状况等方面都有区别。

因此，近年来有专家提出，对海外华人文学的研究，除已有的国别维度之外，还需要建立分期、分群等更多的维度，才能更加有效地对这一领域进行研究。深圳大学钱超英教授认为"在不同的历史情景中，不同种类的华人虽然很少否认自己的华族来源，但又往往有不同甚至相反的政治立场、行为方式和心理倾向，从而使'海外华人文化'的含义极难'一言以蔽之'。过去的研究似乎较多关注华人作为异族社会里的'族群'之一的共同性。但我们今天所面对的海外华人，已是包含多个'亚群'的高度含混的'群集'，它们在各种特定环境下对身份有着分化性的建构取向"。所以，"只有标出一定的时间坐标和历史条件，绘制出群体分布的多样化拼图，海外华人文学才会获得确切的理解；从而，那些个别的杰出作家和作品所携带的群体标识意义，也才能获得展示的有效背景"。[①]

[①] 钱超英：《"诗人"之"死"——一个时代的隐喻》，中国社会科学出版社2000年版，第227页。

南京大学刘俊教授认为,北美华文文学作家几乎全为"第一代"华人移民,英文文学作家则既包括第一代来美的华人移民,也包括在美国出生的华裔(华人第二代、第三代)。在美国华人文学的英文文学中,第一代英文文学作家以黎锦扬、哈金、郑念、巫灵坤、闵安琪等人为代表;第二代、第三代华裔英文作家的代表人物则有汤亭亭(Maxine Hong Kinston)、谭恩美(Amy Tan)、任碧莲(Gish Jen)、赵健秀(Frank Chin)、李健孙(Gus Lee)、雷祖威(David Wong Louie)、徐忠雄(Shawn Wong)——所谓"当下华美小说界的七大台柱",以及剧作家黄哲伦(David Henry Hwang)等。第一代华人移民英文作家,基本来自中国大陆,他们的大陆经历和感受也就成为他们创作的主要内容——向西方世界和英文读者呈现一个对它/他们而言非常特殊的国家和一段惊心动魄的历史。第二代、第三代华裔英文作家,则喜欢在作品中渗入东方的历史、典故、神话、传说和风俗并使之成为这类作品中的重要元素(如关公、花木兰、孙悟空、岳飞、蔡琰等人物形象,以及东方的宗教、饮食、家庭伦理等),有许多作品甚至是在这些东方"资源"基础上的改写和重写(如汤亭亭的《孙行者》),其中当然也杂糅了他们在美国语境中的当代意识(如对自己文化—身份的思考、女性意识、代际关系、历史反思等),这些作品,有对自己边缘地位不满的反抗,却也具有利用自己的东方资源"暗合"乃至"迎合""东方主义"的嫌疑。[1]

海外华人文学研究从起步到稳步发展经历了十八届大会后转入侨办,由中国世界华文文学学会主办首届世华文学大会(广州)、第二届世华文学大会(北京)[2] 的运行轨迹,逾三十年的发展空间,已经形成了相当庞大的阵容,而新移民文学作为其中最具活力、最具潜力的一部分,也正逐渐引起学术界更多的关注。不少人一度对海外华文文学的前

---

[1] 刘俊:《第一代美国华人文学的多重面向》,《红杉林·美洲华人文艺》2006年创刊号。

[2] 中国世界华文文学学会(China World Association for Chinese Literatures)是从事世界华文文学研究的学者、专家和研究人员组成的非营利学术团体。经八年筹备,于2002年5月获国家民政部批准正式成立,由国务院侨务办公室主管,秘书处设在广州暨南大学。

景担忧，认为随着移民第二代乃至第三代逐步融入居住国的本土文化，对母体文化的联系会越来越少，种族的观念会越来越淡薄，状况令人忧虑。但仍有不少学者认为，尽管受到诸多原因的影响，但是海外华文文学仍然前景广阔。一是因为华文文学的三大支柱依然存在，并有所发展，即华文学校、华文报刊书籍、华文文艺社团。二是中国大陆改革开放的进一步深化和综合国力的不断增强，中华文化日益受到重视。三是国际交流合作的不断加强，新移民人数大大增加，新移民文学为世界华文文学注入了活力。

评论家洪治纲在阐述当代华文创作成就时认为："新移民文学是多重文化相互碰撞与交汇的产物，它的蓬勃发展，不仅为中国当代文坛注入了强劲的审美活力，而且以其自身特有的审美经验、文化视野和生存体验，极大地充实了中国当代文学的审美内涵和精神思考，为中国当代文学不断融入全球化语境提供了广阔的途径。"①

三　关于文化身份认同研究的历史和现状

正如专家学者所分析的，海外移民文学有特殊的文化背景和文学流程，有自己迥异于其他文学的存在形态和创作现实，因此也有潜在于创作实践和历史发展中的理论话语和命题。"理论和文本，应当是一种互相映照的关系，理论既是对文本的解读，也是文本的升华。"② 另外，需要对其他文学理论资源进行借鉴和吸收。这些理论资源，既有中国传统的诗学批评理论和方法，还有近半个世纪以来不断更迭的各种新的批评理论，诸如政治社会学的批评，文化人类学的批评，心理分析法的批评，比较诗学的批评，结构主义的批评，文化诗学的批评，后殖民主义的批评，女性主义的批评，等等。"由于不同地区和国家的移民文学的

---

① 洪治纲：《中国当代文学视域中的新移民文学》，《中国社会科学》2012 年第 11 期。
② 刘登翰：《华文文学研究的瓶颈与多元理论的建构》，《福建论坛》2004 年第 11 期。

存在语境各不相同，因此，在想象中建构起来的世界文学总体，是一个多元的散存结构，它直接导致了文学诠释理论的多元化和多重性。不同的理论可以用来解读华文文学的不同层面和不同姿态，也可综合地用来分析总体。"

在对各种批评理论的借鉴中，最先引起对移民文学关注的是比较文学理论。比较文学的"他者"理论、平行研究和影响研究等已经成为移民文学诠释自身"身份"特质的有效手段。

从身份认同和文化属性视角去透视海外移民文学是近年较新的课题。可借鉴参照的理论专著包括美国埃里克森《同一性：青少年与危机》[①] 的论述、福柯的主体阐释学[②]、佳亚特里·C. 斯皮瓦克身份与政治[③]、霍米·巴巴的《文化的定位》和《认同之间》[④] 等跨文化交流中有关文化与身份的考察、萨义德的"东方学"[⑤] 等后结构主义与后殖民理论。值得注意的是后结构主义对身份观的颠覆性影响，"身份"不但是被建构起来的，而且是依赖某种"他者"而建构起来的。自我或"他者"的身份并非一成不变的东西，而是不断地寻找和变化的过程；因此在此意义上，他拒绝任何本质主义的文化认同观，把精神上

---

① ［美］埃里克·H. 埃里克森：《同一性：青少年与危机》，孙名之译，北京大学出版社1999年版。

② 福柯后期的主体解释学的核心，主要为1981—1982年法兰西学院的演讲（2001在法国以《主体阐释学》为书名出版），《性经验史》第2卷、第3卷以及《主体与真理》《什么是启蒙》等。［法］福柯：《疯颠与文明》，刘北成等译，生活·读书·新知三联书店1999年版。

③ ［美］佳亚特里·C. 斯皮瓦克（Gayatri C. Spivak, 1942—）其名声仅次于萨义德的当代最有影响，同时也最有争议的后殖民批评家，由于她的双重边缘身份：既是一位知识女性同时又有第三世界背景。1999年其著作《后殖民理性批判：走向行将消失的当下的历史》（*A Critique of Postcolonial Reason: Toward a History of the Vanishing Present*）在哈佛大学出版社出版时，学术声誉达到了空前的境地。

④ Homi Bhabha, *The Location of Culture*, London and New York: Routledge, 1994. Homi K. Bhabha 是后殖民理论的主要代表性人物之一，现任教于哈佛大学。1990年出版由他主编的《民族与叙事》（*Nation and Narration*），1993年出版个人论文集《文化的定位》（*The Location of Culture*）。巴巴的理论在全球引起巨大反响，为学者提供了广阔的论域，也为文学与文化批评拓展了新的探索空间。巴巴的"模拟"、"混杂"、"矛盾状态"、"文化差异"、"文化翻译"、"少数族化"和"本土世界主义"等概念也在批评界广泛流传并被使用。

⑤ ［美］萨义德：《东方学》，王宇根译，生活·读书·新知三联书店1999年版。

的漂泊当作知识分子的理想家园。另外还有如齐格蒙·鲍曼：《立法者与阐释者：论现代性、后现代性与知识分子》①、卡尔·博格斯的《政治的终结》②、乔纳森·弗里德曼的《文化认同与全球性过程》、杰姆逊的《后现代主义和文化理论》③ 等都从某个角度为移民身份认同和文化属性的命题提供了理论资源。

后现代各种理论流派从各自的视角对身份认同进行讨论，比如哲学、心理学、社会学、文化研究等。身份认同进而与种族、性别、阶级、权力、全球化等理论问题相互交叉和融合，成为不同学科共同关注的一个"热点"。比较而言，社会学和心理学对身份认同的讨论较为深入，为其他学科的讨论奠定了基础。社会学和心理学对身份认同的研究沿着两条路线展开，分别是身份理论（Identity Theory）和社会身份理论（Social Identity Theory）。身份理论主要是微观社会学理论，用来解释个人与角色有关的行为；社会身份理论是一种社会心理学理论，用来解释群体的认同和群体之间的关系。

身份理论和社会身份理论在 20 世纪 90 年代开始走向融合。这两种理论相互联系、互为补充，为文化身份研究提供理论基础。以文化身份来观照海外华人文学研究，有必要追溯身份认同理论的发展过程，弄清其思想要义。

"身份"（identity）在英文中与"认同"同义，对于"认同"，加拿大学者查尔斯·泰勒（Charles Taylor）在《自我的根源——现代认同的形成》一书中这样写道：对于认同问题，"经常由人们以下列方式自发地提问：我是谁？但是这并不必然能通过给予名称和家世而得到回答。对我们来说，回答这个问题就是理解什么对我们具有关键的重要性。知道我是谁，就是知道我站在何处。我的认同是由提供框架或视界

---

① [英]齐格蒙·鲍曼：《立法者与阐释者：论现代性、后现代性与知识分子》，洪涛译，上海人民出版社 2000 年版。
② [美]卡尔·博格斯：《政治的终结》，陈家刚译，社会科学文献出版社 2001 年版。
③ [美]杰姆逊：《后现代主义和文化理论》，唐小兵译，陕西师范大学出版社 1987 年版。

的承诺（commitment）和身份（identification）规定的，在这种框架和视界内我能够尝试在不同的情况下决定什么是好的或有价值的，或者什么应当做，或者我应赞同或反对什么。换句话说，这是我能够在其中采取一种立场的视界"。①

关于文化身份的概念，英国著名文化理论家斯图亚特·霍尔②给予了精辟的论述，他认为文化身份及其特征有两种理解方法，一种认为文化身份体现了集体的身份和特征，即拥有共同的祖先、历史和文化，同属一个民族。在此定义下，文化身份和特征反映了共同的历史经验和文化密码，这些特征使人们成为"一个整体"。这个集体的文化身份被认为是稳定的和持久的。

另外一种对文化身份和特征的理解强调"不同"的重要性，认为文化身份决定了"我们是什么"，或者是"我们已经成为了什么"。文化身份在这里既是"是"也是"成为"，它既属于过去，也同样属于未来。文化身份有它的历史，但并不是既有的存在可以超越地方、时间、历史和文化。和其他历史性的事物一样，文化身份及其特征经历着不断的变化，它是历史、文化、权力操作的主题。所以第二种理解认为文化身份和特征是不稳定的、变化的，甚至是矛盾对立的，在它身上镌刻着一个集体的多种相似点和许多不同点。③

"身份绝非根植于对过去的纯粹'恢复'，过去仍等待着发现，而当发现时，就将永久地固定了我们的自我感；过去的叙事以不同方式规定了我们的位置，我们也以不同方式在过去的叙事中给自身规定了位

---

① 查尔斯·泰勒是加拿大麦吉尔大学的荣誉退休教授，当代道德哲学的重要代表。强调自我都是环境形成的（situated self），现实环境规定着人的目的、塑造人的理性、激发人的创造性。泰勒在《自我的根源——现代认同的形成》中对"我是谁"这一斯芬克司之谜的回答是："知道我是谁就是了解我立于何处。"（Charles Taylor, *Sources of the Self: The Making of the Modern Identity*, Cambridge, Harvard University Press, 1989, p. 27）

② 斯图亚特·霍尔（Stuart Hall）1932年出生于牙买加，1951年移民英国。曾任伯明翰大学当代文化研究中心主任，后任奥本大学社会学教授，是英国最杰出的文化理论家之一。

③ Stuart Hall, "Cultural Identity and Diaspora", *Theorizing Diaspora*, eds., Jana Evans Braziel & Anita Mannur, Malden: Blackwell Publishing Ltd., 2003, pp. 236-237.

置，身份就是我们给这些不同方式起的名字。"说到底，文化身份"不是本质而是定位"。

如果说海外移民文学的"文化认同"过去主要是在第一种立场上的话，那么经过世纪转折之后，文学中的"文化认同"（身份）观发生了较大的变化，开始出现了霍尔所说的第二种立场——文化身份不是一种本质主义的恒定，而是一种随历史发展和看取角度变化而变化的"定位"，当移民作家中开始有人自觉不自觉地采取这样的"文化认同"立场的时候，在他们笔下的人物身上，以前常有的惨烈的"文化认同"危机就不再那么强烈甚至不再出现，取而代之的是"通过改造和差异不断生产和再生产以更新自身的身份"，这种意识或者说身份选择，在新移民作家的创作中有了更为深入的表现和挖掘。

第三节 存在问题

从总体上来看，海外华人或华文文学研究显然还存在不足：资料欠缺是一个问题，理论的建构更是薄弱环节。研究者往往有以偏概全、以个人偏好来对移民作家的部分作品定位，或者不读文本，以浮光掠影、隔靴搔痒式的表面化评论导致对海外文化现象分析缺乏理论深度；一些研究局限在某一时期某一个或者几个作家，而对其他更多的新的作品缺乏应有的敏感，对作品产生的心理因素、社会背景与外在世界的关联的综合分析也不够充分，因此显得片面浅显。朱立立的《华文文学后殖民批评的可能性及限度》[①]，认为纯美纬度的传统印象概括式批评，导致缺乏在复杂文化政治场域考察华文文学的偏颇。研究者应努力使自己进入海内外华文文学批评实践的"现场"。该文意义就在于提出新的研究方法和途径——"身在其中"的"现场感"。

---

① 朱立立：《华文文学后殖民批评的可能性及限度》，《福建论坛》（人文社会科学版）2004年第11期。

另外，对海外移民文学进行评价，首先需要不同的视角和方法。但各种资料来源有限，导致对文本的阅读有限，这在一定程度上影响了学术界对华人文学评价的全面性客观性。其次是对新移民文学的评价存在不同的标准。学术界对作品评价从以往政治标准一条线，发展到社会历史标准，再到当下流行的文化评论。而真正从文学本身，从文学对人性、对人的内在世界的开掘和关注不够。文学研究应该是多层面的，应拓展新的角度、新的思路来研究异域社会文化背景中的华人文学。散居在世界各地的华人移民，有明显的全球意识，四海为家，创作意义同时显示在（本文化传统的）中心地带和（远离这个传统的）边缘地带。独特的经历，使作家写出的作品往往既超脱（本民族固定的传统模式）同时又对这些文化记忆挥之不去，因此作品往往就有着混杂成分的"第三种经历"。这种特征无疑体现了文化取向的多元性，值得学界从跨文化的理论视角进行研究。

第四节 重点、难点及选题意义

一 重点、难点和创新点

纵观海外多元文化的形成和发展，显然移民和移民文学占据着十分重要的位置。丰富的移民生存体验上产生的超越地域时空的人文视角，使海外作家在较短时间里能将自身身份体认上产生的困惑推展为生命本体和人类认知上的难题，在创作中呈现出一种跨文化的视野。在欧美，很多华人移民作家起初都是因寻找身份认同而走到文化文学前台的，于是无形中推动了海外移民文学的现代转型和发展。再则，蓬勃兴起的海外移民作家群和其他族裔学者的研究理论丰富和扩展了人们对这个领域的认知，并带来多种意义的启迪：作为一种时代个体行为，移民作家为什么会以跨文化的文学方式来表达自己的人文关怀、移民心声？是否在创作中参与了其自身文化身份的定位过程？而北美的移民作家在东方传统文化和西方文化之间究竟扮演了什么样的角色？这即是本书所要阐述的重点。

面对经纬交错华洋混杂、资料浩繁与众声喧哗，从个体在社会中寻找身份和身份认同的普遍性和特殊性，来透析移民文学成长发展的内在因素。在比较不同族裔的移民文学时，可以有更多参照，但这些方面的文本仍显得相对欠缺。毕竟西方研究关注点不在移民境遇或族裔文学的深度，而是对社会历史现象的反思和批评。

既然生活在全球经济化时代，不能不看到国际化因素对移民文学的影响和移民作家对文化融合的影响。有不少学者认为，海外华人移民身处全球性语境的西方文化环境中，又得益于自身开放的心态，所以其创作开始呈现"五四"以来中国知识分子孜孜以求的融中西文化的境界。[①] 而且，视角越界较多地出现在新移民作家创作中，必定是联系着他们跨文化视角的复杂性的。这种跨文化视角的复杂性带来创作思维和叙事语言的丰富性和多样性。

譬如在高行健的《灵山》中不断变换的视角"我""你""他"，表述的实际上是同一主体的感受。海外作家面对异质文化，产生的感受自然更复杂难言。所以，视角越界让人感受到了跨文化对话的艰难。正是在跨文化的追求中，移民作家延续了他们的视角越界的叙事身份，呈现了活力和困窘并存的创作境遇。

有法国学者在评价旅法作家山飒（1990年赴法留学，其小说《和平天门》《柳的四生》《围棋少女》等屡获法国龚古尔文学奖、法兰西学院小说大奖、卡兹奖等）时表示："各种文化在山飒这个中国女性那里得到了重组。"[②]

[①] 黄万华：《在旅行中拒绝旅行》，中国社会科学出版社2007年版。
[②] ［法］费朗索瓦·努里斯耶：《来自中国的海之寂》，收入山飒《围棋少女》，春风文艺出版社2002年版，第253页。

正因为海外华人移民作家作品中体现出来的文化的"混杂性",在客观上已成为当前世界文学进程中的一道独特的风景线,在某种程度上体现了全球语境下出现的文学的多样性。"因为这些作品是介于两种文化之间的,有母体文化的特征,也有'异'文化素质,可与本土文化文学对话,也融合有某些世界性的'话语',跻身世界移民文学的大潮中,有助于中华文化走向世界。"① 新移民作家群近些年引起学界重视,与国际化趋势、移民素质提升及所在居住国的经济文化与政治地位等相关联。恰如饶芃子教授等所总结的,新移民与以往的华人移民以及从中国大陆以外的地区移居的华人移民有着非常大的不同。他们在写作中表达出了许多新的思想,这些思想超越了从前的移民作家大多局限于漂泊、乡愁等少数传统主题的状况,为我们展现出全球化时代中华文化新的发展趋向和华裔群体新的价值选择。

二 意义

由于社会背景、文化环境隔膜和其他因素阻碍,长期以来学界对海外移民作家、学者在推动中华文化文学走向世界的意义关注不够,对移民作家、学者在促进中国文化文学的嬗变的影响没有更深入的探讨,致使这方面的研究相对薄弱。事实上,"研究20世纪中国文学的人深知北美对于现代中国文学的意义。假如不是因为留学北美,大概就不会有文学史上的胡适之,也不会有闻一多以及梁实秋等,一部现代中国文学史将会是另一番模样"。② 正是在北美的环境气氛中,文学实验的思想萌芽由想象变成了思想实践,并最终在母国本土成长、壮大。以文学史的尺度来衡量今天的北美华文文学,很难说北美华文作家中会不会出现像

---

① 饶芃子:《海外华文文学的比较文学意义》,《深圳大学学报》(人文社会科学版)2006年第2期。
② 杨扬:《地缘文化与北美华文文学——对北美华文文学与中国文学关系的思考》,《华文文学》2006年第1期。

历史上胡适之、闻一多这样的杰出人才，并拥有像当年那种改变传统文学现状的勃勃雄心。仅从海外作家阵容和势态来看，今天北美的华文文学人才的确是世界其他地区所难以媲美的。作家像北岛、阿城、查建英等，批评家像刘再复、李劼、李陀等，都在20世纪80年代中国当代文学史上产生过重要的影响。像哈金、裘小龙，他们的英文小说开始进入北美文学主流，荣获过重量级的文学奖。另外像严歌苓、张翎、陈河等作家的作品在国内主要文学期刊上发表，并多次获奖。这些当然是人们无法忽略北美华文文学存在的理由。

事实上，不仅海外创作赋予了中国现代文学以创造的灵感，这种血缘关系今日依然没有中断。不仅文学文化思潮的精神源流在北美，或是像后现代主义、女性主义、后殖民理论、文化研究、自由主义理论、新左派理论等，都与北美思想文化潮流有关。而且，这些理论对中国本土的文化影响常常离不开中国文学和文学研究的领地。像胡适之他们第一批庚子赔款的中国留学生从留学到最终回到本土发挥文学文化影响，这中间的周期大概是十年。今天世界的文化状况和中国文学面临的问题已不复是20世纪初的景象。可以说在世界范围内各种文学都面临着一种重新创造和选择的考验。

过去，由于华人文学研究缺乏一种开放的国际性的学术对话空间，而往往陷于自我言说的怪圈。对理论的忽视和迟滞状态主要表现在"面"的拓展上，即由"台港"向"台港澳"而"海外"而及"世界"，即从"空间"上将不同地区和国家的华文文学逐步包罗在自己的研究范畴之中。但在问题的深入上，则显得有些不足。而华文文学研究学术空间的创立，需要对多元学术资源的吸收、利用和转化；处于生机勃勃而又惨淡经营的支撑这远景的具体实现，继续努力于保持现有的命脉及成果，是作家评论家应肩负的历史使命！

总之，海外华人文学作为一个具有世界性的新的学术领域，尽管已经受到国内外学者、作家的认同，也逐渐与国际上的移民文学、离散文学接轨，形成一个极具特色的文化、文学圈。但要想成为有经典意义的成熟学科，还缺少有理论体系能构成学科依托的权威著作，这是近期学者们努力的方向。此外，也还未引起西方主流学术圈的关注。因此华人移民文学的双语创作和研究显得尤其重要。

目前虽然有不少论说在关注"世界"的华文文学史，但迄今尚无一部著作从总体上剖析华人移民文学，这是个在全球化背景下所处的特殊地位，蕴含一系列具有普泛世界意义和文化价值的富于挑战性的学术命题。也许因为缺乏理论的洞见和分析的手段，仿佛踟躅在丰富的宝矿面前而不得其门，难以触及这些命题的要端及深层价值。这些问题一再被提出又一再被忽略，往往会上热络会后冷寂。正如学者专家所关切和期待的：有些概念的误解、权宜性的表述和庞大作家群读者群的缺席，学科建制梦寐与命名的困扰，仍然是一个难解的扣，有待更年轻一辈的研究者来破解。①

由于本人研究海外文学既有"现场感"，亦比较熟悉各作家群，在本书的宏旨上有直接切入点，对移民身份和文化属性这个选题有着"普遍性和特殊性"的透视。而非单纯地从抽象的论题出发，对海外华人学者不同视野和立场的研究，从多重视域和角度进行分析和概括，力求辩证地把握问题实质。以后殖民理论的文化身份等重要命题，将海外移民文学作为一个整体对象来研究，并借此来考察海外华人移民文学的转型与发生、与本土文学的某些相关特征和差异性，在拓宽本土研究领域和开阔研究视野方面具有积极意义。

---

① 刘登翰：《走过三十年》，《台港文学选刊》2009年第1期。

第一章　身份焦虑与认同危机

第一节　现实的个体身份焦虑

离开熟悉稳定而一成不变的环境，仅剩捉襟露肘的自己，感知命运无常，人的神经似乎都变得特别敏感，既脆弱，又坚韧。就好比那些"敢于吃螃蟹"者，当初谁不是把自己打碎又黏合起来的呢？科伯纳·麦尔塞说："只有面临危机，身份才成为问题。那些一向被认为是固定不变、连贯稳定的东西被怀疑和不确定的经历取代。"尤其在全球化时代身份的问题变得更加紧迫和重要，原因包括：经济和文化发展迅速，主流意识形态和传统规范的削弱，信息的快速传播，商品、服务和人员的大规模运动以及国际和国内冲突的剧增，这些都导致身份窘困与身份认同的迫切感。

当人们处在一个稳定架构下的时候，是不会过多地去关注差异，而是会把注意力放在对于人类的存在与本质的形而上思考上。然而，移民过程中移民群体与祖籍国文化的疏离打破了稳定的身份架构，在不同文化之间穿梭、不同文化之间碰撞给他们造成了经验的破碎和归属感危机。人成了一个非中心化的主体，无法感知自己与过去、现实、未来的切实联系。个体生存因此失去了内在根基，沉入孤独漂泊的困境，最终陷入深深的焦虑之中。

移民作家们把移民归属感的危机比附为"家"的失落与远去。移民作家不仅仅描写这种困惑,也试图书写与重构失去的"家园"来解决自己的身份问题。然而在疏离错位的当代文化氛围中,某种认同努力有时反而更加使身份问题变得尴尬和模糊不清,使得身份焦虑不但未能缓解反而被加深。与其说表现了一种认同感的匮乏与需求,不如说是深刻的现实焦虑的呈现;与其说是对自我身份的建构,不如说是对自我身份的解构和由此产生的焦虑。因此从海外移民史与移民文学中,人们可以发现对身份形形色色的诠释。①

任何一个寻梦者,不管来自哪个国家,在美国想要待下来首先都会面临着"Status"或"Identity"——身份转换或身份认同问题。

在黄运基的长篇小说"异乡三部曲"中②,主人公余念祖的经历深刻触及了这个长期存在却被忽略的现实:正常的移民史是第一代移民到这个国家后,第二代与第三代都是在移民国出生,并且在语言文化上完全融入移民国。然而,美国历史上的排华政策造成一个奇特的历史现象:早期移民的三代华裔都是先后在祖籍国出生成长,每一代移民都从头经历第一代移民特有的挣扎与成长过程。

当小小的余念祖冒名来美,从踏上海船的那一刻起就面临了身份的困惑,他被大人反复叮嘱必须记住有关自己身份查询的细枝末节;紧接着被囚禁在移民拘留所里等候身份辨别;成年之后,又因"非美言论"和父亲的身份坦白而再度陷入身份困境。被剥夺国籍、不名誉退伍、没有工作和生存权利等种种艰难陡然压下来。但主人公没有屈服命运,在郊外务农种菊花的同时进行艰难的诉讼,与美国政府打了长达十年的官司,终于赢得一个Freeman(自由人)的身份和权利。

在过去海外华人文学作品中,"身份"的焦虑并没有完全凸显出

---

① 吕红:《海外移民文学视点:文化属性与文化身份》,《福建论坛》2006年第12期。
② 黄运基:"异乡三部曲"之一《奔流》,沈阳出版社1999年版;"异乡三部曲"之二《狂潮》,沈阳出版社2003年版;"异乡三部曲"之三《巨浪》,花城出版社2012年版。

来。因早期华人移民数量不比现在，文化层次也不比现在。随着人类地球村意识出现，对精神的多元需求，对生存环境的改变需求，移民潮暗涛汹涌。从海外移民作家的文本透视中我们可以看到，各种国际因素变化使美国这个最大的移民国家移民法趋严，条件越来越苛刻。无论你去租房、求学、打工，还是去 DMV 考驾照、去医院看病、去银行申请信用卡或贷款等，几乎任何地方都会被问到"什么身份"。不同的身份有不同的待遇。有无"身份"便左右了其生存意识和生存状况。在这一梦寻他乡的漫长过程中，以敏感反映移民社会生活和移民情绪的海外文学，身份焦虑亦越来越多成为描述和深层开掘的主题。

早期留学生文学之代表如聂华苓、於梨华、白先勇、陈若曦等，作品字里行间弥漫着漂泊意识与浓厚的乡愁情怀，一种文化身份无定及精神无所归依之感。

严歌苓曾坦言最初的海外漂泊、身份认同之体验："人在寄人篱下时是最富感知的。"撞车了有没有人问伤？跌倒了有没有人问疼？没有。更多的时候，生存的迫急，使生活的目的变得坚硬而直接——"摆脱贫困，就是胜利"，"拿到绿卡，就是解放"。这是每一代移民都有过的状态。当信念成为事实，剩下的，便是生命的虚空。小渔磕磕绊绊，一路小心，终于熬到了领取绿卡的那天，她犹豫了，她问，我为什么待在这儿？我在这儿干什么？似乎任何一条理由都不充分，任何一条理由一旦成立，就立即显出了荒诞。《少女小渔》以巧妙的构思在人们司空见惯的现象里发掘出人生的悖谬。

卢新华的《紫禁女》以一个东方"石女"艰难挣扎与自救的悲凉故事，隐含百年来闭锁之苦，以及由此所承受的种种身与心的折磨。带有浓烈的象征意味。哈金的《等待》通过描述孔林在追求婚姻过程中所陷入的分裂和迷惘，体现了对传统欲弃不忍、对异域文化欲抱不能的尴尬心理。《纽约来的女人》漂泊多年的陈金莉满怀希望地回到祖国，却发现各种现实伦理已无法让她从容地安顿身心。这种困顿的背后，明确地隐含了国人对域外身份的吊诡心理。①

加拿大华人女作家张翎的长篇小说《邮购新娘》，以独特的视角及笔调透出了移民身份未定的隐忍和焦虑。在《邮购新娘》中，被男人相中的女人持 K-1 签证以未婚妻身份进入了陌生的异国他乡，不料，婚姻美梦在即将成为现实的关口化为泡影。女人面临要么回国要么黑下来的抉择［K-1 签证是非移民签证。即美国公民的未婚妻（夫）的签证。法律规定，签证持有者来美后必须与申请人在 90 天内结婚。如果不结婚，身份就有问题。K-3 为美国公民的已婚配偶的非移民签证。来美后必须依靠配偶调整身份。一旦公民有变，这些配偶就面临困境。这些人都不能回国。如果回国，他们就会受到三年和十年不能进入美国的限制。有的人来到美国后，发现受骗上当，受尽折磨，就像走上"血泪路"］。类似的例子应该说在美国加拿大都不乏其人，难得的是女作家在表现此类题材时，不以故事取胜，而是关注故事背后的生命本体，关注在社会背景变异中人的命运。作品主人公江涓涓不甘心让自己的艺术感觉钝化、生命激情消磨，即使是以"邮购新娘"的尴尬身份，也固执地要出去走走，并且凭着自己的智慧和努力完成海外人生的重要跨越。

作为女作家笔下的鲜活人物，隐忍或豪放、自尊自强的女性典型，应该说她们的精神追求和人生命运具有某种代表性。如同主人公寻求身份的确定感一样，阅读者也试图把握小说叙事的某种确定性与完整性，而把握确定感的失败所带来的沮丧感抑或让阅读者能够更好地理解主人公的尴尬处境。再譬如虹影的自传体小说《饥饿的女儿》，对自我身份的追寻贯穿始终，对过去贫瘠荒芜年代的回顾、命运的错综纠葛、肉体

---

① 洪治纲：《中国当代文学视域中的新移民文学》，《中国社会科学》2012 年第 11 期。

与精神的双重痛苦以及心灵深处的拷问，给读者带来强烈的震撼。

荷兰的华文女作家林湄在饱经漂泊人生之后，以十年功夫磨出一部《天望》。在自序中她如此感叹，"现实改变了我的生活境遇、文化背景和审美意识，也改变了我的身份和命运。我是谁？像一棵树吗？移植在天涯海角的另一片土壤里……"①

在吕红的小说《美国情人》《夜归》《午夜兰桂坊》《世纪家族》等作品中所弥漫的漂泊情绪，以及中西文化碰撞、生存现状所带来的精神落差，无不触及了这一移民文学焦点：身份困扰。因为，对所有移民而言，异国经历是一个颠覆心智的过程，是探险与心碎的混合：它打开了一切事物的可能性，同时也侵蚀了传统信仰与习惯。华人在新旧拉扯间左右为难、痛苦挣扎的困境，不正体现了生活之纷繁复杂、人性之纷繁复杂吗？在梦想追寻的过程中，身份的不自由，残酷的生存压力和生存环境，情感的压抑和牺牲，坐"移民监"的痛苦郁闷，都通过一柄"精神悬剑"淋漓尽致地表现出来。

诸多困惑同时也反映在同胞遭受不公平待遇等问题上。显然，这时候"身份"已经不是外在形式上的，而是肤色标识。所谓排外意识、种族歧视往往是潜隐在诸多理由和借口之下的，并错综复杂地渗透到社会各个层面。即便你是入了籍、是有身份地位的美籍华人，但在老美眼中，从骨子里你还是异类。这，当然又是另一个话题甚至是文学创作进一步挖掘的主题。可以预料，将会有越来越多的海外作家对这一透着身份困扰的现实题材作深入透彻的刻画和描述。② 尽管移民生活充满失落感与漂泊感，但他们的移民经历以及杂糅身份，也给他们带来了不同的看世界的方式与文本建构的变化与突破。因而这种本质主义的自我选择、主观认定的"文化认同"与异域语境下新产生的"文化认同"间的差异性，构成了表现海外华文文学中众多人物内心冲突和心灵矛盾的

---

① 林湄：《边缘作家视野里的风景》，《天望》，长江文艺出版社2004年版。
② 吕红：《海外移民文学视点：文化属性与文化身份》，《福建论坛》2006年第12期。

主观动因。

第二节　边缘情境与故土情结

　　从文化意义上来说，原本"家"不仅是一个身体可以回归的场所，也是一个灵魂可以停歇的港湾。那么，对于远离祖国的移民来说，他们对于"家"的体验是什么样子的呢？从不少海外移民作家作品中发现移民过程如何改变了他们对于"家"与故国的看法。首先是"梦"与现实无奈交织的纷繁意象：对美好生活的想象吸引他们背井离乡来到这里，可是艰苦的求生击碎了他们的梦想。譬如：想住最便宜的房子，打更多的工，挣更多的钱，是新移民最普遍的心态。有的移民一周找过八份工，一天从早到晚连轴转，之辛苦劳累，不堪回首。有的移民提到初到异国他乡的滋味，一把心酸泪。自问：怎么过来的？也有的作品表现了徘徊不定的心态，对移民来说，返回故土似乎可以找到一个让疲惫的灵魂停泊的港湾，但沧桑依旧撕裂了他们对于安宁的想象。从这个意义上来说，"家"是一个永远无法抵达的所在。

　　斯蒂芬·桑德鲁普在分析"移民文学"的特性时指出，"移民他乡的游子们至少会较为典型地体验到在新的文化环境中的某种程度的边缘化，但更为通常的是，他们将会变得越来越疏离那不断变化的本土文化"。当身份焦虑越来越成为华人创作描述和深层开掘的主题，那些经典中所体现的"边缘情境"也就自然进入了海外移民作家的视域或移民文学文本中。

　　背井离乡，身份飘零，举目无亲，万般无奈，栖栖惶惶，或多或少会体验到某种情绪沮丧。所谓的"边缘情境"，是指人的一种存在状态，这一概念源自德国存在主义思想家卡尔·雅斯贝尔斯。[①] 由于某种严重的变故，比如亲人死亡、家庭破裂、身患绝症、面临生死关头、精

---

① [德] 卡尔·雅斯贝尔斯：《悲剧的超越》，亦春译，工人出版社1988年版。

神分裂、犯罪或堕落等，个体与他人、社会之间的对话关系出现断裂，个人置身于日常的生存秩序之外。存在主义认为，边缘情境有一个鲜明特征，那就是死神闯入了人的存在。在目睹他人死亡或者预期自己的死亡之际，个体不得不开始怀疑原来所谓的"正常生活"，于是顺理成章地，原来的规范与价值尺度、身份与自我、信以为真的生存意义，遭受到前所未有的质疑或否定。

"流亡令人不可思议地使你不得不想到它，但经历起来又是十分可怕的。它是强加于个人与故乡以及自我与其真正的家园之间的不可弥合的裂痕：它那极大的哀伤是永远也无法克服的。虽然文学和历史包括流亡生活中的种种英雄的、浪漫的、光荣的甚至胜利的故事，但这些充其量只是旨在克服与亲友隔离所导致的巨大悲伤的一些努力。流亡的成果将永远因为所留下的某种丧失而变得黯然失色。"① 作为一位有着深切流亡体会的第三世界裔知识分子，萨义德对自己民族的痛苦记忆是始终记忆犹新的，这种流亡所导致的精神上的创伤无时无刻不萦绕在他的心头，并不时地表露在字里行间。但萨义德认为，假设流亡者拒不甘心在局外调治伤痛，那么他就要学会一些东西：他或她必须培育一种有道德原则的（而非放纵或懒散的）主体。萨义德的不同凡响之处正在于他能够将这种痛苦转化为一种既能在帝国的中心求得生存，同时又能发出批判声音的强大动力。毫无疑问，受到萨义德等后殖民理论家的启发，一大批远离故土流落他乡的第三世界知识分子也从自己的流亡经历中发掘丰富的写作资源，从而使得"流散写作"（diasporic writing）在全球化的时代方兴未艾。

作为海外移民，个人历史与生存现实都与故国存在密不可分的联系，同时，他们又实实在在跨越了国家的地域和文化疆界，身在异乡，这就注定他们的人生形态和文学创作拥有基本的双轴：一是与自己有着

---

① 参见萨义德《流亡的反思及其他论文》（*Reflections on Exile and Other Essays*），哈佛大学出版社 2000 年版，第 173 页。

深刻历史联系的故土；一是与自己存在现实密切联系的新地。前者牵连着社会变动及个人生活和家族历史，涉及他们的情感记忆，后者则已经切入美国的商业化、多元化和国际化的生存现实。这样的双轴特性鲜明地体现在移民人群的华文创作之中。

海外华人文学自20世纪初开始发端，到了五六十年代大批中国台湾留学生赴美，呈现出第一个高峰，以聂华苓、陈若曦、於梨华、欧阳子、白先勇等为代表。他们那个时期表现的主题还主要是面对西方文化冲击下的精神"迷失"和"文化回归"，主要是海外留学生"无根"的精神痛苦。无论是聂华苓的《桑青与桃红》，还是白先勇的《纽约客》、於梨华的《又见棕榈，又见棕榈》《傅家的儿女们》等，都是面对陌生的新大陆的疏离隔膜与无奈，表达自己那挥之不去的落寞孤绝与血脉乡愁，以及对西方文明不能亲近又不能离弃的悲凉情感。

盛开于20世纪60年代初的"现代""超现实""实验主义"的文学随着与西方文学的互动发展了起来。异乡人与乌托邦的产生，自然是出自对现世界的不满，也是向往他乡的一个出路。于是陈若曦以及她笔下那些以大陆当作乌托邦的造梦者，使回归的知识分子们走入了一片尴尬的祖国现实。陈若曦是一个关注流亡情境的小说家，她的《巴里的旅程》表现异乡人的失落与乌托邦的追寻，这两种处境，都表现这个世纪存在的症状，用海德格尔的表述，就是无家可归。家园是一个不真实的意想，但可以回归，只是总是走在回家的途中。中国台湾作家与西方作家的不同点是，他们常以个人的遭遇，比喻家国整体的命运，精神和情感个体都在流亡中。

而於梨华作为旅美作家，创作主题包括离国怀乡、感时忧国和社群与文化认同，以及新生代与中国文化日益疏离等问题。当年轻人去了美国，发现国民政府的命运其实正是自己命运的写照，美国不是自己的国家，勉强开创事业，也无法打入他们的社会、获得真正的认同，他们永远只能处在边陲，他们因此再度地失落了。她创作的知识分子系列小说深刻揭示了现实命运与心灵向往之落差,和二十多年后海外的大陆作家的处境心态既相似又有差异。而对故乡的认同和差异,其实也象征了这两三代中国人复杂的命运。共同点是她们属于一种语言、一种文化、一种个体的流亡,即所谓寄人篱下的彷徨、文化身份的寻找与建构。

"放逐""流浪"的酸楚与文化疏离的痛苦,在东西方文化的夹缝和冲突中"自我"的丧失与寻找,便成了20世纪60年代后美华作品的文学母题之一。从白先勇、於梨华、丛甦、水晶到张系国、李黎、吉铮、保真等,无不以其充满流亡、放逐意识,孤独、陌生的异域感和回忆故土的汉语书写,努力建构自己的精神家园和华文天地,白先勇曾指出50—70年代美华作家群的几个重要特征:第一,他们旅居海外,但台湾和中国大陆的政治潮流和历史变动,对他们有着极其重要的影响;第二,他们的作品也热切关注中国民族的文化前途和命运;第三,他们置身海外,对海峡两岸都能采取独立批评的态度;第四,他们的创作对台湾和大陆的文艺思潮都有一定的贡献和影响。作为评价那个时代美华作家群的创作主流,至今仍有一定的参考价值。从世界华文文学研究视野中来评析海外移民作家的文学创作,也是颇具启发性的。

"在海外华文文学世界里,聂华苓具有独特的意义。她有中国大陆、中国台湾、美国三地的生活经历,有丰富的人生阅历和深切的人生体验"①,是相当令人瞩目的一位。赴美后创作的《桑青与桃红》堪称她的代表作,也是作者最具雄心亦最富艺术探索精神的作品。强烈的政治隐喻和性议题的率直表现让这部作品个性泼辣鲜明,叙事和结构的刻意经营也使作品亮点突出,而中国女子肉体的越界漂泊与精神的跨国流离更让作品意蕴深幽,促人回味,因此一向受到华文学界重视,也是西方学者研究亚裔离散文学(Diaspora)、少数民族文学、女

---

① 胡德才:《论聂华苓的〈失去的金铃子〉》,《阅读经典》,巴蜀书社2006年版。

性文学与比较文学的重要范本。这批来自中国台湾的华人作家以文学叙事寓言性地表明一个弱势国家在变革曲折过程中所遭遇的自我认同分裂的惨烈；与他们的前辈不同之处在于，他们不仅体味着第三世界弱势处境下海外华人自我的失调与失重，还深刻体悟到冷战时期的两岸分离与国家裂痕带给海外游子的无所适从之苦，他们从偏隅于小岛到蜉蝣寄身异国，强烈地体验到身份认同的困扰，台湾—大陆—中国，这种一体性中的历史裂痕令20世纪中叶的海外中国人对民族国家政治有了难言的痛切感受。它不强求时空的连续性，但是它打造了过去、现在与未来的新型关系。

当学者们纵横考察中国现当代文学史时，会不经意发现，或许由于机缘，有些作家是经历了大红大紫后又被时代冷落或冷藏，而有的恰恰相反，先不被重视、时过境迁却又被追捧推崇，甚至被一代又一代青睐。这，不能不说是文坛跌宕或文学史嬗变的奇特现象。尤其是，当有的名家备受关注和肯定，而有的却迟迟未得到恰当的评价和推介；反观海外热络的众声喧哗，不禁令人好奇，同一文学大家，为何会出现如此反差？从而更去多方搜寻该作家的作品研读。

这种外热内冷现象在旅美散文家王鼎钧文学研究上表现尤为突出，其可谓创作丰盛，作品甚至被列为台湾文科教学参考，在大陆文化圈外却知者不多，出版界近年来虽也出版了文集，但与其在海外的影响相差甚远；究其原因，似乎与作家本人的创作意识、敏感姿态，或时代环境因素纠结有关？恰如学者所见，相对于作家对故土的依恋与眷顾，也就是对自己在异乡空间的一再流浪；漫漫长路，使一代人从安逸的家乡走向激烈的战场，从悲壮的流亡沦为凄凉的逃跑，最后从偏安的中国台湾流落到红尘滚滚的美国。这里没有了枪炮声，也远离了复杂的人际关系，恩怨淡化，要学习适应异乡的水土，接受命运的安排。尽管不甚甘心，仍然理智地承认："想那山势无情，流水无主，推着挤着践踏着急忙行去，那进了河流的，就是河水了，那进了湖泊的，就是湖水了，那进了大江的，就是江水了，那蒸发成气的，就是雨水露水了。我只是天地间的一瓢水！……所有的故乡都是从异乡演变而来，故乡是祖先流浪的最后一站！"①正是有了这种体悟，游子的乡愁已在凄美中赋予了时代巨手对生命的裹挟，优美中伴随了悲壮的成分。在"臣心如水"中，作家诉道："故乡，我要跪下去亲吻的圣地，我用大半生想象和乡愁装饰过雕琢过的艺术品，你是我对大地的初恋，注定了终生要为你魂牵梦绕，但是不能希望再有结局"；"还乡对我能有什么意义呢？……对我来说，那还不是由这一个异乡到另一个异乡"？

从其自述里我们知道，王鼎钧的创作经历远比留学生丰富。作为抗战时文学小青年的思想轨迹，从左翼文学到写实主义兴盛，再到现代文学的冲击，这些文学思潮均对作家创作产生深远影响。②王鼎钧一生经历过许多灾难，颠沛流离与人生困顿，其散文饱含对人生、社会、历史的深刻认识。凝成智慧篇章及哲理意趣。王鼎钧中年旅美，主要作品皆在此时段完成。《文学种籽》《左心房漩涡》《看不透的城市》《两岸书声》《有诗》《海水天涯中国人》《山里山外》《随缘破密》《沧海几颗珠》《千手补蝶》《意识流》等。他不断突破自己，呈现"涝水尽而寒潭清"和"繁华落尽见真淳"的景观。

如果说海外华文作家为追寻和建构文化身份在创作上持续不断的努力，那么如此锲而不舍的追寻和努力是否达成了他们的心愿呢？

著名女作家聂华苓曾经坦言："我们几位由大陆到美国定居的作家，多年来坚持用中文写小说、散文，但是在大陆我们算不了主流。因为我们不是用英文写作的，在美国也不是主流。在台湾虽然较受重视，也算不了主流。美国有些研究中国当代文学的人看到了这一点，加州大学洛杉矶分校、伯克利分校和哥伦比亚大学等学校，选了我的《桑青与桃红》作为教材。"湖北作家洪洋表示："美籍华人女作家的作品，

---

① 《王鼎钧散文》，浙江文艺出版社1999年版。
② 王鼎钧：《左翼文学熏陶记事》，《美华文学》2004年春季号。

走进了美国第一流大学的课堂,这就是令所有中国人自豪和高兴的事!"而且希望中国当代文学的研究者,应当把目光放开来,把地球上所有国度里华人作家的创作纳入主流。① 旅居加拿大的移民作家瘂弦则说:"海外华文文学无须在拥抱与出走之间徘徊,无须堕入中心与边陲的迷思,谁写得好谁就是中心,搞得好,支流可以成为巨流,搞不好,主流也会变成细流,甚至不流。"

第三节 五种典型的身份认同

海外华人移民接触异域文化时存在几种不同的认同反应特征,一是"工具性的因应",即在某种工作接触中自然参与异域文化;二是"认同",即乐于学习当地风俗习惯并做出重大转变和适应;三是"退缩",即对参与异域文化感到失望,而退回原母国人际圈中,他们对异域文化抱有挑剔和消极态度,对故乡社团则有强烈认同感和归属感;四是"抗拒",坚持自己的祖国认同,不愿改变这一观念。早期华人作家较多地塑造了悲剧性的"流浪的中国人"形象,铭刻并延续了梁启超、鲁迅、郁达夫、老舍、闻一多等中国知识分子的域外创伤体验,唤起了近现代中国屈辱苦难的历史记忆。而来自台湾的留学生作家以文学叙事寓言性地表明一个弱势国家在后发现代化的曲折过程中所遭遇的自我认同分裂的惨烈;与他们的前辈不同之处在于,他们不仅体味着第三世界弱势处境下海外华人自我的失调与失重,还深刻体悟到冷战时期的两岸分离与国家裂痕带给海外游子的无所适从之苦。

华人移民中有五种典型而不同的身份认同,几乎是概括了移民的心态、身份状态的类型划分。这五种认同不但存在于不同时代的华人身上,同时也可能存在于同一时代的华人身上。老一辈华侨倾向于"落叶归根"。第二种是"落地生根"。在 20 世纪初,土生华裔为了

---

① 洪洋:《高速公路梦幻曲》,长江文艺出版社 2004 年版,第 29 页。

消除种族歧视,在各个方面尽量争取同化。那些在唐人街长大的华裔最渴望离开唐人街。因为不被主流社会接纳,好像自己是外国人。这即是所谓的"斩草除根"。此即第三种。第四种是"寻根问祖"。自20世纪60年代起,受黑人民权运动影响,华裔移民开始追求自我认同,更注重了解华人在美国的历史,争取华人权益。他们不仅了解自己的过去,而且还要通过多种途径多种方式去参与和影响美国主流社会。另外还有一种,就是曾经身为国内文化界主流但出于诸多原因飘零异乡的"失根族群"。

因为自己的"Identity"身份认同问题,有许多华裔——尤其是知识分子在海外就好像是"金鱼",受到局限,成为"失根族群"。有诗人说,如果每年不回国一次我真要疯掉!内心挥之不去的困惑苦恼并非只是文人的无病呻吟或自作多情,而是有着深刻的历史文化因素承袭。独身闯荡孤独、失意、颓废、漂泊的生命体验,殖民主义、民族意识、大都市、东西文明等语词的意义组合,构成了混杂的文化语境,设置了生命体验和文化心理的矛盾圈套。实际上这也是大多数移民体验的传神写照。所以对移民的看法,人们有时变得有些犹疑不定,矛盾思想常常交战于华人的心中。

大凡新移民,如果不是由祖辈或者父母传下的亲属移民、婚姻移民或是拿特殊人才绿卡者,一般从求学到寻找工作、寻觅情感归宿,皆有一番心酸或一番苦斗,甚至包括不堪回首的经历。在华文媒体上,我们也不时看到有关对移民身份问题的关注,提到"新移民入境安身难如意",更点出"追求绿卡,甚于追月"。一部移民史就是一部争取身份自由平等的血泪史。身份焦虑如影随形伴随着华人移民生涯始终。因此,当人们历经艰辛走出黑暗的隧道口时,竟有长吐一口气和苦尽甘来的欣慰感:终于可以做个自由人了!

当身份转换后,寻常人也许就满足了异国他乡过安宁平淡的日子,但依旧有人惶惑:这是我梦寐以求的归宿么?鲁鸣发出"海外华人共同的痛"之慨叹；刘荒田在散文书写中坦露心迹，对"英文横行"的异域的疏离及对母语的热爱，最终仍要回到自己心灵安身立命之处、华文为根基的故园。写完《超光速运行》的石小克谈杂感是：如释重负，总算了却一桩心愿。在美国生活的华人移民，总是很难。不是物质生活方面的东西，而是心理所承受的压力。总说是要融入主流社会，不管你是工作也好，生活也好，抑或是找个"老美"结婚，到头来发现，你还是漂在外面。你找到了千万条理由，文化差异、语言障碍等等；① 诗人王性初以感性的诗句表现漂泊者"根"与"家"分离无奈的同时，"孤独已从相对外在的怀乡，发展成为对生命的一种更普遍也更深刻的内视"。"孤独不再是对往昔的牵挂，喧喧大千，孤独是对世界既排拒又渗入的一种认知和态度。"②

　　从儿时的故居到异国的豪宅，从诗仙李白"何处是归程"到哲圣尼采对人的精神家园的拷问，李硕儒无语问苍天：家归何处？迷失在洪荒大野，再难找回自己的家。

　　正像有的学者分析的那样：哲学与文学中所揭示的现代人"被抛"感与存在的荒诞感，意味着人不仅失去了传统意义上的家，同时人的存在本身也只不过是一个漂泊的过程。

　　事实上从人性的角度来看，无论海内还是海外，无论是异国还是他乡，人生漂泊的体验有时候是共通的。乡下人往城里跑，小城的人往大城市跑，内陆人往沿海跑，国内的人往国外跑，不都归结为精神上的不满足，或者对生存现状的突破，或者对个体生命价值的开掘，或者对自由平等的向往，希望找理想的境界？从诸多新移民永不停息的奔波寻找中，从穷学生、打工者到拥有绿卡身份、洋车豪宅和安稳的生活之后所感受的内心困惑，既充实同时又很空虚，既拥有一切又似乎一无所有的精神状态，昭示出更深刻的哲学命题。

---

① 石小克：《一点杂感》，《北京文学》2001 年第 8 期。
② 刘登翰：《一个孤独者的繁复世界》，《文艺报》2005 年 8 月 16 日。

何处是归？何时归？我从何处来？到何处去？从文学描述的"身份焦虑"上升到哲学意义的思考。而表现这种精神迷失和追寻的，以大陆留学生查建英的代表作《丛林下的冰河》①最为典型。当小说主人公回答教授说，她到美国来，是为了看看、找找，其印度裔教授的话语则显得意味深长：看看是可以的，找什么就很难说了，等你找到，也许就不是你所要找的了（这里顺便一提，以往说到"海归派"多半是侧重他们回国创业什么的，其实从某种意义来讲，又何尝不是华人走过万里长路之后更高层面的精神回归呢）。

然而，回归之后又如何？尤其是当故国物是人非、日新月异不断变化，但游子的心态却时不时停留在当初出去的情境里，敏锐地感受到新旧文化之间的震荡、命运的沧桑，恍惚中时空交错，不由将这百感交集汇聚在文化碰撞融合的书写中，将某种文化理想价值与现实价值的冲突体现在文本中，而新生代对于文化身份的认同已经与老一代人显示出差异，相对于上一辈人来说，传统意识淡化——其身份情结是离散的，更加有一种无根感。

由此可见，华人移民在下一代学业完成或成家立业之后，亦有再度寻求精神寄托的彷徨。当你有了美国公民或者绿卡身份，有了在这个国家生存的基本条件，但是你的存在究竟是主流还是边缘的？是受重视还是被歧视？都是决定你的精神生活充实与否的重要因素。移民的东方文化背景显然不会成为西方文化的主流。尤其在文本选择中，西方人的阅读兴趣和关注点往往更偏重华人对过去那个时代的反思或揭露，而并非关注移民困境或表现移民生态的文学。但国内的文本阅读和选择趋向又如何呢？或因语言转换、文化背景或意识形态差异，往往对作品有截然不同的冷热反应，这个问题本书将在后面的章节论述。

如果说留学生在美国找不到心灵的"西方"归宿，是白先勇作品

---

① 查建英：《丛林下的冰河》，《人民文学》1988 年第 11 期，收入《留美故事》，花山文艺出版社 2003 年版。

的显著特征,那么聂华苓的长篇小说则是对 20 世纪中国人"何处是归程"的持续追问。从留学生文学延续到新移民文学,再到严歌苓小说中的一系列女性形象的塑造,将移民文学中的文化属性和文化身份的思考延续到新的层面。

第二章 语言身份：特殊文本与表达

第一节 失语或是语言驳杂

正如海德格尔的那句著名的论断："语言是存在之家"，把人的最高本质归结为语言的存在，"任何存在者的存在居住于词语之中"。[①] 对语言的不同选择对海外移民作家来说，亦属身份认同的一个重要标志。毕竟，海外的移民群体身处的语言环境和社会背景都发生了变化，诸多身份问题自然而然凸显出来。因为身份由种族、国籍、性别、语言、阶层、年龄和宗教信仰等因素构成，而区分个体的身份就是各种因素的综合。

"语言身份"是移民文学触及的核心问题。语言的转换"意味着一个人身份的根本性变更"。移民久居他国，往往语言又变得不伦不类，土洋夹杂，最典型的就是无论社交语言还是文本语言都越来越接近混杂口语，不那么规范了。过去胡适说："匹克尼克来江边"，在当时很白话。现在华人常说："给我一个 CALL"，或介绍某某在 Office 当 Manager，不是更中西合璧吗？当然，还有更绝妙的形容——"说起华语爱掺杂英语，操起英语又像方言，像一盘香菇麻油阳春面混入英国的香肠玉

[①] ［德］海德格尔：《海德格尔选集》，孙周兴译，上海三联书店1996年版，第1065、1068页。

米、美国的番茄酱，搅拌成一塌糊涂，食之无味，弃之又嫌可惜"的语种大拼盘。

涉及诸如关于父母子女之间的关系、孤独、如何融入主流等问题。由语言差异及文化冲突所隐含的代沟问题、啼笑皆非的差异，在许多华裔影片中俯拾即是。譬如像"The Hotel"（《旅馆》）则把关注的目光投射到 ABC 内心隐秘的角落。描写他们在 USA 这个种族的大熔炉里，是如何生存和成长的。透过一个 13 岁名叫 Ernest 的华裔男孩成长历程，诠释平淡人生所蕴含的泪与笑。作为少数族裔，男孩祖辈三代共同经营一家小小的汽车旅馆，每天他必须清扫客房，更换床单、卫生纸和冲洗厕所，抽空还要帮他单身母亲打理生意。他生性憨厚，加上比较肥胖，不时受到一些白人男生的欺负。

在当地图书馆举行的一次作文竞赛中，男孩子赢得了荣誉奖。冷漠苛刻的母亲轻贬他的成绩，驱使他继续清扫客房和更换厕所纸。直到有一天接待一个韩裔青年住客，在交往中产生了友谊。那个年轻人像兄长般体贴关心他，给他买吃的、教他打球，还教会他开车。但年轻人酗酒并常带妓女过夜，生活很颓废。Ernest 打扫房间时发现被丢弃的成人性杂志，怀着好奇心翻阅性爱画面；从门缝窥探年轻人和女人之间的秘密，不巧被他好管闲事的小妹打断。朦朦胧胧，他萌生性意识。黑夜里他试图手淫，被小妹咕哝一句梦话就吓得缩头。他喜欢邻家一个伶俐可爱的华裔女孩，在当地餐馆做 waitress。有一天他开车带她去兜风，在郊外他忽然停车，对女孩说我想跟你试试。女孩大惊失色，问他是不是疯了？男孩子嗫嚅说将来要和她结婚。女孩气愤大骂，你神经呢，谁要跟你结婚?! 受挫的男孩一把将车钥匙甩出车外，撒腿跑了。这些细节令观众不断地发出笑声。

一段情窦初开的故事，让观众重温成长的经历；回味往日少年时代的青涩、尴尬，有几分惶惑，几分伤感和甜蜜。基调诙谐而轻松。但在轻松里也提醒了做父母的，切莫忽略在美华裔子女教育成长之隐患，甚至因为生活压力、忙碌或教育方式的简单粗暴问题。譬如严厉的母亲见韩裔青年与小妹亲热玩耍，忽地拉下脸面；别人恶作剧的怂恿 Ernest 和白人女孩接吻，被母亲发现就一个大耳光扇去……不分青红皂白，打得男孩晕头转向、眼泪汪汪。但当母亲夜晚看到孩子写的文章，俩人相互对望、流泪……透过泪水，观众看到了暖意和希望。

有趣的是，背景中的画外音一直是电视在播放国语的中国港台新闻和国际新闻。这个由外公、母亲、男孩和小妹组成的家庭里，外公说粤语，母亲则英文生硬并夹带粤语，孩子们几乎只会说英文。像这样的语言混杂状态在不少华人电影或以表现华人社会社区的电影中都有，譬如《千年敬祈》《伊芙与火马》《龙年》等，非常生活化地表现了老华侨和新生代，以及其他族裔所构成的北美华裔的语言混杂现象。

华人的文化属性和文化身份，到第二、第三代移民身上就基本上模糊了。从出生到成长都是在种族熔炉里的土生华人，既没有华夏民族数千年文化精髓和传统包袱，也就不存在什么文化碰撞的尴尬。但文化影响仍或多或少地存在于他们的作品中。移民后裔渐渐以英文或其他语言创作，以不同的方式表达他们寻找祖宗根文化或者文化认同的困惑。"对于逐步失去中国人特征、已经失去使用汉语能力的土生华人而言，这种疏离和曲解也是通过努力才获得的。它既是一条弯路，也是一条漫长的曲线的开始。"[①] 所以说，多元文化中的"文化身份认同"是一个重要母题。它包含在生活经验、工作、教育、阶层、语言等具有文化象征意义的因素中，也包含在生命本体的成长过程中。

海外华人作家作品中经常出现移民初到异国他乡的交流障碍，或是面对异国语言和文化不适应情形。这个情形不是只发生在平民阶层，甚至包括有些高级知识分子，一到异域，因为语言优势丧失，不仅失掉了优越的身份地位，也失掉了安身立命的处所；就因语言功能丧失，从原先的主流沦落到少数民族的少数……无奈落入边缘人的尴尬状态，所以

[①] 王列耀：《印尼土生华人文学曾经的"寻根"之旅》，中国文联出版社2005年版。

说，移民他乡在异国生存最直接深切的感受就是失语和失声。

从女作家於梨华的《又见棕榈，又见棕榈》中"无根的一代"、汤亭亭的《女勇士》，到谭恩美的《喜福会》等都表现出类似的主题。表现了在"中国移民母亲"和"美国出生的女儿"之间，交织着由语言差异及文化冲突所展现的代沟问题。母亲无法跟女儿沟通，正是语言作为生存本身而包含的文化冲突。

毕竟语言不仅是一种交流工具，也是文化的一部分，人物的失语不只是因为语言的障碍，同时还来源于不同文化之间的差异和误解，移民能否在异国扎根取决于他们能否对该国语言文化的接受和转换，取决于能否应付自谋出路的艰难和文化失语症中的坚韧。因此，失语失声之所以首先成为新移民笔下反复渲染的情境，表明新移民对自己失却"存在之源"的伤痛有着深刻的体验，身份的建构存在于语言属性中，失语往往意味着身份的遮蔽乃至失落。

第二节 徘徊在双重文化边缘

曾经有移民形容，移民异国的过程不仅是一次人生裂变，还是人的第二次投胎。它意味着你所习惯了的语言、思维、种群、伦理、习俗、环境、亲朋好友的圈子，和许多属于你的时光往事，都要逐一淡出，甚至通通放弃，一切从零开始，进入一个完全陌生的生存系统和文化生态，这些感受非亲身经历者很难懂得。不少叙述者对自己童年和青年时期的反思，以及对自己上辈生活故事的讲述，反映了种族混合的社会状态。同时亦表现他们无效地为融入主流社会所做的努力，并在很大程度上因为这种努力的无效而痛苦。

严歌苓在小说《人寰》[①]中对失语症有着极为生动的描述："一些时候我的表达性就是很差，不想说话。讲英文尤其是的，我那母语的一

---

① 严歌苓：《人寰》，当代世界出版社1999年版。

半变得非常挑剔，很刻薄，讲英文的这一半刚开口，它就找到了毛病。然后开始指责。此后，我每成形一个英文句子，就会听到尖刻的评论，是我母语的那一半。说它的句子结构笨重，用词不巧妙。如此断裂。我那讲英文的自我变成了我整个人的异端，显得那么孤立。就想把嘴闭起来。"

"我有时更喜欢我这英文的一半。它好像是年轻的。它是——我老在想——它是无辜的。它鲁笨、稚拙、直率。它是我的年仅十八岁的语言啊。而我的中文，我的母语，它其中包含的我是有城府的。我那个基本与我同龄的语言。它那巨大的弹性，易变和善辩，它多成熟。……这样的时刻发生，我能做到的只有缄默。"

新移民作家正因为文学的边缘位置和文化身份建构的困境，触及了"失语"与边陲文学的语言表征之困境，经典缺席、文学史叙事的结构与文化政治的悬浮状态，而"身份焦虑"则更加凸显。所以说，新移民作家更把中文写作当作乡思、乡恋、乡愁的一种寄托，是对故国家乡母语和母语文化的一种回归，是对孤独于异国他乡的失语和失忆的一种抗争，是寻找自己的精神家园、灵魂归宿的一种最后的奋斗。母语写作既是现实重压的释放缓解，也是文化身份的寻找建构；既是漂泊灵魂的寄托，也是精神还乡的最佳途径。如此例子可谓比比皆是。从新移民作家的华文创作中不难发现语言的多层功能和多项意味。

于是，白日在白人中间说着带有广东或福建或四川或其他地方口音的英语，夜晚则回归到乡音浓郁的亲友中，并且以格外虔诚的心灵去书写着母语、进行着华文文学创作，为自身文化身份建构做不懈的努力。作为一种文化需求，移民文本试图提供的不是在酷烈的现实面前对自身身份的幻象，而重要的是通过自我建构，可以超越固定身份的刻板局限。

在海外仍坚持笔耕不辍，以"假洋鬼子"为名写了一系列作品的刘荒田应该属于新移民作家中的"高产户"，据说曾经创下一天写七篇文章、一年出五本书的纪录。写作既是他生活的状态也是他精神的寄托,"每天有没有灵感都要逼着自己坐在电脑前",可见华文是终身苦恋的对象。① 为稻粱谋他在旧金山餐馆或酒店端了二十多年盘子,谋生之余,出版了三十多部散文集。其百万字散文作品,酸甜苦辣,挥洒自如写尽新旧移民海外生存的风霜,留下斑驳惊心的时代侧影。他所抒发的"假洋鬼子"情怀,正是海外文学所特有的一种"双面人格"的界定,它的深刻含义除了对移民身份的自我调侃,更蕴藏着一种文化融合的艰难,一种环境挣扎的隐痛,一种海外人生渴望消融这种痛苦的幽默式悲怆。从他的散文集《中年对海》② 自序中可见一斑:

> 从"入海口"这永恒与此生的交接处回望,倒是颇有意思的:生命的河川,怎样以众多的忧愁来堆垒稀少的欢娱,怎样以滔滔的失落换取涓滴的成功,怎样从万顷浑浊筛出偶然的清澄,怎样为了糊口或者寻找,为了逃避或者超越,付出毕生的奔流,最后,怎样夹带落花和岸影,没入普希金所讴歌的"自由的元素",这庞大无匹的蔚蓝。对海的中年,并没到达海洋。这本散文集所收的,都是人生江河的景观。此刻我又站到窗前,海上的雾气散了,鱼鳞般的光浮动着,它是实实在在的、咸涩的水之总汇。人赋大海以无奇不有的虚玄意蕴,是人的事,大海并不因此变得空幻,使每片浪花都成神谕,涛声也不是朗诵诗。那么,我且把"永恒"放到咖啡杯的后面去,思量晚饭吃什么菜;拨个电话,问问正在上班的女儿感冒好了没有。干了会家务,再看远处,大海暂无动静。

由诗歌到散文,其间不仅仅是艺术表现手法或形式的变化,还是思维层面的变化,写作风格由轻快向厚重、由敏感多情向冷峻或调侃的方

---

① 吕红:《刘荒田的创作风格变化之我见》,《金山时报》2000年6月10日。
② 刘荒田:《中年对海》,河南文艺出版社2004年版。

向变化。譬如诗集《唐人街的地理》中那篇《春夜》的淡淡韵味,抒发着一个初到异邦的男人之乡情,"潮湿的空气分送着微甜……那年我就是在微甜中/跌入情网/小情人的鬓发也是微甜的啊"。令人联想起作家王蒙的某些感言——年轻时对任何事物都敏感,春天的气息、心灵微妙的颤动、姑娘脸上的红晕——那种集视觉、嗅觉、触觉、味觉于一体的敏感使笔下的文字显得格外灵动。然而经历运动颠簸、两个不同社会的对比,苦涩中含有微甜,是否亦有更多的感受要付诸笔端呢?又是如何把他穿透力的目光投射在美国社会的点点滴滴、方方面面的:譬如《无孔不入的美国律师》《看牙医记》等,写金钱意识的无所不在大肆横行;那近似杂文的创作囊括了唐人街的老老少少男男女女,白人社会的林林总总。他曾经感慨以前发表了作品、出版了书总有一阵子兴奋,而现在这个兴奋时间越来越短。看着成堆的文稿自嘲"粗制滥造"之作。这种对自己的不满足感即是他更加投入地进行创作的动力、不断升华的动力。而亦庄亦谐、信手拈来、俯拾即是的反讽与自嘲构成他散文风格变化的明显特征。

1948年刘荒田生于台山。1980年移居美国,以一位东方他乡异客的身份对这个移民国度进行了细致的体察,细微真实地体味了文化的碰撞、冲突、渗透、交融,这也使他完成了从诗人到散文作家的转变。曾获2012年度"世界华文成就奖",著有多本诗集以及三十种散文随笔集,获得四次诗歌奖,《刘荒田美国笔记》获"中山杯"全球华侨文学奖散文类首奖。

林林总总的人生,演绎着形形色色的喜怒哀乐。刘荒田笔墨精粹关注移民各种酸甜苦辣。"去广东市场"寻常买货一趟,阅尽洋插队或偷渡客前世今生恩怨纠葛的驳杂世相。[①]

读他近期散文,似乎有意无意浮现出一个衣食无忧幸福美满的男人形象。他说其实不然。他说当物质生活需求满足之后,会时不时生出

---

① 刘荒田:《去广东市场》,《红杉林·美洲华人文艺》2020年第2期。

"没意思"的感觉,去反躬自问、去更多探求人生的终极目标;所以说人到中年的海外华人写作者仍是"漫漫长途,上下求索"。然而,"长年在地理和心理的双重边缘,经受东、西方两种文化夹攻,边缘人往好处说是左右逢源,进退自如;往坏处说,是'猪八戒照镜子——里外不是人',这种生存状态,和'洋鬼子'沾点边,却总真不起来"①,于是只好自嘲、幽自己一默。

他自称人生六十年,半生中国半生美国,心态半洋半土;在他大量的随笔中读者同时不难发现其受五四杂文影响至深,"如身穿一件未曾晒干之小衫"的生存状态,骨子里的市井气息与西方文化、与唐人街混杂关系、纠缠不清的恩怨,迟暮心态陷入欲弃还留、欲恨还爱的复杂纠葛。而文风的前后变化:前期直面的是传统文化与乡愁,后期多半是华人圈的琐碎叙事;同样是嘲讽,前期出于至性深情,流露出浓厚的悲悯意识,后期则有点滑稽玩世;前期糅入了更多的主体性,后期基本上属于"他者"的讲述,缺乏个体生命的热烈参与。评论家苏炜在一次点评中所言,"假洋鬼子"的文章是好的,但总也逃不出唐人街的"草根"气。或许,从另一角度透视了海外移民文化认同问题的悬置——身份之游移、认同之虚妄。

"用英语作为工具是一回事,把它变成你灵魂的语言是另外一回事。"② 毕竟,灵魂的语言是一个民族所有的记忆、创造与传承为最后的依据的秘密花园,是安身立命之所在。海外移民作家的语言混杂是一种叙事策略,而母语的回归和他语的交融,实际上是海外环境中"灵魂的语言"和"工具的语言"的生存和应变策略。"与第一代移民出国主要是谋求物质生活改变不同,当新移民有着强烈的跨文化精神交流的愿望时,他们在语言上的多向努力就显得更加自觉、强烈。"③

---

① 刘荒田:《假洋鬼子的想入非非》,贵州人民出版社2001年版,第3页。
② 叶鹏飞:《龙应台:干净的城市缺乏创造力》,(新加坡)《联合早报》2003年7月13日。
③ 史进:《语言还乡:海外创作心灵栖息地的寻找》,第13届世界华文文学国际研讨会文集,2004年。

第三节　作家"职业病"就是与主流悖逆

在移民文学中，除了用汉语从事创作的华文文学，还有用外文进行文学创作的华人文学，两者同样值得关注。华人文学虽然运用的是外文，参照系统也是外国的文化传统，但所使用的素材是原居地的，和故土的联系也因此而分不开。华人文学和华文文学，犹如世界文学园地中的一枝并蒂莲，都是中华文化的结晶，是互相观照和互相补充的。

的确，"语言是一堵大墙"。英译中国作品，与华人作家用英语原创的作品，两者可谓天壤之别。从"边缘"走向"中心"，是华裔移民或旅居者以非母语写作的动因。20世纪的西语文坛，出现过林语堂、张爱玲、黎锦扬等，但总体来说他们比较孤独。而今一个华人移民非母语的作家群已经形成，譬如美国的哈金、裘小龙、李翊云、闵安琪、严歌苓，法国的戴思杰、山飒，英国的郭小橹、张戎、罗欣然，德国的罗令源等，成就非凡，而且人数还有逐渐扩大之势。他们作为海外移民作家，与当地华裔作家和土生土长的西方作家一道竞技，历尽艰辛而跻身主流，赢得一项项大奖，呈现了开花结果在海外的盛景。[①]

在这条道上坚持并获得佳绩的，哈金确实是移民作家中的异数。他的英文创作接连获得美国主流的喝彩，产生出相当大的冲击力。正因他非土生土长的ABC，是华人移民，而更有某种潜在的文化意义；华人作家以英文建构了移民文化身份，无形中将文化边界扩大了。

有人曾评价说："哈金是美国华裔作家中的获奖专业户"，他的小说和诗歌曾经荣获多项美国文学重要奖项，但美国和中国两岸三地华人读者对他还比较陌生。直到1999年他击败几位杰出的美国作家，以长篇小说《等待》（*Waiting*）夺得第50届美国"国家图书奖"，才使华人对这个名字刮目相看。这是华裔作家首次荣膺美国这项图书大奖桂冠。

[①]　江迅：《哈金密码》，《台港文学选刊》2009年第2期。

并从 93 个出版社选送的 250 部小说中脱颖而出，荣获美国文学界最大奖项"美国笔会/福克纳小说奖"，以及《洛杉矶时报》图书奖。《时代》周刊把《等待》列入该年度美国五本最佳小说之一。英文版于 1999 年 10 月出版后不到一年即卖出 10 万册，随后被译成 18 种文字在各国出版。福克纳小说奖对他的评语："在疏离的后现代时期，仍然坚持写实派路线的伟大作家之一"，《纽约时报》书评周刊赞赏他为"作家中的作家"，意思是，他是特别受其他小说家欣赏的那种小说家。

  这个拿外语来写自己祖国故事的作家，究竟靠的是什么样的能耐才获得这等激赏与殊荣？虽然，他在风格与选材上确实受到海明威与契诃夫以及诸多俄国作家的影响，但真正使他作品独树一帜的，靠的还是自身消化世界（现实）的能量，以及对现实的穿透力。哈金投射的风格就是直接。毫不遮掩，没有迷雾。是什么就是什么，直指事物核心，全部暴露于光天化日之下。而这样的文风靠的就是一种格外逼真的写实性支撑。哈金坦言，他的故事绝大部分是真人真事，"我不认为这个世界上有多少东西能够真正的虚构。当然像卡夫卡蜕变醒来变成一条虫那是不一样的，现实中不可能发生这样的事，但它自有它的逻辑"。这段话透露了哈金小说的关键：虚拟与编造再怎么仿效创意可能都无法企及真实的残酷、诡异、繁复和变化。

  《辞海》（*Ocean of Words*）是哈金的第一个短篇集子。虽然一上来有些青涩生硬，但由于写的全是那个年代军队里头的事情（哈金于 1969 年入伍，服役五年），倒也呈现出独特的面貌。时值冷战期间，地处中苏边境，天寒地冻，军旅生涯的种种严峻艰辛，食粮粗简，性压抑与集体性的谎言，青春的蠢动，对知识的渴求，等等，都一一由各式插曲事件裁剪描绘成一幅幅生动的图像。其中《太迟了》（*Too Late*）、《空中之爱》（*Love in the Air*）描写年轻士兵对爱的渴求和性的压抑，有极为真切、令人动容的表白。最后一篇《辞海》（*Ocean of Words*）作为压轴也很着力。虽简单写实得犹如一篇中学生的散文，情节的单纯反越到后来越见力道，流露出以知识对抗命运不屈的强悍。

哈金笔下的人物冷冻在1985年，那一年他出离故土。他曾获得文学硕士学位，但这并不意味着他是一个作家。他从未和同时期的文学流派有过什么牵连，他是带着一身的翻译文学气味离开中国的。他本来可以老实地求学，成为一名文学研究者，或者归国，在学院里谋个职位，但他还是选择留在了美国。作为典型的第一代移民，哈金选择的谋生手段却是另类的。写作，最初对于哈金，意味着接二连三的退稿信和每年5000美元的微薄收入，节俭的生活和紧凑的时间。像所有第一代移民一样，他经历了"出卖体力，不出卖思想"的阶段，警卫曾是他最喜欢的工作。求生之路是艰辛的，那么，写作之路呢？远离中国现代文学的大背景，又被英语本土世界拒之门外，哈金可以咀嚼的仿佛只有记忆。但就是记忆之材料，成就了哈金的写作。

在一次访谈中，哈金承认，英文书写对于他本人来说预示着"沉重的工作，一些失望，但是还有自由"。哈金认为，"留学生文学"这一提法体现边缘靠拢母国文化中心的心态。留学生已经存在了好多年、好多辈了，早时有些大文豪（如鲁迅、冰心、老舍）都留过学，但他们都没写过"留学生文学"。为什么他们都没有把"留学生文学"作为一个门类，而现在却兴盛起来了呢？第一，现在来北美的人越来越多，读者的关注形成了商业潮流；第二，是作家的需要。远离文化中心核心语境，便产生了从"边缘"向"中心"靠近的心态，甚至出文学大系。当代留学生与20世纪五六十年代留学生有一个本质不同：五六十年代留学生是一定要回去的，"中心"对"边缘"的控制不存在什么问题，而现在许多人在海外定居。

离开了故土，参照系自然而然地就要改变了。进退两难，成为边缘人，个人和"中心"的关系不得不重新来构筑。因为原有参照系被破坏了，而个人又没有足够能力完全构造自己新的参照系，因而，这是很痛苦的事。哈金认为："作家需要摆正几个关系：中心与边缘的关系，个人与传统的关系，不能被框死。"海外作家应认清自己的长处和弱点——弱点很明显，因为你在边缘，如果作品写得不是很好，你就自然而然地变得无足轻重了；心理上也往往受到来自中心作家的压力——譬如说吧，我们不论怎么写，很难产生莫言、王安忆这些国内好作家的效果，他们的作品自然而然地会对你形成心理上的压力。当然，海外作家也有强项：不受题材的限制，写什么都可以；站在一个"中心"之外，可以看到其他"中心"，眼界能够更开阔。我总认为，中国作家不是技不如人，而是气不如人，胸怀和眼界不如人。①

如果一本书真的要进入文学的殿堂，那么它应该具有永恒的价值，并且能够打动人们的心灵。有人将哈金的英文作品称作直译体，但是他本人却自称患有修改癖。意识形态太过于鲜明的作品，艺术价值似很难发挥。或许作家深受批判现实主义影响，这位已知天命的华人移民，后以其虐囚题材的《战争垃圾》第二次捧得美国文学界的最高殊荣福克纳文学奖，从而成为继菲利普·罗斯与约翰·爱德加·威德曼之后第三位两次获此殊荣的作家。那么该作究竟是什么样的作品？为什么赢得美国主流的青睐？为什么中文版只有台湾繁体字版而没有大陆简体字版呢？这里，显然也有个观念立场和话语权问题吧？至于说海外作家除了创作观念和艺术表现方式手法的选择，有没有文本策略去迎合某种社会生存需要，那就是需要另外探讨的话题了。

《战争垃圾》（*War Trash*）题材是鲜为人知的在韩战中被俘的中国官兵的悲惨命运。② 而且是用回忆录形式撰写的长篇小说。作品细节折射主人公经历中命运攸关的事件。俞元出征前夕，未婚妻要求和他同房，希望留下一个爱情的结晶。终宵缠绵之后，她拔下玉簪，掰成两半

---

① 季思聪、心远：《中国作家不是技不如人，而是气不如人》，《多维时报》2005年5月6日。
② 巫宁坤：《抗美援朝中国战俘的悲歌——评哈金新著〈战争垃圾〉》，《华文文学》2006年第2期。

儿，把一半儿给他，作为永远相爱的信物。这半根玉簪伴随着俞元度过了战俘营中的日日夜夜，用温馨的记忆和美好的幻想抚慰他寂寞和痛苦的身心，鼓舞他力求生还的斗志。到头来，他的等待和梦想都是一场空，恩爱的信物成为一刀两断的象征，俞元把贴身藏了三年的半根簪子寄还当年的未婚妻。

作者在书后的"作者题记"中写道："这是一部虚构的作品，其中主要的人物都是虚构的。然而，许多事件和细节却是真实的。"据介绍，哈金参阅了23部有关韩战的中英文著作。那么，《战争垃圾》究竟是小说，还是一部触目惊心的历史？究竟是历史的错位还是写作者的凭空杜撰？倒不禁令人困惑了。

那么，对于哈金来说，如何理解"宏大气质"？所谓的"磁场"强大，是影响或张力还是其他？哈金强调是在世界小说之林中能够凭艺术和思想稳稳站立，获得世人的尊敬。[1]

一部书如果已经存在几百年了，就一定有其内在的力量，后来的作家可以从中借取能量。当然，每个人有自己的选择，这完全看个人。有很多现当代的所谓大师，其实是师从他们前面的作家的，所以我们应当找同样的师傅，而不是跟在别人后面亦步亦趋。如果你要写出优秀的短篇小说，你是应该师从卡佛还是师从他的师傅契诃夫？只有师从契诃夫才有可能超过卡佛，否则只能是照猫画虎。读契诃夫时，总会感觉到生活不应该是这样，那么接下来的问题就是生活应该是怎样的？这就为读者提供了想象的空间，而这个空间使得作品厚重深远。

哈金坦言：平心而论，《等待》是文学小说，但《南京安魂曲》是个坎儿，迈过去也了结自己的一块心事。哈金认为写故事只是个开始，真正的写作过程是反复地修改，直到同当初的立意相去甚远为止。因为"很多没看到的层次和联系在修改过程中渐渐清晰了，作品也就更丰富了。还有，语言也更精确了。修改的过程也是分析阐释的过程"。为了

---

[1] 江少川、哈金：《小说创作的智性思考——哈金访谈录》，《红杉林》2013年第2期。

寻找一个准确的动词,可以琢磨好几天。一本十几万字的长篇小说,每页稿纸竟能修改上百遍!有时改动了一个细节,有些别的地方也要相应的改动。在电脑上来做,但还是要印出来,细致地在纸上改几遍。

同时,哈金也深刻体会到,"国外作家都没有安全感,写不出作品文学生涯就没了"。[①]

哈金亦尝试以女性视角或叙事来结构故事,如《背叛指南》《南京安魂曲》等。身处异域他乡,哈金写的却大多是纯粹的中国小说,甚至带有比较浓郁的乡土气息,而且在这些小说里,基本不出现外国人的形象。因为有切身感受,许多华裔作家的写作,会很自然地过渡到表现文化冲突的命题上来。题材跟作家本人的存在状态有关系,但哈金甘愿生存在边缘。他说作家必须有不同的眼光,看问题独到,关键要努力做到"飘然思不群"。国外的小说家基本上是独来独往,从来不跟外界来往,只是出书时露一下面,做做宣传,平时只专心写作,有的十几年也听不到他们的动静,还有的作家出书时也不跟外界打交道。

当然,"故土是自己过去的一部分,必须承受,也无法放下。美国是多元的国家,没人要求你认同什么,只要你不犯法,按时付税,就没有人管你。同故土的联系是好事,能让自己看问题有不同的角度,别人也喜欢你有独特的看法。我并不对某一个国家完全有文化和心理上的认同,美国它好在有让各种各样的人生存的空间。大家好像忘记了我为什么不得不用英语写作,忘记了历史的原因。决定用英语写作是在这样一个历史环境中经过一年多的考虑之后才下了决心,可以说是背水一战。这个决定是非常痛心的,但人总得生存下去,得活得有意义"。

他在《落地》序里写道:"我一直坚持可译性是创作的准则。"大概翻译与乡愁是可以作为一个母题来研究的。纳博科夫不也在异国他乡翻译过普希金的诗?或许他就在翻译中融入了乡愁。哈金认为小说通常是可译的,但诗无法译,因为声音不同。而声音又是诗的本质。纳博科

---

① 哈金、傅小平:《哈金:降低姿态是写作的一种正确态度》,《野草》2020年第5期。

夫译完《叶甫盖尼·奥涅金》后说，俄罗斯母亲应该感谢他。他自己并不说什么乡愁，而是以描写自己的人物来表达生活的错位和流亡的悲哀。纳博科夫是很超脱的作家，并没有把俄罗斯当作生活中的太阳。纳博科夫曾经说过，他的个人悲剧在于"我不得不放弃丰富无比的母语——那些我可以信手拈来的自然语汇，可以娴熟驾驭的俄文，而以二流的英文取而代之。于是我失去了我的所有装备——令人眼花缭乱的镜子、黑色的天鹅绒背景布、那些隐含的联想与传统；而一个本土的魔术师，一身白色燕尾服，风度翩翩，驾轻就熟地操作着这些装置，便可神奇地变幻超越他的文化遗产。"①

对哈金影响比较大的西方作家有奈颇尔、纳博科夫、格林、茹斯－佳波娃拉，还有斯坦贝克、亨利·罗斯、格丽丝·佩利、卡萝尔·希尔德等。而加拿大的华裔作家崔维新（Wayson Choy）被他称为"优秀的风格家"。他说，"文学应该打动人，让读者联想到自己的生存状态，就是说在本质上是建立在共性上的。没有共性，就没有心灵的沟通；没有沟通，作品就没有意义了。真正的文学小说是经得起翻译的，而且越翻译生命力就会越旺盛。所谓认同感就是强调相对的普世性，更多的人认为该作品反映了他们的生存状况"。

这里看看哈金本人的自述：我总是感到一种不可克服的孤独感。因为我现在的处境，我不得不为生计而奔忙。另外，很多作家都不擅交际，这是作家的"职业病"。他们总是与主流社会格格不入，不论他们生活在中国还是美国。当我决定用英文来写作时，我其实就已经接受了孤独这一事实。

---

① 俄裔美国作家弗拉基米尔·纳博科夫堪称别具一格的文学巨匠。在美国和世界20世纪文学史上占有着重要地位，影响广泛。他是小说家诗人学者，翻译家。1899年博科夫出生于俄罗斯贵族家庭。1917年十月革命爆发，他随家人流亡西欧，漂泊于伦敦、柏林和巴黎，最初以笔名活跃在流亡文学大潮中。1940年他携妻儿定居美国，改用英语创作。1955年，他凭借颇具争议的小说《洛丽塔》（Lolita）走红世界文坛。一生创作17部长篇小说及多部短篇小说、诗歌及译著。60年移居瑞士，77年去世。

"我并不喜欢美国的简单派，他们现在也快销声匿迹了吧。我热爱的是俄国的大师，他们的作品一直是我的文学食粮。至于中国的文学作品，我则偏爱唐宋诗词。我不相信有所谓的天才。对于一位有志于写作的人来说，更重要的是洞察力和坚持不懈的努力。果戈理被认为是一位喜剧大师，但究其实质，他书写的仍然是悲剧。他笑着流泪。我希望自己也能写出这一类的小说，让读者笑出声来，同时又感到一阵心酸。我正在写一部当代美国的长篇小说，但很不幸，它仍是一次让人心情沉重的文学旅程。正如那个词所表述的：灰色。"①

他的《自由的生活》是描写中国诗人、知识分子武南与妻子如何从新移民成为成功的餐馆老板、拥有自己的房子，最后成为渴望更多心灵生活的美国公民的快速历程。就像哈金一样，书中男主角也反复琢磨要不要用英文写作，他英文再好，心里还是有不安全感。"我觉得我永远没办法真正对英文感到自在。"

在西方社会靠写作把自己变成专业作家是不容易的。像哈金这样一边在大学教书一边写作已属难得。在接受访谈时哈金表示，写作的压力总是存在的，从埋头写作，到赢得主流社会青睐，他经历了反复修改到不断地投稿退稿的苦涩过程。烦透了，改到甚至都不愿再看出版的作品。他诚恳地劝人说，别轻易用外语写作，因为那一个又一个难关不是一般人过得了的，除非你有相当的承受力，去承受各种各样的失败。而他《自由的生活》这部反映美国华人移民现状的书出版后，却并没像前几部以中国"文化大革命"为背景或以战争为背景的军队作品那般受西方读者青睐。这，大概就是所谓的"话语权"问题吧。

第四节 不能翻译回母语的困惑

哈金当初用英文写作是为了生存。据哈金自述，1986年他来美国

---

① 哈金:《游移作家的典型》,《世界日报》（副刊）2007年1月16日。

读博读英美诗歌，这个专业很难谋生，同学们几乎都转了法律或 MBA，他自认没这个能力，改为写作专业。之后被大学聘为"住校作家"（美国大学把发表小说视为学术著作成果），哈金就一门心思写英文小说了。在美国大学英文系教书，必须有著作出版，所谓的 publish or perish，《等待》就是这样逼出来的。1995 年冬天，他把从前听来的真实故事写成了英文中篇小说《等待》，后来又花了三年改写成长篇。完稿后，等了九个月，他不知道该怎么做，原来的中介人已经丧失信心了。出版后却连得大奖，使他扬名美国文坛。

美国小说家富兰西林·普罗斯这样评论：《等待》从第一句话起（"每年夏天，孔林都回到鹅村去和他的妻子淑玉离婚"）就惹得我们要往下读第二句、第三句，然后我们被小说紧紧吸引住，以至于来不及去惊叹它的悬念十足的情节——故事中的一对男女规矩地、多少也是耐心地等了 18 年才被允许结婚。哈金的这本书不可能没有戏剧性，因为我们这么快就陷进了它的叙述结构、讽刺的幽默，还有它微妙却又是惊骇的转折，这有助于我们对角色和他们所处环境的理解。《等待》还充分地提供给我们双重的教育："文化大革命"期间中国社会的朽坏过程，还有对那块已无奇异处的区域——人心——从容而出色的挖掘。①

哈金的获奖在英语文学界搅起波澜，老美们很是想不通：为什么这个操着蹩脚英语和浓重口音的外来汉竟然能写出这样浅显易懂又富有神韵的文字。甚至，他有化腐朽为神奇的力量。当他写人物们"拼命大喊"或者"怒目而视"时，当与"他们的眼睛瞪得圆圆的"时，其效果不是卡通画，相反却为作者宛若摄影机般的叙述平添了一份冷若冰霜的奇异能量。这是一种什么样的"大巧若拙"？至今仍是一个不解之谜。有人寻根溯源，从影响入手，指出在这些蛊惑人心的浮满平凡细节的简单故事下面潜伏着一个骚乱的契诃夫，或者果戈理的战争旋涡，或

---

① ［美］富兰西林·普罗斯：《十八年的渴望》，王瑞芸译，《今天》2000 年第 3 期哈金专辑。原载《纽约时报》书评。

者另外的几位俄国大师——伊萨克·巴别尔以及托尔斯泰的痕迹。另一些人则指出,哈金的作品仅是中文到英文的功能性的转换,是一种直译。这样的说法否定了哈金本人的英文写作功力。尽管有目共睹的,小说写作外的他还是一位成功的英语诗人,诗人的本职——对于语言本质的打磨推敲、汲取精华,正也反映在哈金的行动中,他本人指出,在写作中他总是一遍遍地删改校订自己的作品,直到文本呈现出最精简的形式为止。那么,哈金之谜到底是出于天然的神力,还是后天之功力所致?或者,一半一半?

一旦用英文写作后,很难转换跑道。最初他写英诗、教英诗,由于英语是第二语言,创造了一种有趣的晦涩形式,但到后来,随着对英文的理解加深,写诗反而变困难了,于是他改写小说。小说初稿完成后,他总要修改数十遍才定稿,一则平日看惯了经典,心中有一定的标准,再则英文是第二语言,需要多加修改润饰。因此,他的长篇小说往往花数年的时间完成。哈金说:"一想起这样的劳动量,我就害怕。"

虽然他经常抱怨,教授这门课占据自己太多的时间,但固定的收入对于一名作家来说是至关重要的,否则,他就会老是想着如何出书卖钱,没办法,只能委曲求全。"图书市场的暴政比大学还要糟糕。"他说。

"我的写作是关于心灵的,我不会去虚构很多的细节,对我来说,更重要的恐怕是如何编排细节的问题。也就是说,我试图保护每一个细节的真实性。就文学层面上而言,幻想和想象显然是完全不同的。想象意味着控制细节的能力。至于叙事技巧,它们当然很重要,我总是学着去熟练各种叙事的手法。但文学是灵魂的艺术,而不仅仅与技巧相关。许多不朽的传世之作在叙事上都难称'白玉无瑕',都有这样那样的缺陷,但它们仍然取得了巨大的成功,这主要还是因为这些作者都有一颗独一无二的心灵。在这个意义上,一个小说家必定是一个'唯心主义者'。"(就细节的真实性问题,有研究者也有不同看法,认为获奖作品的"小脚女人"细节失真)

成名没有使哈金迷失自我，他仍是传统的中国君子——温良恭俭让。他当选美国国家艺术科学院院士，却只字不提；在莱斯大学演说第三天，他要求人文学院院长不要再提他得奖的荣誉了。耶鲁大学英文系请他去教书，他很动心，那是全美最好的英文系。但妻子提醒他，在波士顿大学，他教课和研究之余，有一半的时间创作，去耶鲁教书，写作的时间就少了。再度确认了写作是人生中最重要的事，哈金放弃了去耶鲁大学教书的机会。

那年纽约大都会歌剧院首演歌剧《秦始皇》，由谭盾作曲，哈金写剧本，张艺谋舞台设计。起初哈金有点迟疑，他认为自己写诗与小说，是私人的艺术形式，歌剧则是公众的艺术形式，但最后他还是被说服了，于是哈金从私人创作领域转向公众创作领域。

有人说现代性的一大特征就是，中外文化中各个领域的渗透融合，华人移民作家的外语文学作品，将中华文化延伸到异国文字之中。而哈金认为：作为移民，用所在国的语言写作理所当然。大家都为了生存，都写得很艰难，不容易写出有分量的作品来。但正因为难，才有人来做，知其不可为而为之，不过我不鼓励用非第一语言写作，太难了。但哈金也表示，他最好的年华都用在英文写作上，如果再换成中文写作，无疑就像自杀。

"返母语化"难以实现。哈金用英文写作，用另一种思考方式思考，在另一种文学传统里休养生息。有一些杂志刊登了他的作品（中文版），反映有好有坏。他得奖的事也受到了华语世界的普遍关注。就连他本人，也考虑过归国教书这一选择，可是向北京大学递交了教授职位申请，却一直没有得到回应。他的儿子已经在普林斯顿读书。他已经成了彻底的美国人。如此看来，哈金的"返母语化"和"续中国情结"一时很难实现了。

哈金的创作特色尤其是短篇小说单纯写实，语言没太多花哨，人物也比较类型化，善恶好坏是非分明。对于西方读者来说比较容易接受，但对于国内读者来说或许就显得平淡。有人评价哈金的小说以中文读来，竟不似英语阅读的那般魅力。即使故事全然完好地保存，翻译得也相当成功。但就好似那个在英文里生龙活虎的哈金竟然在中文里缺席了。究其原因：一，在于哈金为英语书写便捷而刻意维持的精简，翻译成中文之后，反成缺失。二，哈金小说在译为中文后，完全等于中国作家写的中国故事。它们无可避免地汇入近代中国小说浩瀚的海洋。在前有沈从文、鲁迅、茅盾、老舍、巴金、萧红等诸大家，后有当代的残雪、刘恒、李锐、莫言、余华、贾平凹等与哈金差不多路数的作家的作品比较之下，顿使哈金的小说略显轻薄，他那种海明威式简洁精练的书写，翻译到中文竟变得简单甚而有些单调了。三，总括来说，也就是缺乏中文小说一贯的文字渲染功夫和感染力。只是叙说故事，而没有某种深植人物、情节中的力道与余韵。但无论中英文还是其他任何文字，都无法抹杀其人物与情节的互动、匀整平衡的框架结构及其现实的穿透力。①

有人说哈金小说的创作关键在于，一边具备社会真实面的营造基础，一边以宿命、矛盾、生存的挣扎、性与暴力等为戏剧主轴要素，直使读者似亲临一种前有猛虎，后无退路，无所适从却又不得不从的况境；以或调侃嘲讽或无奈怨愤，甚或干脆低头认命的基调，吹奏出写实的乐章。

深受俄国作家影响的哈金，认为托尔斯泰、契诃夫、果戈理的写实主义与人道精神，是伟大且很难被超越的。他喜爱契诃夫的深沉和宽广胸怀、果戈理以悲剧为主调写出的喜剧，也欣赏奈波尔对许多问题的看法，"也许因为我们都是移民，都是游移的人群吧！"。

异国生存境遇也给了海外作家一种机遇，可以重新打造自己，重新计划自己应该做什么、能够做什么。二十岁才开始学英文、二十九岁到美国念书、四十三岁以英文创作小说成名的哈金，得奖无数，两度获美

---

① 裴在美：《逼人的况境——谈哈金的短篇小说》，《多维时报》2003年9月20日。

国国家书卷奖和美国笔会福克纳小说奖,此番成就在美国当代作家中也很罕见。且不论他作品风格如何,是好是坏,似乎并不重要,而重要的是,他作为新移民中少有的非母语写作者,让美国主流刮目相看,却是不争的事实。就社会意义而言,他写下海外华人奋斗成功的一则传奇。就文学意义而言,当年为了生存而用英文写作、如今以追求文学不朽为标杆的他,成了一个跨越语言疆界并建构了自身文化身份的作家。

继哈金之后又有一位旅美华人裘小龙引起海内外文坛瞩目。以推理小说成名并改变中国男性在西方的形象的裘小龙,1953 年生于上海,师从著名诗人卞之琳,中国社会科学院研究院硕士。20 世纪 80 年代以翻译艾略特(T. S. Eliot)和美国意象派诗人的作品而闻名,1988 年获美国福特基金会赞助赴美深造,开始以英文创作,1995 年获华盛顿大学比较文学博士学位。2000 年开始,他的系列侦探小说被翻译成多国语言,首部《红英之死》入围爱伦·坡小说奖和巴里小说奖,并获 2001 年安东尼小说奖,为世界首位获推理小说最高荣誉的华人。

2008 年 4 月,裘小龙任香港中文大学驻校作家,这个计划为其小说集提供了滋生的沃土。白天,裘小龙用英文创作,夜间便传到法国,翻译为法文,最终整理成书稿,一天天的流水操作,催生了其作品的提前完成。最新短篇小说集《红尘岁月》写出了上海半个多世纪的沧桑,被法国《世界报》连续 6 周刊载、电台播出,广受瞩目。[①] 该作讲述上海弄堂"红尘坊"的一块黑板报铺陈弄堂里的故事,从 1949 年讲到 2005 年。2008 年 7 月 15 日起,法国《世界报》连续 6 个星期刊载,而法国国家电台又及时将其译成中文,在广播中与《世界报》几乎同步播出。一位旅美华裔作家的英文作品,经过翻译在法国广受关注和重视,并延烧至德国等其他欧美国家。

裘小龙原本不写小说的,艾略特是裘小龙和他老师卞之琳共同的偶

---

① 《亚洲周刊》2009 年 1 月 4 日刊登邢舟的专访《旅美华裔作家裘小龙——文学是个体的悲喜剧》。

像。身为诗人，卞之琳不是波希米亚的那种长发飘逸的雅士，他既羞怯又严谨。"在家中授课，没有黑板也没有教材，随口就谈他怎么写诗，怎么骑着毛驴去延安。"裘小龙说起当年从师的生活，真有点古风"弟子"的感觉。

1988年裘小龙获得福特奖学金前往美国做为期一年的访问学者。圣路易斯华盛顿大学，这所由艾略特祖父参与创建的美国最好的私立学校之一，这个艾略特出生的地方，对裘小龙的诱惑可以想象。初到美国，裘小龙就急切地向路人询问艾略特的祖屋，人家竟问他艾略特是谁？1989年，裘小龙留在了美国，转读博士。用英文写作是"心中没底"又"无可奈何"的抉择。裘小龙很坦白："你可以继续用中文写，但是没有人看，只能转用英文。"很难走，但也回不了头。他认为，文学是个体生命的悲喜剧，文学不同于历史之处，在于前者更注重的是人，是个体生命的悲剧或喜剧，历史书中无足轻重的一笔，也许就足以影响甚至决定一个人生命的全部。好人，坏人，人的价值是被后面的政治和社会背景变化决定，人的价值在不断解构中，你辛辛苦苦奋斗了几十年的东西可能一下子就没有了。

裘小龙写书之路很幸运，身边很多美国朋友用母语创作，也未必能出版；他送出的第一份书稿就被出版社采纳，并签下了一系列三本的合约。接着第二家出版社找上门，继续写这个系列。侦探故事竟停不下来了，他也被冠上了侦探小说家的美名。

在西方人眼里，中国神探的角色已脱去了肥大的外套，步履轻盈；剃干净了胡子，长相英俊；名校出身，说起英文不再频频出错，也不用频频"子曰"，而是在兴致好时还可以张口朗诵艾略特的诗："我们所有旅程的终点，都是踏上我出发的地点，并且第一次真正认识这一地点。"把老外都唬得一愣一愣。这是裘小龙笔下的探长陈超，他的出场，距上一位陈姓探长谢幕已过了近七十年，当年陈查理（Charlie Chan）的形象经美国作家毕格斯（Earl Derr Biggers）的手，成了过去老美"最熟悉的华人"之一。但这个西方人塑造的角色缺乏男子气概,正如学者所言,对东方男性行为的非性化(desexualized)表达,就是要尽量做到感情上不动人,即emotionally impactless,这样才可以表达你是东方人、中国人。

西方长期以来对东方人(尤其是中国男性)的这种刻板印象,如今经裘小龙之手似乎在慢慢转变。写作前就已熟悉东方主义理论的裘小龙,写作刻意避开了这种形象。怎么也"不希望他们面对中国的理解,还停留在女的是小脚,男的是长辫子"。出版裘小龙第一本侦探小说《红英之死》的美国SOHO出版社,当时确实有过这样的疑虑。小说推出后,好评如潮。《芝加哥论坛报》称"从美国人的角度看到了更商业、更现代的中国"。当各类奖项接踵而来,越来越多的西方读者开始接受、喜欢这位华裔作家和他笔下的探长形象,裘小龙依然说:"这其实蛮难的。"最常遇到的便是语法问题:"我书的编辑总告诉我,你的语法看上去太正确了,得改,故意的错一点。"因为没有老美口语语法是那么正确的,裘小龙笑道。有时候遇到问题不知道怎么形容,只能找在美国出生长大的女儿当救兵。语言是一堵无形的墙,而母语的优势与生俱来。当有人问他,会不会觉得自己在海外,有种"没根"的感觉?海外作家成为一个群体已有近百年的历史,但毕竟是少数的、孤独的。裘小龙认为:"也许写东西对我,也是保持根的一种方式。"这些年,裘小龙有空就会回国走走,国内变化太快,保持些距离观察,更客观真实。"其实我挺想国内的朋友还是像以前那样看我的,可是没办法,他们已经习惯把我标签成美国人,回不去了。"他每每提到女儿,就很自然地说她是典型的美国人,当有人感到好奇,追问,裘小龙想了想:"她是美国人!"

由于文学受市场经济影响,加上现代娱乐传媒发达,国内一般读者关心的不是海外的华人文学,而是身边更切近实际的利益及权谋透视、多角恋风波和"上下半身写作"等。在急速膨胀的女性意识中,"另类"女作家更是肆无忌惮地彻底颠覆了男权权威话语和道统规范的传统女性形象。这种灵肉混淆的"颠覆",让一向关注精神层面并且习惯于传统方式的人目瞪口呆或者声嘶力竭。尤其是,混合了肉欲颠覆及颓废情绪、混杂了市场操作的价值取向,使批评家尴尬冷场,形成创作者、读者和理论者各说各话的嘈杂局面。除少数作家的作品被关注之外,即便是具有相当的人性深度和艺术价值的作品也得不到青睐。这,大概又是海外文学边缘性的另一尴尬吧。

  在海外出版了英文作品,如果不是主流话语,市场无疑是狭小的,受众面之小,意义被消解,自然是要渴求在自己的母语国度里获得认可和共鸣。但是思想和话语受限制,又同写作人所追寻的自由空间是相悖的,于是为了获得在最多读者环境里出生的可能,须有意识地筛选删改迎合,以便被接纳,那么这样还剩多少艺术真实感留存在可出版的文字里?难怪有人在网络上发感慨:因为文字在纸面上的意义毕竟还是不同于屏幕上,那些网络写手最终不还是要以纸面的出版物为他们的作品和他们本身的身份获得界定的一个证明吗?

第三章　族裔身份：从隔膜到融入

第一节　族裔身份与代沟冲突

　　族裔身份是海外移民随时随地都能感受的困扰之一。萨义德认为，每一个欧洲人，不管会对东方发表什么看法，最终几乎是一个民族主义者。同样，海外华人移民不管地位成就如何，最终几乎也是民族主义者。但民族主义并不是完全让移民心安理得，与居住国关系常常显得扑朔迷离，在许多时候，尤其是危急时刻，主流与边缘、异域文化与质朴的民族主义情感常常发生冲突，似有被连带撕扯之感。

　　作为"他者"移民海外的华人大都有相似的感受，第一代移民基本上就是铺路石。传统文化积淀深厚，异域的精神碰撞，生存仍然是首要问题。但土生土长的第二代华人，已经在文化认同上与上辈有隔膜，不少作家作品涉及诸如关于父母子女之间的关系、孤独、如何融入主流等内容。由于血缘、肤色等因素，有难以言说的内心困扰。华裔作家通过对自己童年和青年时期的反思，对自己上辈生活故事的讲述，反映了种族混合的社会状态。因此，多元文化中的身份认同，不仅包含在生活经验、教育、语言等具有文化象征意义的因素中，也包含在生命本体的成长过程中。

　　在北美，华裔是少数族裔中人数较为庞大的一个族群，不仅拥有自己的社区、会馆、商业以及报刊媒体，还包括以英文和中文创作的作家群。由小说作品改编为电影并获奖的最容易引起关注。这方面例证很多。像李安改编严歌苓的《少女小渔》、张爱玲的《色戒》，陈冲将严歌苓小说《天浴》搬上银幕，一举获得多项金马奖。譬如以英文创作的有黄玉雪（Jade Snow Wong, 1922—），其自传体小说《华女阿五》（*Fifth Chinese Daughter*, 1945）被公认为美国华裔文学的开山之作，华裔作家谭恩美的家族小说《喜福会》（*Joy Luck Club*, 1989），李健孙（Gus Lee, 1947—）的半自传体小说《支那崽》（*China Boy*, 1991）和《荣誉与责任》（*Honor and Duty*, 1994），等等，这些作品大都塑造了母亲形象，并且通过母子母女关系的描写，深刻揭示了华人传统文化与西方文化的差异和冲突以及挥之不去的中国情结，① 同时也涉及了华人的身份认同问题。

华裔作家谭恩美是以英文创作取得相当成就的作家，根据其小说改编的电影《喜福会》（*Joy Luck Club*），自1993年海外公映后引起强烈反响。有观众称是"足以感动铁石心肠的一流催泪电影"。全片以四对华裔母女为中心，描述几个家庭近百年来的遭遇，旧日中国女性过着没有尊严的生活，挣扎求存来到美国。她们将前半生的坎坷，化成对女儿的希望。对比华裔女性如何从受尽辛酸屈辱的祖母辈，逐渐成长为具有独立人格和经济地位的新一代女性。原来跟母亲有很深误会的琼，当她代替已去世的母亲回大陆探望当年在抗战逃难时被遗弃的两个姐姐时，却深深感受到上一代的苦难和割断不了的亲情。

华裔电影人锲而不舍地将华人微弱的声音传达出来，成功打入主流社会，影响了海内外观众；而电影的拍摄剪接手法，成功地跳脱文本的局限，借由影像传递出更丰富的讯息，功不可没。

曾因执导《喜福会》而声名鹊起的华裔导演王颖，在一系列作品

---

① 黄汉平、张顺美：《华裔美国文学中的母亲形象与中国情结》，《思想文综》，暨南大学出版社2007年版。

中表现他对身份认同、语言错位等问题的思考。王颖比较喜欢从华裔女作家作品中寻找灵感。《千年敬祈》改编自旅美女作家李翊云的同名小说，讲述一个退休科学家到美国探望离婚的女儿，不仅难以和周围人沟通甚至无法与女儿交流，苦闷中，只好每日在公园里与孤独寂寞的异乡客——另一西裔移民"鸡同鸭讲"。①

电影无疑是从一个中国来访的父亲的视角，调动了各种元素，诠释父女/母国与居住国断层的故事。当冲突至高潮也就是全片最精彩之处，女儿终于爆发了："当一个人学会的第一种语言没能教给她如何去交流的时候，她学会了第二种语言，就会很自然地习惯用第二种语言去交流。"此话一出，的确让人一震。抖搂一点父亲当年的韵事，其实不算什么。揭开当年父辈那个说着话却并不交流的世界的真相，方才深刻。类似题材譬如李安的《推手》，也有比较沉闷的表现从中国来的父辈与已经习惯美国生活的子辈之间的隔膜镜头，但因叙事更有层次，动静结合，然后突然转到较有悲剧气氛的镜头时，力量更足。这些细节，相当真实地反映了华裔移民在亲情之间由于语言文化隔膜、误会曲解及意识形态等障碍而难融洽相处的尴尬。

受到主流青睐并获奖的女作家李翊云的创作经历比较有趣：她的写作之路颇有跨域跨文化之特质，是真正的"半路出家"，但这位文学圈外杀出的黑马，不仅跨了界，而且一鸣惊人、震撼文坛。1972年，李翊云出生在北京的皇城根，父亲是核物理学家，母亲是中学的语文老师。她是父母老师眼中的学霸，拿过数学奥赛奖杯。带着父母的厚望，1996年，李翊云从北京大学生物系毕业后，赴美留学，在艾奥瓦大学攻读免疫学学位。可是文学的细胞早在体内繁殖扎根，免疫学也没拦住，不管她自己是否意识到，文学种子要破土而出时，便会势如破竹，仿佛飞流直下三千尺的瀑布。李翊云居然会在若干年后成为西方一名受

---

① 吕红：《爱情、黑帮和凶杀 亚裔电影的卖点》，《世界周刊》2008年3月9日。《午夜兰桂坊》，长江文艺出版社2010年版，第358—366页。

欢迎的小说家，这令她的母亲感叹道："有心插花花不发，无心栽柳柳成荫。"全家人又哭又笑悲喜交集了好一阵子。

读硕士时，实验任务很重，大家纷纷寻找减压的方式，不少同学选择了园艺来放松神经，李翊云却报了一个社区写作班。在此之前，她没有用中文写过任何文学作品，她的英文也仅够阅读和完成学业。

和严歌苓一样，美国的写作班老师十分擅长鼓励新手，生动的教学方法每每令她灵机一动、豁然开朗。没想到，从练习写作文开始，她便一发不可收了。读硕士的第三年，她结束了免疫学的学业，两年后考入同校的著名写作项目的非小说组，一年后又考入小说组。

爱荷华大学的写作班成立于1936年，是美国首个创意写作项目，在全美排名第一。该项目当时已经桃李满天下，硕果累累。记录在案的就有17位普利策奖得主、4位美国桂冠诗人，以及众多国家图书奖、麦克阿瑟天才奖得主。而其后"国际写作计划机构"于1967年成立，由著名华裔作家聂华苓及其丈夫、美国诗人保罗·安格尔共同创办。很多中国大咖作家，王蒙、北岛、王安忆、阿城、莫言、苏童、余华等，都参加过该计划。

李翊云后来说，如果不是在爱荷华这座"作家之城"读书，便不会受到如此深厚的文学熏陶，很可能不会成为一个作家，毕竟，在此之前，她花费了大量心血在生物学上面。

2002年，李翊云在 The Journal 杂志上发表散文《充满蝉声的夏天》（"The Summer of Cicadas"）。2003年夏，老牌文学期刊《葛底斯堡评论》发表了她的散文《那与我何干？》（"What Has That to Do with Me?"）。同年，她的两篇小说《不朽》（"Immortality"）和《多余人》（"Extra"）分别被《巴黎评论》和《纽约客》接受。

李翊云在1996年赴美国留学前一直在北京生活，她曾在美国艾奥瓦大学作家工作室和非虚构写作项目攻读艺术硕士学位（Master in Fine Arts）其间，用英文创作的小说不时被刊登在《纽约客》和美国著名文学杂志《巴黎评论》上。她的第一部小说集《千年敬祈》共有 10 篇短小说，描写的是中国人和华裔美国人的故事，从北京喧嚣的中心，到芝加哥的快餐店，再到内蒙古贫瘠的大草原，讲述了有关神话、家庭、历史和阶层的问题。

弗兰克·奥康纳国际短篇小说奖评委会曾评价，李翊云的短篇小说集"用令人心碎的诚实和美丽的散文语言，展现了异国和熟悉的世界"。弗兰克·奥康纳国际短篇小说奖，是为纪念爱尔兰著名小说家、剧作家、戏剧导演和文学评论家奥康纳而设立的。奥康纳于 1903 年出生在爱尔兰的库克市，他曾把大陆现实主义与本土口头传统融合起来，并因创作了现代爱尔兰短篇小说，在爱尔兰文坛上享有着极高的荣誉。

创刊于 1953 年的《巴黎评论》（*The Paris Review*）是美国最著名的纯文学杂志，一向以挖掘新人著称。《巴黎评论》将在 2004 年设立的"普林姆顿年度新人奖"颁发给了李翊云。而菲利普·罗思、杰克·凯鲁亚克、V. S. 奈保尔等名作家的早期作品都在该刊发表过。为纪念 2003 年逝世的创始人乔治·普林姆顿，该刊 2004 年首次设立"普林姆顿奖"，奖金 5000 美元，奖励该刊上一年度发表的最佳新人作品。

在国内时从未想过要当作家，也没写过什么文学作品，原本打算攻读生物学博士学位，然而她在艾奥瓦大学听说了该校作家工作室（The Writers' Workshop）种种逸事之后，发现自己对用英文写作的兴趣与日俱增。

2004 年 1 月刚上任的《巴黎评论》主编、30 岁的布丽吉特·休斯在接受《新闻周刊》采访时兴奋地说，发现李翊云的文学才华是比她当主编更大的新闻。当她从大量自发投稿中发现这位无名作者的小说时一眼就看上了。她认为这是《巴黎评论》发表的一篇完美的小说。《不朽》讲述了一位自幼丧父的演员在成名之后又回到寡母身边的故事。

"因为移民作家的优势不在于语言，所以反而会更加注重故事。用母语写作的人很容易把更多的精力放在营造语言上而忘记了讲好一个故事。华裔作家在美国的生存状况同所有美国的作家一样,很难靠写作来养活自己。在美国除了极少数作家可凭写作为生外,大多数作家仍需要一个职业,或教书,或做与写作无关的工作,写作是一个奢华的爱好。"作家深有感触地说。她在创作上受爱尔兰作家威廉·特雷弗影响较多(比如《出轨》是威廉·特雷弗一部短篇小说集。以收放自如、犀利敏锐的笔触,呈现了一个失落的世界。落伍者、小人物、失意者与边缘人,游离于现代社会进程的主流之外,他们既有悲戚、痛苦、无助、孤独的一面,也有着荒诞、贪欲、狡黠、罪恶的一面。而对于这些人性或非人性的举止,特雷弗都抱以理解和宽容,充满了悲悯的情怀)。

李翊云的短篇在《纽约客》《巴黎评论》等文学期刊发表,曾获弗兰克·奥康纳国际短篇小说奖和国际作家协会海明威小说处女作奖。被《纽约客》杂志评为20位"40岁以下最具潜力的新秀作家"之一,她还获得了奖金高达50万美元的麦克亚瑟研究基金。李翊云这个用第二语言写作的新人开始受到业界以外的广泛注意。兰登书屋很快买下了她短篇小说集的版权,并于2005年推出了她的第一本书《千年敬祈》(*A Thousand Years of Good Prayers*)。

之后推出的《金童玉女》以她自己成长的中国为背景,讲述各个年龄层人物的情感故事。而根据她的短篇小说改编的电影则用视觉语言诠释了人与人或代际生长之间的隔膜。

获得海明威奖和麦克阿瑟基金奖等多项荣誉、现任普林斯顿大学创意写作教授的李翊云新近推出最新英文小说 *Where Reasons End*(或译《理由之外》),讲述丧子之痛和随后的母子精神对话。作品感人至深,获得《纽约时报》等众多媒体关注及好评。

在出版《千年敬祈》《流浪者》等之后,深受抑郁症困扰的她曾在书中披露,一度想结束自己的生命,从这个世界上"消失"。医生警告她必须终生警惕自己的这种自杀倾向。然而,就在她于2017年出版

Dear Friend, from My Life I Write to You in Your Life 一书没多久，她本人没有自杀，她的 16 岁的儿子却自杀身亡。经历丧子之痛的她开始在心中与儿子对话，这些对话最终被收录在了她的最新作品 *Where Reasons End* 中。她在书中表示，"如果说之前我们给了他血肉之躯，现在我是在从新来过，这次是用文字来给予他另一次生命"。

华裔移民第二代在成长时或多或少都经历了身份困惑，有过种种的内心矛盾和痛苦挣扎。他们甚至常常问父母：自己到底是哪国人，为什么与周围白种人不一样，为什么别人会以异样的眼光看待自己，不得其解。有些华人子女甚至患上了自闭症。诸多困惑，在移民或移民第二代的作品中都不难找到。

譬如著名影星陈冲参与拍摄的影片《意》（*The Home Song Stories*）就是以一个华人移民男孩的视角展开，以英语、粤语、普通话和上海话演绎。陈冲凭该片而赢得金马奖影后。该片讲述曾名扬上海滩的歌手玫瑰，移居香港，后嫁给一个澳洲水手，移居澳洲，最终因意见不合而仳离。在白人世界里，没钱，没有朋友，甚至难有可口的中餐……早年移民远离家乡后的艰辛与挣扎，没有心灵归宿的痛苦迷失。家，想回家，始终是女主人公不断触及的心底创痛，在遥远陌生的异乡，或黯然神伤或撕心裂腹。而孩子却因种族不同甚至因自己母亲的形象而遭其他白人轻蔑耻笑；母女冲突，女儿自杀，儿子的幼小心灵在脆弱愤懑抗争中成长……留下永远无法解开的心结。影片结尾是男孩成人后在写作回忆母亲的一生，那些旧照片留下岁月的印痕。"忘不了"的老歌萦绕脑海，令人难以释怀。

在西方人眼里，最性感的华裔女星就是 Joan Chen 陈冲。曾几何时，她扮演的清纯的哑妹，成为一代中国观众的集体回忆。《青春》（1977）一片让她崭露头角，1979 年又凭《小花》而成为影坛新星。1980 年代初转换跑道，她赤手空拳在好莱坞打下一片天：从《大班》中的小妓女做起，逐步当上《末代皇帝》的女主角。又从演员转为导演，电影

《天浴》赢得金马奖多项大奖。近年来陈冲频频在海内外亮相,还凭《意》中饰演的性格复杂的母亲角色而赢得金马奖最佳女主角。华裔演员在西方开拓颇为不易,但夹缝中也如花盛放。

第二节 华人电影中的身份困扰

从出生到成长都是在种族熔炉里的土生华人,虽然没有华夏民族数千年文化精髓和传统包袱,但文化影响仍或多或少地在他们的人生轨迹中留下烙印。一些土生作家以英文作品表达他们对根文化寻找或者身份认同的困惑,将故事镶嵌在移民历史和文化背景之上。当《哈利波特5》吸引了全球亿万观众的眼球并制造惊人票房时,几乎与此同时,另一部反映儿童心灵世界的影片《伊芙与火马》(Eve and the Fire Horse)亦在北美公映。这部由加拿大华裔导演关素莉(Julia Kwan)编导、华裔好莱坞影星邬君梅(Vivian Wu)和两个初涉银幕的华裔小演员主演的影片,尽管在制作技巧和投资上都无法和主流大片媲美,但该片却触及了一个鲜有人关注的题材,即表现海外少数族裔子女在人生境遇和信仰等方面的困惑,尤见其独创性。[①]

影片表现的是一个关于找寻信念的故事。表现出来自华裔移民家庭的一对小姊妹,成长阶段接触宗教的种种疑惑。主人公是一个名叫伊芙的9岁女孩,她生长在温哥华一个华人移民家庭。伊芙11岁的姐姐Karena刻板固执,是虔诚的天主教徒。而伊芙则把佛教和天主教搅和在了一起,甚至夜梦里还与观音菩萨和耶稣在乐曲中翩翩起舞。关素莉说,正因为很少有电影从儿童的角度去探讨人生,所以她才有兴趣拍这部电影。点点滴滴童心幻想也细腻地展现在该片中。譬如伊芙给祖母祝寿跳舞,舞曲是"花篮的花儿香"(《南泥湾》);还有耶稣与佛祖共

[①] 吕红:《〈伊芙与火马〉:移民子女的困惑迷失与寻找》,《世界周刊》2007年9月9日。

舞、玻璃缸中的金鱼唱歌舞蹈等。伊芙很爱她的祖母，但祖母后来生病去世。信仰佛教的人说生死轮回，祖母已经托生为金鱼；信天主教的说人死后到天堂或地狱。片中小姊妹对于宗教的不同想法，和成年人不同，充满奇幻的想象和包容性，而这都是透过儿童的视角和心灵表现出来的。但也融入了创作者有关本族裔移民的经历与感悟，以及寻找身份认同的切身体验。

关素莉现居温哥华，是第二代华裔移民，曾在多伦多怀雅逊大学主修电影，为加拿大电影中心请驻导演（director resident）。于20世纪90年代开始拍摄短片，获得不少奖项。《伊芙与火马》剧本曾获加拿大作家协会最佳剧本奖。关素莉感慨万千地表示，剧本初稿是在美国旧金山写的。当时她就住在哥哥家。该片在北美公映后获得不同地域的观众的理解，即便他们有不同的文化背景。

当个体进入异乡文化时，还不单是"自我/环境"的问题，更是文化互动与碰撞的过程。绝大多数情况下是个体适应异乡文化，但也有少数情况是个体将自身母文化带入异乡文化中。想当年李小龙初试身手，出神入化，在西方影圈搅得风生水起，让美国人认识了什么叫"Kungfu"。并使"功夫"这个中文字音，成了新的英语单词。华人不仅把中华传统文化带入西方，其他诸如"吃文化""穿文化"等也逐渐被带入。

同时，一代代华裔电影人为寻梦而"打入好莱坞"，仿佛武林过招。或许这个世界，就靠实力说话；经济撑腰、文化并举，方赢得话语权。当李安凭实力终于举起小金人，激动感慨："好莱坞的墙打破了。"于是有人开始将这长长的一段艰辛路以影像连接，揭开幽幽暗暗近一个世纪的秘辛与传奇。[1] 华裔导演曾奕田（Arthur Dong）的《好莱坞华人》（*Hollywood Chinese*）就是将思考转为镜头语言对准热点问题的视

---

[1] 吕红：《好莱坞华人之梦》，见美国《星岛日报》（副刊）2008年6月29日、2008年7月6日。

觉媒介，主题包括亚裔美国人的历史和身份认同、同性恋的社会压迫等。如《缝纫的女人》(*Sewing Woman*, 1983)，真实记录了他的母亲从中国移民到美国的历程，卢燕为该纪录片配音解说；《紫禁城，美利坚》(*Forbidden City, U.S.A.*, 1989) 是反映 20 世纪 40 年代在夜总会表演的亚裔之艰难的音乐剧；《荷花》(*Lotus*, 1987) 表现中国妇女的缠足历史；《好莱坞华人》(*Hollywood Chinese*, 2007) 则是一部从 20 世纪初叶至今在好莱坞影视界华裔影人的奋斗史。在片中，编剧、导演共同探讨电影得失，细数了华人在好莱坞的酸甜苦辣和跌宕起伏，包括从首位在好莱坞电影中担任主角的华人女星黄柳霜，凭电影《苏丝黄的世界》走红的女星关家蒨，以及两度获奥斯卡最佳摄影师殊荣的黄宗霑，并穿插导演李安、王颖、林诣彬，女演员卢燕、周采芹、陈冲，以及名作家谭恩美、剧作家黄大卫等多位好莱坞华人的访谈。由此可见，若非 20 世纪初以来 *Hollywood Chinese* 的披肝沥胆呕心沥血，亦难有今日成龙、李连杰、周润发、杨紫琼、章子怡等国际电影人的风光与辉煌！

第三节 华裔的电影和电影中的华裔

一 追溯好莱坞历史风霜

如同"历史档案"的《好莱坞华人》，由 20 世纪 10 年代说起，追溯好莱坞的第一对华裔女导演/演员姐妹花 Marion Wong 和 Violet Wong，如何从手执摄影机纪录生活，到有技巧地拍制故事片；华人男子 James B. Leong 如何在美国成立电影公司；还有早期电影是让西方演员扮演华人等，焦点对准电影发展孕育年代，早期华人在西方的实验制作，并且探索 20 世纪以来的"华人形像"之变迁。

片中出现的几十部电影片段，几乎全盘回顾了所有好莱坞电影中的华裔形象样本：有的简直荒诞无稽，像杂碎酸甜菜混合物。早期好莱坞华人形象多由白人扮演，带有扭曲意味——比如说涂黑脸颊扮中国人；有的以胶纸贴下双眼内侧，把眼拉得更长更细，而加以夸张丑化。投射了对中国既恐惧又嘲弄的心态，如 *Fu Manchu* 傅满洲系列；而 *Charlie Chan* 陈查理系列，以华人神探为主角，但却又形象怪异扭曲。自1929年拍摄的"傅满洲博士"系列，电影主角是一个邪恶妖魔的化身，总是幽闭在自己的黑暗世界中，构想和策划种种邪恶的勾当。他诡计多端，精通五花八门、鲜为人知的酷刑和稀奇古怪的毒药。周围总是聚集着一群爪牙和帮凶，带有帮会特征。此魔每遭到惩罚死亡，又能在下一部电影里奇迹般地复活。

纪录片发掘了许多观众从没见过的资料。原来华人导演和演员，早在默片时期，甚至在黄柳霜出道之前，就已经在好莱坞出现过了。但是在种族政治的机制之下，华裔电影人饱受压迫，主体性很难得到伸展。被西方人的眼光定型标签，即便华裔演员生得再美、演技再好也只能是个跑龙套的，或被侮辱损害的另类角色。华裔演员面临生存困境，要么就演，否则就没饭吃；二战期间，美国女作家赛珍珠的一部描写中国农民生活的小说被改编成电影《大地》（*The Good Earth*，1937），由白人女主角来诠释华人女性的特质，影星路易丝·赖纳因出演女主角而夺得奥斯卡金像奖。

演尽扭曲形象的"龙女"黄柳霜曾是《大地》女主角 O-Ran 第一人选，却被弃之门外，远走欧洲，旧梦难圆。华裔女星黄柳霜，堪称国际银幕上第一代华裔演员；其四十年艺术生涯中，共拍过六十部电影和电视片集。影片《黄柳霜传奇》［*Anna May Wong-Frosted Yellow Willow. Her Life，Times and Legend*（2007）］，与同类影片（*Long Story Short*）追溯了早期华裔影星的演艺生涯。

据记载，在那个歧视华人、女性地位低微的年代，一位黄脸孔瘦弱女子，凭着果断性格、聪慧美貌，闯进美国好莱坞群星拱照的"神殿"，还攀上殿堂高位，游刃在陌生苛刻的男性凝视之下，黄氏十四岁时初踏银幕的一刻已注定处于"两面不是人"的处境。为逐梦而演带侮辱性的女性角色，饰外星人般的半裸蒙古女奴。尽管靠打拼当上了世界级明星，而她无处归属的困境为人叹息。在她当红年代，社会不容许异族通婚——银幕上，但凡她恋上白种男子，绝无佳偶天成，甚至以悲剧收场。这位传奇人物在1961年因心脏病去世，终生未嫁。世事难料。在黄柳霜去世60年之后，联邦铸币局公布"美国女性25美分纪念币项目"，2022—2025年发行5款新版25美分硬币，以不同族裔、不同领域的杰出女性头像为图案，其中包括好莱坞首位华裔电影明星 Anna May Wong——黄柳霜。以后当人们想要抛硬币在正反面做选择时，或许会问："华盛顿还是黄柳霜？"①

与前辈们相比，生在美国的第5代华裔、年轻女导演虞琳敏则幸运得多。纪录片曾获奥斯卡金像奖。参展的故事片 *Ping Pong Playa* 表现移民家庭矛盾，一华人移民男孩整天幻想成为篮球明星。但父母是中国乒乓球冠军，期盼子承父业。白人球手傲慢无礼，与父亲讥嘲"英国人还说乒乓球是他们发明的"形成呼应。该片打破观众对华人缺乏幽默感的刻板印象。

二 西方对东方的文化隔膜

多年来，西方人一直将华人视为被拯救的对象。很多美国男性对东方女性产生遐想。认为东方女性温柔且善良孱弱，需要白人来爱她和拯救她。这在严歌苓的长篇小说《扶桑》以及其他海外作家作品中都有所挖掘与刻画。其实早年堪称典型的、20世纪60年代由关家蒨主演的电影《苏丝黄的世界》（*The World of Suzie Wong*）演绎了一段异国情缘。一个美国艺术家远涉重洋至香港，不料邂逅在湾仔酒吧穿旗袍的中国女子苏丝黄。苏丝黄的美丽令他神魂颠倒，于是陷入不可自拔的热恋

---

① 2021年6月28日美国侨报网《黄柳霜登上美国硬币，华裔续写好莱坞传奇》。

中。东方女性在老美眼中似乎都是性感尤物，直至另一作品《花鼓歌》（*Flower Drum Song*，1962）的出现，华人形象才有所改变。该片给Nancy很多发挥舞蹈技巧的机会，其中包括令人难忘的歌舞"I Enjoy Being a Girl"。作为在西方电影界成名的亚洲女星，她被称为中国的Brigette Bardot，拥有Audrey Hepburn年轻时的活泼魅力。主演及参演超过四十多部电影，在好莱坞留下耀眼光环。

作为前辈好莱坞华裔女星，卢燕（Lisa Lu）以表演功力赢得美誉。不仅能用英语和汉语在中国大陆、中国香港、中国台湾和美国的电影、电视和戏剧舞台上表演，还擅长京剧及昆曲。近年参与拍摄多部影视剧，并在《梅兰芳》（2008）中指导章子怡表演京剧。透过演员从影多年的所见所闻，反映西方世界对华人文化的隔膜。譬如《末代皇帝》戏中慈禧的床竟然可以左右前后移动，非中国式的，尽管已被演员指出，却拗不过导演的坚持。结果令人啼笑皆非。

该片不少历史镜头令人震撼。由于日本对美珍珠港偷袭，使得老美对东亚人疑惧愤恨，于是就将所有东亚人打入同一类型。以至不少华人在背后贴纸牌英文声明：本人不是日本人。

三 身份错位：颠覆西方神话

著名华裔剧作家黄大卫（David Henry Hwang）成长时经历了身份困惑，曾怨恨自己为何不像其他老美那样，有黄头发和蓝眼睛？但后来却以华裔为荣，并以百老汇舞台剧《蝴蝶君》（*M. Butterfly*）是一部1993年的爱情剧情片，剧本由黄哲伦改写自其同名戏剧作品。主演为杰里米·艾恩斯与尊龙。

如果说，《蝴蝶夫人》是一个以西方为中心的神话，那么舞台剧或电影《蝴蝶君》的颠覆则刚好相反，即对西方男性自我中心的颠覆。由尊龙主演的《蝴蝶君》（1993）讲述了一个荒诞的故事，据说是根据真人真事改编。1964年，法国外交官加利马尔爱上了在舞台上扮演蝴蝶夫人的中国演员宋丽玲，而宋丽玲男扮女装，是一名为获取美国在越南行动计划而与他接触的间谍。但彼此都"深爱"着对方，且不可思议的是，宋还"生"了一个孩子。当20年后他们在法国再相见，外交官被指控泄漏情报而被捕，宋丽玲身份败露，真相大白。在绝望中，法国外交官像蝴蝶夫人一样，独自和着音乐念出哀伤的独白，用破碎的镜子割破喉咙……

黄大卫认为白人印象中的"中国女人"，是含有潜在悲剧性的。是西方社会长久以来种族主义、历史、经济、政治、美学、性别、电影市场以及好莱坞电影生态等种种复杂因素下的产物。这些多元角度的看法，都增加了该片议题的丰富性。

在好莱坞，尊龙是获得了一定认同的华裔演员。他不是靠功夫，而是拼演技，却也风风雨雨，起起落落。譬如《龙年》（*Year of the Dragon*, 1985），以唐人街的龙年庆祝会拉开序幕，鞭炮声此起彼落，连串黑帮仇杀事件令人震惊。警官联同年轻女记者，誓要将黑帮连根拔起。《龙年》因描写华裔黑帮而引起华人社区争议，但尊龙的演绎却赢得了当年金球奖的提名。1987年他有机会在国际大导演贝尔特鲁奇执导的《末代皇帝》中扮演溥仪，因表现出色而获金球奖最佳男主角提名奖。1988年还担任第60届奥斯卡"最佳纪录短片"颁奖人。其后他接演的电影并不尽如人意，甚至男扮女装，然而黄色面孔在西方演戏毕竟有诸多限制，直到与成龙合作《尖峰时刻2》（*Rush Hour* 2, 2001）再现身手以求突破。

纪录片导演曾奕田以做学问的态度，追溯华人世界的悲情，隐微却用力的说出：身为华裔，父母可以将中华文化传承给我，我也可以吸收美国文化，从中选择看哪个更符合我对生活的看法和做人之道。以往华人之所以无法在好莱坞真正立足，是守着自己的传统文化，完全不顾异文化的接受空间，正如华人批判西洋人眼中的中国人或日本人永远是刻板印象一样。的确,华裔族群,不论移民到何处,总是自组族群,继续活在自己的本土传统文化里,就连吃,都不愿意有一丁点儿的妥协,更遑论意识形态了。另外仍要克服的种种问题,譬如成龙、李连杰、周润发、章子怡等人,仅仅依靠"功夫"这种合乎外国人心目中的"中国人第一印象"作招牌,难免会有观众说,发觉好莱坞华裔演员的待遇,还是五十年不变!

年轻华裔导演林诣彬(Justin Lin),近年来在好莱坞逐渐崭露头角,谈及他把华裔青年现象及当地事件搬上银幕,譬如 Better Luck Tomorrow(《火爆麻吉》,2002),引起一些白人质疑,是否为模仿一般的白人青年故事。其实影片就在他自己年少时所就读的学校拍摄。该片的成功,将其一手送进好莱坞,之后执导作品皆为大成本制作,《征服怒海》《玩命关头3:东京甩尾》更让他笑尝"票房导演"的滋味,也成为继李安、吴宇森之后,美国影坛最受重视的华裔导演。

在好莱坞人家让你拍什么就拍什么,选择权很少。可见混饭是要付出代价的。就连那些著名华裔电影人的作品都难尽人意。作为电影诞生以来最大的梦工厂,让肤色不同风格迥异的表演者造梦者,几乎一夜之间就成为吸引全球观众眼球的亮点,尤其那番你方唱罢我登场的奥斯卡小金人争夺战,更是引无数英雄美女竞折腰。随着时代的进步,好莱坞逐渐呈现出多元的风貌。华裔群体慢慢有了自己的导演和演员,发出自己的声音并逐渐产生影响,虽然电影艺术进入跨国(transnational)发展,有其国族(national)背景与灵魂,然而在创作上未有足够篇幅剖析华人在西方电影圈的位置与生存策略,以及艺术世界里跨国与国族的互动关系。

以至于有关地域身份和文化艺术价值的讨论没完没了,还是李安的总结来得深刻:"希望全世界可以视电影人为独立个体(individual),不受地域与国族定型……"毕竟,好莱坞华裔电影人站在中西文化的交叉点上,应更具有独特的视角和开阔的视野;将在全球化时代发挥才华,深刻诠释不同文化之间、人和人相互之间的冲突、沟通与融合。让华人在星光大道上的签名、手印和脚印作为东西方文化融合之见证，作为生生不息的人类精神之传承。有人感慨，多少吴宇森笑傲江湖？杨德昌以讽刺见长，李安则以幽默取胜，一个辛辣地批判儒家文化，一个起劲儿地宣扬中华文明，他显见老祖宗的精华，像武术、烹饪、书法、家庭伦理更易为世人接受，结果李安在国际上获得了巨大的成功，由此可见，闯入好莱坞的中国人每一步的成功都意味着双倍的努力。可是他们有毅力、有实力也有魅力。不管漫漫长路有几多荆棘，既然好莱坞的墙已经被打破，华人精英不必再卧再藏了。

第四节　从隔膜到融入　嬗变延伸

毕竟在过去的年代里，由于种族歧视、文化差异与语言隔膜，以及或多或少"白人至上"的意识作怪，对于美国主流社会而言，那些"流浪的中国人"的悲欢离合，与他们毫无关系。一旦有什么风吹草动，风声鹤唳，黄皮肤的华人很容易成为替罪羊。天使岛移民拘留所即是最痛苦的例证。历史的沧桑一页翻过，车轮进入20世纪90年代，《埃里克·钟的传奇》（中文译为《融入美国———一个留学生的奇遇》)[①]一书的出版，成为继谭恩美的《喜福会》、汤亭亭的《女勇士》等之后引起社会关注的又一部作品，很快登上了美国的畅销书排行榜，多家美国报纸都发表了有关这本书的消息并刊登了作者的照片和介绍、评论等。其中很重要的一个原因就是，这是一本用英文写的书，又与其作者罗其华先生以自身"传奇"经历为创作素材不无关系。但值得注意的是，这本书与从前那些热衷于描摹东方主义的"中国想象"的华裔文学，有关中国男人留着辫子、中国女人缠裹小脚之类以迎合西方人的猎奇心理的作品显然不同，《融入美国》描述的是台湾赴美留学生在"新大陆"求学、求职、入籍、生活，成为留而不走的"真正的美国人"的现代传奇。

---

① 罗其华：《融入美国———一个留学生的奇遇》，蒋见元译，南海出版公司1993年版。

所以，其英文原名叫作《埃里克·钟的传奇》也就并不奇怪了。"融入"恰恰极其准确、传神地传达出了90年代的变化，即从"漂泊"到"融入"新移民文学，从主题、文化意识、美学风格乃至语言书写等方面发生了明显的变化。

他们的人生痛苦并不在物质层面，而在于精神世界的迷失、疏离和在中西文化冲突中对西方文化的无法（也不愿）认同。但20世纪80年代后情况则发生了根本变化，《融入美国》中的维克多、埃里克、乔治、弗兰克、汤姆（唐毅）等一群"新留学生"，用他们的话来说，"我们到美国来的目的是什么？不就是要像美国人那样生活吗？"。无疑，"像美国人那样生活"已成为他们来美留学与生存的唯一动力。尤其当维克多在休斯敦一家石油化工公司谋到了起薪13000美元的职位时，埃里克他们"第一次看到了报酬：一份真正的美国职业，一个真正的美国式前途。辛勤耕耘所得到的成功的收获，是我们大家的出路的'蓝图'。这是我们过去所真正追求的：成为这个丰富的社会中有用的一员，并分享那丰富的一份。我们永远不想再回老家去了，回去意味着失败，意味着逃避"。这里没有"空洞"的说教，只有现实的存在；这里没有"无根"的苦恼，只有人生的抉择。因为埃里克来美国以前就坦承，"没有谁强迫我来"，他来美国的原因除了机遇就是出于自己的"渴望"。因此，埃里克、维克多等"新留学生"比起白先勇作品中的吴汉魂、李彤（也包括丛甦的《想飞》中的沈聪）等前辈来，很少有"无根""失根"的彻骨痛苦与疏离的尴尬，甚至可以说，他们是一群自觉自愿的"断根者"，哪怕在移民局官员面前坦然地写下"我爱美国"，以求通过入籍审查。此时的他们，是把自己当成了"地球村"的公民，所以不再有东方人在洋人面前的自卑、自闭与萎缩。就像第一个教埃里克"认识"美国的维克多，"能够看到自己正处于这一切的中心——这就是他在那个令人激动的新世界的自我写照"。因此，他们不再有《安乐乡的一日》中的依萍对于生在美国、长在美国的8岁女儿宝莉不承认自己"是中国人"的气急败坏,他们留学的目的直截了当,即"移民",把根基从故土移到美国。埃里克·钟不仅自己成了"真正的美国人",还使自己的老父亲"移民"美国:他"出生时是日本帝国的臣民,34 岁才成为中国国民,1989 年,他以 78 岁的高龄,又当了美国公民"。在这里,不仅显示了美华文学中一个被不断书写的文学主题的演变,其中人物的心态及其心理特征上的差异,更是划出了这一文学主题演变的清晰轨迹。①

面对海外纷杂多变的"华文文学",人们常常习惯性地由"华文"想到"华人",于是,海外的华文文学就被定位在"少数族裔的文学",进而演绎为"边缘文学"。其实,这里隐藏着一个很大的误区。文学里表现的"边缘人",并不意味着这就是"边缘文学"。海外的华文文学,虽然表现的是异国生活,或者说是异国的华裔作为"边缘人"的独特生活,但它因为是用汉语写作,所以归根到底它应该是属于中国文学的主流在特定发展阶段的海外分支。在这里,并不是说作家身处何地,创作的文学就一定要融入所在国的文学主流,例如一定要把严歌苓纳入美国文学的范畴。反之如哈金,他虽然写的是中国人的故事,但他用英语写作,被美国人接受,所以他的创作就自然地进入了"美国文学"。

另外还有在新移民文学初期红红火火地在国内打响的包括《曼哈顿的中国女人》②《北京人在纽约》等一批纪实文学,比较受关注,也吸引了国内的出版、影视界的眼球,毕竟还是在异域建立了一个新的"美国神话",令人振奋和被激情感染,不少读者因为读了这本书而踏上北美新大陆。多年之后,周励又出了一部《曼哈顿情商》③,创作的劲头似乎有所减缓,似乎就满世界跑,挑战南极体现生命力之澎湃!但就在前不久新冠肺炎病毒肆虐的至暗时刻,周励完成了她一次生命的锻

---

① 钱虹:《从"放逐"到"融入"——美国华人文学的一个主题探究》,《华文文学》2008 年第 2 期。
② 周励:《曼哈顿的中国女人》,北京出版社 1992 年版。
③ 周励:《曼哈顿情商》,上海文艺出版社 2006 年版。

造，面对残酷无情的历史镜头、无数冤魂的惨淡呼喊，奋笔疾书，捧出了新作《亲吻世界——曼哈顿手记》，依然是热腾腾的火辣辣的直抒胸臆而充满活力。难怪复旦大学中文系教授陈思和在序言中如此感慨："周励确实是站在当下的立场上回顾历史，但是'以史为镜、以史为鉴'的环境和功能没有改变，正如作家在书中写到纽约的疫情：'一个0.1微米的诡异病毒，居然成为压弯海霸巨舰的一根稻草，"罗斯福号"停靠在我熟悉的关岛，几年前我实地探访了太平洋战争关岛战役遗址，对那里很有感情。新冠病毒 COVID-19 大摇大摆，无孔不入，环球肆虐。……勇敢战斗在第一线的纽约市医护人员一个个病倒，即使大难不死的痊愈者也立即重返前线。截至复活节，全球公开报道因新冠去世的娱乐名人已经达到 61 位。……撕心裂肺的悲恸笼罩全球。'"

2010 年是周励的本命年。那一年她做过一次手术，幸无大碍。以后的十年里，她孜孜不倦、神采奕奕地实践着她的探险生活：三次北极探险，四次南极探险，还多次登上阿尔卑斯山，攀登马特洪峰和西藏珠峰大本营，浮潜于印度洋、太平洋、大西洋和加勒比海……这期间还夹杂着极其繁忙的访问、寻找、读书、查阅资料、写作、开会活动……这样的生活方式，仅仅是出于对旅游的喜爱吗？当然不是，那是探险，是向自己的生命极限挑战，向自己的意志挑战，她要证明的是人之所以为人的高贵和百折不挠。据说我们现在被处在一个小时代，人们是以做"小"来证明自己的生存智慧，而周励则用她的探险理想毅然决然地打破了庸常之辈的理想。我们虽然在严酷的疫情下蜗居斗室不敢或不能越雷池一步，但我们内心的渴望不能不被周励热烈的生命节奏激发。①

苏炜教授则以感性的语言评价她：周励是这么一位有着"热气腾腾的灵魂"（借用某位名家之语）的奇女子。对远近的世事人生，她永远有燃烧着的探究热情；对周遭的朋友亲人，她也永远捧出的是炽烈的

---

① 周励：《亲吻世界——曼哈顿手记》，上海三联书店 2020 年版。

人性温热。在我看来,她早期的"曼哈顿的中国女人"形象,只是这个"热灵魂"的先声;此书呈现的周励人生与思考的轨迹,才是这个"热灵魂"真正"见真章"的一页——那乘滑翔伞横穿马特洪峰的英姿,那在南北极绝境的北极熊和大企鹅前跃身冰泳的身影,那在帕劳贝里琉岛发现尼米兹石碑的无言激动,那在法国普罗旺斯乡间的薰衣草香气里为寻查文森特·梵高历史真迹留下的踪踪足印……你会真切读到,一个早已走出"曼哈顿的中国女人"背影的——厚重而真实、非凡甚至超凡的周励。① 张翎、陈瑞琳都撰文分享了当年读《曼哈顿的中国女人》一书印象至深,甚至促发文学梦的往事。

从海内外到神州大地,从出版到媒体到学术讲座,充满激情的周励又轰轰烈烈火了一把,并登上文学期刊的封面人物。从《曼哈顿的中国女人》的发表,到《曼哈顿情商》至《亲吻世界——曼哈顿手记》,构成传奇女作家三十年的"曼哈顿三部曲",重叠的文字,仿佛穿越了她的岁月传奇。从大上海到北大荒,从黄浦江畔到纽约布鲁克林大桥;从"展现一个时代,到影响一代人",周励似乎以她的丰富人生书写了"爱拼才会赢"的绚烂篇章!②

当期推出洋洋洒洒近万字的江少川教授对周励访谈录。周励说:自传体小说《曼哈顿的中国女人》90%基于真实生活,实际上真实生活比书中的还要精彩。《曼哈顿的中国女人》出版之后,你为何中断写作,沉寂了十多年,是苦难写尽了,还是有一本好书足矣,抑或其他什么因素?周励说其中重要的原因之一是如海明威所讲:"一个人一生中写一本好书就够了。"我想起陀思妥耶夫斯基的作品,他的笔尖总带有一种魔力,他塑造的每一个人物和事件都是一条通向人间罪恶深渊的坑洼小道,永恒的黑暗、疯狂、流放、监禁、死亡……我为自己是一个用"人类心灵深处从远古以来就存有的真实情感"写作的身居美国的华人

---

① 苏炜:《周励的极致》,《红杉林》2020年第4期。
② 吕红:《草色鹅黄中的朦胧春意》,《红杉林》2021年第1期,"卷首语"。

而感到欣慰。我想到如果我的第二本书对一个时代再起不到什么影响的话，不写也罢。而作家天生的灵性总像海水般地冲击着我，好友在越洋电话中对我说："你应当再写一本书。你要写一个女人的心灵世界，写你的美国生活，写中美之间的交流与冲撞，写与每一个读者有关的你的世界……"她热情的"力"，穿透了纽约的天空，于是我又拿起了笔。①

随着新移民在异国他乡立足繁衍、生长壮大，海外华人移民文学在文学主题、文化意识、美学风格乃至语言书写等方面开始在传播中不断地嬗变。当然，这里还是有一个文化认同和身份定位问题。但经过了近三十年的发展流变，海外华人文学也逐渐从边缘向主流游移，呈现出斑斓景观。因此，从小说创作或文学文本到视觉影像的艺术表现，反映了海外华人的文化身份认同有着多方面的和更为宽泛的艺术形式；随着时代推移，华裔群体慢慢发出自己的声音并逐渐产生影响，而华人如何在西方世界调整自己的身份位置与生存策略，以及如何在各个领域里表现跨国与跨越族群的互动关系，都是值得人们审视和探究的。在此过程中，无论是从族裔身份困惑的亲历者、旁观者、作者、学者还是编辑、导演等甚至还是从所塑造的艺术形象来说，如何将从隔膜到融入的主旨延伸、如何变异质文化为多元文化或主流文化，均具有从文本到影像、从艺术形象到理论探究的路径或技巧。

总之，"文学领域一个重要的观念就是要跨越边界""Go beyond the boundary"（跨越边界），就是要走到一个更高的层次，我们知道，中国现当代文学之初和世界文学有很密切联系，早期的作家，如鲁迅先生，他首先是翻译家，从其他语言文字中获得新的视角和灵感，促进了现当代文学创作的发展。就像英国作家哥尔德斯密斯的小说《世界公民》中那位来自河南的中国哲人，用新的语言创作得心应手。对文学国际交流起到了不可替代的作用。我们生活在一个多变的时代。"唯变为不

---

① 江少川：《一个中国女人的"曼哈顿三部曲"——周励访谈录》，《红杉林》2021年第1期。

变"是这个时代的重要特征。①

　　全球化时代对传统观念及文学表现方式、甚至传播手段发生了颠覆性的改变。被更为复杂更为深刻的题旨所取代。内容的变化必然发生风格和形式上的变化，也只有变化了的形式和风格才能反映不同的时代内容。华人文学发掘自身储备的优秀的历史文化资源，大胆借鉴和挪用外国文学经验，在宏观的大文化背景下，化腐朽为神奇，突破语言与思维方式的障碍，打破单一的社会历史视角，在不同的语言及文本创作中吸取新的因子，融合创作，进而丰富与发展文学艺术，文学典型更具跨文化的审美价值及启迪意义。

---

① 陆建德：《世界华人文学的跨文化交流及意义》，黄汉平、吕红主编：《跨越太平洋——北美华人文学国际论坛文选》，暨南大学出版社2018年版。

第四章 艺术身份及人性透视

第一节 严歌苓：身份颠覆与女性叙事

在全球化语境下，海外移民文学已经是个世界性的话题，移民作家可以说都在试图找寻一种世界性的语言表达方式，以便在母语以外国度的人也能认同。但是否能如愿以偿就靠机缘和造化，其所寻求的艺术表达方式或语言途径，既不是文本策略和影像手段问题，也不是发音和语调上的问题，而是思维方式和思维逻辑上的障碍。能够穿越重重迷雾走到希望顶点的总是凤毛麟角。毕竟，华人移民的历史已历经百年沧桑，徘徊于主流社会之外的"边缘人"地位，却是文学必须首先表现的现实。严歌苓的笔触显然比其他作家探索得更远更深。严歌苓作品最令人震撼的即是海外"边缘人"隐秘的内心世界，即在异质文化碰撞中的人性所面临的各种心灵冲突，尤其是在"移民情结"中如何对抗异化和寻找自我、表现人在现代社会既痛苦又无奈、冷酷却无声的境遇，一种西方社会中"边缘人"的痛苦处境，从而诠释出"生命的尊严"这样沉重而永恒的主旨。

严歌苓是旅居美国可以文养生的为数不多的华人专业作家之一。1958年出生于上海，12岁就参加部队文工团成为舞蹈演员。中越自卫反击战的时候，她自告奋勇担任战地记者，从此开始了她的职业写作生涯。

出版了小说《绿血》《一个女兵的悄悄话》,并于 1986 年加入中国作家协会。严歌苓 1989 年来到美国,1990 年到芝加哥哥伦比亚艺术学院攻读文学写作硕士学位。她创作了《天浴》《少女小渔》《扶桑》《人寰》《无出路咖啡馆》《第九个寡妇》《一个女人的史诗》《小姨多鹤》《陆犯焉识》《穗子物语》等多部引起海内外读者关注的长中短篇小说,以及《芳华》《归来》《梅兰芳》《妈阁是座城》《海那边》等电影电视剧本。

  在异域文化多元语境下,海外作家的双重文化身份、叙事主体暧昧并充满悖论。严歌苓的作品超越了一般而达到相当的人性深度。其中最具个人经验叙事的典型文本就是她的《无出路咖啡馆》。①

  主人公"我"是个艺术系的留学生,从大陆来美国,整日为房租、奖学金而愁,在应付学业压力的间隙在华人餐馆打工、替人做看护。最难的还不是经济困窘,而是要不断地应付联邦调查局梦魇般的追踪。作为核心情节的不是留学生活本身,而是"我"与美国青年外交官安德烈的恋情;却又不是恋情本身,而是这恋情招致了美国联邦调查局无休止的干涉,使"我"精神上备受折磨。

  聚焦者是来自大陆的留学生"我",正是通过"我"和外交官——他俩的眼光"被观看"。小说复杂而深刻的文化蕴涵,是依靠叙事者、聚焦者和聚焦对象之间所产生的文化张力来维持的。同时交叉出现在"我"的意识流中的父母,以及对他们过去的爱情故事的回忆——具有讽刺意味的是这个穿插回忆是在 FBI 对我的审问中出现的,由此,文本的文化内涵变得错综复杂。小说对移民双重身份或边缘身份的透视,还得力于核心意象"测谎仪"的营造。但面对 FBI 各种突然袭击式的审阅和测谎试验时,她的意识流却不时回到父母苦难的历史和自身挣扎的境遇。在这个所谓的自由国度,梦魇般地对身份的调查和盘问如影随形:她是谁?身份与来历?梦想及追求?透过这些细节和心理描写,深刻挖掘了华人漂泊他乡"上不着天,下不着地"的惶惑;从一个困窘

---

① 严歌苓:《无出路咖啡馆》,当代世界出版社 2003 年版。

出来却又陷入另一种困境的荒唐和无奈。①

　　作品最精彩的是在"我"的心灵透视中，细致而绝妙地表现"母亲"当年与两个男人奇峰突起的爱情。譬如那个穿月白旗袍的少女在医院的长廊上遇见了年轻的"李师长"，在第五次见面的时候，"我母亲给粗糙的呢子大衣拥抱着、抚摸着，荷尔蒙幽暗的热流从她下腹、从她雌性源泉的底部涌出来，在刹那间完成了她最后一段青春发育"。然而，这段隐秘的"恋情"却因为那"乡下媳妇的不能了断"而无法实现，于是，带着金丝眼镜的"刘先生"蓦然走进了少女的世界，"他深深地把她十九岁的青春吮吸进去"，然而在他俩相约私奔美国前夕，却因为"李师长"的强势和母亲的软弱而阴差阳错与之失之交臂。

　　这里可以看到现实与想象中身份是如何被颠覆。主人公"我"在面对刘先生的女儿时心想：如果母亲当年没有跟师长，而是跟了恋人刘先生，那么你就不是你，而是我了！"假如四十多年前我爸爸没有突然出现，打乱了我母亲和刘先生的计划，这个撕下支票就扬长而去的漂亮女人就是我。"母女俩的情爱故事彼此映衬扭结着，交接点就是对爱情与人性的观照。

　　还有另一个"我"喜欢的流浪艺术家作为参照者；有关爱情或者说暧昧的情感混合着，一方面和外交官交往，另一方面对流浪艺术家里昂的微妙感觉……手的相缠十分精彩。将下意识或者潜意识都不经意地表现出来。"……我和他的手之间相隔的皮手套因而便是不存在的，回答直接进入了我的询问。因此我和他之间相隔的皮肤、血液、躯体，也不再存在；我和他之间相隔的两个下棋者，以及一整个盛着上百号人的空间，都不复存在。一个个体和另一个个体之间，竟有如此的捷径去相遇和相识。他似乎感到了我的反应，尽管我认为自己一动不动。他手心的动作更微妙，而我想要的回答全在里面了。我作为一个女性灵肉所追问的一切，他作为一具男性灵肉——作了解答。我不知我问的都是些什

------

① 吕红：《从女性边缘写作到文化身份建构》，《华文文学》2007年第2期。

么,但他的回答无一不准确。这个过程如同两个导体的沟通:最内在最精确的沟通,不需要借助任何物质形态的线路或渠道,不必去物质世界先兜个圈子,绕趟冤枉的弯路。"

"我感到一股陌生的渴望突然爆发,又立刻被他满足了。紧接着又是更强烈的一股渴望,他再次给予了满足。怎么会这样呢?难道这不就是两只手的活动吗?他持续给我的回答和我持续生发的渴求使我感到这经验奇异可怖。我不是个毫无男女经验的女人啊!"

小说直抵人性深层的复杂——欲望、情感和理性呈现分裂状态,弗洛伊德的精神分析学似被鲜活地引入作品人物丰富的心理描写中。人的身体和大脑有时并不见得一致,现代心理分析认为人的身体有完全不受头脑控制的意识和生命,但无法通过语言的修辞和规则得到充分表达。严歌苓在这一细节里逼真而敏锐地呈现出人性的矛盾,人的行为有时不受大脑指挥而独立。而在人性矛盾之中,恰恰折射出现实与梦想之间的巨壑……

还有"我"受不了精神折磨很想对安德烈说分手吧,可眷顾"预科外交官夫人"的生活远景,常常是话到嘴边又吞下。还有一段精彩的心理和现实交战,是在外交官安德烈星期六一大清早从华盛顿飞车赶往芝加哥会"我"时,"我"从冰箱里拿出的简陋食品全是过期和减价的处理品。于是安德烈邀请"我"和艺术家瘪三里昂去一个高档的餐馆进餐。在这个绝妙的早晨三角恋之间爆发了一场有关"牺牲"的争论。

里昂痛斥"女人没灵魂",说"我"爱安德烈是"为了一点儿实惠","我"反驳他"我们女人全一个德行……我们爱能够为我们牺牲的人",但绝不是"去卖肾脏"。而安德烈最酷的一举是将原本准备款待三人的早餐改为两人,让里昂自己付自己的账。"你说我把从早上九点到晚上五点的生命卖掉了。谢谢你的提醒,我这个出卖了自由的奴隶用他的卖身钱宴请一个自由人,这不很滑稽?也很不公道。我也许真像你讲的那样，把生命的主要段落出卖了，但我换来的是尊严。是给一个女人起码的体面生活的力量。假如我一旦失去这个尊严和力量，我根本不会去走近任何一个女人。尊严和生存能力，给一个男人最起码的去爱女人的条件，没有这条件，你连雄性也没有。"这一精彩的争辩，让安德烈有血有肉地挺立起来。

严歌苓出国前就已经是军旅作家，出国后看到各种境遇下深藏的人性，开始由故事背景的单纯展示转向人性与环境对立的深度模式，并且进一步形成明确的文化批判立场。从最初生存状态的尴尬、文化身份的失落到对他者及对异域文化交织着复杂情绪，铸成了其对人性善恶持深刻的反思。异乡的生活世态照亮了严歌苓记忆中的生活沉淀，促使她思索民族文化积淀和传统思维定式的优劣问题。揭示苦难深重的民族在一个接一个的政治运动冲击下不断习惯于"说谎"的本质根源。于此对民族文化心理和对社会及人性挖掘抵达相当的深度。①

第二节　异域文化语境下凸显叙述语言的奇绝

在语言追求上，严歌苓是个极有天分的作家。任何现实微妙的触碰都能激起语言系统最敏捷的反应。恰如她的"那一半"所形容的——"她那么敏感，就好像个没有皮肤的人"。当年俩人花费数年共同合作完成了英文版小说出版，成为其创作历程的一个新的跨越。② 她的第一部英文版小说集《白蛇和其他故事》与她的先生——美国驻中国前经济领事 Lawerence 的功劳分不开，作为该书的翻译者，其间经历了诸多酸甜苦辣。他说，把中国的文学作品介绍给美国人，是需要有人来做的，我不做谁做？Lawerence 操着一口流利的国语，不时还带有北方人

---

① 吕红：《海外新移民女作家的边缘写作及身份透视》，《华文文学》2007 年第 1 期，收入《跨疆域新方向·华文教育与华文文学国际研讨会文集》，（深圳）国际华文出版社 2008 年版。
② 吕红：《严歌苓——成功女人的背后》，《金山时报》1999 年 5 月，收入《女人的白宫》，花城出版社 2005 年版。

的卷舌音。他说，和严歌苓结婚一年后才开始读她的小说，那些故事深深地打动了他。他着手翻译，断断续续进行了6年。这中间他一边在做商务，一边挤时间翻译，当出版社决定要出书时，他咬牙苦干数月，还趁着感恩节请假一个多星期，愣是完成了这项艰巨的工作。Lawerence 十分具有幽默感。他和严歌苓的婚姻经历，尽管过程并不幽默——如果要说，也只能说是"黑色幽默"。严歌苓为此三番五次地被 FBI（美国联邦调查局）传讯，甚至被要求做测谎试验。原因就是她来自社会主义国家。严歌苓说"美国的法律应该是无罪假设，可他们对我一开始就是有罪假设"。当初为了和严歌苓结婚，Lawerence 放弃了外交官职位，排除种种干扰，"我乐意娶她，谁管得着吗？"。大有不爱江山爱美人的英雄气概。

　　Lawerence 懂八国语言，这方面的优势让他能很快找到其他商务方面的工作。而严歌苓的英语交流却因为有了这么一个语言高手的督导而日渐熟练。严歌苓说丈夫不允许她在讲英语时有任何语法错误，这使她在以后的写作中受益匪浅。她认为，"中国作家用英文写作，还要让美国的读者接受，最大的难度是文化，不是仅仅懂了语言就能写好的。例如一句话在你用汉语想象的时候是很幽默的，但在美国文化的上下文环境中根本就不幽默，或许还会相反；你认为非常感动，很可能到美国文化中是太过分的多愁善感，外国人对中国作家普遍的反映就是多愁善感，遣词造句抒情太多"。

　　对妻子的优缺点 Lawerence 如数家珍，"严歌苓是个创造力很强的人，和我们不一样"。他并进一步解释这个"不一样"。"她那么敏感，那么多同情，就好像一个，没有皮肤的人。然而在日常事务方面，我发现她比别人困难得多。"对于在异邦创作完成语言的跨越和文化的碰撞融合，用严歌苓的话总结说："我一生中有三个突破。作为一个用中文写作的作家，我30岁左右到美国学习用英文写作、拿学位，这是第一个突破；第二个突破就是为好莱坞编剧，用英文写剧本，这两个突破，我已经完成了。第三个突破，就是直接用英文写小说，进入美国正规的商业出版渠道。我觉得，如果生活中没有一再的突破的话，会很没劲的。"显然，一个作家艺术个性的形成，必然来自她独有的人格建构。这人格建构中有她所经历的时代的熏染，但更重要的是来自作家个人独特的人生体验。

长篇小说《无出路咖啡馆》是在个人生活经历中悟出了深层的哲学意义，再以文本创作来发挥和诠释。严歌苓认为，"男女本身就是两种文化，这两种人相遇、相知的过程其实是很有趣的，我的很多灵感也来源于此。男女问题至今仍是一个很大的困惑，世界上的很多问题也都源自这两性。美国有很多帮助男女相互了解的书，其实这都是毫无意义的。在我们这个时代，什么都有了，就是没有爱情，有的只是大量的性，在我眼里，爱情是一种了不起的审美活动"。

"在一个女孩子身心内，实际上存在着好多个女孩。一时她为你这个牺牲感动，一会儿她为完全不同的牺牲爱你爱得死去活来。每个女孩都是多重矛盾体的混合。"[①]

长篇小说《无出路咖啡馆》在新的层面上展示了新移民世界鲜为人知的生存状态。"我"一方面渴望自由爱情、艺术飞翔，另一方面却吃着"煮烂的方便面"等低劣食品，"我端着空碗走出卧室，提着身体的分量，脚步贼似的轻"。"我老鼠一样灰溜溜地进入厨房，把水龙头的水流量拧到最细，洗着一只孤零零饭碗。"作品语言灵动意象突兀，蕴含一种极其凝练的清晰，充满弹性和张力、令人生痛的敏锐。譬如表现里昂、王阿花这些有音乐、绘画禀赋的艺术家，却不得不在贫困线上挣扎，甚至半公开地进行着人血买卖、人体器官买卖；譬如洋教授如何在女留学生申请奖学金时趁机性骚扰；譬如美国联邦调查局的便衣特工，如何以"国家安全"为借口，肆无忌惮地践踏侵犯政府官员、侨民留学生的隐私权、婚恋权和其他基本人权……将社会观察与

[①] 严歌苓：《无出路咖啡馆》，当代世界出版社2003年版，第336页。

人性探寻熔为一炉，同时对所谓的自由国家的基本内核作了最深刻的展示。

在她看来，"人类的生存环境本色就是'冰冷'，而且'透彻'，她笔下的人物很少沐浴在'阳光'里，连人文街景都总是充满着寒凄彻骨的气息"。① 除了追求叙述语言的奇绝，在描述性文字中也努力营造她独特的冷色调迷离意象。"车站被灰色的灯光照得通亮。一切都带着冰冷的清晰。所有墙上，柱子上，椅子上狂舞的涂鸦都在这冰冷透彻的能见度中显得格外生猛。悬在候车长椅上方的电取暖器尚未关闭，在银灰色空间聚起一蓬蓬橙黄光晕。有两张长椅上暖洋洋地躺着两个流浪者，他们的姿态和神情是夏威夷海滨浴场的。他们要抓紧时间在警察把他们驱入寒冷之前豪华地暖和一回。"

这段文字是典型的严氏风格，充满了反讽与夸张，把两种截然相反，甚至相互矛盾的感觉浓缩在同一语境里。其作品特点就是客观、冷漠、暧昧而充满歧义。其语言符号可谓出神入化，细腻的情节蕴含博大的象征，豁然的激情却立刻演化成深邃的伤感，是敏感与灵动、轻松而沉重的混合，构成了严歌苓作品独有的语言身份。当然，严歌苓的创作成就突出绝不是因为她曾经讲述的故事本身，也不仅仅是那出其不意令人叫绝的文字："……扑空的盲女跌倒了，红苹果全翻在雪地上，红的污了，像雪地溃烂了一片。"（《卖红苹果的盲女子》）"那尖锐的色彩凿子一样将她三十七岁的表层凿了个缺口，青春哗然涌出。"（《红罗裙》）而是她特有的眼光和深入内心的角度，还有挥洒自如的时空变换和直指人性的切入点。

---

① 陈瑞琳：《冷静的忧伤——从严歌苓的创作看海外新移民文学的特质》，《华文文学》2003年第5期。

第三节 艺术身份和文本的现代性

海外作家在文学里寻求的是对"母体文化"的依归,但这种"依归"是充分地渗透了对某种异域文化的期待,这也正是新移民作家最鲜明的一个情感趋向特征。严歌苓作为其中的佼佼者,作品中不断地出现"我",以"我"的目光来折射、来感受和思考,通过"在场"来增加小说的艺术和叙事的现代性。"我是一个来自中国大陆的年轻女人",这一身份意味着"我"将挣扎于西方、父权等多重话语霸权之下。

从作者对"我"和"我"母亲这两组情爱故事的叙述设计看,这部作品似乎又颇有情爱小说倾向。母亲的故事是一个"对男性怀有雄心大志的女子"的故事。她16岁挎个小包袱离开家乡独闯南京上海,"一心一意想的,就是去擒一个有大本事的男人"。这个目标明确、心计多端的小女子,先擒住的男人是靠做电影业发达的刘先生,后来遇到本事更大的男人——解放军李师长。结果"我"母亲背叛刘先生投向李师长。刘先生黯然去国,李师长则丢了在部队的远大前程。"我"母亲野心无止境,"我"母亲晚年对"我"讲述她的婚姻时流下两行老泪。"我"母亲对"我"的教诲是:蔑视小儿小女的两情相悦你亲我爱,"女人最大的成功是攻占一个本事大的男人"。把女儿送出国,送上的是眼里一道狠狠的光:"丫头,看你的了!"①

严歌苓善于以不同时空下的人物性格和命运来结构作品,彰显其内在的张力和语言丰富的弹性。作品中母女俩的情爱故事,表面上互不关涉,实际却彼此映衬扭结着,交接点就是对爱情与人生、爱情与人性的观照。到了美国的女儿,演绎了与母亲有点相似但又截然不同的故事。相似的是:"我"和母亲当年差不多,选择的婚恋对象是美国外交官安德烈,舍弃的是"艺术瘪三"里昂。此处的"我",母亲是"附着在我

---

① 藤云:《非商业化写作的一个文本》,《光明日报》2001年8月15日。

身上"的。不同的是：作为现代知识女性，"我"认为女人的价值在自身而不在依靠男人操纵男人。艰难中的"我"虽然可以拒绝牧师太太的救济，但却难拒绝安德烈为爱"我"而做出辞去外交部职位的牺牲。换言之，女人最难放弃的就是爱，那是维系她生命的一切。以晚辈叛逆者的眼光来审视："我"母亲的情爱，用母亲的人性价值观衡量是胜利的，用"我"的人性价值观衡量则是失败的。和书中两种时态生活场景的交织穿插相对应，人物世界也分为两组，现在时态人物组中"我"是主角和叙述者，过去时态人物组中"我"是叙述者和潜主角，显主角则是"我"母亲。对这样一部其人物、故事的构成具有二元一体性结构特征的小说，兼有多种特征和具有多层次解读的可能性。并且由于时空的来回穿插，作品容量得到了极大的扩展和延伸。

严歌苓说：谁都弄不清楚自己的人格中容纳了多少未知的素质——秘密的素质，不到特定的环境它不会苏醒，一跃而现于人的行为表层。正因为人在非常环境中会有层出不穷的意外行为……而所有的行为都折射出人格最深处不可看透的秘密，我们才需要小说。于是我又总是寻找这个"特定"，以给我的人物充分的表演空间。人格那么丰富，潜藏那么深邃、神秘。如弗吉尼亚·伍尔芙（Virginia Woolf）所说的："走向人内心的路，永远比走向外部世界要漫长得多。"

当海外作家在西方学会了某种技巧，创作方式就变得很有意识，是否叙事就不那么浑然了呢？有人疑虑。严歌苓认为写作"应该是试图找寻一种方式让别人懂你，即使这种思考方式不是十分透彻和全面的"。由此，形成了作家自己独特的多重视角和不同寻常的价值判断，即总是在触摸和挖掘东西方的人性在各种时空磨砺下的扭曲和转换。

多元文化语境不是为新移民作家提供创作素材，而是触动了回忆、想象、构筑世界的创作灵感和叙事的欲望。经过西方艺术思想冲击，头脑中原先的观念被颠覆和解构，已经浑然不分，便形成新的艺术视域及现代意识表述。置身于西方文明和东方文化交织的社会变动的生存环境，让其找到了现代性的叙事方式。体现了作家的生命体验和小说嬗变、文本叙事与多元文化的关系。

第四节 由身份失落到文化批评

一 从文本衍化到电影编剧

人性是没有边界的。严歌苓在她的创作中渗透出一种既爱又恨的复杂的感情体验，而这两种情感矛盾浓缩在其系列中，既冲突又和谐，充满张力。作者的复杂情感往往依据这一维度展开叙事，挖掘现代人的困惑与焦虑，隐隐从"恨"与"爱"中体现出来的批判意识，遭遇现代性作家主体的矛盾与困惑。其诸多作品让人物隔空对话，比照出新旧移民无法回避的共同宿命，即从最初生存状态的尴尬、文化身份的失落到对他者及对异域文化交织着复杂情绪，铸成了其对人性善恶深刻的反思，以及在某种情境下由故事背景的单纯展示转向人性与环境对立的深度模式，并且进一步形成明确的文化批判立场。

严歌苓笔下的人物，无论身份如何都是一类试图逃离主流规定情境的边缘人或内心孤独叛逆的畸零人。其笔下的爱情，总是在表达一种两性相隔的绝望，在一种"不可能"中展示人性所具有的强烈张力。女人对"爱"的体验与男人完全不同。在严歌苓看来，"女人只有通过自我牺牲后才能得到爱情"，所以，在"情"与"欲"的挣扎中，女人更多具有悲剧的色彩，如《人寰》中的"我"、《扶桑》中的扶桑。就以《扶桑》为例，作家以"我"这个第五代华裔的视角，讲述19世纪一个妓女的故事，在其中加入了自己对移民生活的一些看法。成百上千个当地八岁到十几岁的白人男孩子去找中国妓女，为什么会这样？这个事情引起了她的好奇：全世界多少国家的妓女云集在旧金山，为什么偏偏中国妓女吸引了白人男孩子？而扶桑是当时最红的名妓。严歌苓一面刻意地强调扶桑在常人眼中的"呆""痴""蠢""心智低下",一面又不惜笔墨地渲染扶桑的"成熟""浑圆""温柔""迷人""美丽",将并不和谐的两种特质绞结在一起,使其形象呈现出异样的色彩,令人既爱又嫌、难以接受。然而,扶桑身上的相互矛盾、冲突的特质,正是从不同视角观看同一事物时所呈现出来的景象。克里斯看扶桑,既是男性的视角,也是西方的视角。扶桑之于克里斯,既是女人之于男人,也是东方之于西方,充满复杂难解、相互矛盾的谜。甚至读者也会在这个人物身上得出截然不同的看法——这是严歌苓作品令人迷惑和充满歧义之处。

严歌苓说:"我的小说非常具有一些戏剧核心,我也很喜欢非常强烈的、具有个性冲突的人物和戏剧性。扶桑是看起来最脆弱的生命,但其实是最强悍的生命。最能忍受世界上最难以忍受的、可怕的创伤。城市的女性,东方西方都有些像,但农村的,尤其是中国的农村女性是很有韧性的。现在的人比较茫然一点。移民在一切都得到以后反倒有些怅然若失,毕竟不是你自己的国家,意识形态是在别人大的框架下,多是以基督教文化为主流。一个成熟的人是没有可能被另外一种文化所同化的。她身上毕竟带有很多本民族文化的包袱。"

严歌苓是当代作家能以双语创作的、最具影响力的华人作家之一。作品无论是对于东西方文化魅力的独特阐释,还是对社会底层人物、边缘人物的关怀以及对历史的重新评价,都折射出复杂的人性、哲思和批判意识。严歌苓身兼好莱坞编剧协会会员、中国作家协会会员和奥斯卡最佳编剧奖评委,其作品被翻译为英、法、日、泰、荷、西等多国文字。作为《红杉林》顾问,原创作品如《金陵十三钗》《壮壮》《黄毛》等在该刊发表,连续三届担任中美青少年中英文大赛评委会名誉主席。

自从她于1980年发表了电影文学剧本《心弦》,次年由上海电影制片厂摄成影片。自1983年起,严歌苓从成都调到铁道兵政治部创作组任创作员。创作了《残缺的月亮》《七个战士和一个零》《大沙漠如雪》《父与女》《无冕女王》等剧本。1981年至1986年，她创作了长篇小说《绿血》《一个女兵的悄悄话》《雌性的草地》等，成为中国作家协会会员。后来进入鲁迅文学院作家研究生班，与莫言、余华、迟子健是同学。1988年由严歌苓等创作的电影文学剧本《避难》被搬上银幕，通过女性的遭遇来表现战争的残酷。之后赴美，进入名校写作系就读，获艺术硕士学位。代表作品有《陆犯焉识》《小姨多鹤》《第九个寡妇》《赴宴者》《扶桑》《天浴》《寄居者》《金陵十三钗》《妈阁是座城》《一个女人的史诗》《穗子物语》《人寰》《少女小渔》等，几乎每部作品都获得国内外重要奖项。

1989年严歌苓赴美求学，开始了脱胎换骨的痛苦历程。"出国留学的经历再次使我进入身份认同危机，一贯存在的敏感达到了极致化，因为异域所有的生活体验都全然陌生，语言文化的陌生，意识形态和表达的陌生，一切都向内心活动转化，于是这种displacement给我带来了我的文学创作的黄金时代。"

"从此不断的迁移，Displacement成了我的正常心理体验，在各国寄居的状态使我一直保持那种敏感，以轻微不适体现的那种敏感，它使我进入创作的丰产期，在旅居多国的十几年中，我创作了一系列长篇：《第九个寡妇》《小姨多鹤》《陆犯焉识》《一个女人的史诗》《寄居者》《妈阁是座城》《床畔》《舞男》《芳华》等十多部作品。迁移使我不断蝉蜕，不断新生。"

"我的很多灵感来自我过去的痛苦，作为一个移民不是吃不饱、穿不暖和心灵上受折磨这样的痛苦。应该说，越年轻痛苦越少，我现在反而越来越觉得幸福总是和青春相伴，因为那个时候无论你闯什么样的祸，经受什么样的痛苦都可以享受，现在反而心越来越软，所有的事情都能触碰到我痛苦的神经，我后来转过来写大陆作品的时候，就是长久以来我在为之痛苦的一些东西。"

严歌苓说:"过去写《白蛇》《扶桑》等小说的时候,每每在写作前挖空心思地去思考结构,非常艰难地想一个作品的形式,希望有所创新,然后呕心沥血地去写。结果作品出来,除了专家认可外,读者并不买账,还常被人讥笑为'雅不可耐,高不胜寒'。当我不去考虑那些复杂的东西,平铺直叙地去讲故事时,反而受到读者喜爱,就像我后来写的《小姨多鹤》《一个女人的史诗》《第九个寡妇》这样的小说,写得舒畅极了,根本没有觉得有任何难度。""然而这也正是她的悲哀,因为一旦创新就可能失去读者,我想这也是每个作家的悲哀,谁都不希望受到冷落,我当然也不希望,我不想听到读者说,你写的东西我怎么看不懂。我不想失去现在已经拥有的读者群,我还没有牢牢抓住他们。让我和读者再紧密结合一阵后,我再去创新另外的小说形式。"

严歌苓说:"我可以在我的小说里再活一遍。在远离母语的环境里,用中文,想象着重温着属于她那个年代的记忆和故事。其产量和质量始终保持稳定的水准,在国内同年代作家中少有。作品中她直面战火涅槃重生的灵魂,她曾经走过生命的暗谷,经受过文化冲击、命运残酷的洗礼。以文字及影像重塑的一个禁锢与冲突、泪水与欢笑的爱恨交织的年代!"

特殊经历成为创作之源。严歌苓早期的军旅生涯,到后来寄居海外的经历为其创作带来丰富的矿藏。有人称其"翻手为苍凉,覆手为繁华",她称自己有两条命,多变若妖,有海外作家的疏离冷冽,有外交官夫人的优雅……她几乎生活在传说之中。她比任何一个当代女作家更能激起读者"索隐"的狂热。

"我是个活得很私密的人。"她喜欢虚构,喜欢将真实的自己一笔笔刻在书里。就如同穿上红舞鞋的芭蕾精灵,她永远被在一种写字的"激动"驱使着。严歌苓说,写作之于她,是一种秘密的过瘾。

"你就是个小神仙,无所不能,无我无他,无虚无实。"写作让她从自己的躯壳里飞出来一会儿,使自己感到这一会儿的生命比原有的要精彩。

严歌苓自述:"文革"年代,多事的童年与少年使我被迫停止正常就学,从而得到非常教育(比如大量地自由地阅览作家父亲的藏书,阅览人与人斗,人与己斗的乱世),使我及早认识和思考人性。不同的少年成长经历所给予自己的独特敏感。在军队的粗粝环境中,作为一个反动作家的女儿所经历的身份认同危机,以及这危机所带来的外表、内心的分裂化成熟,那是我最初寻找内心秘密表达的时刻;那就是文学,对于父亲的藏书的粗略阅览和我想搜寻的内心的秘密表达的关联。

为什么她描绘女性人物会将天性发挥到酣畅淋漓?严歌苓说:这是我的向往。我12岁进入部队,就知道让天性泛滥是绝对要吃苦头的。所以我从很小的时候就学会了怎样收敛自己。但是从我本性上来说,应该有和她们近似的地方。我为什么要做小说家?因为我可以在书里再活一遍!

二 人性挖掘再现世界真相

严歌苓在文学上能取得如今的成绩,受她父亲影响非常大,甚至可以说"没有我父亲的影响就没有我这个作家"。在严歌苓看来,父亲肖马(严敦勋)那一辈的作家身上都带有很强烈的对国家民族的忧患意识,"他们的作品都带有很深的对国家、民族走过的路的沉重反思。他们的理想主义在作品里留下了很深的烙印"。"就算他不为国家民族忧患,也会有一些别的,比如个体的痛苦。"而严歌苓自己的忧患意识则和父亲类似,甚至两人还相互分担,"不过我们这一辈人会比父辈更宽恕"。

严歌苓坦言,尽管父亲从来没教过自己该如何写作,但作为第一个读者,每当看完严歌苓的作品,父亲总能给出最一针见血的评价,直指严歌苓最心虚的地方。

"我的第一个作品是童话诗,父亲就告诉我要先学会写大白话;后来《人寰》得了大奖,父亲说的确是写得很好,但太理性了,所以我后来又写了写实的《谁家有女初长成》。"父亲曾给越来越忙的严歌苓一个忠告是:要在喧嚣中沉下去。或许她并没有真正学过写作,不过,父亲的藏书却是她最好的学校和老师,"当时可以找到的经典作品我家基本都有,我一直觉得自己很幸运"。除了藏书,父亲对音乐、绘画和建筑同样研究颇深,而这些也都使严歌苓耳濡目染。

以知青群体为主题的《天浴》——那种悲悯、深刻,含着隐忍之冷。她是个会"藏"的人,你不能期待她挺身而出式的金刚怒目,她的锋芒都藏在她的文字中。对于写作,她说要独断专行,"任何人的意见都不要听",乍一听,这不像那个姿态优雅的严歌苓,隐匿在微笑下面的固执与尖锐——那属于她的另一种私密。

2015年在韩国大学举办严歌苓作品研讨会,其间,她说人们往往都害怕被边缘,而去抱团,甚至有意无意欺负弱者。在人群中总有少数人是被众人冷落或背后嘲笑的;这样的人因不合群或孤僻而被边缘化。她一直在思考这个问题,也希望通过作品表现出来。好像自己也是这样的。

严歌苓说:"我本人是一个比较怯懦不敢得罪多数人的人,活着就想让方方面面的人都高兴,但是萧穗子敢说别人想说而不敢说的话。如果你们把萧穗子认为是我,我会很得意,因为严歌苓说不出来的话,萧穗子可以说得出来。"

"很长时间里我也在想,对弱者进行'墙倒众人推'般迫害的人性弱点到底是哪里来的?为什么在军队也会产生这种现象?也正是由于这样的现象,导致了四个主人公的不同命运。这就是我写这篇小说的起因和过程。我给小刚导演说,我想这不是你要的文工团的小说,不像《这里的黎明静悄悄》那样唯美和诗意。我写的虽然美丽,但是还有人的人性的阴暗面,但是小刚看完之后非常喜欢,所以我就帮他编剧,把这部电影做出来了。"

这些年严歌苓几乎每年出版一两部长篇，之高产令人惊叹。而且几乎同步被改编成影视剧，颇受关注。2017年推出长篇小说《芳华》，同时严歌苓作为电影编剧，由冯小刚导演拍摄的影片在全球公映。透过故事的讲述者萧穗子的眼睛，透视20世纪70年代，一群从大江南北招募而来进入部队文工团的少男少女，刘峰、何小曼、萧穗子、林丁丁、郝淑雯等一个个鲜活的人物和他们所经历的残酷的青春、隐忍的爱情和坎坷的人生。

其实，"芳华"最初的雏形在《穗子物语》中，作者称，"穗子"是"'少年时代的我'的印象派版本"。《穗子物语》讲述了少女穗子在"文化大革命"中的成长经历。叛逆的青春少女夹缠在乱世革命、动荡、毁灭和性启蒙之中，笔调却轻快简约。难得的女性视野、历史记忆与个人体验的结合，因为讲述得到升华。其中部分篇章一经刊登，就高居排行榜首位。

就如同她个人形象的扑朔迷离，她的写作一直在变。从军营作家到海外作家，每部作品中能看到一个完全不同的严歌苓。有人说严歌苓的文字有一种非她不能表达的性感，带着别人效仿不得的魔力和妖气。"她的小说语言往往以直觉逼近哲学，依赖比喻、谚语，讲故事，讲段子。说话直白、简短，反而举重若轻，语言精准到底，让你觉得无可再深了。"

"让清高的作家走到文字前面，用影视剧来宣传文学，这是我们这个时代的悲哀。"她说。但她也在努力适应这个时代。她称自己是一只文学候鸟，几乎每年都要飞回祖国，休养生息，然后再飞走。栖居异乡，嬗变的不仅是她的小说，严歌苓本人也一直在变。而始终不变的是用人性挖掘来展示世界的真相。

三　有关严歌苓作品争议

尽管说新移民文学既承接传统，艺术性和思想性并重，又大胆地吸收借鉴了西方现代文学、当代其他艺术形式的表现手法,博采众体,熔铸百家,在题材的处理与境界的开拓方面都不同程度地超越了前人、表现了人性的深度。虽然记录的是在那个大时代的变换过程中,脆弱个体的生存困境,实质上却是指向了普遍存在的社会不平等,指向了人性中对善的漠视与对恶的不自觉。我们可以完全抹去那个时代的痕迹来看这部电影,它具有某种跨越时空的普遍意义,一种上升到纯粹意义上的批判电影。

但也有人评论《芳华》有点冷,似乎总显得火候不到。影片在很多情境上处理得很冷,很游离,似乎感觉在躲藏什么,但这也恰恰是一种全新的视角。在冷冷的断断续续的叙述中,却隐隐包含着对一种并不易觉察的潜藏在大多数人心中但又被认为习以为常的"平庸的恶"的深刻批判。这种批判最终指向的是这个社会不平等的根源,这个根源并非某种社会体制,而是人性。正是在这个意义上,《芳华》实现了某种超越,超越了一般意义上对社会、对历史、对外在因素的批判,而直指人性,直指人心。每个人都不免成为"吃人"的社会的一部分。人性的,太人性的……

对于文学作品,总会有见仁见智的不同声音。杨光祖教授的看法比较直率甚至是尖锐,[①] 公仲教授的看法却刚好相反,[②] 他说所谓"芳华后的苍白和空洞",这是杨文对严歌苓小说缺失的总评。那么,那苍白表现在哪里,空洞又在何方?杨文通篇没有明说,只罗列了一些现象,再略加点评。他罗列了些什么呢?请看:《第九个寡妇》,把一个地主窝藏在地窖达20年之久,"不合理";《金陵十三钗》,写妓女,"价值观错误,太恶俗";《芳华》用"世俗的眼光""俯视""讽刺"芸芸众生,如对刘峰、何晓曼、林丁丁等;《陆犯焉识》"对西部陌生",描写

[①] 杨光祖:《"芳华"后的苍白与空洞——严歌苓小说缺失论》,《长江文艺评论》2018年第5期。

[②] 公仲:《为严歌苓小说鸣不平》,《红杉林》2018年第4期。

"混乱"。总之,是用"通俗写作模式"写一些"通俗故事"。以上罗列的几点,我也可一一做些说明:地主藏身地窖20年,是严歌苓在河南实地考察过的事实。这20年当然不可能是365天每天24小时完完全全地躲在暗无天日的地窖,连放风晒太阳的机会都没有。至于写妓女,古今中外名著也多有涉及。尊重人格人性,同情悲惨遭遇,揭露日寇罪行,金陵十三钗何罪之有?牺牲自我,救赎众生,张扬人性光辉,鞭挞罪恶暴行。小说这种价值观,难道有错误吗?《芳华》中对刘峰等的人性关怀,倾心相助,催人泪下,怎会是俯视讽刺呢?严歌苓对西部也并不陌生,为写陆犯,我就知道她不止一次地专程去了西部,甚至到监狱做详尽考察。杨文中说她描述西部"混乱","一会儿夹皮沟,一会儿刑事犯监狱","一会儿管教干部,一会儿解放军"。我倒以为这些写得很精彩,有条不紊,如苏东坡诗云:"横看成岭侧成峰,远近高低各不同。"当然不好与杨显惠去比,人家可算是老西北,各有千秋嘛。

而青年学者翟业军则从另一个角度分析严歌苓创作,认为:"从严歌苓的极致情境说起。极致情境只是一种'危险关系',而非具体的、历史的境遇,她自己也直接挑明过对于历史的淡漠:我是一个唯美主义者,既然我的立足点和着眼点都不在这里,那么历史只是我所写的故事的背景……"[①] 他阐述严歌苓的语言特征即为"反义词杂糅与极致情境是彼此催化、相互生长的关系——反义词一定会杂糅出极致情境,极致情境也需要一系列杂糅的反义词去逼近、去开拓。于是,反义词杂糅就成了严歌苓重要的美学标签,运用得多的小说往往就是最严歌苓的,比如《扶桑》。这样一来,严歌苓的创作从内容到形式就都是'无所不用其极'的,她也凭借着她的极致美学成为最具商业价值的华语作家。不过,这种竭力挣脱日常生活,一个劲地朝极致情境突进的写作存在多重局限和困境,比如,我们轻易就可以质疑:美而不信的文学可能吗,脱离了日常生活的极致情境能够包蕴多少真切的人性,由此所看取的人

[①] 翟业军:《论严歌苓的极致美学及其限度》,《文艺争鸣》2015年第12期。

性会不会变形乃至走形?"。

　　去历史化的极致情境一定是抽象的,因为这些情境看起来千差万别,其实只是一些足够"极致"的情境而已。而禀赋着抽象人性的人物又一定是面目雷同的——王葡萄正是以这种无与伦比的坚忍逆来顺受地"忍"过极致境遇抛过来的一重又一重劫难,当劫波度尽时,她成了地母,或是女神,她才是真正的胜利者。所以,严歌苓的抽象人性就是把人性窄化为"她"的"她性",只有"她性"才能承受一切、包纳一切并孕生一切,从而稳稳地"忍"过一切苦厄。如此,我们便能理解严歌苓为什么一直在孜孜不倦地写女人,因为只有在"她们"身上,她才能寻找到她所要的人性,而被赋予了这样的人性的人们,比如扶桑、多鹤、小渔、万红、梅晓鸥,其实是同一个人——她们无不是那个很结实、压不坏的王葡萄。严歌苓偶尔也写男人,比如《陆犯焉识》,但追踪这样的对象对于她来说是力不从心的,她一定要把重心转移到具有一种"宁静的烈度"的冯婉喻,才能获得写下去的动力,虽然这会导致再一次的脱节。张艺谋敏锐地觉察到她的尴尬,果断删除小说的前半段,把重心放在她等待他"归来"上——等待,一个女性的主题,一种女人的宿命。

　　把人性窄化为"她性",把"她性"归结为坚忍,并且二三十年如一日地书写着这份坚忍,严歌苓的写作就一定是模式化的、有章可循的,因而也是轻松的、痛痒不太相干的,这就像是流水线上的操作,哪像手工制作一样的既贴心贴肺又呕心沥血?她的按章操作之"章",就是把"有问题的人"抛到正好能够引发他们的问题但是问题又绝对不能被引发的极致环境中去,就像把巧巧抛进兵站,把文秀抛进荒无人烟的牧区,把小渔抛进真男友与假丈夫的争夺,把多鹤抛进母亲不是母亲、小姨不是小姨、妻子不是妻子、情人不是情人的尴尬,不一而足。这样的模式以及由此模式所带来的戏剧化效果,《雌性的草地》的"前言"说得很通透:"把一伙最美丽最柔弱的东西——年轻女孩放在地老天荒、与人烟隔绝的地方，她们与周围一切的关系怎么能不戏剧性呢？"掌握了这个秘籍，严歌苓就真的像一条流水线一样批量化生产起来，批量化生产是顺畅的，碰不上什么障碍，她对采访者也一再说明过这样的顺畅感："我只知道我写作不费力气，写得很快……"① 但是，批量生产出来的工业制品，又能带有多少"人"的气息？这些批评相当尖锐了。

始终力挺严歌苓创作特质的陈思和教授表示：大家都会感受到，其实严歌苓的小说中有两种风格的女性角色，一种是《扶桑》那种的，在我看来是中国传统的女性中特别伟大的形象，有土地一样的品格，非常谦卑，虽然受到侮辱，但在受侮辱的过程中体现出一种伟大。这在严歌苓的小说中非常典型，也可以说是她独创的，这样的形象在我们整个文学史上有特别的意义，但这种形象在这部小说里，成为男主角刘峰。实际上，严歌苓的创作中始终都有一个人是一直承担着一些的，也总能展示出伟大。

评论家雷达认为，严歌苓的作品是近年来艺术性最讲究的作品，她叙述的魅力在于"瞬间的容量和浓度"，小说有一种扩张力，充满了嗅觉、听觉、视觉和高度的敏感。"严歌苓有如此意蕴丰盛迷人、襟怀爽朗阔气的长篇小说，是我们今天对汉语文学持有坚定信心的理由。"评论家施站军这样评价。严歌苓的小说刚柔并济，语言极度凝练、高度精密，不乏诙谐幽默的风格，其犀利多变的写作视角和叙事的艺术性成为文学评论家及学者的研究课题。

第五节　女性影像嬗变的多重解析

随着全球化、移民潮的到来以及现代社会节奏的加快，当以语言为中心的文化形态日益转向以形象为中心，特别是以影像为中心的感性主义形

---

① 庄园、严歌苓：《严歌苓访谈》，《华文文学》2006 年第 1 期。

态时,为人们看世界提供了更加斑驳,或更深入也更接近自然本质的介质。既然移民是个世界性的话题,移民作家可以说都试图在找寻一种世界性的语言表达方式,以使他们在移民母语以外国度的人也能得到认同。①

视觉文化的基本含义在于视觉因素,特别是影像因素占据主导地位。由于现代互联网发达、影视技术突飞猛进,东西方文化交互影响渗透,华人女性影像比过去有了更丰富更深刻的背景因素及文化内涵。在视觉文化中最突出的是女性影像的嬗变。对华人女性影像的嬗变研究不仅给哲学、文艺学、美学、社会学等领域带来突破,而且对当代社会民族心理及历史文化观都将带来深远影响。

一 视觉文化时代嬗变的女性影像

视觉的经验,实际上是人类一种既简单而又复杂的文化行为,它有其特有外显与内涵,是人们通过理解或诠释某些影像信息外显与内涵的统一,通过传播而发生作用。正如英国的文艺美学家伊格尔顿所指出的,我们正面临着一个视觉文化时代,文化符号趋于图像霸权已是不争的事实。② 视觉文化影像也包含着两个不同的方向:一个是从"内部"向"外部"的逃逸的运动,一个则是"外部"向"内部"的突入。

在视觉影像里,女性影像在表现人性复杂矛盾时愈见深刻、大胆。在压抑中更见政治、社会、伦理多重因素纠结;压抑人性的道德盾牌和利剑把自然赋予人的欲念无情驱赶,羞耻的枷锁将自由的灵魂紧紧禁锢。从某种角度上看,另类写作将性与商业化社会结盟,与好莱坞电影一样具有可观赏性。如彰显女性个体欲望的《查泰莱夫人的情人》,充满爱情游戏和火爆纵欲的《本能》,近乎病态执迷的《洛丽

---

① 吕红:《华人女性影像嬗变的多重解析》,《语言与文化研究》2018 年第 13 辑。
② 孟建、[德] Stefn Friedrich 主编:《图像时代:视觉文化传播的理论阐释》,复旦大学出版社 2005 年版;《视觉文化及其涵义》,《中国摄影报》2005 年 1 月 4 日。

塔》，悲惨乱伦的《菊豆》，凄惶无言的《大红灯笼高高挂》，五味杂陈的《喜宴》，以及迷离伤感的《花样年华》《2046》等。应该说一部具有挑战性的电影，总要突破某些历史层面的敏感，颠覆社会约定俗成的禁忌，更超越人对自身认识剖析之极限。比如奥斯卡获奖影片《英国病人》等。

凄艳惨烈的《英国病人》演绎爱情、战争、背叛多重关系，被称是与《日瓦戈医生》相媲美的爱情史诗。而根据法国女作家杜拉斯小说改编的电影《情人》《广岛之恋》等，以女性影像的独特风格在电影艺术史上留下鲜明印记。

英国的文艺美学家伊格尔顿指出，我们正面临着一个视觉文化时代，图像生产深刻地涉及现代社会的政治、科技、商业、美学四大主题。美国的杰姆逊在《资本主义的文化逻辑》中指出电影、电视、摄影等媒介的机械性复制以及商品化构筑了"仿像社会"。从时间转向空间，从深度转向平面，从整体转向碎片，这一切正好契合了视觉要求。在现代主义阶段，文化和艺术的主要模式是时间模式，它体现为历史的深度阐释和意识；而在后现代主义阶段，文化和艺术的主要模式则明显地转向空间模式。所谓视觉形象，在杰姆逊看来"就是以复制与现实的关系为中心，以这种距离感为中心"的空间模式。杰姆逊的见解，对视觉文化研究的深入起到了十分重要的作用。

二 视觉嬗变：影像中的两性差异

从女性文学传统的角度来考察，以五四为起点的现代文学史上虽然出现过女性写作的高潮，尽管张爱玲对女性生存状态的还原和对男性的"阉割"策略导致其创作在很多人看来"是从光明中一点点地走进黑暗里"，并且最终她也没有找出一条走出男权樊篱的道路，但是在对抗父权这一点上张爱玲的意义与地位仍然是较为独特和难以替代的。

或许有人喜欢探讨历史沉重、内涵复杂、意义深刻的电影；有人偏爱情节多变、惊险刺激或者娱乐性强的；一如萝卜白菜各有所爱。就好比"才子看见缠绵，道学家看见淫"，也有不少网媒将目光仅仅纠缠在那些裸露的镜头，围绕在情色上——那也太过肤浅。其实任何好作品都可以有多种欣赏角度，甚至可作多种解读。

比如中国第六代导演娄烨的作品几乎都以女性爱情为主线，强化女性影像及叙事，譬如影片《颐和园》开篇摘引了女主角余虹的日记片段："有一种东西在夏天的夜晚突然而来，挥之不去，我不知道叫什么，我只能称之为爱情。"女主角或沉思或类似这样似是而非的情绪流动，交织着激情飘忽的内心独白，表现人的孤独、人在命运面前无能为力的迷惘和惆怅。画外音的不断出现，形成影片沉郁而冷峻、晦涩朦胧里又含有多重解读的独特韵味。

经历了情感冲击、社会动荡的年青一代，对生命与爱情都感到无所适从。"为了欲望和浪漫的天性"而"付出的代价"，并非女性主义写作的延续。电影所借鉴的艺术手法，不难发现西方电影影响的痕迹。有人称该片是中国版的《乱世佳人》（Gone with the Wind）。同时令人联想起美国20世纪六七十年代的反战和嬉皮士运动；还有《巴黎最后的探戈》（Last Tango in Paris），以及《戏梦巴黎》以1968年学运风潮背景展示乱世男女微妙而极端的性爱关系，以疯狂的性欲、激情和可怕的孤独、绝望为基调的情色毁灭的故事。然而生活本身，不正是这般似是而非又似非而是吗？问题无解，因为，答案本身又是一个令人更加迷惘的问题。

欲望是生命之根还是毁灭之源？挣扎在情欲与道德、阴谋与暗杀、忠诚与背叛、群体和个体中的人性幽微……影片巨大的冲击力究竟来自何处？是赤裸裸的色欲颠覆还是理性和感性的交战？张爱玲小说《色·戒》（Lust, Caution）由李安以视觉形象诠释，试图以女性影像为切入点，将成长题材、性别话语、生命阐释、历史解构等多重视角融入触发,呈现征服与被征服、家仇与国难、爱情与欲望、必然与偶然的多侧面关系。在不同的历史阶段,呈现出不同的内涵。运用多重价值判断来"言说"历史。有人称之为一种新历史人文视角。

从未有哪部华语电影在海内外引起如此之大的震撼和轰然巨响;从未有哪部作品戏里戏外、台前幕后牵扯了那么多复杂的、欲说还休的历史人物,包含如此深刻的人性幽微,而它的背后,还有原作者遗落在乱世的爱情与碎梦……影片剥茧抽丝,一个普通而单纯的女孩子,是如何一步步陷入迷惑中的?

李安将该片定为文艺片。① 李安认为,"真正的自我是什么有时候不是用性别来区分的,当我拍性爱的时候,会游离在两种性别之间,这就是拍电影这种复杂性和模糊性。我们不是在讲道德,不是在讲社会约定俗成的习惯,也不是讲法律,我们是讲这些东西中间的模糊地带,这就是艺术"。

电影《风声》呈现的是意境迥然的另一种视角,试图为吊诡多变、血腥惨烈的历史做出影像诠释,"只因民族已到存亡之际,我辈只能奋不顾身,挽救于万一"。片中女性身体的被辱与陨灭,作为政治符码象征的是"我的肉体即将陨灭,灵魂将与你们同在"。一如早期经典《罗生门》,试图利用多角度叙述达到对事件的还原与求证,因为越是多方矛盾的追忆,越能打破人们先入为主或单向思维的定式,更能呈现事件过程的变数与悬念。

用影像之"意蕴和斑驳",在层层剥去历史迷障的虚实不定、真假难辨的史实解密下,带给读者以精神启迪与审美感受,借以传达出"人心之深厚,人性之复杂,人世之恐惧"的多重意蕴。正如观众所见:在男性话语权之下,女性的生命如同草芥。这里有"施虐"与"受虐"的性别传承,也有"革命需要暴力,更需要革命者的身体"的

---

① 吕红:《真实虚幻的交织人性爱欲的毁灭——解读李安电影〈色·戒〉的历史及人文情结》,《华文文学》2007年第6期。

权力话语。在他人的认同中实现自身价值，是作为性别与阶层的双重弱者必然的历史选择与悲剧命运。

女性不甘于命运拨弄，必借助于男权的反抗，仿佛是历史残酷的嘲讽。以陈忠实长篇小说改编的电影《白鹿原》中女性田小娥的悲剧命运，传统的"仁义"对于女性的行为规约的巨大影响在白赵氏简单的两行字中体现得淋漓尽致、触目惊心。

三　女性影像表现新历史人文视野

法国诗人及剧作家华莱里曾经说过："每个人都属于两个时代。"不同时代的风格和技巧碰撞组合，形成了"后现代"叙事、拼贴和半随意的独白……新锐影像形成以人物而不以剧情为重心，打破叙事与传统类型的非主流艺术风格。

英国艺术理论家贡布里希认为，所谓的"看"就是图式的透射，一个艺术家绝不会用"纯真之眼"去观察世界，否则他的眼睛不是被物像刺伤，就是无法理解世界。恰如波普尔的比喻一样，眼睛和客观世界的关系，乃是一种"探照灯"那样的照明过程，事物从纷乱遮蔽的状态中向我们的视觉敞开；或用海德格尔的话来说，诗人看待世界的眼光就是真理的开启过程。

华人移民史已经历百年沧桑，徘徊于主流社会之外的"边缘人"地位，却是文学必须首先表现的现实。海外华人作品的笔触显然比其他作家探索得更远更深。从文学史上看，还从来没有哪个时代像今天这样有如此众多的女性在自由表达和创作吧？它表明了人的觉醒与女性意识的复苏。应该说，艺术思维嬗变从女性文学发端引起。

女性之所以构成了海外中文创作的主体，也跟社会生活有着关联。一旦从谋生的辛苦中解脱出来，就可以无所顾忌地进行探索性的精神活动。有的甚至解脱了职场的锁链，全身心投入创作。从而真正达到身心上的解放。女性在文坛的成长壮大应该是一个极其重要的表现和标志。①

随着东西方文化交流的频繁，海外文群既有在理论与实践中坚持传统的文坛宿将，也有不少年轻自由的写作者强化主观色彩和个人感性体验，迷恋"酷"而放任的表情达意方式，放纵把语言的张力推到极致，彻底颠覆了传统美学的优雅含蓄而成为"另类"的前卫代表。完全漠然傲视欲望城市的喧嚣与骚动，让孤独的倾诉覆盖以夜为昼的世界，梦境与现实的光斑闪烁在游荡不定的文字里。尽管表述未形成阵势和气候，或者说他或她就宁愿处在让人说不清道不明的特立独行状态。字里行间隐隐约约可循迹到"五四"血脉源流，以及西方现代文学艺术的深刻影响；联想到卡夫卡或毕加索等主观抽象之作、强烈晦暗的色彩与内在压抑中的荒诞变形呈现现代性的叙事方式。

多元文化语境不是提供创作素材，而是触动了回忆、想象、构筑世界的创作灵感和叙事的欲望。经过西方艺术思想冲击，头脑中原先的观念被颠覆和解构，已经浑然不分，便形成新的艺术视域及现代意识表述。

影像技术的突飞猛进加上互联网盛行全球，标志着一种新的视觉文化时代，专家预言：我们不可避免进入了一个"形象悖论时期"。或者说已经跃入一个"虚拟影像"的时代。在这一时期，形象与现实的关系断裂了，取代了模仿，假的比真的更真实。②

东西方人文哲学的交流与发展，不断地引发文化艺术嬗变及使主题多元化；电影作为一种技术的新发明，及新的文化带入人类社会生活。视觉文化也使艺术的革命潜能成为现实，尤其是发掘人性幽微、深层显像或透视剥离在表现人性的复杂和爱情关系的残缺扭曲的同时，体现了创作者对异域荒诞世界的冷峻审视和无形的精神穿透力。严歌苓影视作

---

① 木愉：《海外中文文坛的性别特色》，《红杉林》2007 年第 3 期。
② 周宪：《视觉文化的转向》，北京大学出版社 2008 年版。

品从《天浴》《小姨多鹤》《一个女人的史诗》《陆犯焉识》到创高票房的《归来》《芳华》等，不仅表达了一种两性相隔的绝望，演绎人性所具有的强烈张力，而且透过男女爱情遭遇，呈现了穿透那个时代的荒唐与灾难浩劫中的人生。

　　一部好电影可以从科学、文学、哲学、宗教、伦理、人性等多个角度同时切入；经典作品让观众看到艺术家的两性思维、深邃而宽阔的视野。视觉文化标志着一种文化形态的转变和形成，意味着人类思维范式的逐渐转换。当以语言为中心的文化形态，日益转向以形象为中心，特别是以影像为中心的感性主义形态时，为人们看世界提供了更斑驳或更深入也更接近本质的介质。在视觉文化中最突出的是女性影像的嬗变。对华人女性影像的嬗变研究不仅给哲学、文艺学、美学、社会学等领域研究带来突破，而且对当代社会民族心理及历史文化观都将带来深远影响。

第五章 性别身份与性别话语

第一节 错位：男性失声与女性声音扩张

当前学界对后殖民主义的研究与文化身份、种族问题、流散现象以及全球化问题融为一体，而女权主义理论批评分化为"性别研究"、"同性恋研究"和"怪异研究"等，从不同的角度显示了女权主义或女性主义的多元走向。

性别身份的文化构成论来源于法国西蒙·波伏娃所说的"一个人之为女人，与其说是'天生'的，不如说是'形成'的"，把性别分为生理性别（sex）和社会性别（Gender）两个概念，并用二者的不同来阐释女性性别身份的文化构成。① 长久以来，女性是作为一个"他者"（The other）而存在着，不论女性言说的形式和内容有什么变化，最终都是社会的男权意识所发出的声音，女性在长期的历史言说中是缺席者和沉默者，相对于男性的主导和社会中心地位，女性话语被抛至边缘。而海外，则更是边缘的边缘。"所有的父权制——包括语言，资本主义，神论只表达了一个性别，只是男性力比多的透射……女人不是被动和否定，便是不存在。"②

---

① [法] 西蒙·波伏娃：《第二性》，桑竹、南珊译，湖南文艺出版社1986年版。
② 张京媛：《当代女性主义文学批评》，北京大学出版社1995年版，第3页。

"文化，包括社会性别文化是人的建构，它同时又塑造了文化中的人。多一种分析文化建构的工具，将有助于我们增强抵抗强势文化控制的能力。所谓'社会性别'（Gender）是在西方第二次女权主义浪潮中出现的一个分析范畴。提出社会性别是人类组织性的活动的一种制度，同任何文化中都有经济制度、政治制度一样，任何文化中也都有自己的社会性别制度，即种种的社会体制习俗把人组织到规范好的'男性''女性'的活动中去，社会性别是人类社会的一种基本组织方式，也是人的社会化过程中一个最基本的内容。"①

事实上，现代社会基本上还是男性主导的社会，男性的声音占有绝对的强势，包括强烈的参与意识，对社会天然有着指手画脚的冲动和权力。然而在海外，华人入仕变得生疏和遥远，经商之途也充满艰难和险阻，仕途经济落空之后，剩下的就是寻找一份职业，或者开家小店支撑家小、谋生度日。一些人在为稻粱谋的忙碌中情趣渐淡渐灭。还有一些人，原来在国内就是小有成就的作家，到了异国，却被谋生的烟尘湮没。另外一些人在进入小康之境后，异国的生活为他们提供了五彩的创作资源，故国岁月里铸就的写作功底得以枯木逢春，写作也是男人寻求平衡甚至显达的一个途径。但男性作家队伍却终不如女性作家阵容强势。

在大陆，文坛女性几乎撑起了大半边天，近三十年来女性创作者的声势超越了任何时代；在现代主义和乡土文学的影响下，自半个世纪来以陈若曦、聂华苓、於梨华、施叔青、欧阳子、丛甦、李昂、廖辉英诸人为代表的一大批海外女性作家，形成了蔚为壮观的女性文学。为什么海外的文坛同样阴盛阳衰？男人们大都噤声了，女人们则可以从容地谈天说地；尽管海外客观环境与早期台湾并不一样，却也出现了文坛女性作家坐大、声音渐强的局面。说明有着深层的相通，那就是男性对当下社会的无所作为感。

---

① 王政、杜芳琴主编：《社会性别研究选译》，生活·读书·新知三联书店1998年版。

失声之后的男性声音：在母国中国的那种男性文学的基调没有了，男性文学亦受到女性文学的影响。那么海外女性创作又如何呢？她们的自我定位、创作意识（主张），在当代文学潮流中所具有鲜明的个性及重要性，她们的生命存在与家国关怀，有关自我存在的论述将焦点放在人类存在共有的生命情境，特别是存在主义笼罩下的女性经验，女性深感存在的孤独，如何以美学思维，描写台湾、新大陆、大陆、香港的这一代中国人的人际关系，透显民族性与时代性，她们的擅长与不足都是值得思考的。

在大陆女性主义文学高潮迭起的20世纪90年代，新移民文学继台湾留学生文学后掀起了新浪潮，成为推动北美华文文学演变发展的主流。"这批大陆新移民作家群以女作家群体为主力军，她们有着女性独到的观察世界的眼光及生命体验。"于是，不少研究者选取新移民作家中有代表性的女作家为研究对象，运用女性主义叙事学的"声音"理论，结合不同女作家的作品，分析她们尝试建构不同声音形式的努力。①

"声音"是女性表述地位和权力的重要标志，"有了声音（voix）便有路（voie）可走"。这里，叙述声音既是意识形态的产物又是意识形态本身。构建女性主义叙述声音的意义在于"女性作家必须贴近主导话语权威，借用其社会历史惯性，通过变换其写作修辞手法和结构，从内部颠覆其权力机制，从而发出自己的声音，建构自己的话语权威"。在此过程中，她们将面对权力关系、意识形态、历史语境、作家背景、读者群体、创作规约等制约和压迫力量，为了发出具有性别特征的独特声音，她们必须寻求一个更适合自己的叙事策略，从而建立起女性自己的话语系统。女性主义叙事学的主要创始人为美国学者苏珊·S.兰瑟，她把女性作家的叙述声音分为三种类型：作者型叙述声音（authorial voice）、个人型叙述声音（personal voice）、集体型叙述声音

----

① 王烨、王佑江：《试论北美新移民女作家作品的三重叙述声音》，《华文文学》2008年第2期。

(communal voice)。① 每一种叙述声音都有其既确定又开放的表述策略，以此传达丰富的叙事意识。

第二节 张翎：从《望月》、《金山》到《三种爱》

一 创作缘起身份也是作品的一个焦点

在新移民女性文学中，运用作者型叙述声音的作品很多，如张翎②开始构思第一部长篇小说时，正值她去国离乡十年之际。"十年里，我在加拿大和美国之间漂泊流浪，居住过六个城市，搬过十五次家。常常一觉醒来，不知身为何处；我尝过了诸多没有金钱没有爱情也没有友情的日子，见过了诸多大起大落的事件，遇到过诸多苦苦寻求又苦苦失落的人。于是就有了《望月》这本书。虽然我也曾发表过一些中短篇作品，《望月》却是我的第一次长篇尝试。写作的过程如同芭蕾舞演员的舞步，行云流水似的流畅，完全没有第一本书的生涩惶惑和忐忑。十年的经历如山泉，笔只是一口极小的泉眼。山泉热切地渴望涌流的生命，泉眼里流出来的，却只是压抑了的细碎涓流。"

小说在叙事中将过去与现在穿插交错，时而顺叙、时而倒叙，以此对应变动的时空背景下人物的各种行踪。这牵涉个体人物对其身份归属的追寻。《交错的彼岸》是张翎作品中内容颇为庞杂的一部，围绕女主人公黄蕙宁的失踪案，引出了东西方两个不同文化背景的大家族三代人的兴衰成败和精神求索，使读者在不断变动的历史背景中体味时世的变迁和人世的沧桑。

---

① [美] 苏珊·S. 兰瑟：《虚构的权威：女性作家与叙述声音》，黄必康译，北京大学出版社2002年版，第4、234页。
② 1998年，张翎在作家出版社出版了她的第一部长篇小说《望月——一个关于上海和多伦多的故事》；2001年其第二部长篇小说《交错的彼岸——一个发生在大洋两岸的故事》由百花文艺出版社出版；2004年，作家出版社出版了她的第三部长篇小说《邮购新娘》。

第五章　性别身份与性别话语

以三代女性的命运跌宕的悲情故事表达人性的诚挚与恒久的真善美。故事中的人物以独立姿态与命运较量，一次次与崎岖的爱情狭路相逢，但感情的遗憾并没有击溃她们信念的坚定和对真爱的憧憬。蕙宁的情感之旅穿越着"火山爆发"与"九曲回肠"，她屡次遭遇爱情的戏弄直至身心筋疲力尽。她每次付出都像是一种没有结果的徒劳尝试，总是在误会、揣测与恐惧中错过爱情的铮铮棱角，但是其生命的姿态并没有因几次三番的人生跌宕而黯然失色。

如果说《望月》的结构还只是线性发展的过去与现在，那么在《交错的彼岸》中，作者则纯熟地驾驭了锁链套环式的网状结构，两岸三地，立体交错，恢宏缠绵地演出了一幕人生交接的悲喜剧。难怪有人说长篇不易写，不光是文字的能力，还在结构的驾驭；不仅仅是故事中人的关系，事件的关系，结果的走向，还是那隐含在世界的表层背后最自然最微妙的逻辑，那是一种冥冥中的偶然，是意外之后的协调。在莫言看来，《交错的彼岸》可以是侦探小说，可以是家族小说或寻根小说，也可以是爱情小说或留学生小说。实际上，这便把小说的题材、底蕴及传达方式都波及了。①

对移民身份困扰的关注也表现在其作品中。譬如中篇小说《恋曲三重奏》，一开头作者便以女主人之口，点出"身份"问题。作品透过王晓楠、章亚龙的情感纠葛，表现一位虽有身份却内心彷徨的女人和一位身份不明却内心强大的男人的命运反差对比。作品借一个女人的三段恋情和朦胧的三角恋，反映个人面对命运选择时的无奈和软弱。小说中有这样一段穿插描写：男人张敏在青梅竹马的女友秦海鸥和大学恋人王晓楠之间做着抉择。在他的犹豫中，两女子受到了不同程度的伤害。女人们总是这么想：哪怕得不到他的心，但是他的人是我的；哪怕得不到他的人，但是他的心是属于我的。于是女人们都在自己的幻想中苟活下来，其实根本不知道那些男人，欲望旅程从来都是从一个女人起航，不

————————
① 莫言：《写作就是回故乡》，收入张翎《交错的彼岸》，百花文艺出版社2001年版，第4页。

停地再奔向另一个女人而已。而女人们所能做的，只是紧紧地抓住手中的一个，如此而已。天下女子，多为情伤，伤害的都是自己。因此有人叹息：没有一种感情是完美的，完美的只是自己的想象。女人，对自己好一点儿，别去纠缠不属于自己或者自己抓不住的东西。引用那句经常被引用的话就是：世间最珍贵的，不是得不到和已失去的，而是你眼前的幸福。

以爱情的演变为内在结构的推动力，是张翎架构小说的秘诀，也是张翎小说的真正魅力所在。张翎对人间的"爱情"似乎有天生的痴迷，而她所钟情的多是那种残缺的悲情。作为新移民作家，张翎的目光从未游离过"乡土"，但她绝不是纯粹意义上的"乡土作家"。无论她怎样靠近"海派"，却始终保留了小城人生性俱来的淳朴和对人世间的眷爱，形成与张爱玲的"冷眼"迥然意境。

在1986年夏天，张翎离开渐渐热闹起来的京城，忐忑不安地踏上了加拿大的留学之旅。至今尚清晰地记得那年九月的一个下午，青天如洗，树叶色彩斑斓，同学开着一辆轰隆作响的破车，带她去卡尔加里城外赏秋。忽然发现了那些三三两两地埋在野草之中的墓碑，有几块墓碑上尚存留着边角残缺颜色模糊的照片，是一张张被南中国的太阳磨砺得黧黑粗糙的脸，高颧骨，深眼窝，看不出悲喜，也看不出年龄。年龄是推算出来的。墓碑上的日期零零散散地分布在19世纪末20世纪初，看起来人死的时候都还年轻——就是被近代史教科书称为先侨、猪仔华工或苦力的那群人。

直到2003年夏天，她受邀参加海外作家回国采风团，来到了著名的侨乡——四邑之一的广东开平。她第一次看到了后来成为联合国非物质文化遗产的碉楼，心灵之震撼不言而喻。于是写一部有关先侨长篇的想法更明确了。她对这个题材又爱又恨，"爱是因为它给了我前所未有的感动，恨是因为我知道这是一项扒人一层皮的巨大工程，无论是在时间还是在精力上，几乎都不是我这个作为听力康复师的兼职作家能够驾驭的。在这中间,我发表了第三部长篇小说《邮购新娘》和《雁过藻溪》《余震》等几部中短篇小说,并获得了一系列的文学奖。可是,那些墓碑下锦衣里的灵魂,在我每一部小说完成之后的短暂歇息空档里,一次又一次地猝然出手,把我的安宁撕搅得千疮百孔"。

由于当年的华工大都是文盲,修筑太平洋铁路这样一次人和大自然的壮烈肉搏,几乎完全没有当事人留下的文字记载。修筑铁路以后的先侨历史开始有了一些零散的口述资料,然而系统的历史回顾却必须借助于大量的书籍查考。她一头扎进深潭般的史料里时,惊奇地发现,对这段历史的一些固有概念被不知不觉地动摇和颠覆了。"写完《金山》最后一个字的时候,一片从未有过的安宁如水涌上心头:那些长眠在洛基山下的孤独灵魂,已经完成了一趟回乡的旅途——尽管是在一个世纪之后。远离故国,距离给了我一种新的站姿和视角,让我看见一些我原先不曾发觉的东西,我的世界因此而丰富。这个距离让我丢失了许多,却也得着了一些。我因此心安。"①

2009年4、5月号《人民文学》连载的长篇小说《金山》,通过一个方氏家族的盛衰流变,写出了近代以来中国人的坎坷历史和血泪人生,上下百余年,纵横几万里,纵向从清朝同治年间一直写到2004年,横向则跨越了太平洋,从中国广东省开平县和安乡自勉村一直延伸到了加拿大英属哥伦比亚省(卑诗省)的温哥华,一幅近代中国人如何"走过历史"和"走向世界"的图景,于焉成形。②《金山》从清末华工方得法远赴加拿大淘金修铁路讲起,描绘了方家四代人在异国他乡的卑苦的奋斗历程。探讨国际大背景下国族身份与认同。纵横捭阖,波澜壮阔,跨越了一个半世纪浩繁的光阴和辽阔的太平洋。

熟读张翎小说的人都知道,"在张翎的小说世界里,中国大陆和北

---

① 张翎:《金山》序,北京十月文艺出版社2009年版。
② 刘俊:《描历史之"金",写人生之"山"——论张翎长篇小说〈金山〉》,《文艺报》2009年4月16日。

美这两条线索的并列展开是她惯用的结构方式"。① 在《金山》中,张翎沿用了这一"惯用的结构方式",仍然将小说所描写的世界,分布在中国大陆(广东开平)和北美(加拿大温哥华)两地,借助人物的行踪和书信的往来,将方氏家族的"故乡故事"和"他乡故事"在平行和交叉中予以逐步呈现,展现20世纪中国人在自己的国土和异国的大地上,艰辛的历史和苦难的人生。

刘俊教授认为,"从总体上看,它体现了张翎创作的两个重大变化。首先,张翎将自己的笔触从长期注目的'现实'拉向了'历史'的深处,展现了她对20世纪华人历史的全面思考"。作为新移民作家的张翎,她独特的生活经历(大陆、北美均有丰富的人生经验)和自觉的历史意识,不但能从"纵""横"两面来表现百年中国人在国内和国外两种生活、双重处境的情状,而且还以一种跨国别、跨区域、跨文化的角度,来塑造新型的华人形象,通过这些方氏家族中的众多人物形象,既再现了华人举步维艰地走向世界之时,在国外所遭遇的种种悲惨处境,又将这种处境时时和国内血与火的历史相联结——海内外华人的境内境外表现,以及这种表现的互动连接。

在海外,华人历史为学者所熟悉的场景,在国内却是如此新鲜和震撼——如孙中山海外宣传革命号召推翻清朝得到方得法的支持,国内抗日战争方锦山慷慨解囊勇于募捐等,这种历史书写的跨度、难度和深度,是以往张翎所较少涉及的,在海内外华文作家的创作中也是不多见的;尽管张翎仍然在沿用她"惯用的结构方式",将作品以中国和北美(加拿大)两条线索展开,但她的侧重点,已经悄悄地发生了改变:由过去"看上去好像是在写北美,其核心却是在写大陆",转变为将北美和中国整合成一个有着内在联系的整体,借助于方氏家族的家族史,来表现跨越太平洋两岸的中国人,在历史多变和走向异邦的过程中,虽然

---

① 刘俊:《北美华文文学中的两大作家群比较研究》,《世界华文文学整体观》,人民文学出版社2007年版,第172页。

形态不同，表现出来的悲惨和悲壮却一致。"而《金山》中的中国和北美，彼此之间已不再是《望月》、《交错的彼岸》和《邮购新娘》中的那种因果关系（由海外的'果'引出中国的'因'），而是一种同时呈现的平行关系——也就是说，张翎在《金山》中，已不再用北美来做中国的补充、说明和参照，而是站在更高的层次上，从中国和北美（加拿大）两个方面，来同时呈现、说明和展示20世纪华人在全球范围内的处境和遭遇。"

二 作品挖掘"灾难和人性"

张翎说："我在北美做过17年的听力康复医师。选择这个职业最初的想法，仅仅是想用它来养我的写作梦。除了正常老年性听力退化的病人之外，我的诊所里还会出现从战场上幸存下来的退伍军人，以及从世界各个战乱地区涌到北美的战争难民。这些人的经历，使我对灾难、疼痛、创伤这些话题，有了全新的思考。从《余震》到《金山》，再到《阵痛》《劳燕》，题材和写法似乎很不相同，但疼痛、创伤、救赎、重生的主题，都是一脉相承的。其实，每一个人在生活的某个阶段，都会发现自己被囚禁在绝境中，这个绝境有可能是一段不能摆脱的情感、一个令人窒息的工作环境、一段万分乏味却欲罢不能的人生。绝境中迸发的能量，我一直想把这个状态挖透。"

张翎在加拿大定居，但早年在美国的求学经历对其眼界的开阔、丰富作品内涵是极为有帮助的。"寻找归属、寻找家园、寻找慰藉。"结果却是心酸的浪漫和淡淡的忧伤。以希望开始，以失望终结。而新移民域外生存体验透过小说里的寻找意识投射在人物影像不断地体现出来，他们在东西方之间不断地迁徙，她的小说要表达的是"遭遇"："男人遭遇女人，信念遭遇欲望，感情遭遇时空。"她钟爱非此即彼的"极端"，通过对两极状态的描绘呈现出"遭遇"造成的精神震撼。

早期几部长篇故事似偏重情感类，近几年张翎对"女性与战争"着墨更多。《阵痛》和《劳燕》之间相隔四年，《阵痛》完成之后，又完成了《流年物语》，之后才有《劳燕》。对战争题材的设想是很早就有的，但具体写什么，怎么写，却是后来的事。张翎说，与其说我对"女性与战争"的题材感兴趣，不如说我对"灾难和人性"的话题有极大的好奇心。在选择题材时，我会格外关注灾难、人性、创伤、救赎这些话题，而战争和地震是灾难的一个极端例子。

这个偏好与她曾经的听力康复师职业具有密不可分的关系。病人中有一批很特殊的人。他们是战场上幸存的退伍军人。张翎说："我见过从两次世界大战、朝鲜战争、越战、沙漠风暴、阿富汗维和使命等战事上退役的军人，还有一些从各个战乱地区涌到北美的战争难民。这些人的生命体验，使我对灾难、疼痛、创伤这些话题，有了全新的思考。"所以这些年她创作的小说持续地反映了人被灾难逼到墙角的时候呈现出的某些特殊状态，这些话题里自然包含了女性的命运，但更多的还是在探讨人类共通的命运。

《阵痛》是张翎作品中比较特殊的一部，因为它从一开始的立意就与女性的生存状态密不可分，动笔时她就有相对清醒的性别意识。但在《金山》《余震》《流年物语》中的性别意识是模糊的。张翎认为自己"书写女性人物的时候，有着比书写男性人物的天然便捷之处，因为我可以借助自身的生命体验，较为准确地揣测把握她们的内心活动和情感逻辑。而在书写男性人物时，我必须做跨性别的同理心揣测，这就增添了一道屏障"。

但即使选择了女性人物作为聚光灯焦点，她在书写过程中依旧很少刻意地把她们作为女人审视，更多的是把她们当作与生活、与命运博弈的芸芸众生中的一员。"从我内心深处，我没特意把自己看成是一个女性作家，我在写作中常常忘记了自己的性别。"

虽然算得上是个地地道道的温州人，但她对温州的抗战历史其实是一无所知的，一直以为温州是远离战争的一处"桃花源"。她无法想象在这样一个几乎与世隔绝的村庄里，七十多年前出现过一队美国军人，这些"番人"（当地人对外国人的称呼）一定剧烈地震撼过玉壶几千年来形成的固有生活方式。她说："与其说是我发现了《劳燕》这个题材，倒不如说是它伏击了我。在动笔之前，我阅读过多部有关人员的回忆录，并在温州关爱抗战老兵志愿队瑞安支队的帮助下，实地勘察了玉壶中美合作训练营的旧址，采访了几位至今还活在世上的训练营学员。文字、图片资料加上历史见证人的回忆，给《劳燕》搭起了龙骨，充填了血肉。"

三 在异乡用母语写故乡

中国社会科学院文学所前所长陆建德教授认为，《三种爱：勃朗宁夫人、狄金森与乔治·桑》是"夹叙夹议的传记"，"外文系毕业生从事创作是民国年间形成的传统，张翎是这一传统的继承人"。[①]

张翎说，"我们很相像，都在不是自己国家的地方，用自己国家的语言，写自己国家的事"。2018年6月5日，张翎在参观19世纪前中期英国传奇作家勃朗宁夫人在佛罗伦萨的墓地，与守护墓园的英裔美国教授茱莉亚修女拥别时如是感慨。

迟至20世纪90年代中后期才开始用汉语正式、持续写作，但是，《望月》（1998）、《邮购新娘》（2004）和《金山》（2009）、《余震》（2010）以及《阵痛》（2014）、《流年物语》（2016）、《劳燕》（2017）等小说，让张翎在陆港台三地逐渐收获属于她的文学荣耀。爱情（风月）是张翎早期着墨较多且擅长的母题，2010年《余震》出版前后，其写作疆域拓展到"疼痛"和"灾难"两大议题。《余震》2010年也

[①] 镜陶：《惊世骇俗的罗曼史，曾是女人的文学史｜对话张翎、陆建德》，《新京报》2020年7月16日。

被冯小刚改拍成了《唐山大地震》且获奖连连，中篇小说《空巢》（2006）后被改编成《一个温州的女人》。2020年，张翎仅在广西师范大学出版社就有3部新作推出：3月的长篇散文集《三种爱：勃朗宁夫人、狄金森与乔治·桑》（以下简称《三种爱》），6月的小说自选集《向北方》，以及2020年秋问世的最新中篇《廊桥夜话》。十多年来，张翎颇费周折地寻访了乔治·桑、艾米莉·狄金森和伊丽莎白·巴雷特·勃朗宁等19世纪杰出女性作家的故居和墓地，这些前辈同行当年那惊世骇俗的私奔、婚变、隐居等故事，吸引着复旦大学外语系七九级女生张翎本能的好奇心。

张翎说，我不是太"旗帜鲜明"的女权、女性主义者。记得很年轻的时候，我读到弗吉尼亚·伍尔夫"一个女人要成为作家，必须具备五百英镑的年收入和一间自己的房间"的话（大意），我那时就被深深震撼。她的这句话，被后世很多人拿来作为女权主义的宣言，而对我而言，它仅仅是一个安身立命的务实忠告而已，如果删去这句话中的性别指向词"女"字，它的中心意义依旧成立。这些年，我就是按着这个宗旨行事的，我有一个我并不讨厌（甚至还稍微有些喜欢）的（注册听力康复师）职业，保证我可以衣食无忧，而且这个职业除占据时间之外，与写作关联甚远，不会相互侵扰和影响。有了这样的"五百英镑年收入和自己的房间"，我可以稍稍从容一些，无论我能不能够发表作品，我都不需要为生存而乱了阵脚。①

在《三种爱》里，张翎挑了欧美文学史上的三位著名女作家作为描述对象，潜意识里也许有女性主义倾向在起推动作用，但她并不自觉。她说是因为这个话题有一些"异质"性，女作家在那个年代非常鲜少，生存境遇艰难，她们的挣扎和困顿在今天看来仍具有特殊性。作为写作者，一是要考虑题材的特殊性，二是要避免在运用想象力时经历太艰难生涩的跨越（《金山》就是一个很艰难的跨越）。《三种爱》

---

① 燕舞：《张翎：写作是一种自救方式》，《经济观察报》2020年8月17日。

的女主角都是过目不忘极为罕见的人物，而且，同为女性，又加上她以往英美文学的教育背景，较为容易地进入同理心。她自认为自己不是太"旗帜鲜明"的女权、女性主义者，尤其体现在《三种爱》里出现的男性伴侣形象上：这些男人不是作为女主人公的对立面和施害者的身份而出现的，他们在女主人公的生活中，是扮演着欣赏者、支持者和灵魂知己的角色。而女主人公（尤其是乔治·桑和勃朗宁夫人）在两性关系的精神层面中，是占主导地位的人。这是对那个年代女性惯常的受害者形象的一种颠覆——这些女人是掌握着自己的命运的人。

近年张翎涉足电影，除了《唐山大地震》带来的视觉冲击效应，后又与影视界合作编剧了《只有芸知道》，对于影视剧本和小说创作之间的差别关联，张翎认为小说创作的过程是个"独行侠"的过程，作家一个人的即时灵感可以决定人物的生离死别和一部作品的走向，而剧本创作的过程是集体劳动过程，是很多人的想法相互碰撞、磨合、融会的过程。小说家从剧本创作过程中学习跨界合作和妥协的艺术，剧本创作者则受益于小说创作过程的个性思维和坚持。两者相辅相成。

至今张翎写过九部长篇小说。张翎说，由于各种各样的原因，我一直到中年才真正开始持续地写作发表。可能是等待的时间过久，刚开始长篇小说创作时，倾诉的欲望排山倒海地压倒了一切，故事占据了我的全部关注点。随着越来越多作品的问世，倾诉欲望得到部分宣泄，它开始被其他的一些念头稀释，于是我开始思考怎么讲故事。像摄影家一样，我现在不仅会考虑拍什么，也会考虑怎么拍，用什么角度、位置、光线等。

在国外生活多年，张翎认为自己已经失去了国内作家那种深深扎在土地里，在一口深井里汲取文化营养的扎实感觉。虽然她每年都会回国很多次，但只是过客，对当下的生活已经失去了深切的体验。但是距离也不完全是坏事,有时距离会产生一个理性的审美空间,营造一种尘埃落定的整体感。隔着一个大洋回头看故土,故土一定和身在其间时的感觉不太一样。她说,"已经无法改变我失去了根的客观现实,我现在只能接受现状,希望这种无法落地的感觉,能带着我写出一些视角不太一样的东西"。

在近二十年的写作生涯中,她一直在有意识地回避当下题材,因为她觉得当下是她看不清楚的事情。而以往的大部分小说题材,都是从时间线上横着片下一个长截面,从历史一路延伸到现今。"过客"心态虽依旧还在,却已渐渐减弱,开始有勇气颤颤巍巍地迈出脚来,在当下题材的泥潭里试步。最近写的《死着》《都市猫语》《心想事成》等中短篇小说,都是她探险举动中的一个部分。离开故土多年,成了无根的漂泊者,深知其遗憾,却也开拓出独具优势的写作疆域。不会完全斩断根须,而是牵起故土与他乡的关联,在一片无界的土地里,她是自己的王者。无论如何,中国是她的文化基因,一个人不可能逃脱自己的文化基因成为另外一个人,所以与故国相关的人和事始终会是她的写作中心。[①]

童年和故土是一种特殊的生命密码,已经永久地驻留在一个人的血液中,她从来不会忘记,所以不需刻意记起。对一个作家来说,成年之后在哪里生活并不特别重要,重要的是他在哪里度过了童年和青少年时期。所以尽管她走过了世界的很多地方,她离故乡越来越远,可是小说想象力落脚的地方,总归还是她的故土——那是她最强大的文化营养基地。

---

① 弘晓:《张翎:从望月、金山到三种爱》,《红杉林》2020 年第 4 期,见北美红杉林传媒公号,2020 年 9 月 18 日。

第三节 女性命运的多重文化解读

一 正视人生的残酷与悲悯

美国学者艾·威尔逊在谈到艺术与社会的联系时说："永远不能忘记，每一件艺术作品，起初都是产生于某个特定的时间和地点的，如不了解产生某件艺术品的周围环境，也就不能恰当地理解该艺术。"① 毋庸讳言，阅读文本或者观察事物所处的角度和方式不同，效果或结论自会不同。文学上的"罗生门"现象也是层出不穷，恰如专家所言"不在场"的隔膜是导致研究海外华文文学有距离偏差的关键因素。俗话说"盲人摸象每一个局部都真实"。研究者根据自己的阅读口味，对海外文化飨宴各取所需、评头论足、见仁见智也就毫不奇怪了。

女作家作品似乎不完全是写纯粹的浪漫、温暖人们梦乡的情感，而是正视人生血淋淋的残酷现实。在哀叹世事缺憾的同时，对人性的缺点不乏惋惜伤感和悲悯，在悲悯中又继续寻求着完美爱情的梦想。因将生活的流动性和不确定性表现出来，显露出新的美学价值和道德判断的端倪。譬如，"无爱取代真爱，真爱陷于无奈。情感的困惑和迷惘。委婉深沉的笔致诉说着无尽的辛酸凄凉。在形形色色悲欢离合的情感体验中，对西方社会的认识和对男女婚姻的审视，将不同性格和命运的男女之间的情感纠葛，以及精神追求和灵魂堕落之间的种种形态表现得活灵活现，为当代华文文学提供了耐人寻味的典型"。中国世界华文文学学会荣誉会长张炯先生对吕红的长篇小说《美国情人》② 在创作上的突破表示肯定，认为作品寄托了作家对新移民生活命运的许多带有哲理性的思考，描写了某些新移民成为"边缘人"后如何寻找"身份认同"的

---

① ［美］艾·威尔逊：《论观众》，李醒译，文化艺术出版社1986年版，第30页。
② 吕红：《美国情人》，中国华侨出版社2006年版。

经历，其在对边缘人心态及生存状态的细腻刻画中，凸显了少数弱势族群在异乡生存的艰难，以及种族冲突、文化冲突、性别冲突带来的各种人生况味，观照不同的社会压力及欲望驱使下的斑驳陆离的人生百态。①

李凤亮教授指出，在现代社会生存挤压使人们的注意力变得支离破碎、敏感性变得迟钝薄弱的时代，如果说文学创作具有任何意义的话，与多年前凯鲁亚克本人为主要代表的《在路上》里的人物一样，《美国情人》中不仅是作品中的芯、倪蔷薇等一批知识女性，寻求的目标其实正是精神的，真正的旅途也在精神层面，在永恒的彼岸。在作品中寻找身份认同或者说文化身份，被视为探索和拷问"美国梦"承诺的小说，也可以视为某种"在路上"心态的延续。

"作为一个漂泊主题，这是华文文学永恒的一个主题。在这个主题上，写出那种身心的挣扎。体现了人生对遥远的梦想的追寻。她不仅有身体上的累，还有心灵的挣扎和选择。最后还是选择留下去，通过自己的挣扎，扎下了根。作品语言体现了一种生命的质感，有意为之的拼贴风格恰恰衬托出主人公在情感挣扎和生存压力中的幻灭和破碎。情节穿插尤似蒙太奇电影表现手法，给人以很大的想象空间……小说人物的活动舞台在美国旧金山，具有浪漫都市的特征以及海湾情结引发的幻想。并触及了生活在他处、这个永恒而深刻的主题。"②

文学评论家程国君教授在分析《美国情人》时有着独到发现：芯作为一个新移民能够在陌生的西方世界生活下来，关键的关键就在于她的移民动因的支撑。"寻找机会，实现自身价值为所有移民迁徙原因之一。"③ 就是说，芯作为一个新移民，她的移民，完全是"彼岸的追寻"。从人类价值实现的基点上，论证了移民迁徙的内在动因：人，从

---

① 张炯：《海外移民的生动画卷——评吕红的长篇小说〈美国情人〉》，《华文文学》2006年第6期。
② 《立场身份多元视角——吕红作品研讨会纪要》，《红杉林》2006年第2期。
③ 程国君、韩云：《"所有移民迁徙原因"——由〈美国情人〉看新移民小说的现代内涵与叙事创新》，《南昌大学学报》（人文社会科学版）2015年第1期。

呱呱落地开始，就以口鼻眼耳去感觉和观察，用手脚去触摸，用车轮纵横四方，用独木舟、轮船、潜水艇穿越横渡江河湖海，用飞机穿越云霄，用火箭、卫星、太空船穿越大气层，向着宇宙无穷无尽的未知去探索。人类不停地求索，爬过一山又一山，一岭又一岭。既探索可感知的，又探索难以明了的四度空间、负微粒和黑洞。探求外部世界的同时，人类亦常俯首自问：我到底是谁？价值何在？

探索和转变，是使一切事物进步的手段。纵观整个人类文明从野蛮到现代的史诗般历程，就是在探索和转变的历程，例如人类从原始社会发展到有一定文明的封建社会，所有的探索和转变，都是周围环境逼的，但人类有思维，有动植物无可比拟的主观能动性。从一个人自身的发展来说，在竞争激烈的当今社会，优胜劣汰会越来越逼近每一个人。要战胜对手，获得成功，你必须探索其中的秘密、规律。出奇才能制胜。如果一个人不能做出伟大的、独特的探索，就会一辈子居人之下，一辈子平庸。当然，做出探索的同时，牺牲是难免的。

作品中的人物芯、倪蔷薇等，与老一辈仅为温饱而活不一样，有了真正意义的现代追寻。小说的"引子"和从第一节到九十三节对此做了充分表现。芯她最终获得美国少数族裔在科学文化艺术教育方面的杰出贡献成就奖时的心灵独白清楚地表明了这一点："人们是否能给自己忙乱的生活找到一个意义？一个精神的支撑点呢？比如研究历史，寻找绝世珍宝，追逐梦想或一个活法，还有写作等等，都是生命价值的寻找和超越。在身份寻找和转换中，完成自我超越……我之所以写作，是为了抓住那流水一样的时间，让孤独的灵魂有所支撑，有所依托。写作会让人自由。当人为现实卑微所驱使时，是没有尊严的。写作，却可以让灵魂抵达现实达不到的深度和广度。"

芯等新移民的这种新的移民动因，显示了这群新移民之所以"新"的内在素质——"追逐梦想或换一个活法"、"完成自我超越"和"让灵魂抵达现实达不到的深度和广度"。《美国情人》中的一群移民女性，芯、倪蔷薇、安琪们，移民寻求自我生命价值实现的善的目的，人性求变、求动和求新的合理性，因此作品的意义也就在于，它详尽书写了具有这种动机的一代新移民的移民现代化西方的心路历程，塑造了一批具有新价值追求的新移民形象。这是目前新移民叙事中最为独特的"这一个"，有普遍的文学上的典型意义。因为就当代世界社会发展的历史境遇和条件而言，新移民的移民动因，实际上大多如此。该小说人物怀有的这种移民动因，在当代新移民里也不乏其人，似乎还具有普遍性。《美国情人》这部长达40多万字的小说，较为逼真地反映了这样的"共性"。

程国君教授认为，当代新移民之所以"新"，在于内在精神底蕴和人类探险性品质，将移民书写从简单写实的经历及其历史反省书写转换到其心灵史和哲学的高度挖掘上，作家以内在心理分析挖掘和现代叙事学观念取胜，《美国情人》放弃了一般移民叙事惯常的"奋斗史"叙事和线性结构原则，在移民叙事的内容和形式上做了全新探索：（1）展现了在婚姻家庭支离破碎、女权主义盛行、同性恋被首肯和性自由的后现代都市语境下"美国情人"们的生存感受和体验，书写了一个新移民在离散为特征资本主义后工业化时代抗拒单维人的孤独心灵历程以及他们的现代性追求；（2）把新移民现代追寻的"如烟往事"以自我独白和电影叙事的模式呈现，改变了新移民叙事故事雷同化和缺乏内在心理哲学内涵的格局，既为新移民叙事传达知性化的深刻思想探索了全新路径，又为现代小说叙事艺术的发展提供了独特的艺术范本。

也有学者认为独特的女性视角和女性意识是作品的一个特点，在这个"情人"题材中恰好得到一个深刻的表现。其实，在两性关系中，婚姻只是一种形式，是生存的一种方式，从而体现人的精神面貌。通过对爱情的追求，反映一种精神境界更高的追求，具体来说，就是对人生价值和身份认同的一种寻找。安徽大学教授王宗法认为，从女性文学写作的角度分析，作品对女性主人公和男性主人公的塑造力度和深度是不一样的。作者塑造女性时有一种唯美主义倾向，而男性则多多少少有点既想占便宜又想逃避责任的猥琐和虚伪。譬如刘卫东这个人物的疑神疑鬼患得患失、权谋和占有欲、自私和狡诈，都是典型的小男人味。尤其是和芯分离多年，他早已另结新欢了，却还要"重温旧梦"，甚至寻找"齐人之福"的感觉，透彻地表现了传统男人的心态：骨子里根本就没把妻子当作有独立尊严和自由人格的女人，就像千百年来的传统男人一样，把妻子当作自己的附属，当然，他可以在爱情驱使下竭尽全力为女人效劳；他甚至能够自鸣得意、温情脉脉或者冷冰苛刻地去欣赏妻子外在或内在的美，欣赏那种鸟一样在天空自由飞翔的美妙姿态。然而当他感觉无法驾驭时，他会做出常人不可理喻的冷酷剥夺之举。在他的潜意识里，曾经属于他的女人，就是离了婚，甚至是死了重新投胎，变了飞鸟、虫豸，都仍然属于他！这一笔，刻画人物可谓入木三分，毫不留情地撕碎了外表冠冕堂皇的人物的精神面具和人格面具。还有那种"抄检"和洗劫方式，让女人无家可归，没有后路。一方面令人痛惜，另一方面也揭示出在这种无视人的尊严及隐私的环境里，对人精神的剥夺和践踏。凡此种种又是在由爱生恨、从自然到扭曲的情景下发生，就更让人慨叹！

二 对男权文化批判笔锋犀利

海外女作家作品在表现女主人公所处具体境遇的感受与描绘上，是以女性的逻辑来和世界打交道、来建筑自己心中的世界镜像的，而不是按一个先验的所谓女权主义模式，将小说写成后殖民女性主义的妇女觉醒或解放的文本。曾几何时，社会变动导致移民常怀流亡的心态、世纪的乡愁，小说人物常有失落、虚无的梦魇、文化身份的寻找等等。以时间断限的文学潮流繁复多样，明显历经不同的阶段，北美女作家的创作也是跨越几个时期，由于个人气质、人生际遇、创作主张、写作经验的种种不同，有的作家是始终不离现代主义的门限，有的作家则与时代的潮流相始相因，但女性文本架构的轴线，往往会跨越流派而持久。

女性书写的主要特色是什么？江少川教授阅读《午夜兰桂坊》后凝神思考，作者用什么方式切入生活？我以为是"漂泊中的寻找"。①是女性离开家园后在漂泊中寻找：其一是在寻找一种生存方式，《秋夜如水》中的凌子到南方闯荡，倪蔷薇、芯远去美国漂泊，其实都是在寻找；其二，是在寻找爱情，期望找到一个意中的男人，企盼有一个能够安居的家。"把生存状态与婚恋纠结在一起，谋生是一条线，婚恋是又一条线。她把这两条线交织、纠缠在一起，表现女性谋生之艰难、立足之不易、婚恋之痛楚。她的笔触常常触摸到女性的心灵与隐痛。"记得杜拉斯说过，没有婚恋就没有小说。王安忆也有这样的表述，对于女性来说，爱情就是命运。对于漂泊中的女性而言，婚恋则是她们命运的冀盼与归属。然而无论在东方还是在西方，在现实生活的职场与商场，处于社会中心位置的仍然是男人，女性还是处在配角的位置。移民女性在西方社会同样是被边缘化。她们为了生计而四处碰壁，遭到冷遇、骚扰，还要为身份所焦灼。在婚姻爱情中，女性同样摆脱不了弱势与被动地位，最终情感与心灵受伤害的大多是女性。在吕红的中短篇小说中，女主人公几乎没出现过圆满的结局。即使是在商场小有成就的女性，如《午夜兰桂坊》②中的海云也是以婚姻解体而告终。

张清芳教授则从女性主义角度来分析作品，认为新移民"创作所蕴含的艺术元素无疑是极其丰富的，作为创作的一个基点，她始终是站在女性的立场上去思考女性生活的可能性，描述女性在时代大潮中的探索和心灵困惑"。女性文学在文学史上早有脉络。20世纪30年代，张爱玲已经敏锐地窥见了在文化断裂的背景下，处于弱势地位的女性的悲

---

① 江少川：《女性书写·时间诗学·影像叙事——评吕红中短篇小说创作》，《世界华文文学论坛》2011年第1期。
② 吕红：《午夜兰桂坊》，长江文艺出版社2010年版。

怆命运。经过长时间的蛰伏，在 80 年代，中国的女性文学重新破土而出，张洁、张辛欣不无激愤地描写了男性主导的社会中女性在事业和家庭之间的不可弥合的裂痕，及至 90 年代，陈染、林白的私人化小说风行一时，产生了很大影响。这种耽于女性个体的隐蔽经验的写作，一方面其独特、深入的女性体验和心理描写，使女性取得了突出的主体地位，但另一方面，它的封闭性特征，又排斥了更多的生活经验的介入。吕红的小说给了我们新的认识和思考。它将女性和时代的转变互相交缠，以小见大，写出了女性命运随时代的跌宕，使作品获得了一种生活、时间的质感。

关注点始终是中国现代女性的解放问题，即她们在 20 世纪 90 年代的美国这个后现代社会中获得了个人的自由与个性的初步解放之后，自由、独立、勇敢、坚强的现代人性格特点是否一定会使她们收获幸福的爱情与婚姻？作者在小说集《午夜兰桂坊》中曾给出了答案，指出中国现代女性依然跋涉在寻求深层次解放的路上，依然无法轻易获得美满的爱情与婚姻；在《美国情人》中，那些 20 世纪 90 年代后移居美国的新移民女性已经成为实现个人价值的"世界人"，然而后现代社会中隐藏的不公平、不平等仍然笼罩着她们，爱情婚姻上的"情殇"依然成为她们无法挣脱的悲剧。从这个角度来说，分析新移民女性的"情殇"过程就成为分析总结她们在物质高度发达的后现代社会中追求个人身心解放之路的一个重要切入点，也因而具有了更深层的文学史价值和意义。[①] 作者对背景描写的模糊和文本中隐含的时代环境构成了不露声色的契合，使她的作品摆脱了主流话语而又显得真实具体。她的书写总是在不动声色中进行，追求还原生活的多义性、复杂性，而不直接以自身的感情介入，从而达到了更客观、更深刻的叙述效果。从她大胆多变的艺术手法中，我们还可以看到她对随心所欲之境的追求，给我们带来别

[①] 张清芳：《女性主义视角审视下的美国之"情殇"——以美华作家吕红的长篇小说为例》，《中国当代文学研究》2019 年第 5 期。

样的艺术感受。①

江少川教授认为，对女性人格尊严的肯定与张扬是吕红女性书写的又一特色。小说中塑造了一系列鲜明的女性形象，给人很深印象的是对精神自由的追寻、对人格尊严的维护。这与存在论的观点是相通的。依据萨特本体论的观点，自由是人存在的价值源泉，自由是人在虚无中通过烦恼实现的。此话的意思是精神自由相比人的社会存在更真实。他的结论：人就是自由。这与海德格尔提出的"人的本质的尊严"是一致的。

在书写女性的寻找中，作者对男权主义的批判笔锋犀利而有力度。她笔下的男性形象，有驰骋商场的骄子，有到西方闯荡的冒险家，有擅长投机的老板，等等。在生意场、情场上，他们都处在强势、中心的位置。《日落旧金山》中的林浩，曾是蔷薇爱慕的男人。这位当年在金融界发了横财的暴发户，到美国后仍沿用那套"空手道"的投机商术，拉款欠债，不听蔷薇的劝告，一切以我为核心，敛财第一，生意场上，我行我素，最终一败涂地，落得破产的下场。《秋夜如水》中的梁栋是生意场上的高手，而他在情场上却是逢场作戏，他更看重的是商海中的成败，说到底也是不尊重女性的人格。在《漂移的冰川和花环》中作者对大刘的自私狭隘、"老拧"的纠缠无聊都作了批判与贬斥。特别要指出的是，她笔下的这类漂泊中的女子，对爱情依然保留着浓郁的东方传统，期待爱情的专一、忠诚，有着浓重的"家"的意识。而她们的期望终究没有得到实现。作家赋予她们的是生命的呵护与关怀。

"小说书写中国人在美国的寻梦经历，尤其是情感和内心价值观历经的冲击。《午夜兰桂坊》显示出她小说艺术的阶段性成果。她的小说才情不俗，能写出处在跨文化状态中的人们那些微妙的心理落差，那些感情变化的细腻层次。在故事的背后，不只是中西文化价值观念的差异，还有中国'文革'后的社会变动在这代人身上留下的深刻烙印。

---

① 许爱珠、高翔：《流淌的生活与女性的困惑——读作品集〈午夜兰桂坊〉有感》，《世界华文文学论坛》2011年第2期。

吕红的小说构思颇为精巧,叙述自然而有内在情致,语言清雅中透出灵秀。你能感觉到人物的命运在时间中起伏,而不经意的光与影交织于人生的各个侧面,留给人长久不能平息的韵味。"①

丰云教授则从另外的角度发掘作品更深一层的内涵:"新移民文学中女作家居多,而女性特质和现实的生活状态决定了她们有意无意地远离政治、远离经济,而时常围绕着情爱与婚姻主题徘徊。于是有很多面目相似的作品——《曼哈顿的中国女人》、《拉斯维加斯的中国女人》、《洛杉矶的中国女人》,《纽约情人》、《哈佛情人》、《美国情人》等,我们总是期望这些爱情小说能够承载一些与移民生活相关的非爱情元素,否则其作为新移民小说的独特性就难以呈现。毕竟,爱情随处皆可发生,婚变也是现代生活常态。爱情并不会仅仅由于发生地的不同而更具价值。新移民文学必须为自己确立一个独有的文学姿态和文学位置。……在这个多元文化、民族熔炉与种族歧视并存的移民国度,华裔族群政治地位的确立和平等权利的维护,直接关系到整个族群在移居地的生存和发展。华人移民作为少数族裔,如何参与到移居国家的政治生活之中,是他们移民生活中极为重要的内容。因此,作为以记录华人移民群体的移居生活为己任的新移民文学,自然有义务书写这一重要的章节。但遗憾的是,除了树明的《漩涡》(江苏文艺出版社 2003 年版)外,我们至今极少见到表现这一主题的新移民文学作品。《美国情人》也就成为新移民文学中涉及这一领域为数不多的作品之一,有其不可忽视的价值。"②丰云教授认为:"将爱情的发生设置在美国华人社区政治生态与华文媒体内部人事纠结的背景之上,让非爱情元素渗透爱情故事其间,使《美国情人》挣脱了这个通俗的题名为之笼罩的暧昧色彩,为自己在新移民小说中找到了属于自己的特别位置。"

以上一些学者专家的分析和评论表明,在华文文学领域高手如林藏

---

① 陈晓明对吕红《午夜兰桂坊》评语。
② 丰云:《美国情人的非爱情元素》,《红杉林》2011 年第 1 期。

龙卧虎，作家要想独树一帜，必须有智慧和创新的骁勇。北美的新移民作家无疑具有得天独厚的"现场感"。身处一百五十多年前"淘金者"的梦想之地，也是华人被异邦苛刻的移民法羁押的梦碎之地，而今集中了全美最多少数族裔的多元文化之都旧金山，海外华人作家对新移民文化身份的寻找和建构更显独特价值。海外作家作品可与"五四"时期作家进行类比；还有，在新移民作家中，涉及政治内容的作品不是很多，尤其是女作家，而在新移民文学中切入了这一领域，是女性文化身份建构及女性创作意识的拓展。随着近年东西方文化交流的频繁，新移民群体整体素质的提高，对美国政治经济文化方面的介入肯定是越来越多的，譬如总统大选就有华人开始参与，尽管可能性极低，但属于突破之举。因此，对这一领域的挖掘，应该是一个重要的部分。华人移民尤其是高素质的知识分子，自觉不自觉就参与了这方面活动并有相当的作为。从这个意义来看，新移民小说创作是有所探索和突破的。全球化与信息化的迅猛发展，亦为新的学术观念的催生找到生动例证。

三　女性主义作品引发观念碰撞

自20世纪80年代以来，随着欧美经济科技现代化思潮的大量涌入，西方女权主义和性别理论纷至沓来，被称为当代文学史上的"观念年"，人称"被隔绝于国门之外的西方现代主义和后现代主义文学思潮，一旦闸门打开，颇有汹涌之势"。特别是1995年第四次世界妇女大会在北京召开，可说是这种"亲密的融合"达至巅峰状态。但也有人对"有差异的声音"持另外一种观点，称"男性的阅读"无法思考女性写作的反抗内质，不熟悉进而排斥女性文本中与性征有关的女性体验的象征系统。需要的是"与女性写作一起分享知识禁果，感受文化和历史的压抑，参与她们的反抗，主动疏离主流意识形态，促进女性写作的特殊价值的实现，而不是将女性写作整合进男权体制与宏大叙事，祛除其'剩余价值'，在日益机构化、学科化、精英化的过程中,最终成为男权文化的附庸"。

针对海内外女作家作品的广泛影响,女性文学评论家王红旗以《告别性别"战争" 构建两性和谐文化——对中华女性文学与文化方向的几点思考》为题,阐述其对中华女性文学与文化方向的几点思考。[①] 她认为:所谓"战争"的概念,是指性别文化意义上的战争。其范畴是指"正在进行时"的当代中华女性文学与文化现象。但也有人不以为然,认为偏离中国文化历史与现实的"他者化"的繁荣是否应该反思?女性立场、性别立场发展到现阶段,应该是以超性别的"第三种立场"即用鲜明的女性主体意识与理性的两性关怀,来探索女性生存的真实步履与命运状态,与男性共同批判男权文化中的"倾斜"部分对两性的压抑。还有人认为,两性不是"战争",也不是独白,而是灵魂的对话沟通。

王红旗以国内外几位重要女作家的代表作品(小说文本)为例,以一个人(自我之战)的战争、两个人(男女之战)的战争、三个人(婚外情之战)的战争为分论题,论述性别、商业、消费的复杂关系,重新思考男性中心文化"性别怪圈"对两性造成的压抑,西方女权主义与性别理论的局限造成的断裂、错位和遮蔽。从而寻找构建两性和谐的文化基础,探索中华女性文学与文化未来发展的方向。

"一个人的战争"来自林白的长篇小说的命名。本意是"一个女人自己嫁给自己的战争",在此比喻在女性文学与文化研究界,女性非理性地拒绝男性的"自说自话",以此来表现女性成长经验的文本,一批女作家是行走在最前沿,以极端的姿态,以女性的血肉之躯,突破男权中心文化对女性身体的千年"禁忌",重新开始了寻找自我、发现自我、认识自我、展示女性精神与身体的"第三次解放"。当然,这种颠覆性的积极意义是不言而喻的。

"两个人的战争"本意是指女性文学中的两性战争。"杀夫"是因为

[①] 王红旗:《告别性别"战争" 构建两性和谐文化——对中华女性文学与文化方向的几点思考》,《红杉林》2007年第3期。

"夫"象征着父权;"弑母"是因为"母亲"是被男权文化异化和被误解的女人。在颠覆东西方男权中心文化的激战中,女性在寻找自我主体的路上,以血墨化为利刃,操持着"二元对立"的社会性别武器,以"杀夫""弑母"的方式,试图解构男权中心文化固有的秩序,彻底建构自己的"女性乌托邦",来实现女性反抗性别文化压迫的"第三次"精神解放。

"三个人的战争"是指"婚外情"之战,是一个男人与他的妻子、情人之间的战争。女作家们从现实生存处境和情感困惑出发,重新阐释和演绎当代"婚外情"的复杂状态,撕破了丈夫、妻子、情人之间温情脉脉的面纱,在爱与痛、血与肉的"三个人的战争"中穿透人性,在传统与现代、异域与异质文化的冲突中自我疗救和成长。

王红旗认为:两性如何在"绝无禁忌"的寻梦中迷失与涅槃,其实,在两性的不平等关系中,仍是权力男性占据着社会文化和物质财富的中心,牢牢掌控着欲望的制高点和话语中心权。他们居高临下,霸视一切。欲望在倾斜的两性关系中无限地膨胀。男女在"婚外情(性)的交易战中"披着"情人"的外衣上演着欲望躯体剧。女性在婚姻家庭的撕裂中正由圣殿走向世俗,由为理想而为现实。

在比较了严歌苓的《少女小渔》与吕红的《美国情人》不同的创作特色后,评论家解析:随男友赴美国求发展的小渔,不得不与一位即将要死亡的意大利老头假结婚,参与这个阴谋的当然还有她的男友。小渔别无选择地接受了男人们的背叛和无耻交易。在论述中,女性主义评论家不无偏激地表示:芯与这位形象模糊的美国"情人",根本没有深度精神的共鸣,只是一个美国男人对东方文化和女人想象中的爱恋。虽然男女之间常常被一些美好的幻象遮蔽。

在媒体讨论中,女性评论家与女作家展开了多方对话,[①] 为什么悲

[①] 王红旗、吕红、紫云飞:《撕碎情人温情脉脉的面纱》,人民网,2006年7月,http://www.360doc.com/content/15/0703/11/22346171_ 482331220.shtml;王红旗:《爱与梦的讲述》,社会科学文献出版社2010年版。内容为18位知名女作家书写爱、家与梦的在场研究与心灵对话。

剧的主角总是女性在扮演？分析女性悲剧的原因，从历史来讲，西方的创世神话亚当夏娃说，女人是男人的肋骨；中华的创世神话女娲造人说，女人是男人的母亲。因此，西方女权主义操持的是"二元对立"的哲学武器，而在中华文化里"二元互补"达到和谐统一是最高境界。东西方在人类文化中应该是互补的，不应是战争。为什么大多成功女性并没有像那些成功男性一样享受幸福的家庭生活，反而大多不是离婚就是独身。这种状况的主客观原因是复杂的，单从性别文化的批评来谈是片面的。那么，是不是有时批评者也钻进了"性别怪圈"里？

究竟是救赎与被救赎、占有与被占有的"二元对立"，还是互依共生、互助共存的亲密伙伴关系？男女各自所处的位置或性别身份不同，所得出的结论也会有所不同，但无论男性女性，应该就像宇宙间的太阳与月亮，如转换着的"阴阳鱼"，只有获得和谐，这个世界才不至于倾斜。由于论战在女性文学读者评论圈里引起反响，针对该论得失，在论坛之外女性们也开始了没有刀光剑影硝烟弥漫的"论战"。

有学者说，撇开某些偏激不谈，首先要肯定此论题的角度特别、思考敏锐而有新意。在肯定女性精神与身体的"第三次解放"上，这种颠覆性的积极意义也是不言而喻的。不过，似乎展开不够，有的地方深刻，也有的地方比较粗疏甚至比较偏颇。在思考"告别性别战争"这个问题时，是否不自觉地带上了某种公众意识——或者说是受传统思维影响的、强大的社会意识和主流话语？譬如像作品中的女性没有基本的独立人格、女性在追求自身价值和幸福过程中常常被误读和扭曲？权性交易、物欲交易等，引证的那些女性人物无一不充满了对男性的依附感或是男性眼中的"性"交易？有人曾说：男人想下半身的幸福，女人想下半生的幸福，似乎是用通俗俏皮的语言，说出了男女关系和思维本质上的差异。这也说明了真正的"性文化"的主导者还是男性。

神圣的婚姻爱情如何变成了美丽的借口和真实的谎言、如何变成了婚外情和一夜情（性）、如何变成了权性交易？亦有作者分析有关得失,就拿三个人的战争来说——因为对前两部分的文学作品不熟悉,相对于社会现象来讲也不是大多数。唯独"三个人的战争"是普遍的,是每个社会背景、文化程度、经济基础不同的层面的人都能"玩的游戏"。其实《来来往往》里面的林珠一开始对康伟业是有爱慕之情的,不是单纯的交易。只是到了康伟业无法离婚而与之结合,林珠私自变卖了房产后其身份也变成了货品。这里有一个从精神到物质的转变过程,与一开始就赤裸裸的交易是有区别的。对于作品的阅读角度不同,感受和结论也不同。譬如《美国情人》,还不能说男女主人公没有精神共鸣而只是肉欲和交易。其精神的共通(是通而不是同)点:在于皮特对东方尤其对中国文化的熟悉与热爱;在于皮特的父辈曾经在中国参加抗战这一特殊的历史背景;在于皮特对华人文化的向往(譬如学说几句不地道的中文)和对中国当代历史包括对"文化大革命"历史的了解。否则,芯为什么没有爱上别的美国人呢?只是这种微弱的感情基础在巨大的社会因素如身份、种族、性别的差异下无力维系罢了。何况皮特身上还隐藏了某些花花公子的特性。缩小了看,国内同样也存在这样的问题,如:外来工和本地人、汉族与少数民族、城里人与农村人。最经典的是"村里有个姑娘叫小芳"。若片面地看,在现实生活中类似这样的观点或许概括性更强。

  如果仅仅作为学术研究来看有关论断,的确是太专业了。吕周聚教授认为,"从国内移民到国外,移民面临着文化冲突、身份焦虑和生存危机等一系列现实问题,这是移民文学中永恒的主题。从这一角度来说,即使是今天的新移民文学,其思想也很难超越这些老问题。作为新移民文学的重要收获,却表现出一种新的追求,即在叙述文化冲突、身份焦虑、生存危机的同时,着重对人性的思考,写出了复杂的人性,作品及人物因此而具有了新意"。①

---

  ① 吕周聚:《生存困境中的人性展现——评吕红的〈美国情人〉》,《世界华文文学论坛》2009 年第 2 期。

"作为移民,来到一个陌生的国家,必然要面临着各种问题,其中最重要的问题首先是生存的压力。美国作为世界上最发达的资本主义国家,对移民有着巨大的诱惑力,同时,它对移民也有着苛刻的条件与限制。"对于芯来说,从中国来到陌生的美国,身份、角色都发生了根本性的变化。她不再是小有名气的记者,而是成了一个等待身份或者说身份被悬置的"边缘人",她必须尽快调整心态,适应新的生活环境。然而,在一个机会匮乏、崇尚竞争的社会中,人与人之间的竞争不可避免,为此而带来的矛盾与冲突也就成了必然。在这样的环境中,国民劣根性得到了具体的表现,"曾经有人形容华人在国外竞争,其惨烈,恰如持长矛从同胞中杀出来。而改变自己生存方式的诱惑,逼得人人去'浴血奋战'或'自相残杀'"。

实际上,自私并不仅是中国人的专利,而是所有人的本性。这种本性,在美国人身上也同样存在。林浩在做生意的过程中,被当作肥肉宰割,最后破产,被崇尚竞争的美国社会吃掉;皮特表面上看来非常绅士,善于关怀、体贴女性,但当遇到芯的身份诸多问题时,他马上就变了一副嘴脸,作者借助琳的话来说明这一点,"文化背景迥异却禀性相同的男人,不管平时怎么对你天花乱坠,海誓山盟,但危及自身利益或需求,就可能做出冷漠伤害之举。人性是自私的,最后的底线就是爱自己,怎么也不能伤害自己"。由此来看,无论是刘卫东的无情还是皮特的翻脸不认人,都不是芯的遇人不淑,而是人性使然。同样,林浩与蔷薇的分手,除了性格的因素,自私的人性也是一个必不可少的因素。

何谓"人性"?古往今来的思想家、文学家对它有着不同的理解与阐释,这也正好说明了人性本身的复杂。相比较而言,周作人对人性的阐释更加合理。他在《人的文学》中对人性进行了具体分析,认为神性与兽性的合一便是人性,这一方面揭示出人性的双重性与复杂性,另一方面将人的动物性本能作为人性的有机构成部分,使文学作品表现人的动物欲望有了合法性与合理性。在《美国情人》中,作者对人物身上所具有的这种复杂性给予了集中的展现。

男女间的和谐相处，一方面自然需要有美好的情感，另一方面少不了自然人性的因素，所谓的两性相吸，主要指的是人的动物本能的需求。这在作品中的男女人物身上都有具体的表现。作品中的主人公都是中国女性，她们在性爱上比较含蓄，但这并不意味着她们没有欲望要求，只是她们表达欲望要求的方式不同而已。芯到美国之后，远离自己的丈夫，生理需求得不到满足，尽管她拒绝了老拧的求欢，但当她遇到外表潇洒的皮特时，终于挡不住皮特的诱惑，投向了皮特的怀抱。尽管作者对芯与皮特的交往进行了大量的叙述、铺垫，力求展现他们之间在精神、灵魂方面的相通之处，也极力地描绘她与皮特相交时的美妙感受，但她也对这种行为产生了质疑："女人男人如此疯狂甚至是自虐般地去做爱，是为了让心灵得到片刻的慰藉，还是为了忘记现实的烦恼？还是什么也不为，就为逃避孤独？"芯与皮特最后的分手，形同路人，已经对这些问题给予了充分的回答。作品中的其他女性，比如蔷薇虽然对林浩颇多疑虑，但在林浩强大的攻势面前，终于倒向了他的怀抱，享受到了乡村男人的野性和与大自然融为一体的爱欲，被传统女性矜持、现实压力等压抑了的欲望得到释放与满足。妮娜因长得漂亮而成为男人们追逐的目标，她脚踏三只船，周旋于几个男人之间，通过男人获得金钱，解决自己的生活问题，并想通过男人拿到绿卡，最终解决身份问题，对她来说，性只是她实现个人目的的一个手段。霎霎因持商务签证来到美国，在美国成了黑身份，无法拿到绿卡，最后只能开一家按摩院，靠抚慰男人来得以生存。这些女性的遭际，说明了单身女人要想在美国生活、立足、获得合法身份，只有"先靠身体，再取身份，才能海阔天空，才能实现自己的梦想"。原始的身体，既是享受的本体，又是实现梦想的工具。

人的本性究竟是善还是恶？对这一问题，东西方文化有着不同的看法。在基督教看来，人是生而有罪的，这种原罪，来自人类的始祖亚当、夏娃不听上帝的劝告，在蛇的引诱之下偷吃禁果，因此，谎话就成了人类原罪的一个重要的构成部分，是人性负面的具体表现。在小说中，作者以芯与丈夫、情人之间的关系为主线，描写芯在婚姻、情感及日常工作中遇到的谎言与欺骗，揭示出人与人之间的复杂关系。

在人生中，人们都在渴望有可以互相诉说、倾听自己内心话语的知己，寻找自己的另一半，希望能够得到一个互相理解、互相沟通的伴侣，然而，这一理想却很难变成生活现实。卿卿我我、海誓山盟，现实生活中遇到利益冲突时，恩爱的夫妻也会反目成仇。"美国情人"皮特虽然有知识有绅士风度，但这只是他迷人的外表，在本质上，他与其他的男人没有什么区别，即可以为达到自己的目的而撒谎欺骗，他在感情上是这样，在政治上又何尝不如此？

人生如戏，每个人都戴着多重的假面具在人生的舞台上上演着变脸的戏法，诚如作者所言："是是非非，鬼鬼魅魅，哪是真相？哪是谎言？谁也说不清，一锅子搅入混水。这个混浊混乱的世界就像个舞台，不停地上演各式各样的戏？不知道到底谁是演员？谁是导演？或者有时是导演，有时就是演员吧？若有兴趣，谁都可以涂脂抹粉装神弄鬼上去发挥，轰轰烈烈演绎出惊心动魄的正剧反剧和荒诞剧？"而在评论家看来，"这种滑稽的演出是人性使然，其所呈现出来的自然也是复杂多变的人性。总之《美国情人》是一部思想内涵丰富的作品，作者要表达且已表达出的思想很多，如文化冲突、女权主义等，但对人性的表现是其中的一个重要方面。应该说，通过情人、两性的关系来表现复杂的人性是一个非常好的视角，在灵与肉的冲突中来表现跨越文化的普遍人性，这是对传统移民文学的突破"。

评论家公仲教授认为："《美国情人》是一部很有探索精神的另类的情爱小说。它游走于梦幻和现实、国内和海外、东方和西方、情感和哲理、放逐和回归、迷失和寻觅之中，大量运用新感觉派的意识流、蒙太奇、时空闪回穿插的手法，简约、洗练又不乏浪漫想象力的语言，深刻地揭示了新移民生存状态的困苦艰难和人情人性的复杂变异。这里西方现代主义和中国传统写实手法，糅合得天衣无缝，叫小说既能符合中国读者的可读性，又能增加作品的包容量和厚重度。"①

"书写情爱的情感小说，毕竟还是新移民女性作家的一个主要题材。在这方面，新世纪涌现出了一大批优秀女作家的佳作精品。这种涉及海内外的历史变迁，中西文化差异，甚至地域种族习俗不同的新视角、新情爱故事，肯定会受到广大读者的关注，特别是在中国传统和西方现代相结合的艺术形式和表现手法方面，有了很大的突破，使这种小说登上了一个更高的层次，值得我们很好研究。"②

同时，在综合分析了诸多作家作品之后，公仲更进一步指出，新移民文学是世界华文文学的新生长点，它为世界华文文学注入一股新鲜血液，并逐步形成一支新生的主力军；它所创造的欣欣向荣的文学新景观，必将成为世界华文文学走进 21 世纪的新成就的新标志。令人振奋的是，新移民小说以其丰硕突出的成果充分印证了这句话。可以毫无愧色地说，新移民文学已经成了当下世界华文文学的杰出代表，是无可争议的主力军。

---

① 公仲：《硕果累累任重道远》，《文艺报》2010 年 3 月 19 日。
② 公仲：《论新世纪新移民小说的发展》，《小说评论》2010 年第 2 期。

第六章 中华文化传承与文学嬗变

　　从移民写作文化解读中，可透过现代或后现代的理论发掘出特别意义，甚至从某种角度来说，当代女性主义和文化研究几乎是一个同义语。当代女性主义文学批评的前提是建立在这些层面上的：女性文化与文学同占支配地位的男性文化与文学有一种什么样的关系？非主流的女性批评能够通过广泛而细致地阅读自己的文学文本而总结出自己的方法与理论吗？在对女性天赋的分析中，女性文学作品中的文化性的沉默与空隙能够得到充分揭示吗？作为性别差别的女性写作的异类体验包容了什么样的文化向度？这将为女性主义研究带来启迪，亦将成为海外移民寻索和建构文化身份的有效途径。

　　过去我们在谈到启蒙运动的时候，总说要将一切置于理性面前重新衡量其价值。女权主义意味着一种更为广泛的权力，即用一种新的视角重新审视世界的权力。认同女性有权根据自己的感受，根据自己的性别体验来衡量、评价、言说。就女性内部而言，这样的衡量和感受当然不可能统一，甚至还可能有相当大的差别。女权主义本来就是边缘性话语，带有叛逆性、颠覆性，其颠覆不仅指向男权，还应该指向自身，指向自我赋予的种种限制。只有这样，它才能真正保有自己的活力，成为女性个体的权力之源，而非抽象的女性集体的标签。

　　西方女权主义批评家肖瓦尔特在《她们自己的文学》中特别分析

了女性文学成长的三个阶段，然而，把它归入"女权主义"（Feminism）实在是非常不合适的，因为在肖瓦尔特看来，所谓的"女权主义"只是"女性"文学演变的一个中间的和过渡的阶段而已。她所描述的这种从"女性"（feminine）到"女权"（feminist），再到"女人"（female）的发展线索也正对应着"女性"逐渐摆脱自身的"影像"的地位而进入"生成"的运动的过程。她总结了这三个阶段的各自的特征：从"模仿"（imitation）到"反抗"（protest），再到"自我的内在同一性的发现"（self-discovery）。① 这种分析可以说是精辟入微。

肖瓦尔特的最根本的理论上的悖论体现在以下两个方面。一方面，她始终未能摆脱作为"女性"写作、为"女性"而写作的女权主义的框架。她所谓的女性的"自我发现"的第三阶段也无非在"私人的空间"中来重新发现"女性"自身价值的"内在的同一"，换言之，她所做的，正是想要以男性的主流价值体系的模式来重新构造一个女性的价值体系：这个体系有着内在同一的核心价值和支撑这种价值的"传统"的演进。另一方面，她又敏锐地认识到，"女性"并不具有可以与"男性"相参照的那种"同一性"的"价值"和"传统"：首先，女性写作并不具有一个连续的"历史"的过程，相反，它体现的恰恰是一种反历史的"不断的断裂"（perpetual disruption）的过程；其次，"女性"不具有"男性"本位的同一性的"自我"的概念，因为女性的写作总是体现出一种对"前—自我""去—人格"的流动、多元、异质、碎裂的生命体验的强调，并且这种风格从"女权"阶段一直延续到伍尔夫，成为女性写作的标志性的特征。②

"如果存在一种典型的女性主义文学形式，它就是一种零碎的、私人的形式：忏悔录、个人陈述、自传及日记，它们'实事求是'。"海

---

① Elaine Showalter, *A Literature of Their Own: British Women Novelists from Bront to Lessing*, 外语教学与研究出版社 & Princeton University Press 2004 年版, p. 13。

② ［英］伍尔夫：《一间自己的屋子》，王还译，生活·读书·新知三联书店 1989 年版。

外作家把自我的生活经历和情感经历作为叙述对象的作品，往往通过对个人记忆的筛选和重组，构成了自己乐于认同的自我形象。这方面的作品有比较鲜明的个性特征。正是从女性的双重文化身份建构（既是总体文化的成员又是妇女文化的参与者）出发，女性主义创立了自己的女性亚文化理论作为文学批评的基础。既然是一种"双重话语"的写作，它永远要体现出两个团体——沉默的团体和统治的团体——的社会、文学和文化传统。[1] 譬如书信、日记、女性手册、小说、社会学著作、医学文献与杂志、新闻报道、政治或文学宣言等，都进入文学符码的互文性解读活动中，形成一幅"交叉文化蒙太奇"的批评图景。文学标准的建构也"不仅仅是个人权威的结果，而且还涉及出版者、评论者、编辑、文学批评者和教师的非共谋（non-conspiratorial）文化网络"。[2]

肖瓦尔特自己后来也已经意识到了"生成"运动的可能性。她在1999年为《她们自己的文学》添加的一章中研究了女性写作在进入20世纪80年代之后的新发展，其中的代表作家Carter Country就在不同的文化、地域、种族、民族、性别、文学风格、艺术形式等之间进行着自由的穿越，用肖瓦尔特的话来说，她始终是一个外在者（Outsider）[3]，或者更准确地说，她始终处于不同的"形式"和"领域"之间，她总是在途中。这种"生成"的姿态可以说是当今西方女性写作的典型特征，甚至也可以说是海外各族裔移民女作家的群体特征。

在文学批评思潮中最具兴奋点与冲击力的，莫过于女性主义的兴盛和对女性作品的重新诠释。回眸女权思潮对海内外文学创作的影响，所谓的"女权主义"，其中feminine一词包含了"女性"与"女权"的双重含义，在不同阶段女性主义的内涵和文本之嬗变。譬如说第一阶段主

---

[1] 秦喜清：《伊莱恩·肖瓦尔特与"妇女批评"》，《国外社会科学》1994年第8期。
[2] ［法］伊莱恩·肖瓦尔特：《女性主义与文学》，戴阿宝译，《外国文学》1996年第2期。
[3] Elaine Showalter, *A Literature of Their Own: British Women Novelists from Bront to Lessing*, 外语教学与研究出版社 & Princeton University Press 2004年版, pp. 323–325。

要提出各种社会政治要求,追求男女政治社会经济权力的平等。第二阶段以 1968 年后新一代女性主义者为代表,强调男女差异,否定男性本质,颂扬女性本质。女权主义进入第三个阶段,就是和存在论哲学相结合的女性主义。在这一阶段,女权主义所要重构的,是有别于第一阶段之社会政治权力重构、第二阶段之知识话语权重构的日常生活世界重构。在文学上实现女性的多样化的生存体验与叙述。

换言之,女性书写应该是一种原生态,是既未经男权话语也未经某种模式化的女权主义话语浸染的原生态,也许因此而更接近女权主义的真谛。从表面上看也许显得平和一些,但是它更加关注女性的日常生存体验。它是前两个阶段的深化,但更加接近每一个平常生活、生存的女人。

第一节 延续现代文学精髓,突破窠臼

现代女性文学的发展经历了曲折漫长的过程,它以"五四"新文化运动为开端,是 20 世纪中国文学的一个重要而不可或缺的方面,迄今涌现出五六代女作家和丰富的创作实绩。现代文学史上最具代表性的丁玲、张爱玲、萧红、苏青、冯沅君、冰心、庐隐、石评梅等女作家们,皆以女性的独特感悟、独特视点去反观长期践踏女性及其生命尊严的男权文化以及专制暴力,期冀在一系列女性话语的颠覆、反抗过程中,赢得在历史中言说人性、在现实中洞悉生命的权利。不管是在既定的男权话语内部,还是游离于主流话语的边缘之外,她们始终以严肃的思考呈现自己的心灵影像和精神反叛,书写沉默千年的女性生命体验。[①]

---

① 吕红:《从情感到欲望:女性文学的流向》,《文艺评论》1996 年第 4 期。

一　奇才闪耀的现代女性书写

曾经以奇才闪耀文坛的女作家张爱玲,[①] 1995年9月中秋节前夕在洛杉矶悄然离世,倏忽间已十五载。文字依然被追迷,旧作不断问世。张爱玲诞辰百年,回望她背影却感苍凉。

"这是中国新文学史上一颗耀眼的明星。她一晃而过,悄然远去,她曾遭误解,屡被遗忘。她自己也改变过自己的形象,使误解者一再误解,遗忘者坦然遗忘。但星总是要放光的,如今,她的名字和她的作品又在她曾经闪耀过的地方引人注目。这,就是中国现代文学史上优秀小说家、散文家张爱玲。张爱玲以小说集《传奇》和散文集《流言》成名于40年代中叶,那时作者年仅20余岁,在此后的岁月里,作者及其作品在其诞生的土地上被遗忘了。但在台港海外,作者的知名度颇高。人们将她独特的风格喻为'张爱玲体',许多读者以自己为'张迷'而自豪。海外学者视之为中国现代最优秀小说家,并以诺贝尔文学奖得主相提并论,认为毫不逊色。国内几十年来,几十种文学史专著对其不着一字,只有到了80年代,随着对外开放政策的实施和文化交流的加强,国内出版界和评论界才开始对她有了兴趣,大陆人像发现新大陆一样,发现了这位年近70的'新作家'。海内外对张爱玲的不同待遇是可以从多方面去解释的,而且受到类似待遇的远非张爱玲一人,或许这也是当代中国学术史上的'张爱玲现象'?"[②]

张爱玲,原名张煐,笔名梁京,祖籍河北丰润,生于上海,中国现代女作家。7岁开始写小说,12岁开始在校刊和杂志上发表作品。1943年至1944年,创作和发表了《沉香屑·第一炉香》《沉香屑·第二炉

[①] 张爱玲1920年9月30日生于上海,12岁发表作品,35岁赴美,1995年9月于洛杉矶去世,终年75岁。

[②] 阿川:《散文家张爱玲》,《张爱玲散文集序》,花城出版社1990年版。

香》《茉莉香片》《倾城之恋》《红玫瑰与白玫瑰》等小说。1955年，张爱玲赴美国定居，创作英文小说多部，但仅出版一部。1969年以后主要从事古典小说的研究，著有红学论集《红楼梦魇》。1995年9月在美国洛杉矶去世，终年75岁。有《张爱玲全集》行世。2007年9月《红杉林》选发《同学少年都不贱》，描述了恩娟、赵珏之间的情谊沧桑，各自婚嫁多年后重逢他乡，身世有别，高下立见，无尽的"苍凉"就凸显在"若即若离，不即不离"之间。

  题旨出自杜甫的《秋兴八首》："同学少年多不贱，五陵裘马自轻肥。"或许正是作品取名《同学少年都不贱》的深意。张爱玲其他作品如《金锁记》《色·戒》等故事性较强，人物命运跌宕起伏。而此作则有些深沉，含而不露，疏淡凄美。恰恰应了鲁迅所说的"像无事的悲剧"，更多地表现了普通人的悲剧，耐人寻味。对普通人来说，人生飞扬时总是少的，平淡乃至黯淡居多。如果说早期在上海或香港的张爱玲从不同角度展示了两性间的矛盾纠葛，深陷囹圄与无奈苟活等，毋庸讳言，在对待情感及婚姻问题、对人事的分析判断，因性别视角差异，有时难免南辕北辙。但到了西方之后的她，在表述上似乎没有了当年的绚烂，或许显得有点局促，或许也构成了叙述方式和探索深度的千差万别。人惑于古典或浪漫作品中对情爱的描绘，追求不可能实现的心心相通。但毕竟"爱的差别判若天壤"。但多年之后有人从她生前未公开甚至想让友人毁掉的《小团圆》中寻觅到情感跌宕的草蛇灰线及蛛丝马迹，也就是"千回百转之后，仍有一种东西存在"。

  作为女性身份的性别语言，有别于男性语言，这一方面与女性思维特征有关，另一方面也是社会环境所造就，当然，由于女性主义的全球性影响，女性写作所发出的声音又在不断变化之中，每个阶段有每个阶段的不同，这也是值得深入探究的。譬如国内小说家向来擅写史，写的多是血泪横飞的春秋大义。而海外女作家写女性意识和女性命运，却是在历史风云的刀光剑影里有些不同寻常的从容淡定，甚至是让历史作为隐隐约约的背景，以人物心态情态甚至意识跳荡作为主线，凝练冷峻不动声色地，铺展出人物性格变化和命运的起伏跌宕和对女性自身的审视，譬如从手稿中发掘出的张爱玲的遗作《小团圆》①，就是个突出例子。

在文学与话剧电影创作之间游刃有余的张爱玲，旅美之后创作的《同学少年都不贱》和《小团圆》中投影了女性的性心理。在西方，女权主义批评家认为同性恋是与对抗父权制相联系的。因为"父权制的二元对立预先规定了妇女只能在异性恋的方式下生活，而异性恋体现为男权中心，女性受压，因此反抗父权，就不能忽视对隐避在异性恋方式下的男权中心主义的批判"。其作品《小团圆》中那些关于女性清醒、自私与自怜的叙述都显示出了令人战栗的心理真实，也是对大多数男性作家文本中出现的"天使"或"妖妇"形象的一种反拨。张爱玲《同学少年都不贱》②中叙述了赵珏对赫素容的爱恋以及同性恋爱的美好与身不由己。对以男性为对象的爱情和婚姻的失败与失望所致，她们结合起来反对男性暴君，令人领悟女性历史和女性心理的深邃含义。传统对女性创作的压抑是西方女权主义的一个重要内容。张爱玲的作品通过对女性内心近似残酷的自省与自剖，解构了男权给女性设置的"天使"与"妖妇"这两种非此即彼的角色。这种二元对立的"女同性恋"打破了父权制下异性恋的单一模式，似乎成了对抗男权中心的出路之一。

1945年4月某一天的傍晚，张爱玲独自一人在黄昏的阳台上，还未从与苏青的交谈中回过神来，她们方才正说到上进心，说到未来的世界。苏青道："你想，将来到底是不是要有一个理想的国家呢？"她答道："我想是有的。可是最快也要许多年。即使我们看得见的话，也享受不到了，是下一代的世界了。"苏青叹息道："那有什么好呢？到那时候已经老了。太平的世界里，我们变得寄人篱下了嘛！"张爱玲此时

---

① 张爱玲：《小团圆》，（香港）皇冠出版社2009年版。
② 张爱玲遗作《同学少年都不贱》，《红杉林》2007年9月刊。

尚不满二十五岁,但似乎已是饱经忧患。她肯定不止一次回首前尘,油然生出难以明言的沧桑感。向来是"登临意,无人会",谁也无从体验那惘然中蕴蓄的复杂况味。我们确凿无疑知道的只是一点,她所沉吟的"乱世"从她外曾祖父那一辈就开始了。

"岁月如流,人生如寄。个人在历史中如同微尘一粒,然而一脉相沿,繁衍不息,他又是生命长链中的一环,方生之时就已经有了他的从前——他的家谱让他的生命同遥远的过去相连。每个人的生命都隐含着一本厚厚的家谱,只是当我们翻看张爱玲的家谱时,也许会更多地想到历史。""归根结底,张爱玲是作为中国现代文学史上的一位杰出作家,而不是作为一个怪人、异人而存在的。也许她不仅仅属于现代文学史。遥想几十年、几百年后,她会像她欣赏的李清照一样,在整个中国文学史上占据一个稳定的位置也说不定,而我们知道,那时候今天为我们所熟知的许多现代作家肯定都将被忽略不计了。"①

从张爱玲的创作轨迹来看,对其产生影响的包括其闺蜜和文友。曾在文坛留下耀眼光环,但晚景同样凄楚苍凉的当属张爱玲和苏青了。两人都曾大红大紫,也都在不同的阶段受到非难、毁誉参半,命运跌宕起伏,历尽世纪的风霜。至于当时被视为离经叛道的女作家苏青,其作品受读者青睐却始终不为主流所接纳的境况叫人莫衷一是。然而她洞悉幽微的独到眼光及强烈深刻的批判意识,却是值得后人不断地思索和挖掘的。

与众多现代女作家重社会批判不同的是,苏青侧重于女性自身批判,即从女性自我价值的失落、男权意识的制约、女性男性化这三个方面批判了女性异化。与张爱玲相互砥砺的苏青,不断地强化自身力量;强调了现代女性不仅要承受社会对个体的一般重压,而且更要承受来自以男权意识为核心的文化性别歧视的沉重压力。②

---

① 余斌,1993 年出版研究张爱玲作品与人生的《张爱玲传》,南京大学出版社 2007 年版。
② 吕红:《女性异化:论苏青的创作特色及影响》,《广东社会科学》2006 年第 1 期。

"五四"时代的作家认识到封建礼教与传统势力对女性的严厉摧残，所以写女性都绕不开女性个体欲望情感和封建势力之间的对抗。从鲁迅、冯沅君、庐隐到丁玲，则逐渐认识到社会解放对女性解放的重要作用。他们的关注点也逐渐由女性自身情感追求转向到以关注社会解放为己任，其创作也开始侧重于社会性的探讨和批判。而苏青却独具视角，认为社会解放了，女性不一定随之解放，只有女性自身解放了，女性才能真正获得自主自由，才能结束异化阶段的历史。故在探讨女性解放的命题上，苏青着重于女性自身批判，开辟了一个新视角，对研究者来说也有启迪。

二 女性异化与历史言说

在苏青笔下，有不少新女性有着与自己类似的经历，婚前受过一定程度的新式教育，婚后过着相夫教子的少奶奶式生活。作者正因为感同身受，写起这些新女性，充满浓郁的生活气息与情调。在平静的生活中，在与丈夫、儿女周而复始的旋转中，她们学生时代的梦想与追求在家庭琐事中荡然无存，自我价值未付诸实践就失落了。

苏青是一位颇具创作个性且引起许多争议的人物。她的主要创作背景和张爱玲相当，都是20世纪40年代的上海。由于作品主要关注现代女性在都市生活及婚姻家庭中的困境，亦被称为上海文坛最引人注目的女作家。特别是她的《结婚十年》与《续结婚十年》，写了一个名曰苏怀青的女子，如何走入婚姻，又挣脱掉不如意的婚姻，费尽周折，寻找一份自食其力的职业，提供了一个既不愿回来，也不甘堕落的娜拉形象，鼓励女性大胆地追求真实的自我。其独特在于她对女性，尤其是现代都市中的职业女性的独特体验与生存状况执着而彷徨的刻画描摹。

《我们在忙些什么》中几位少奶奶对各自的无事忙生活状态提出抱怨："事实上我们还是照样的一年年过去，始终没有做过什么工作。我们在家里既不洗衣做饭,又不看戏打牌,养了孩子有奶妈,给人家想起来该是少奶奶闲得不得了,但事实上我们却也天天忙着。"① 生活在大家庭的少奶奶整天在一大堆人面前敷衍,不敢得罪人,只得干着不愿干的事,一天天就这样在苦于应付中无形地耗费着生命,丝毫不能体现自我价值。而生活在小家庭的主妇,虽比大家庭里的女性要自由些,但成天为生计考虑,在一日三餐、柴米油盐诸多琐屑之事的周旋中,丝毫没有实现自我价值的空间与时间。她们的丈夫"新思想是有的,但结婚后谁都会逼着老婆守旧道德","他们决不让妻子有发展或培养能力的机会,只一味用'男主外,女主内'的道理来压制她,把她永远处于自己的支配以下"。处在婚姻围城中的女性,只要是想维持现有婚姻,就不得不顾忌丈夫的态度,于是在不满却无可奈何中放弃实现自我价值的机会,让自己在抱怨中日复一日地过着平淡的、违背意愿的生活。都市女性没有明显的外在压迫,可她们徒有一些学生时代所学的皮毛思想,在婚后与现实的碰撞中早已片甲难存、面目全非了。

《结婚十年》中的苏怀青婚后在大家庭中时时处处要看家人的脸色,稍有不慎就招来抱怨、指责;好不容易等到与丈夫一起去上海另立门户,却整天在琐事中忙忙碌碌,空有满腔想法和不满。那么,职业女性的自我价值能否实现呢?《写字间的女性》中徐小姐纯粹把工作当作敷衍,把自己当作漂亮的花瓶,写字间只是个摆放花瓶的场所。《看护小姐》中看护小姐只是把职业当作出嫁前的暂栖地,一待出嫁就洗手不干了。《家庭教师面面观》中的女性完全视主人的态度而曲意改变自己,丝毫没有自己独立的人格尊严,只知迎合混饭,更无自我价值可言。作者扫视当时女性从事的主要职业领域,女性亦无自我价值的实现。她们只是让职业装点着自己平淡空虚的生活,或完全为了生计勉强为之,丝毫不是把工作当作事业来追求,使自己有独立的人格尊严,使自我价值得以实现。即使有极少数女性在事业上成功了,在行动上实现

---

① 《苏青文集》(下),上海书店出版社1994年版。

了自我价值,但她们在精神上还不敢承认自己的成功,甚至享受不到成功的喜悦。如《过年》《海上的月亮》《手》等一系列描述作者某一阶段的境遇和心情的作品,都反映了事业成功女性无法抹去的空虚、凄楚和厌倦,甚至对自己实现的价值行为产生怀疑。《续结婚十年》中苏怀青离婚后潜心创作,获得较大成功,在一定程度上实现了自我价值,但随之而来是更大的空虚。在她的心目中,情感上的成功比事业上的有成就重要得多,似仍未能摆脱传统社会衡量女性的价值观。总之,苏青笔下的新女性虽没有面临显性的传统的专制压迫,但由于自我价值的失落,不能在追求自我价值的过程中发展自己、壮大自己,就容易回归到传统女性的依附心理上去,被异化的命运就不可避免了。

苏青的创作对女性异化的批判,还表现为对男权意识制约女性的批判。这与在她之前、同时代的作家在关注女性命题时重社会批判不一样。从女性解放运动的现实历史背景来看,西方重男权意识批判、轻社会批判,而中国重社会批判、轻男权意识批判。这是因为,西方的女性解放运动是女性独立自觉地参与、发起、组织,得不到男性的合作,故自运动发生起就对男权意识进行清醒的批判;而中国女性解放运动向来缺乏独立性,女性是在受先进思想熏陶的男性召唤下参与的,离不开男性的合作,故对社会批判是清醒的,而对男权意识忽略了。反映在文学作品中的女性批判,矛头主要指向社会性批判,较少指向男权意识。如庐隐、冯沅君主要批判女性情感追求的不自由,锋芒直指旧礼制和旧婚姻制度。巴金的《家》以血与火的激情控诉花蕊般年轻女性遭受的不幸,矛头指向封建家族制度。但从觉慧对待四凤的态度来看,其中的男权思想却是非常明显的,却被忽略。这种重社会批判的传统在解放以后的创作中更为明显。苏青创作的独特之处在于:展现了现代女性不仅要承受社会对个体的一般重压而且更要承受来自以男权意识为核心的文化性别歧视的重大压力。

苏青在日常生活中的一些不易为人注意的表面现象中,发现男权意识的强烈存在，主导女性身不由己的变化，从而被男权意识牵着鼻子走，做了不折不扣的新俘虏。女子貌美本是大自然的一样杰作，可惜在男权意识影响下，女性美几乎无一例外地集中在男性的心理满足上，取决于男性的审美意向，其审美基点就在于由男子来欣赏女子，并诱使女子主动按照男性定的标准设计自己的形象，女子的貌美完全是为了取悦男性、迎合男性，女子堕为"玩物"的命运为期不远，于是红颜薄命的悲剧重新上演（《论红颜薄命》）。苏青还剥开婚姻中男女平等的外衣，发现在男权意识的制约下，女性连正常的情感表达都受压抑，"目前的情形是女人很少机会好色，也不能让你尽量吃醋；而男子则要'色'就可'好'，欲'醋'就可'吃'"。苏青就是这样，善于从人们眼前一闪而过的现象中捕捉到不容忽视的男权意识的存在，并以切身的体验、直觉的感悟对这些日常生活中漂荡着的、随处可闻可见以至熟视无睹、置若罔闻的男权意识加以挖掘、剖析，以引人注意。

女性男性化是女性极力提倡、推崇"男女平等"而走向极端、进入新误区而衍生的。在大力提倡个性解放的"五四"潮流中，好强的女子冲出家庭婚姻的牢笼后，要求实现自身权利的同时，极力希望与男性一样承担半边天的责任。苏青认为，这种不顾女性自身条件、只注重形式的平等，恰恰忽略了实质上的平等。如谈到女子教育，表面看来，女子与男子享受平等教育权，但苏青敏锐地看到，现代教育灌输给女性的仍然是男性的思想意识，"读这类文章读出来的女生，她们在思想上一定仍旧是男人的附庸。她们心中的是非标准紧跟着男人跑，不敢想男人们所不想的，也不敢不想男人们所想的，什么都没有自己的主意。所以我对于一个女作家写的什么：'男女平等呀！一起上疆场呀！'就没有好感，要是她们肯老实谈谈月经期内行军的苦处，听来倒是入情入理的"。[①] 苏青以女性的敏感，看到女性只有满足自身的需要（不一定与男性相同，甚至大不相同）时，才能真正体现男女平等。"我敢说一个

[①] 《苏青文集》（下），上海书店出版社1994年版，第8页。

女了需要选举权，罢免权的程度，决不会比她需要月经期内的休息权更切；一个女人喜欢美术音乐的程度，也决不会比她喜欢孩子的笑容声音更深。"女性应在满足自身基本的、合理的生理、心理需要之后再去享受其他所谓的平等权利。

苏青的文风也是独树一帜的。这在男权意识占主流、传统观念根深蒂固的那个年代也是她易招抨击的另一因素。可以说，她在赢得读者青睐的同时（小说重印达19版）亦被文坛众将嗤之以鼻，甚至有名家批评她过多的"直言谈相"有时很使人感到肉麻。苏青作品最鲜明的特征是她大胆率直的作风。在她笔下，少有一般女性作家的缠绵悱恻与旖旎情怀，而是泼辣明朗，又往往一针见血。譬如她最著名的"经典改写"："饮食男，女人之大欲存焉。"又如："上流女人是痛苦的，因为男子只对她们尊敬，尊敬有什么用？要是卖淫而能够自由取舍对象的话，这在上流女人的心目中，也许倒认为是一种最能够胜任而且愉快的职业。"（《谈女人》）就均以其惊世骇俗道出一个赤裸的真相。但是，若据此认定苏青是一个女权"斗士"，就未免是过于简单的结论了。苏青作品的主旨，说到底是"男女"，她在"男与女"之间揣度进退，撕开男欢女爱温情脉脉的伪装，直视既有的现代男性虚伪冷漠的本质，也有现代女性矫饰苍白的内心，当然，其深层是"教育"与"被教育"的性别机制。这样来理解苏青的关于女性的写作，并非揭示其"不彻底性"，而是要在苏青既明朗又彷徨的书写下，把握更丰富也更复杂的"女性意识"与"文本意识"。①

苏青和张爱玲在20世纪40年代有过一次对谈，关于女性、关于职业女性、关于性、关于同居、关于家庭、关于婚姻，态度之坦然、言辞之直爽、见解之犀利，到今天看来仍属惊人之论。实斋在《记苏青》一文中所说："除掉苏青的爽直以外，其文字的另一特点是坦白、那是赤裸裸的直言谈相，绝无忌讳。在读者看来，只觉她的文笔的妩媚可爱

---

① 李宪瑜：《苏青导读》，《中国现代文学名篇导读》，中国文联出版社1999年版。

与天真,决不是粗鲁俚俗的感觉。在她最近一篇文章中,有一句警句说'饮食男女,人之大欲存焉'经她巧妙地标点一下,而将女人的心眼儿透露无遗了……"①

张爱玲笔下的异化人物,如曹七巧,是发了霉的变态人物,缺乏活的生命气息;而苏青笔下的异化女性是有生命气息、相对正常的俗人,没有那种变态的心理、变态的行为。张爱玲的创作是在传奇里面寻找普通人,在普通人里寻找传奇;而苏青只是认真替女人抱委屈,以女性立场来申诉。张爱玲是对笔下人物居高临下的透视,把自己的真面目悄悄隐起来;而苏青是感同身受地近观笔下人物,读者能从她们身上很亲切地看到苏青的身影。同样是写女性异化,张爱玲写的是变态女性,透出了人生的苍凉和绝望;苏青写的是平常女性,透出了人生的无奈和热爱。苏怀青、符小眉,还有一群知名不知名的少奶奶们,她们都贴紧现实生活,是生活的自然反映。正是这些创作思想上的差异,使得苏青的文风更加的朴素直白,更接近我们后现代类似"魔鬼词典"的味道。

但在一些批评文章的字里行间,仍然可以看到主流男权意识的根深蒂固和多年正统话语霸权对女性文学的表面化解读。这些以偏概全的批评和不屑一顾,往往是形成男女意识对立或者理论批评与大众化阅读各行其是的两极反应现象的主要原因。譬如谭正璧就认为苏青的作品"在个人主义风靡一时的现代社会里,即使是被压抑者反抗的呼声,也不免是属于个人主义的","仅仅为了争取属于人性的一部分——情欲——的自由","只喊出了就在个人也仅是单方面的苦闷","两人中,张爱玲是专写小说的,因此她的思想不及苏青明朗;同时作品里的气氛也和苏青截然不同,前者阴沉而后者明爽,所以前者始终是女性的,而后者含有男性的豪放"。②

苏青在 20 世纪 40 年代重提女性解放,在当时看来似乎有些不合时

---

① 实斋:《记苏青》,《苏青文集》(下),上海书店出版社 1994 年版。
② 谭正璧:《论苏青与张爱玲》,《风月谈》1944 年 11 月号。

宜，甚至脱离时代主潮，事隔数十年后，当我们客观地审视那段历史时，会发现苏青的探讨，不仅不是多余的，而且由于她的独到、深刻，在一定程度上对当时主流思潮的一些偏见确是进行了恰到好处的弥补和修正，具有重要的启示作用和警醒意义，也具有一定的超前性。近年一些女性学者对苏青的研究，与女性主义及相关理论有关，突出的是其中的女性，以及两性在传统束缚中的对垒。无论是对苏青的激赏，还是带点缺憾的不满，均从这一角度着眼。从而表明，苏青的女性写作方式又一次彰显了其独特意义。

三　由女性代言人到新移民作家

对曾经火爆一时，继而在文学史上"失踪"，后又被重新"发掘"出来的作家，应该恰如其分地放在文学史及接受史中来考虑。十年浩劫造成文化断裂、文学艺术创作规律惨遭损毁肢解，高亢的音响和社会运动声浪的逐渐加强，几乎把女性特有的声音湮没了。尤其是"三突出"原则抹杀和扭曲女性形象，追求的是"半边天"的境界，以为女性与男性一样就解放了、幸福了，于是男性化的女性充斥作品中，成为时代的推崇对象，铁姑娘叱咤风云，呼风唤雨，唯独不能谈情说爱，不能有女性特色，从而使女性解放误入历史歧途。新时期作品开始涉及女性寻找失落的女性自身，特别是新时期以来的女性创作，有许多在处理女性意识问题上，可以说和苏青不谋而合。

譬如张辛欣的《我在哪儿错过了你》，通过女主人公的自述，对自己不知不觉地丧失女性特色，从而失去了爱情的经历进行了反思，开始了女性回归自身的历程。而这种回归，很有可能是以男性为主轴的"退让"，让他们眼中的"女强人"变得弱小一点，更像个传统的女人。女作家写到这里她也感到迷惘、惶惑和失落了。不自觉地以男人的期望标准为标准，"为了你，我愿意尽量地改，做一个真正的女子"。这里的"做一个真正的女子",和为了"做人"而"忘记自己是女人"恰恰是一个逆向的选择,恰恰是改回到原来的男性所规范的"女人"那里去。林丹娅在她的《当代中国女性文学史论》中,用解构主义方法分解了文本叙事中的矛盾,敏锐地指出了女作家笔下一个并非绝无仅有的"怪圈":"要强或曰男性化使我获得自己,而这一切引起'他'的不喜欢,'我'的要强又变得毫无意义。"[①]

在这个时期有相当多的女性作品中表现了矛盾挣扎的心态,一种强烈的"求全意识"贯穿她们的行为,成为她们的信念。但她们几乎无一不在"求全"的实践中碰得头破血流。尽管旧的社会制度早已改变,"男外女内"的生活模式早已结束,男女平等的观念早已深入人心,传统的力量却仍然无所不在,因而几乎所有这些作品于传统都是叛逆,却又不尽是女权主义的。作品几乎背离了 Romance 的叙事故事传统,即使讲的是情爱,也没有一个完整的爱情故事。女人在这些作品中成为绝对主体,男人则成为"陪衬"角色。在这个意义上,王安忆的《弟兄们》可以看作一部象征性的作品。小说中的人物、思想感情、人际关系、命运的发展都很有知识女性的代表性。所谓"弟兄们",是三个女人。这是个寓意,隐示着女人完全可能像男人一样独立自强。但是,无论"弟兄"情谊如何深似海洋,终究未能抵挡得住两性之爱的诱惑。

无论是 20 世纪 20 年代的"莎菲"、40 年代的"苏怀青"、70 年代的"钟雨"、80 年代的"岑岑"……女性要闯出自己的一片天地,确实要付出比男性更多的努力,面临着更大的挑战,并要时刻警惕被异化的危险。但在这个过程中,有风险和代价,也有机遇和收获。不断丰富的体验与感受、不断深入的自我认识都是对女性独特个体生命的不断充实,也是新女性不断成长的标志。所以作为女性的代言人,知识女性超前地感受到孤军奋战的悲哀,过早地尝到现实苦果是毫不奇怪的;当

[①] 林丹娅:《当代中国女性文学史论》,厦门大学出版社 1995 年版。

然，知识女性所承载的精神负重以及所做出的超越性努力，也正说明了她们存在的价值。①

从研究中发现，20 世纪八九十年代活跃在文坛的名家有相当数量成为跨地域生活或行走的代表，比如张洁、张辛欣、查建英、刘索拉、严歌苓等。在异域生活，重新开始，经历不同文化冲击而后续书写命运交响曲。

江少川教授对查建英的访谈②，详细梳理了从《丛林下的冰河》到《留美故事》、*Tide Players*（《弄潮儿》）等系列创作的心路历程，挖掘了大陆留学生云游四方而是"为了找找看"。但生活和学业并没有如预期的那样如鱼得水，然而回到故土已物是人非。作品发表反响颇佳。后来作为学者的查建英出版 *China Pop*（《中国波普》，被美国大学作为中国文化课程教材。

新移民文学在中西文化中碰撞交融，对本土文学的嬗变也提供了多层面多角度的参照。如严歌苓小说双重文化背景和双重身份导致叙事主体暧昧并充满悖论。从《少女小渔》到《扶桑》，再到《无出路咖啡馆》《穗子物语》《第九个寡妇》等，塑造了理想中的女性，以其浑然不分的仁爱与包容一切的宽厚超越人世间一切利害之争。而《陆犯焉识》则以独特视角反思人在特殊境遇里的苦难及命运，电影《归来》将内容精炼浓缩，影响扩展至民众。

以《饥饿的女儿》声名鹊起的旅英作家虹影，在接受江少川教授访谈时坦承："性爱是我小说的贯穿性旋律，我笔下的女人的性爱，哪怕缠绵欲死，也是野性狂烈的；一旦痛苦欲绝，则是摧肝裂肺的。这两者是充分人性的表现。自我意识，叙述能力与性爱结合，三位一体，可能是人性的最高表现形式。"叙述本能用想象力把这三者融合成现代中

---

① 吕红：《从情感到欲望：女性文学的流向》，《文艺评论》1996 年第 4 期。
② 江少川：《找到的就已不是你要找的——查建英访谈录》，《红杉林》2014 年第 1 期。

国人的人性基础。[1]

　　在文坛掀起一阵旋风而后"销声匿迹"在海外很久未曾露面的张辛欣，最近忽然在网络中出现。在20世纪80年代，张辛欣是个人物。她不一定是那个年代最好的女作家，但是说她是最活跃的、最有活力的，应该没有之一。拥有众多"第一"：1981年，张辛欣的小说《在同一地平线上》，被评论界称为第一个描述改革开放时期新价值观以及女性内心感受的作品。1985年，她成为第一个骑自行车旅行大运河的中国女作家，根据这段旅行写的《在路上》印象派作品，入欧洲出版"世界作家冒险丛书"（1989）。1986年的《"北京人"一百个中国人的自述》，是现代中国第一部大型口述历史著作。她是第一个在中文网开专栏的作家（1999）；是第一个用网络制作中文声音的人（1999），她朗诵的马丁·路德·金《我有一个梦想》的中文翻译至今在网上传播……

　　谁也没想到就在这样的顺风顺水之际，张辛欣选择了流落。自1988年开始至今，她成了一个步出国门、游走世界的漂泊者："我扔掉过去，出于一个简单的心情：不甘心。我不甘心坐井观天，不甘心等待迟迟飘到的现代派、先锋派、魔幻现实主义，不甘心被喂养，我怀疑我的超前是不真实的。"28年之后，张辛欣回来了，带着一本《选择流落》，300多页的篇幅，给"流落者张辛欣"画了一幅动态的肖像。[2]张辛欣在最红的时候选择离开、选择流落。为什么？其在自序中写道：20世纪80年代，我做电视、电影、广播、舞台，我是北京人民艺术剧院的导演，被认为是"作家"。因为那时我写了几篇有点出格的小说，在中国率先采写口述历史，我的写作得到各种语言的出版和国际关注。但是我出走了。在创作高峰时出走了。我感到个人存在被威胁。"选择流落"了28年，这28年是世界加速发展的28年，生活、写作、阅读等如同科幻片情节一样不断出现颠覆式的改变，作为一个没有任何依靠

---

[1] 江少川：《从私生女情结到母女三部曲——虹影访谈录》，《红杉林》2013年第4期。
[2] 张辛欣：《选择流落》，江苏凤凰文艺出版社2016年版。

的人，一个以创作为生存基础的人，在《选择流落》中张辛欣写尽了一个人在技术年代的反思、蜕变、尝试、挣扎、失落和收获。作为早已成名但孤身流落的人，她的内心经历和现实处境，本身就是一部精彩纷呈的大戏。

张辛欣很感性地披露了自己的真实处境和心境——"清洗着人家的厕所，不经意地瞟一眼地上，愣在那里倒过头来，再看一眼扔在地上的《纽约时报》，是他……犹太作家辛格去世了"。在《预习流落》中，为报纸《旧金山观察家》写专栏的张辛欣，被报社要求装扮成一位新移民到中国城去找工作。事实上，选择流落之后的张辛欣一度失去了生活的保障，遇到了各种问题，或者说遇到了一切问题：吃饭是问题，住处是问题，语言是问题，身份是问题，整个存在都是问题。但是问题是用来解决的，对于张辛欣来说，互联网给她带来了希望，给她带来了全新的创作动力："突然的，我从孤独挣扎的创作深渊里拔出来了，像看电影一样站在内心深渊边缘向里看，就算你失去一切讨论的手段又怎么样，就算你剩了绝对一个人，你绝对不是最难的啊！想象力，到处的，永远的，在寻找各种各样的生存缝隙，没了任何人，那就自己吧，就像拍电影一样，换着角度，近观，远望，慢慢收拾自己这副材料！"

书中记录了张辛欣流落期间遭遇的诸多人和事，小镇上的农场主和走出小镇的党魁、国际间游荡的作家、以读书为职业的美国年轻人、将自己所模仿的世界名画用一座博物馆陈列出来的美国热心土豪、前往2001年后的世贸大厦现场、和美国的汽车推销员的生意交往……张辛欣一一将其放置在全球化的视野和同自身的比对之中加以描绘，从中可以看到这个世界隐秘而生动的真相。张辛欣说："临时感，悬崖感，是我的真实状态，我对自己的状态有着清醒感，这是保持敏感的一种状态。让我珍惜每一分钟的存在，活出一个有趣的自己。"

年过六十的她，依然如年轻人一样每天孜孜不倦地从事手上的一个个创作项目。任何一个项目都不意味着她朝"功成名就""德高望重""泰山北斗"更进一步,而是相反,在解决疑惑的过程中新的疑惑总在不断发生,而疑惑使人远离那种一切尽在掌握的老朽而昏聩的状态①。

第二节 "离去与道别"解析人性幽微

疫情改变了世界,改变了人们的行为方式并带来伤痛与追思。2020年4月底,著名女作家、留学生文学鼻祖於梨华在美国马里兰州因新冠肺炎呼吸衰竭离世。海外华文女作家协会编纂纪念专辑,或文或图或诗,敬献永恒怀念之意。②

落英缤纷的暮春,海外文坛名家、留学生文学的鼻祖、老大姐於梨华因感染新冠于华盛顿猝然离世,海内外华人悲痛缅怀。当年开山之作《又见棕榈,又见棕榈》,影响了多少走出国门看世界的年轻学子?早年有人曾经将两位海外华文作家名字与作品弄混,细读之后才明白,此华非彼华。性情豪爽、文笔细腻而又犀利的於梨华,一生潇洒,行走东方西方,有如半张北美地图。

《又见棕榈,又见棕榈》是旅美台湾作家於梨华的一部长篇小说,1967年皇冠出版社初版,同年获台湾最佳长篇小说奖。小说的男主人公牟天磊留学美国10年,历经波折拿到了博士学位。回台后自己原来心爱的姑娘已嫁做人妇,而父母为自己物色的对象意珊则梦想出国。但天磊最终选择留在了台湾。主人公被认为是"无根的一代"的典型。小说突出表现了留美学生的寂寞和迷惘,当时在香港、台湾颇为畅销,还被选入大学文学教材。大陆江苏文艺出版社后来也出了版本,十分抢手。从20世纪五六十年代享誉文坛的《又见棕榈,又见棕榈》,到七八十年代《傅家的儿女们》《三人行》,九十年代的《别西冷庄园》《彼岸》

---

① 张辛欣:《作家的另一种活法》,江苏凤凰文艺出版社2016年版。
② 於梨华纪念专辑,《红杉林》2020年第2期、第3期总共刊登24位女作家的纪念文章。

等，她的作品一直是以身居海外的留学生和学者为主要描写对象，生动地描述了他们的种种异国遭遇，包括思想与生活、婚姻与家庭、事业与追求、成功与失败等。她尤其善于以一个女性的身份和视角刻画女性内心深处丰富而隐秘的心灵世界。她以文笔流畅细腻，故事真实感人，雅而不俗，哀而不伤，被誉为台湾"留学生文学的鼻祖"。作家的高产为读者带来了不同领域的多个作品，特别是《在离去与道别之间》挖掘女性知识分子的悲剧精神，情感与理智交织，善与恶冲突，美国校园明争暗斗的丰沛的细节向人们展现了一幅充满血和泪的"士林百态图"，让我们近距离目睹了这位文坛"常青树"的风采。72岁高龄的旅美作家於梨华仍笔耕不辍，该书与於梨华早年的《考验》有些神似。《考验》是描述一位在美教书的中国人，为争取"永久聘书"，辛苦挣扎⋯⋯有教授认为：於梨华小说《在离去与道别之间》既延续了她小说创作的三个主题——传统农业文明与现代工商文明的冲突、女性意识的表达、儒林众相的塑造，又有所超越——对三者形而上的思考。构成她写作的"历史和传统"主要来自中国大陆和台湾，而不是她所在的美国。[①]

有学者认为写作是一种自由，但这种看似完全自由的自由实际上并非完全自由。正如罗兰·巴特所说："一种写作的选择以及责任表示着一种自由，但是这种自由在不同的历史时期并不具有相同的限制。一位作家的各种可能的写作是在历史和传统的压力下确立的。"於梨华也不例外。值得注意的是，欧美的一批华文作家相互之间交流甚少，基本上是处于各自为政的自由写作状态，夏志清先生曾言："旅美的中国作家情形更为寂寞，他们分居四面八方的大城小镇，没有什么团体组织，很少有见面交流的机会。"[②] 他们与故国的联系也不十分紧密。那么，他们写作的历史和传统来自何处？构成在离去和道别之间的历史和传统又

[①] 邓全明：《〈在离去与道别之间〉写作的"历史和传统"》，《新余学院学报》2004年第4期。
[②] 夏志清：《又见棕榈，又见棕榈》序，於梨华著，福建人民出版社1980年版。

是什么？不过这段论述已经是十几年前的了。

表现儒林众生相是於梨华小说的一个传统特征。表现莫大之流的丑态，甚至有仿谴责小说《官场现形记》之意。《在离去与道别之间》延续了这一主题。作者借李若愚之口指出学界的钩心斗角明枪暗箭的真相一点也不比商界、政治界任何一个行业差。另外，还借如真之口，对汉学界大师尚必宏的学术腐败、道德腐败进行了揭露，指出其学术上也许有所成就，却连做人的基本原则都没有。更重要的是，除了表现上述一贯主题，还有新的超越，该作品中最主要的两个人是如真和段志英。两人中一个（前者）坦然如水，外柔内刚，重友情、讲义气，对名利持豁达超然的态度，一个（后者）声色俱厉，风风火火、工于心计，追名求利，不择手段，前者在后者的进逼之下节节败退，以致一个临时工工作都不保。后者则春风得意，如日中天，然而出乎意料的是，后者最终落得了一个"赔了夫人又折兵"的下场。作者借此类似"机关算尽太聪明，反误了卿卿性命"的结局，意在劝告世人，"于名于利豁达一些，于人于事宽容一些，然世人恐终不醒悟者多，作者以'离去道别之间'为题，则是表达了对世人终难免于此的一种悲悯，一种哀婉，一种欲罢还休的复杂情感"。

因缘际会，彼此有过数次近距离交流，印象颇深。不仅合影、赠书签名，且留下电话号码，笔迹洒脱。岁月流逝，笔墨仍在。《别西冷庄园》《在离去与道别之间》等书珍藏于床头，随时翻阅，润泽未曾枯竭的梦想。

四十五年前，当初那个青涩的女生来到金门桥畔，短暂停留，辗转异地。转眼数十年过去，她作品中塑造的形形色色的人物，她与读者真切交流，得失、起落、交错、相撞、背驰、团圆、离散，终于，面对浩瀚太平洋她欣慰地感叹：我回来了，旧金山！

於梨华不仅是小说大家，亦是散文高手。在她的散文集《别西冷庄园》中不仅有亲情友情的追怀与讴歌，而且更有人生冷暖的厮杀与搏战、美丑善恶交织的复杂，这最难写就。人情练达练就了透悟之眼。比如《来也匆匆》忆张爱玲，细节透视其乖张独特或不谙世故；《C.T.二三事》寥寥几笔捕捉到文学之外的夏志清对自闭症女儿的疼爱；《窗外一棵玉兰树》借树喻友，娓娓道来，深情感人。

《再来水城》如威尼斯水上独奏的萨克斯，婉转流淌，丝丝缕缕。於梨华重返旧日聚散地，向那位来不及衰老就香消玉殒遁入天国的闺蜜倾诉心曲："当年年轻的母亲最关心的，首先是孩子，那么其次关心的是写作。可以告慰的是，我一直没放下过笔。当然写出来的，是否表达了我想说的，是一回事，读者吸收的，是否我所写的，又是一回事。但至少我的固执以及我对写作的执迷像戒不了烟酒瘾的人一样使我从未放下过笔。以后也不会放。当然也出版了不少书，很不满意的、不满意的、还可以、但如有更多时间，应该可以写得更好的，许多本书。到今天为止我可以告诉你，我还没有写出一本令我能像你说：喏，这里，我终于写了一本蛮不错、可以让你为我骄傲的书。也许以后会，有一天会。"带着满身伤痛赴闺蜜20年之约，就为了告诉她：得失之间经历的人生滋味，不认挫败，保持韧性。水城无恙，人已老迈。"再来时也许更老，但一定是风姿犹存的。"

早在20世纪70年代中期，於梨华就"顶风冒雪"踏上故土探亲。并与复旦教授陆士清合作，探讨文艺创作问题。牵线搭桥，促进美国纽约州立大学分校与中国上海复旦大学建立校际交流关系。1979年第3、4期的《上海文学》杂志，连续刊出了聂华苓的《姗姗，你在哪里？》、於梨华的《涵芳的故事》和李黎的《谭教授的一天》，特别是巴金《收获》第5期刊出了於梨华的长篇小说《傅家的儿女们》。

评论家公仲教授认为：於梨华走入了历史。而历史也给了她客观公正的评价："留学生文学的鼻祖、开创者、第一人"，"无根一代的代言人"。夏志清称她是"罕见的最精致的文体家"，她写作勤奋，佳作极丰。可谓"写尽天下悲欢离合"。从《梦回青河》到《又见棕榈，又见棕榈》，再到《傅家的儿女们》等，显示了她从无根的一代走进觉醒的一代的历程。

移植不易。从彼此不相干的境遇中"殊途同归"地道出心中款曲。人生一世，草木一秋。生命终会消隐，而精神却不会消逝。这世界，多少人为梦想呕心沥血？

於梨华曾感言，她一直想写一个完整的逃离。她当年随家人从宁波逃到重庆，最后再到上海，这段经历她一直没有完全写出来，那么，是否作家都会有这样或那样的遗憾？走进一个喜乐哀怒、生离死别、成功失败都体验过了的内心世界，感受她活在人生夕阳里云淡风轻、任花开花落的阔达。她说："来到这里，回到这里，旧金山，我对它当然是有特殊感情的。"文学寄寓了我们最美好的青春、最灿烂的理想、最困顿的挣扎与最辉煌的记忆。尤其在与东方完全不同的语境中，这样的坚持就更为可贵。

庚子年（2020）五月，於梨华告别在瘟疫蔓延时。无根的一代内心的迷惘和孤寂，成为海外留学生文学的滥觞，而载入20世纪文学史册。

无论承载形式如何快速变化，而传承艺术精华、荟萃人文思想依然是不变的宗旨。思想，是文字最可珍贵的质量，更是内容最为核心的本质。人是会走的树，树是站立的人。大千世界，自有生态平衡之理。"失之东隅，收之桑榆"，樱花飘落，枫叶又红。四季循环，晚来飘零，叶落沃土……最经典的，莫过于泰戈尔那句：生如夏花之绚烂，死若秋叶之静美。

第三节　新移民文学中的各类窘困

在留学生或者新移民小说中，"性"是个比较公开也比较隐秘的话题。最早开先例的应该要算大陆留学生小楂的代表作《丛林下的冰河》的主人公和初恋情人 D 水下的浪漫回忆，那种朦胧回忆——的确，妙不可言！还有与美国青年捷克的微妙关系，沐浴后的激情帅哥"总是难以抵御和不受任何抵御"，轻轻一笔带过。20世纪80年代的文学中是如此含蓄，即便是到了人们视为花花世界的西方。[1] 一直以来海外华人中流传的段子，称男女性爱极度不平衡，是"旱的旱死，涝的涝死"，也多少道出刚踏入异邦的留学生或新移民对性困扰欲说还休、无所适从的心酸及彷徨。最令人震撼的即是海外"边缘人"隐秘的内心世界，即在异质文化碰撞中人性所面临的各种冲突，尤其是在对抗异化和寻找自我中前行，从而诠释出"生命的尊严"这样沉重而永恒的主旨。

然而，将两性关系用最感性、最赤裸裸的方式渲染出来的，恐怕非云南旅美作家张慈莫属。她写了不少长长短短刻画中美婚恋或性爱的作品，如《夏威夷：一个新娘的故事》《活得这么累干嘛》《浪迹美国》等。[2] 其中，长篇小说《浪迹美国》曾连载于报刊，有人称为中国摩登女性闯荡新大陆的性"百科全书"。在这部作品中，有极大胆无遮拦的语言、细腻入微的心理揭示、引人入胜的情节铺陈、复杂众多的人物刻画和如临其境的场景描写。此作最大的特点是将中美性文化的差异用文学形象描绘到极致。谢丝羽是此书的女主角。她是云南少数民族猎人的女儿，血液里流的是野性、粗犷、敢于冒险犯难的热血。为了有机会闯荡世界，下嫁给一个白人老头华盛顿，并随他来到美国，从此在这块新大陆开始了以性追求和性活动为主线的历险记。女主角兼任双重的角色，既是猎手，又是猎物，作为前者，追逐着猎物，作为后者，又被追逐着。她追逐的猎物形形色色，追逐她的猎手也是形形色色。

罗纳德是此作的男主角，是女主角谢丝羽最喜欢的年轻白人。几乎整个故事都是由这两个男女主角若即若离、似亲似疏的关系展开的。每当若即若离，谢丝羽就在失意赌气报复中，去找别的男性发泄和鬼混。

---

[1] 吕红：《欲望与挣扎：透视新移民文学中的性爱窘困》，《海南师范大学学报》（社会科学版）2010年第5期。

[2] 张慈：《浪迹美国》，美中文化交流公司1987年版；《美国女人》，河南人民出版社1988年版。

作者通过谢丝羽身边的女友、女熟人们的行为和活动，更广泛而深入地揭示了中美跨族裔性爱关系的立体层面。"不管人们喜恶褒贬如何，撇开道德的评判，《浪迹美国》一书在人们常常有意回避的层面上，揭示了生活的真实，一种在人们看来是肮脏甚至罪孽的真实。"[①]

中国后来的所谓前卫作家如卫慧、九丹之辈，无论是意识上还是文学的描写方面，其实并没有超过她们的前辈张慈。张慈生性那种骨子里的流浪情结——就像是个华裔的"吉卜赛女郎"。她是20世纪80年代中期漂泊北京"艺术村"的自觉的先锋派一员，后来更是漂泊流浪到北美。《浮云》是继《浪迹美国》之后于长篇小说写作沉寂十余年后的再出发，也是张慈对早期中国生活、历史的观照，她自许："企望借助于一个形式（小说）的框架思考，发现，驾驭我对事物的认知，来表达我的欲求和文学向往。哲学为文明而写，诗歌和小说为生命而书。"

一　求学打工　遭遇性爱困窘

或因海外华人文化身份的不确定、生存状况和命运跌宕各异，移民的爱情婚姻是海外作家格外关注的一个主题。有人评论从故国到他乡，从五四时期以郁达夫为代表的"富国强兵"的政治呐喊，到世纪之交充斥报端的"洋老公"系列，笔墨浅显偏激，东西文化间的冲撞胜过交融。其独特视角、思考深度及文学语言多少带有另类的反叛姿态。寻常而又不寻常的男女关系在女作家的笔下变得荒诞不经又无可奈何。比如严歌苓《无出路咖啡馆》有洋教授对女学生骚扰的细节亦传递出男权对女性的不平等现实，即便是在现代西方社会。

女作家唯唯连载长篇小说《寻找黑洞的女人》[②]可看成对女性隐秘

[①] 丁子江：《中美婚恋的性学分析》，中国工人出版社2006年版。
[②] 唯唯：《寻找黑洞的女人》（上、下），《红杉林》2009年第4期、2010年第1期。

世界探究的作品。譬如"一个女人,与她情人的关系可以如下描述:如果他爱她多一些,她就生活在平淡无聊的天堂,如果她爱他多一些,她就生活在烈火油锅的地狱。聪明或者愚蠢的女人,必须选择自己的命运,并从此好自为之。倚选择八十岁男人是件聪明事,因为她到底无法知道他爱她多少。他深藏他的感情。虽然并不是故意。倚可以用生命担保,他爱她。这一点至关重要。女人的愚蠢程度与在不爱她的人身边逗留的时间长短成正比"。倚的美容师卡楠是个高个子漂亮的年轻女人,因为害怕自己老了没人要,而嫁了个整天开大货车的男人,结婚多年,为他生儿育女。可是从来没有体会过真正的爱情啊。于是"倚表情呆板地想,这不是女人愚蠢,最多只是女人不幸。男人自作聪明起来,使爱情肉眼看不见。以为只有他们在那里辛辛苦苦地等女人,这个世上女人等起男人来更辛苦,她们含辛茹苦。还不能大张旗鼓,明目张胆,而是躲在暗处被动地悄悄地渴望,然后悄悄地失望,最后悄悄地绝望,如石沉大海,到死无人知晓"。

作品之犀利之透彻,挥洒自如的文风及思考超越了女性文学的现代意识,加上俯拾皆是的反讽及冷幽默,显现出作者独树一帜的心理分析才能。不论现实还是幻想,倚会周期性因饥渴而发狂,"男人在这种时候都潜了下去,变成半透明或者肉眼看不见的软体海洋生物。倚挣扎着爬到电脑前给一个网上刚刚认识的男人发了一封短信,……你在哪儿啊?"。

精细准确的语言刻画了单身女性在异乡挣扎、灵魂与肉体的撕裂状态,"像野鸽子远离天空,在深海无望地飞翔。她舔舔干裂的嘴唇……反正总是无人的世界,没有男人也没有女人,有什么需要顾忌?她现在就是放一把大火,也是一个人的事,除非把火烧到人们的脚下,然后从下面冲他们喊道,'Hellow!我在这里!'"。

木愉的长篇小说处女作《夜色袭来》[①]刻画的则是留学生独自在异

[①] 木愉:《夜色袭来》,四川文艺出版社2002年版。

乡求学，而又遭遇性爱困窘的另一类典型（在枫华园连载时叫《孤帆》）。木愉毕业于四川大学哲学系，1987年赴美留学，异地孤寂和严峻的生活反而激发了创作的冲动。由于不少海外留学生中夫妻都是先后出来的，在分离的这段日子里，许许多多的故事就发生了。海外留学生中临时夫妻的现象数不胜数，每一个大学校园都有这一类传闻。作者从人性的角度来看这一现象的必然性，从伦理角度来宣示这一现象的荒谬性。正如许多妻子先行到美而后丈夫好事多磨前来会合一样，刘雨露和石坚少不了会有许多冲突。石坚突然发现了自己面对着异文化和异国环境的无能和不适，在无以复加的抱怨中，终于与妻子渐行渐远，最后可能就走上了分手的道路。

正视留学生或多或少都经历过或正面临着的生存状况，深入挖掘其中的人性根源，是该作的独特性。若是《查特莱夫人的情人》中的那种贵妇人，只是为了偷猎和享受性，那么她的遭遇似乎就有些诗意化了，但女主角并非衣食无忧想入非非的寂寞淑女，而是一个身处异国要独立面对多重压力的女人。为了付高昂的学费和谋生，她必须马不停蹄地打工，最后竟然还铤而走险去跳脱衣舞。对丈夫她是深爱着的，正因如此，她与异性相处时进一步又退两步，彷徨、游移、自责交相着来对她进行精神的折磨。这种人生遭际不过是北美中国留学生情感生活的一个缩影而已。或者因为签证的艰难，就像刘雨露的丈夫所经历的一样；或者因为所学专业的大相径庭，一个学校难以提供夫妻双方都能接受的专业；或者因为人生的价值取向南辕北辙，于是，情感生活的紧张、冲突和撕裂也就难以避免。加之，身处异国的孤立无助和谋生求学的重重压迫，更使冲突越发激烈，令人感到沉重和晦暗。

二　展示社会边缘人物的境遇

无独有偶，有画家兼小说家"两栖"之称的范迁，20世纪80年代初来美国，毕业于旧金山艺术学院。画油画，做雕塑。曾在欧洲游历多年，卖画聊以维生。九十年代开始创作小说、散文及诗歌等。长篇小说《错敲天堂门》说的是一个名叫莫默的留学生，离别妻子从中国上海来到美国纽约，在艰难困苦的求学打工生涯中和红颜知己米雪儿发展了梦一般生死交缠的恋情，文笔细腻，描写生动，尤其是表现了男女间的情和欲的挣扎与纠葛。"无尽的黑暗笼罩在欲望的深渊之上……汗湿的躯体翻腾辗转，紧缠在一起的四肢，如同搂着一抹稍呈即纵的梦境……"然而临时的男女关系毕竟是脆弱的，在道德情感巨大的矛盾中，作者也只能让米雪儿帮莫默申请妻子来美之前，在突如其来的病魔中飘然而逝。面对刚到美国的妻子，他"像个最虚伪的家伙左右逢迎，心里却滴着血。但是除了这样，他还有别的路可走吗"？

《丁托雷托庄园》则是作者另外一部别出心裁、有关性爱的长篇小说。作品将男人和女人、男人和少女之间的微妙情感纠葛表现得细微繁复，细节描述和心理刻画层次深入。尤其是在作品男主人公的心态和情态描写上。譬如当这个男人做爱后浑身大汗地趴在枕头上时，身边仰面躺着的女友，眼望天花板，哑着嗓子道："我有话跟你说。我的男朋友皮特……"这个角色是怎么转换过去的？五分钟之前，他们还在做最亲密的男女之间才做的事，怎么一下子又冒出一个男朋友来了呢。这一切真像一场雪崩，在你最无防范时突然发生，把你彻头彻尾地淹没。他脑子里一团乱麻，世界奇怪地颠倒在面前，谁要跟谁了断？又是怎么个了断法？

在郁闷中他只能由女友发泄不满、揭示生活真相："我们到美国来不就是谋求文明的生活方式吗？你有权利选择你想过的生活，但是你没权利要我也过那种生活，来到美国，我懂得一个人的青春和选择是多么重要，我不想在底层挣扎，不想在地下室里耗费掉我的青春。你甘之如饴的生活方式对我说来是一剂苦药，每次来地下室你甚至不舍得为我叫辆计程车，我来这儿就是为了满足你的性欲？……你没看出来在美国艺术家是一种可有可无的人物吗？你没看到市场街无数的失落者都宣称自己是艺术家吗？是你的顽冥不灵使我们日益无话可谈，是你使得我们的关系走进死胡同。不要扯上皮特，他跟整件事没关系。对我，他一直在付出，一直保持着耐心，宽宏大量地等待着，像一个真正的绅士……重要的是现在你我之间找不出共同点，我们的爱情太幼稚……"女友的话像是重磅炸弹，句句击中要害，最关键的是道出了以现实经济基础为决定性因素，离开这个保障，任何艺术梦想或者所谓的男女关系，皆沦为空谈。

　　该作竭力展示美国社会边缘人物的境遇———一批年轻的精神叛逆者远离主流、走向边缘的心灵漂流轨迹。以他画家独特的对于色彩和形象的敏感，展开了一幅幅异国情调的性与爱、罪与罚的画面。小说以它充满神秘而不详的名字开始，以女主人公失踪，以及其他重要人物悬而未决的归属而结束，整篇故事仿佛是作者半醉的参与和亲历，富于激情的描述，同时以冷峻的笔触，对于物质世界的伦理秩序作了不动声色的颠覆和挑战。尤其是男主角和一个未成年少女的情感纠葛——仿佛备受争议的"洛丽塔"的翻版，或因为此，几乎没有哪家出版社敢承担风险，便只好在小圈子中流传或束之高阁或要自去承担风险了。而作为自信心极强的创作者来说，仍会待价而沽。"2006年完成的小说，长达十六万字。依作者自述，这部小说是关于一个画家在意大利的经历，主要描述人性的扭曲，风格及情色中带有颓废，除探索人类隐秘的内心，并对文明充满批判，是作者对自己画家生涯的一段反思。"[①] "一份尘封了二十多年的记忆，一册写完丢在抽屉里多年的手稿，突然要面世了。我不禁要问自己；究竟有多大的意思？回答是：微乎其微。"[②] 范迁虽以这般轻描淡写的口吻评价自己将出生的"孩子"，但显然他是很偏爱、很坚持的，尤其在艺术特性方面更是如此。

[①] 《世界日报》（副刊）2009年4月24日。
[②] 范迁：《丁托雷托庄园》，跋，纽约柯捷出版社2009年版。

范迁作品所刻画的一系列人物几乎都是边缘甚至另类的：同性恋者，婚外恋者，失意艺术家，逃犯，等等。正如他有些偏爱，所以在他画中塑造了一系列的庞克人物，他企图给这些边缘人物平等公正的机会，让他们展示心灵轨迹，并且以他们的道德立场来挑战世界。而这，大概就是作者刻意追求标新立异的艺术身份吧。

如《好小伙子》[①]中有作者一段言说，"但这五秒钟够触目惊心了，一直挥之不去，血腥的画面引起我抽丝剥茧的冲动，不是说东方人温良恭俭让吗？原来血里一样有着凶狠的兽性"。两个主人公的愤怒，反社会心理似乎是有来由的。严歌苓直言评说："若我们因他们的不幸背景而同情他们，作品一定会显得说教。我们同情他们，是因为我们能在某种程度上认同他们的价值观和人生哲学。他们是每天在度世界末日的人，末日式的狂欢，使正常的，秩序的物质社会显得苍白，索然无味。人们煞有介事地，碌碌有为地营造一个物质世界，可怜地陷在这个物质时间的残酷定律之中：生产—消耗—再生产—再消耗。这个定律不容置疑，它使得成千上万个正派公民们被奴役其中，并自觉自愿。两个主人公在这篇小说里的一系列行为是一个连锁性的颠覆，最后他们做了颠覆行为的烈士，葬身在一个连锁电器商店里。应该说没有比'GOOD-GUY'更合适，更有寓意的葬身之地了。电器时代，是物质世界的顶峰，是物质人类的美梦和噩梦。不知范迁写这篇作品时，这个寓意是否进入了他的有意识思考……"

而作者却认为：我们做正常人，或做边缘人有选择吗？我看是没有，人是环境的动物，以为凭个人的努力能改变自己的命运不啻痴人说梦，如果有所改变，那是环境的改变，个人的命运蒙其利或受其害罢了。

在美国这个地狱与天堂交织的地方，鬼魅却造就了一批苦闷意义的作家。"异域的生存，要么弃笔沉沦，在物欲中横流，要么举墨扬帆，

[①] 范迁：《好小伙子》，《一代飞鸿》，（美国）轻舟出版社2005年版。

在炼狱中升腾，于是一代自生的作家就这样披着沙场战袍向我们踉跄走来。"① 这段话几乎将沙石为人为文的基本特征给勾勒出来。

沙石的小说，带着两种文化冲击的烙印，被莫名的苦闷意识纠缠，一直在挣扎。就如作者自述："人在美国时我说我的家在中国，人在中国时我说我的家在美国。不管是写中国人的美国故事或是写美国人的中国故事，我都带着中国人的观念和美国人的观念，无意中就把两个文化连接起来，拼到一块儿或者融为一体。"在海外，内外的压迫，环境的迷茫，小职员的无奈，家庭生活的纷杂失意，都构成异域人渴望从创作中寻找精神出路的动力。于是在文字里宣泄无处诉说的苦闷，在故事里寄托苦涩的灵魂，在回忆中编织情欲的翅膀。《天堂·女人·蚂蚱》是最能披露沙石内心世界的作品："我把地狱里的日子过得像天堂一样。而其中最让我得意也最让我沮丧的是我的写作计划进展得相当顺利，一篇接一篇的小说以母鸡下蛋的方式诞生：性欲狂，裸露者、双性恋、变性人，还有人兽恋者，一个个跃然纸上。连我自己都感到惊奇，孤独寂寞使我烦躁，清心寡欲却让我浮想联翩。曾经听过这样一个说法：'好的小说是枯井里流出甘泉。'"这是多么真切的一段表白。

不知是否受弗洛伊德潜意识学说的影响，在沙石的小说梦里，女人就是人类欲望的化身，各式各样的女人和性纠缠在他笔下，甚至直接撕开性的面纱。如他早期的成名作品《窗帘后边的考夫曼太太》，鳏居生活的老孟头做了考夫曼太太的花匠，他万万没有想到的是这幢华屋的男主人竟然就是那条脸儿极丑的拉布拉多猎犬，对于考夫曼太太来说，与狗交媾竟然比与人来得更惬意和安全。其黑色幽默的锋芒散发着犀利的寒光。小说《玻璃房子》里的伊丽莎，这个金色头发、富有光泽的女人，作为一个心理医生的太太，丰厚的收入，豪华的房子，却无法消除她内心深处根深蒂固的苦闷。《流年似水》表现的则是一个女学生与她

---

① 陈瑞琳：《梦里歌吟的苦行者——读沙石的小说》，《一代飞鸿》，中国文联出版社2008年版，第488页。

的教授之间的异族恋情，主题却在"要知道能够享受一个女人的灵魂对一个男人来说是可望而不可即的"。那篇《汤姆大叔的情杀》写的更是一个父亲对女儿的畸形之爱，笔触直击父女之间的情欲冲突。

刘俊教授指出是"不可理喻：新移民社会的另类展示"。① 强调"不可理喻"就其本质而言，体现了人的"非理性"的一面。而对人的"非理性"一面的自觉和认识，与诞生于19世纪末20世纪初的西方非理性主义哲学思潮密切相关。在西方的生命哲学和存在主义哲学那里，"非理性"已成为人的生命形态和存在方式的重要体现。柏格森在他的《创造进化论》中，就把人的生命和心理意识现象，归结为由一种神秘力量所造就，也就是他所谓的"生命冲动"。② 而存在主义哲学的代表人物基尔凯戈尔则把非理性的心理本能活动当作人的存在的最重要的形式，在此基础上，海德格尔更进一步，将畏惧、焦虑和死亡的状态视为能真正体会到自己存在的方式。③ 至于与非理性主义哲学思潮遥相呼应的弗洛伊德的精神分析学，就更是把人的"非理性"源头指向以力比多引发的性欲冲动为核心的潜意识世界，④ 而沙石的作品一再表现人的"不可理喻"，其实是在延续了西方非理性主义哲学思潮和精神分析学理论对人的总体判断和认识的基础上，一种他独有的，甚至是显得"另类的"艺术阐释和发挥。

对沙石的创作个性分析，似乎多少含有契诃夫的影子或卡夫卡的遗风，譬如经常以嘲讽笔调杂糅天津人"卫嘴子"的饶舌来表现特殊情境下人的生存无奈和命运无常。尤其是对社会的陌生感、孤独感与恐惧感，成了"我"挥之不去的梦魇。作品男性主角几乎都是性抑郁、猥

---

① 刘俊：《不可理喻：新移民社会的另类展示——论沙石的小说创作》，《华文文学》2009年第6期。
② 参阅［法］柏格森《创造进化论》，1928年纽约英文版。
③ 参阅［德］海德格尔《存在与时间》，陈嘉映、王庆节译，生活·读书·新知三联书店1987年版。
④ 参阅［奥］弗洛伊德《梦的解析》，赖其万等译，作家出版社1986年版。

琐，要么是得不到爱情的孤独者，要么就是痛苦无奈、任人宰割的弱者。如《起风的时候》男人竟然莫名地被疑为 SARS 患者，被命运捉弄，体会了一次精神意义的死亡。颇值得一提的是，沙石在《红杉林》上发表的长篇小说《一个人的小说》（节选），反映在异国他乡耍笔杆的文人圈里的荒诞。不料这部长篇小说在国内出版界一直"难产"，原因不是文字水平，而是担心会因"触及文化圈的阴暗面"引起麻烦。沙石因此苦闷，怀疑自己的写作方向，之后不断地修改。另外一篇《我的太阳》同样也是反映灰色人生的。有卡夫卡的《城堡》和《变形记》的衣钵味道，但却不一定符合现时读者口味。反观沙石写性爱的《玻璃房子》，前些年在国内小说评选中获奖，亦算是一种价值肯定吧。对比联想起贝娄的两部长篇《晃来晃去的人》和《受害者》，作品借用了"卡夫卡式"的逻辑：小人物在社会里既要生存又感到无能为力，活得很窘迫，又不知如何是好，无奈之下做出选择，之后陷入更大的无奈，生活几乎被无聊湮没。"在渗透着叛逆、表现不甘放弃希望的同时，又对一切都无能为力的宿命感，形成独特的艺术内涵。"①

此外还有阎真的长篇《曾在天涯》，② 最初在海外中文网上流行时名为《白雪红尘》。被誉为"九十年代新移民文学中最具代表性的作品"。作品自有其新意所在，它不像一般的纪实性的海外华人文学，把个人的精神痛苦和人生失意都笼而统之地放在乡愁、漂泊、文化冲突、种族歧视或隔膜之下，而是少有地展现出华人男性在异域文化之中比女性更甚的生存窘境，以及这种窘境的一个根本原因，即他们骨子里不肯放弃的中国传统的男尊女卑的观念和"男主外、女主内"的生活格局。男主角高力伟在国内时是个志得意满的研究生，到了加拿大却沦为餐馆里的侍者和厨师，地位的变化使他在妻子面前失去了自信和心理优势，不仅言行上变得斤斤计较、尖酸刻薄，而且心理上的挫败带来了生理上

---

① 吕红：《作家的贫困和富有》，《星岛日报》（副刊）2007 年 12 月 30 日。
② 阎真：《曾在天涯》，人民文学出版社 1998 年版。

的委顿，以至于他在夫妻生活上也不复昨日。他的最后结果是放弃了绿卡、情人和妻子，回到了原居住地。

有人说该作"表现的是一种弱者的哲学，但即便是那些战胜了移民新环境的成功者，又何尝不是经历了炼狱后而凤凰再生呢?!"。高力伟的失意其实折射出华人男性群体在当今时代的某种落寞，由于社会进步、男女生理差异而形成的分工和区别越来越得到消除，女性潜能得到发挥，人生价值得到充分体现，相比而言，男性过去那种传统观念中的"面子"荡然无存。反而将诸多心理尴尬和挑战的严峻格外凸显出来。

吊诡的是，与其他的新移民文学作品不同，它在海外的影响竟远远超过了它在国内的反馈；有的作品是在国内热乎乎在国外让人摇头，而有的作品是国内反响寥寥，在海外广为传扬。或许说明该作表现了新移民灵魂冲突的真切所在。《白雪红尘》"所涉及的主题，是一代新移民在海外如何重新寻找自己的人格位置、又如何面对感情天平失衡的痛苦，这几乎是每一个海外游子所共同经历的心路历程"。[①] 与一些虽然梦想破灭仍苦苦挣扎在夹缝中的"香蕉人"（黄皮白心的华人）不一样，也有的"移民"最终又选择了"回移"——返回母国。阎真的长篇小说《白雪红尘》里的男主人公放弃了无奈的漂泊甚至曾经深爱的妻子，踏上归程，这当然是个人的一种选择，但对于当事人又何尝不是一种心灵磨难的解脱？只是简单的批评其是"弱者的哲学"，未见得就是看到了这个悲剧故事后更悠远、更微妙的东西。"加拿大，这是一个好地方，却不是我心灵的故乡"——在"明天我就要结束这种没有尽头的精神流放"之际，主人公如是说。[②]

小说并非爱国主题的演绎，而是灵魂无所依托的挣扎。尤其具有艺术感染力的是表现婚姻爱情在新的生存环境下炙烈的考验，经济地位的

[①] 陈瑞琳：《原地打转的陀螺——论北美华文文学研究的误区》，《中外论坛》2002年第3期。
[②] 曹惠民：《华人移民文学的身份与价值实现——兼谈所谓"新移民文学"》，《华文文学》2007年第2期。

变化导致的情感天平的错位,东方文化下男人的价值观被彻底地粉碎,这严酷的现实造就了一代学子悲剧的故事。

三 创作多元与题材多样

现代社会,传媒、书籍的力量无形中影响着人们的思维,对世界的看法观念发生了变化。作为当代新移民既是中美关系大门打开的受益者,也是中美文化交流的推动者,如何看待参与或体现这个历史进程?最早我们知道,有赛珍珠,一部《大地》影响广泛,尼克松总统在一篇悼文中称赛珍珠是"跨越东西文明的桥梁",交流加速思想文化的传播。从破冰之旅到现在已走过近50载春秋,实际上,中美之间各种潜在的问题和矛盾依然不少。如何加强各层次的实质性对话和沟通,以减少误解、误读、误判。那么是否真正达到"不惑"的境界?有没有"不惑"的勇气与精神?开放改变了中国,交流也改变了美国。20—21世纪的风风雨雨,大人物小人物无不牵扯在其中。40年中,变革的关键因素,影响了国际、国内以及个人命运。

古人称君子"立德、立功、立言""已达而达人"。"立言",以"传记"的形式,令人想到司马迁《史记》里文学成就极高的"列传",有褒有贬,眼光千古,人性毕露。历史、传记题材的作品可以加深不同地域的读者对海外华人的人生奋斗历程、历史文化以及社会生活原生态多方面的认识与了解。因此长篇非虚构作品《智者的博弈——李华伟博士传》亦为范例。[①]

华人历史学家王灵智教授表示:作者别出心裁,有意选取李博士事业生涯和家人生活的几个转折点详述,把对传主成长影响最重要的青少年时代的经历——抗战、求学,异乡奋斗以及融入主流等采用蒙太奇的方法,跨时空地予以穿插、间隔和对比,使文字与思想、文本与读者的

---

① 吕红:《智者的博弈——李华伟博士传》,科学出版社2011年版。

关系更具内在张力。

亚里士多德认为记忆是人积累经验的方式；奥古斯丁称记忆是过去在人们心中留下的痕迹；培根认为历史学是记忆主宰的领域。以美国华侨史及亚裔美国人历史为重点，各种中英文的历史资料、文学作品都在笔者研究范畴。早已读过旅美作家吕红以李博士的人生经历为经纬的长篇传记文学，当时节选发表在中美等地报纸杂志上，[①] 让不同地域的读者对海外华人的人生奋斗历程、历史文化以及社会生活原生态有了多方面的了解。而这部长篇传记《智者的博弈——李华伟博士传》的出版，呈现出更加完整的面貌。[②]

王灵智教授表示，中国科技人才来美至少25万人，如果不写传记的话，我们根本不知道他们的奋斗过程。希望这本书的出版能够带动更多人去记录华人的奋斗史，引起更多读者关注这些在专业领域做出贡献的华人。未来的世界竞争不仅靠经济，而且需要软实力。事实上，中美关系牵涉方方面面，美国需要改变对中国的某些疑虑，中国也需要改变一些不尽如人意的现状。一个民族的强盛不仅是表现在经济方面，更重要的是应该体现在文化方面。文化是可以超越时空而存在的。

暨南大学副校长蒋述卓教授认为："长篇传记文学《智者的博弈》由科学出版社出版，应该说这是世界华文文学以及海外华侨华人研究方面的一项成果，他的经历体现了华人对陌生世界的求索与开拓，也让我们分享了他人生奋斗的甘苦与成功的喜悦……作者多年不懈的努力，对研究海外华侨华人的历史及现状具有多方面的意义，对打造海外华人的新形象将起到示范性作用。"[③]

随着大批的科技人员和留学生海归回国，带回了国外的先进经验，

---

① 见1997年10月《人民日报》（海外版）；《世界科技研究与发展》；1998年《大学图书馆学报》；《世新大学学刊》（台北）；1999年《美华文学》；2003年《硅谷时报》；2005年《女人的白宫》；2008年《红杉林》。
② 王灵智：《跨越时空的追寻与认知》，《文艺报》2011年12月9日。
③ 蒋述卓：《架中美文化之桥 传海外华人新篇》，《人民日报》（海外版）2012年2月17日。

他们与国内的同人们一起努力，在中国的经济建设与科学进步中发挥了积极的作用。在美西华人作家中黄宗之夫妇属于比较高产的。黄宗之的中篇小说《科技泄密者》①的故事主人公梁华是美国某大学癌症研究中心的华裔科学家，他们的研究项目因为与北京东方生物制药公司合作取得了突破性进展，只因一次与中方学者正常的工作邮件往来，梁华被美国同事告密，接着被FBI警察逮捕并被指控间谍罪。法庭上的梁华是否能自证清白摆脱劫难？他的华裔科学家同事前程和命运到底如何？在中美关系发生诸多变化的今天不能不引人深思。黄宗之认为，现在写这类作品，非常难发表。比如有的人虽然关心这方面事情却没有写作的才能，有的人有才但缺乏经历。而他有优势：能写又有这方面阅历，这也是能够在《北京文学》发表的缘故。且看海外作家用文学反映真实历史："黄宗之1995年作为访问学者，应美国南加州大学医学院的邀请，来到美国从事生物医学研究。2001年，受聘位于洛杉矶的一家欧洲生物制药公司的美国分公司，在研究开发部担任资深科学家至今。自从1999年开始，与妻子朱雪梅利用业余时间进行文学创作，发表了六部长篇小说。"

黄宗之说自己在美国生活了二十五年，见证了中美关系在不同阶段的巨大变化。20世纪末，国内大学和研究机构的科技人员大规模出国，美国东西海岸的一流大学里，各个研究室几乎都是从国内来的科技学人，努力地做研究，为中美科技发展做出贡献。黄宗之夫妇第一部长篇小说《阳光西海岸》就是描述中国的科技学人为美国建筑一条高科技的高速公路的心路历程。近些年，美国从全球化贸易转向保护主义贸易，中美两国处在科技竞争状态，科学研究也就像国际间的贸易一样，发生了深刻的变化。由于华人学者对美国的法律和法规了解甚少，对中美两国规则的差异缺乏足够的重视，并因为个别华人的不良行为，导致美国政府对华人研究人员有不少误解。诸多被证实的冤假错案，致使越来越多的华裔科学家被质询、调查、停职甚至起诉。自中美关系正常化

---

① 黄宗之：《科技泄密者》，原载《北京文学》2020年第4期。

近50年来，我们目睹了人类历史上从未有过的中国经济转型，也深感一个糟糕的中美关系不仅对我们在美华人和后代有害，对中美两国民众、对这个世界也都是有百害无一利。近期出现的新型冠状病毒引发的肺炎疫情在全世界范围内肆虐，这足以说明，人类是一个共同体，我们将面对的是一个未知的挑战，在与大自然灾难的残酷斗争中，我们需要共同面对，相互合作。我想通过《科技泄密者》这个故事，用文学作品的形式来真实反映这一段历史。希望华裔科学家不仅是做到合规、合法地做研究，我们更应该在中美两国间起到桥梁的作用，与华人社区一道，通过科学交流和文化教育的方式来加强中美友好，为在美华人及后代以及中美关系赢得一片晴天。①

《幸福事件》是黄宗之与夫人朱雪梅合著的长篇小说。这部由广西师范大学出版社出版的小说，在百花文艺出版社2012年出版的《平静生活》的基础上，重新结构和丰富了内容，是一部描写科技新移民对现实生活的选择与人生事业追寻的作品。②

浙江大学金进教授认为："华人移民北美地区的历史超过150年，在漫长的岁月里，北美华人文学经历了劳工文学、留学生文学和新移民文学三个大的发展阶段，涌现出大量的优秀作家，以水仙花、汤亭亭、赵健秀、谭恩美、白先勇、张系国、李黎、陈若曦、平路、严歌苓、张翎等为代表。他们以漂泊与乡愁的书写，展示着作家的跨国经历和文化经验，在文化整合、历史书写、主题衍化和跨界变化等多重角度取得了丰硕的创作成果。以黄宗之、朱雪梅伉俪的合著长篇小说《幸福事件》为主要讨论对象，从他们的生平与创作之间的关系入手，分析他们的书写异乡人在异国的生存状态和感情世界，也展示着新移民作家的创作姿态和精神追求。"③

---

① 黄宗之：《科技泄密者》，原载《北京文学》2020年第4期。
② 黄宗之、朱雪梅：《幸福事件》，广西师范大学出版社2020年版。
③ 金进：《美国西海岸新移民故事的叙述者——黄宗之、朱雪梅小说论》，《名作欣赏》2020年第6期。

这部小说真实地记录了中国在改革开放以来经历过的一段特殊的历史。我们通过几个华人家庭在美国走过的一段艰辛之路，结合自己的亲身生活体验和周围海外学子的经历，把在这段历史时期中，人们对人生价值的重新认识和对生命意义的探寻作为主题，把个人命运、家庭沉浮与国家进步作为纽带，记录了一代科技知识学人从出国到回归的过程中所走过的艰辛之路，记录他们在中国崛起的历史进程中对自身价值的思考、对人生事业追求的追问、对自我生命意义的反思。

原小说《平静生活》叙述了一个在国内经济高速发展时期内心失去平静、没有幸福感的社会学博士研究生杨方，为撰写《海归海不归》博士学位论文，远赴美国洛杉矶收集论文素材，以便为自己未来的人生道路寻找方向。他在洛杉矶与林杰、卢大伟、张天浩三个穿梭于中美之间的华人相遇。小说通过这三个华人以及他们的家庭所历经的中美两地的艰难曲折的不同际遇，反映在大国崛起的过程中，人们经历过躁动与折腾之后对平静生活的向往和复归，并通过当代新移民知识分子对现实生活的选择、对生存方式的追求，揭示现代人的生存困境与人性的困惑。重写这部作品，小说的主题由曾经寻找平静生活，转向聚焦海外科技知识学人的"海归"，移向在中国经济飞速发展、科技创新引领社会进步的过程中，"海归"们的内心矛盾、纠结、挣扎，以及他们最终选择回归祖国、投身到一日千里的建设当中，寻找人生幸福的心路历程。由百花文艺出版社出版的《平静生活》长篇小说为十五万字。经过重写，增加了内容，改变了叙述方式，并重新结构，成为二十七万字的《幸福事件》。

黄宗之夫妇的小说《幸福事件》中有三对夫妻，讨论的是新移民在面对中国高速发展的大历史背景下的命运抉择。21 世纪以来，海外新移民们一方面享受着美国高质量的物质生活，另一方面又觉得不能错过中国发展的巨大红利，在两难之中，他们面对着"海归/不归"艰难的抉择。李杰、曹琳夫妇的故事是小说主要线索，李杰职场失败、房子被政府收回、持枪被捕，最后潜逃回国，妻子曹琳在美也经历着种种波折，他们在美国的生活过程的描述，充分展现了新移民的落地生根之痛，毕竟迁移之后，重新生根需要时日，最后选择了回国发展。但海归之后，李杰因为不能适应国内的传统的人情社会规则，又经历了一番落地生根的过程。第二对夫妇是卢大伟、肖昕，他们在帮助李杰夫妇的同时，思考过移民生活的意义："我们原以为只要努力，只要坚韧不拔地奋斗，我们就会得到我们想要得到的东西：金钱、富裕和幸福。为此，我们出国、下海、回归，拼命努力，坚韧奋斗，始终站在时代的风口浪尖。成功没有给我们带来持久的喜悦，物质没有让我们领受满足，金钱没有赐给我们真正的幸福。在一个日益繁荣和富裕的社会里，我们的精神变得日益贫穷，生活品质没有变得更美好，心在经受更多的磨难和煎熬。"这种反思很多，在第三对夫妇江天浩、英颖那边更多，在此就不赘述了。这部长篇小说中，三个中国家庭的移民美国之路，如已经在中国成型的大树，移植到异国他乡很难，在灵根自植的过程中，是"继续扎根"还是"重回故土"，大家都在"海归"和"海不归"之间彷徨着。①

四 跨域视角与历史反思

由于彼岸视界有太多的话要说，在小说、杂文或政论之间腾挪的，作为新移民作家实力派的程宝林，毕业于中国人民大学，以"校园诗人"闻名诗坛，诗歌、小说、散文和评论等涉猎广泛。20世纪90年代中期以特殊人才移民美国，又在加州大学取得创作硕士学位。或许少年时因家庭出身关系、"阶级成分"划分打下的深深烙印，以致在他的创作意识里不时会流露出相当激愤的情绪，不少作品里都有描写农村人的

---

① 金进：《美国西海岸新移民故事的叙述者——黄宗之、朱雪梅小说论》，《名作欣赏》2020年第6期。

自卑与自傲、压抑与反抗的矛盾冲突。而《美国戏台》①作者仅以美国移民生活为主体的这部长篇小说,基本上属于写实主义风格,凸显出海外华人移民精神与物质的反差、梦想与现实的反差、男人女人心理纠葛的反差,以近乎夸张、反讽的笔调,入木三分地刻画了华人尤其是文化圈的人物众生相。"给我十年",他曾表露希望以英文创作——就像哈金那样,一面教书一面创作,默默耕耘、厚积薄发,拿出让西方主流文坛瞩目的作品。不过近年发表出版的以文论为主,包括思想随笔选集。

融博士、诗人、作家及画家于一体的女作家施玮是比较有个性的,曾在北京鲁迅文学院、复旦大学中文系学习。1996年底移居美国,先后获硕士、博士学位。在海内外报刊发表诗歌、小说、随笔评论五百多万字。获华文著述奖等文学奖项。出版作品十七部。主编《胡适文集》《灵性文学》等丛书。如果说施雨的创作思路较偏重于传统手法的话,那么,同样以写诗起家的施玮的"灵性文学",可谓独自一格。尤其《红墙白玉兰》被评"恣意纵横、没有定规",②其女性的细腻与宋晓亮的泼辣挥洒形成对照;秋尘作品则以海外各色人等的情感纠葛、职场争斗为主,较有可读性。

似乎左手写小说、右手写剧本,施玮的《故国宫卷》就这样被"一鱼两吃",剧本以中英文双语首发在《红杉林》,③同时在海内外发表。刘俊教授认为"在施玮的这部新作《故国宫卷》中,毫不意外地也带有施玮跨界式突破的尝试。借助发生在不同时空的爱情故事,昭示出一种穿越时空具有永恒意味的'定律'——爱是不可理喻的!对中国传统文化的共同热爱,使他们在'故国'相遇,又一起参与/进入到'宫卷'之中"。"施玮以丰富的想象力,复活了晚唐与南唐历史岁月中两个人物及命运多舛的人生。小说中穿插诗歌、音乐、戏剧、书法于小

---

① 程宝林:《美国戏台》,东方出版社1998年版。
② 施玮:《红墙白玉兰》,中国广播电视出版社2008年版。
③ 施玮:《〈故国宫卷〉电影剧本》,《红杉林》2018年第2、3期。

说情节之中，同时古今人物的相互感应与穿越，丰富了小说的艺术表现力。"评论家江少川教授如是说。

但其实将情感经验融入文本比较多的是《红墙白玉兰》，彼此相爱最深的人往往也会成为彼此伤害最深的人。这种爱恨交织的情感，就是相恋者渴望拥有对方，却出于种种原因不可得而造成的。只有当彼此放下自己，更看重对方的存在和需要时，才会迸发出全然无己的挚爱之情。评论家张鹤认为，施玮的小说《红墙白玉兰》写的就是这样一个故事。

施玮回顾校园里的青春和爱情，似乎最终皆成为创作的灵感来源。她说，20世纪80年代末我是在一个化工学院，我们班里有三个诗人，其中一个一直是我的保护者、铁哥们。另一个有过短暂而朦胧的"爱情"，也就是单独去看过电影。他就因为在中学和朋友一起偷听敌台，遭拘捕调查，父母就坚决不同意我和他来往了。之后一直有点觉得对不起他。但二十多年后，我们老同学见面时，我发现幸亏没有在懵懂的岁月确定爱情，他成了一个完全不适合我的人。他在复旦大学是90年代初，已经比较开化了，"我在读中文系作家班。那时我已经成熟了，也爱过恨过了。在复旦我遇到了两个自己喜欢的男生，一个最终有缘无分，一个成了我的丈夫。与他俩的感情和故事都融在了我的获奖小说《红墙白玉兰》里了，当然进行了艺术虚构。其实也是让小说替我出轨、替我挣扎，令我终于可以解脱"。

海外女作家表现情感纠结与命运遭际的作品比比皆是，各有千秋，比如陈谦的《爱在无爱的硅谷》，① 是描写硅谷女性的一部长篇小说，书中男女厌倦了美国硅谷的金钱化的物质追求，而自甘放弃，跑到荒漠的墨西哥去追求浪漫爱情。用小说中女主人公的话说"是要追求灵性的生活"（但若从男性现实的眼光来看，恐怕也有"欲拔了自己的头发飞上天"之嫌）。由于出自一个非文学专业的女性手笔，行文又延续了海派之风，后还被改编为话剧在硅谷公演，也算引起了轰动效应。

---

① 陈谦：《爱在无爱的硅谷》，上海文艺出版社2002年版。

◆◆◆ 身份认同与文化建构

作为加州科技经济的主要命脉，硅谷有不能抹去的记忆。曾几何时，硅谷像一块巨大的磁铁，吸引了全美和全世界的人才和资金；有凭着高薪和高新技术打天下，毛头小伙子一夜之间成为财富巨子的；有遭遇情感挫折或婚姻变故的家庭主妇，整合身心碎片之后重新焕发光彩、一举成为硅谷女企业家的。在诸多神话般辉煌的背后，是金蝉脱壳、凤凰涅槃……是形形色色飞花般的梦境！

似乎每个人都步履匆匆地追求发财、成功，"即使是在那样让人头晕目眩、催人迷失的时代潮流中，也还有对生活愿意思考、有所追求的人。这样的人是懂得必然的：人生肯定是有一种比物质更高的境界，它是值得你追求的，哪怕是尝试着追求。"[①]

《爱在无爱的硅谷》的故事主角苏菊是事业有成的硅谷白领，物质生活很丰富，但苏菊是那种喜欢活在梦想中的女人，商人利飞尽管对她很好，她仍然觉得生活太 BORING，于是她决定要和利飞分手。画家王夏的出现仿佛是一轮彩虹，是一声来自梦想空间的召唤，于是苏菊抛下硅谷的一切和王夏跑到新墨西哥的荒原。

荒原固然是苏菊的梦想之地，远离世俗的铜臭味，拥抱芬芳的爱情，然而浪漫归浪漫，荒原毕竟还是在尘世之中，苏菊必须面对柴米油盐酱醋茶的庸常现实。通俗地说，叫作"精神文明以物质文明为基础"，"鱼和熊掌"变成了一道单项选择题，挣扎与痛苦由此而生。现实的强大不是一眼就看得见的，特别对于那些活在梦境和爱情中的人来说，它的强大在于它像一种慢性腐蚀剂，所有光滑、坚硬的表面最后都被它蚀得千疮百孔。[②]

情爱是贯穿整个故事的一个重要线索。表面上看这个女孩子好像很奢侈，她不知足，不惜福，但确实挖掘了人的深层精神追求、心灵的挣

[①] 吕红：《硅谷人的心灵探索者》，美西《硅谷时报》2003 年 8 月 23 日，《中外论坛》2004 年第 4 期。

[②] 夏维东：《啸尘的红尘故事》，国风网站，2003 年 5 月。

扎与探索。有评论称作者以剥丝抽茧的细腻笔触,梳理后工业时代高科技骄子的感情经纬。在陈谦的作品中细微的情态或心态描写可谓比比皆是,尽管在这个"后后现代"的时代,还有如此"话说从头"的古典书写似乎有点不合时宜。有人说先锋的姿态固然是一种醒目的风格,坚守传统的写法又何尝不是呢?问题是,小说要想抓得住人,要让读者在其中始终保持兴致和在文本阅读中获得某种更深更新的解读意义,那就绝对是对小说家创作功力的考验了。

与留学生题材的小说相比较,新移民海外女作家显然有所不同。过去留学生文学比较关注的是如何生存、如何扎根。如果说,来美国的经历是一百 MILE 的话,以前的那些怎样扎根、生存,只不过是前二十 MILE。作者更关心的是新移民安顿下来后,后面八十 MILE 的生活。究竟在美国安顿下来后,你在想什么?你过去所带过来的,会影响你今天的是什么?似乎女作家的兴趣点在立足之后的硅谷中年女性的精神生活。

陈谦在写完《爱在无爱的硅谷》后,又写了一部中篇《覆水》,以两个不同文化背景、不同年龄的人的命运及情感纠葛,反映了海外知识女性的内心世界。小说表达的是那忍耐和背离之间的张力。故事梗概是这样的:女主角依群"25 岁来到硅谷,用了 20 年的光阴,从一个弱不禁风(心脏病)、目不识丁(英文盲)的中国南疆小城里街道铁器厂的绘图员,成为世界顶级学府柏克莱加大的 EE(电子工程)硕士、硅谷一家中型半导体设计公司里的中层主管"。

如此鲜明的反差是她骄傲的依据,也是她忧伤和苦涩的理由。因为这样的"神话"并不是她一个人创造的,还有一个决定性的合作者,她的丈夫老德,是他们共同努力的结果。美国人老德在 20 世纪 40 年代爱上了依群的姨妈,抗战和冷战湮没了这段脆弱的爱情,40 年之后中美关系的恢复,使老德奇迹般地找到了依群的母亲,并将这段往日的旧情移植到了年轻的依群身上。老德决心将依群带回美国,依群决定成为老德的娇妻。依靠老德的资助依群治愈了心脏病，完成了学业。两人境遇的落差被填平了，30岁，年龄的落差却无法填平，那是上帝预先的设定，那是他们内心伤痛的根源。依群的人生正精彩，老德的人生却要落幕了。

　　小说用倒叙的手法从依群参加完老德的葬礼后，开始整个故事。人到中年的依群回首自己的人生长旅，充溢着感伤和苍凉，"我一只手握着那么多，可是我的另一只手却是那么空，作为一个女人，其实挺失败的"。为了得到，必须付出，人生机缘、因果相生、环环相扣，依群在骄傲的同时也在痛惜，如果以她今天的智慧，重新面对当年的问题，她依然别无选择。覆水难收，一切都是不可逆转的，人不可能同时选择两条路。男女的情感和理智在得与失之间经受着考验，而她的小说技巧也由此经受了考验。男女主角的命运既是相互影响的，也是彼此独立的，每个人只能承受自己的命运，每个人必须为自己的选择负责。作品很好地呈现了我们复杂的生命网络中的丰富经验，从他们的跨国婚姻、老少婚恋中去检索文化、身份、身体、利益、价值等诸多问题。

　　苏炜在比较了张翎与王瑞芸、陈谦的作品之后表示，[①] 她们作品的可贵之处在于跳出了以往"留学生文学"或者"新移民文学"那些表面化的类型特征，在选材视角上、在人文关怀上、在叙述切入点上，都跳脱了类型、范式的思考，把笔触直接深入个体与人性的深处，有着超越了类型化写作的人性的洞察力与叙述的穿透力。而语言，既是文学的衣衫也是文学的灵魂，是所有"知性"与"感性"得以呈现的最后平台。张翎文字的流亮俏丽，让人想到张爱玲脱自《红楼梦》的文字针脚，更有一种跨洋跨海而鞭辟入里、顾盼自豪的须眉大气。相较之下，陈谦的文字则是不动声色的，不露痕迹地流漫而过、沉潜深入的，写心理、写情感、写氛围，层层皴染而丝丝入扣，好像涓涓细流因为受到了沟壑的节制而蓄积出一种内冲的力度。王瑞芸的文笔，则是清淡自

[①] 苏炜：《三个女人的戏台——读"海外知性女作家丛书"》，《华文文学》2006年第6期。

第六章 中华文化传承与文学嬗变

然而很有余味的一路,用画家陈丹青的评语,则是"意态端凝",带着一种水洗过的山岩一般的干净清肃。但苏炜也直言,"三个女人"既然成墟、成戏,就会有杂音、有失场。张翎小说尚觉力度不够,"好像叙述总是深入不到文本的骨髓里去,那种文字的穿透力似乎还没来得及转化为更厚实的艺术打击力,就匆匆止住了";王瑞芸作品有些刻意斧痕;陈谦作品水准参差不齐。但总的来说,她们都属海外女作家中的实力派。

此外,在北美写有长篇小说的有女作家施雨、施玮、宋晓亮、秋尘等,从作品解读中可以发现,新移民作家对文化的书写是经历了从冲突到沉思再到融合的复杂过程的,譬如施雨的长篇小说《纽约情人》[①]就揭示了中西文化上的巨大冲突以及海外华人试图融合的心态。经过三年的积累沉淀,《刀锋下的盲点》则是以一种更加开阔和深刻的眼光审视存在于美国社会中的各种文化。作品试图表达的是一种存在于所有人之间的不论种族的泛文化冲突的观念,这在日益多元化的现实世界是常见的,施雨成功地跳出了表现本土本民族与他国文化差异和融合的框架,对"文化"这一新移民小说的经典主题进行了多元的、多维度的开拓。

新移民作家秋尘也是近年创作成果比较丰硕的。她本名陈俊,生于江苏南京,是文学博士。自2003年发表文学作品,有长篇小说《时差》《九味归一》《酒和雪茄》,中短篇小说《零度忍耐》《春风来又走》《老波特的新车》等。

秋尘说:中篇小说《零度忍耐》在《长城》上发表,又被两家选刊转载,我收到同学微信,说《当代》主编孔令燕想跟我谈一下。第一次和她通话,竟然就聊了近半个小时。她跟我说,这个中篇读后,余兴未消,建议扩展成一个小长篇,并提出了一些可能的思路和方向,比如,可以在母亲的心理、在孩子的未来发展,以及西方教育的感受和体

[①] 施雨:《纽约情人》,百花文艺出版社2004年版。

验方面多着些笔墨。就是因为这通电话，有了今天的《青青子衿》①。《青青子衿》就是在这样的一个思考背景下从《零度忍耐》扩展开来，将故事延续了下去。其实，对于我这样一个已经养育了两个孩子的母亲来说，并没有小说里的人物的那种，可以算作"失败"，称得上"戏剧性"的人生经历。但作为一个母亲，和先生一起与两个儿子教学相长的二十多年里，我们经历过各种各样的困惑，也不止一次面对过难以两全的困境，当然更犯过不少错误，尤其是对于我们而言，自己所接受的完整的教育全是来自东方的祖国，而需要施教的人文环境却是在西方的美国。

她认为因着东西方文化、社会、经济、历史等各个方面的种种差异，教育既充满了多元视角的复杂性，同时又潜藏着多元选择的可能性。因此，即便是在终于磕磕碰碰地把孩子送出了家门、送进了大学之后，她还会常常反躬自问：家庭教育的目的到底是什么？怎样才算是成功的家庭教育？"直到写这篇创作谈的时候，我才忽然地意识到，家庭教育之于我们（无论是个体还是社会），其实都还是一个盲区。无论是在当下的东方还是西方社会里，似乎都还没有建立起一套成熟的，切实可行的机制，能够提供参考，甚至帮助我们学习如何成为一个合格的家长，更不消说在必要的时候，为我们提供必要的帮助了。……可以说，整个《青青子衿》的写作过程，是我对东西方教育再认识的过程，也是对大麻，尤其从人类与这种植物的关系发展史的角度，进行学习的过程。虽然在小说完稿的那一刻，我似乎和小说中的母亲露茜合二为一了，终于有了一丝释然，一缕可以离去的坦然之感，但我却又清楚地知道，我们对于现实的质询和对于出路的找寻，却离结束还相去甚远。"

如果说"愤怒出诗人"，那么，苦难的经历就可能造就一个作家，宋晓亮的写作也许佐证了这样的推论。在"文化大革命"期间并延续16年之久的"黑人"身份的生涯，放在任何人身上都是不堪承受之重，

---

① 秋尘：《一刻的欢愉，一生的承诺》，《当代》2018年12月14日。

她挺过来了，然后有了写作根基。发表了处女作中篇小说《无言的呐喊》。移民美国的宋晓亮创作了长篇小说《涌进新大陆》、《切割痛苦》和《梦想与噩梦的撕扯》，移民的经历，留学生的生活，华裔移民圈的悲欢离合是是非非，都成了她笔下关注的焦点，其写作的技巧也日渐提高、成熟。"《切割痛苦》涉及移民社会阶层，同时也关注留学生和国内亲人的人生经历，线索纷繁，人物关系复杂，但其结构布局脉络分明，层次清晰，有条不紊。随著宇、陆二人的爱情情节的展开，何家的丑态凸显；李清朝的身世命运也渐渐清晰。小说有弛有度、紧凑完整，反映的层面也相当广阔。小说的人物性格的丰富性也跃然纸上。尤其是叙事、描写、抒情的相互交织，构成了这部小说独特的文体风格。"[①]

长期研究台港及海外创作的著名评论家古远清教授认为：海外作家由于不生活在中国，故较少受条条框框的制约，创作视野显得相对开阔，因而严歌苓、张翎、吕红在书写自己的中国经验时，时时不忘掺点漂泊和离散的因子，让中国经验与海外经历在某种程度上串联起来。作为旅美作家的吕红，多年来其创作源泉来自移民海外的经验，这在她的长篇小说《美国情人》和散文集《女人的白宫》中有详尽的反映。她另一个创作源泉来自中国经验，同时是她取之不尽的创作素材。[②]

发表于《香港文学》2014年4月号上的《患难兄弟》，不是吕红的代表作，却是她书写中国经验的一篇有影响的作品。与吕红其他小说相比，这不是纯粹写异国他乡的故事，也不是与外国相关的北美题材，更不是与中国大陆相关的国外故事，而是纯粹写中国大陆问题的短篇小说，尽管如此，这篇作品仍和吕红过去写的"故国回望"的题材有点类似。作品中的主人公也就是患难兄弟老六和属猴的另一位老五，都有"移民"的经历。这"移民"不是从中国移至海外，而是从天津移至汉

---

① 陈旋波推介《素描百态：宋晓亮小说集》，九州出版社2013年版。宋晓亮：《涌进新大陆》（山东友谊出版社出版）、《切割痛苦》（华夏出版社出版）、《梦想与噩梦的撕扯》（中国友谊出版公司出版）。

② 古远清：《吕红小说的中国经验》，《世界文学评论》2019年第16辑。

口，或从汉口移至南京再到北京。这两位老舅无论是移至北方还是南方，都心系故土，不愿意放弃家园体验。老五在北方生活了半个多世纪，满口的北方话，属典型的北佬，但填写履历表时永远填着"武汉人"。哪怕是到了一个荒凉之地劳改，得知妻子出轨后，他立马火速将老婆有关此问题的检查材料"寄回汉口禀告父母大人"。老五久离武汉市而产生的伤感情绪或浓得化不开的思乡情感，使其产生强烈回归故土和重访家人的愿望。

《患难兄弟》是一篇"故园回望"的故事。这虽然不同于吕红别的小说所写的"故国回望"，但由于作者有不短的移民经历，故作品比某些中国作家单一写大陆故事不同，而是呈多元化的风貌，如姗姗是从大陆移至香港大学深造，而那位表姐夫也是从武汉到南京，后因战乱从南京移到台湾，再从台湾回归大陆，后来探亲访美，终因年事已高而撒手西去。这位表姐夫随着政局变化不断迁移，但家国认同始终没有裂变。这里渗有停留在离散记忆中回望故园的历史悲哀和悲凉。作品虽然没有将表姐夫失却家园在异乡漂泊流散的境遇淋漓尽致地呈现出来，只是点到为止，但仍表现了他对大陆的强烈思念，这从他的乡音一点都没有改变可看出："他说由大陆过去的人，多年来仍以省为范围聚居在一起，生活习惯、风俗人情一切还和在大陆一样，所以说话的口音也跟过去一样，没有任何改变。"这位"外省人"时刻不忘大陆亲人，一回大陆就忙着去南京为岳母大人和老五的姑姑上坟扫墓，还特地从香港买了一大包冥币，足见他没有数典忘祖，家园意识是如此无法遣散的，其孝恩之心可嘉可敬。

《患难兄弟》另一主题是写"生存困境"。这"困境"不是因为主人公作为异族生存在白人社会，受到种族歧视，而是由于20世纪40年代中国内战造成了流离失所，尤其是50年代至70年代各种各样的政治运动所带来的冲击，这就使作品从头至尾贯穿着悲苦、悲哀、悲叹之情。作品浓墨重彩刻画的老五，其遭遇最为典型，也最值得人们同情。

他从呱呱坠地起就祸从天降:"当一挣出娘胎,脐带尚未剪断呢,就毫不客气稀哩哗啦地冲了娘一泡尿",小说的深刻之处在于对现实性生存困境的描写向生存意义的探讨转化。无情的阶级斗争恶化了人与人之间的关系,再加上疾病的纠缠,使不同命运的主人公一个个走向死亡的深渊。这当然不是为了获得精神解脱,而是出自天灾人祸。在作者笔下,生存环境的恶化并没有使人变成"逃兵",如举家移民,而是逆来顺受,还一度战胜了病魔的威胁,顽强地生存下来。尽管最终仍难逃死神的召唤,但生前均坚定不移地要叶落归根,而不愿做一辈子的浪子和游子,到死都对故土抱着"一份难言又难舍的心结"。作者知识分子的批判立场,辅以医生解剖刀似的冷静审视,都表现了作品主人公至死不渝的家园情结和中国情怀。

乡愁诗人、著名作家余光中曾用"暴力经验"和"压力经验"来区分新时期伤痕文学的内容。所谓"压力经验",是指政治运动给人带来的精神伤害。本来,"暴力经验"由于有血腥场面,即使看不出来也闻得出来,而"压力经验"就不同了,由于不呈动态而成静态,故容易被人视而不见,而严歌苓、吕红书写"暴力经验"和"压力经验"相结合,由此读来催人泪下。如严歌苓的《陆犯焉识》令人掩卷深思。天灾人祸,让一个个家庭妻离子散,亲情割裂,最重要的是给人们心灵留下的创伤很难愈合。

老五被打成右派下放劳动种庄稼,农场的干部和工人,对这些戴帽的右派无不拳打脚踢,这是家常便饭。"压力经验",是指政治运动给人带来的精神伤害,如有一对乌溜溜的大眼睛、一双黑油油的长辫子、浑身上下洋溢着一股学生气的若倩,"当建立小家庭没有多久,丈夫就被划成右派成专政对象,无异于晴天霹雳,陡然身边没了支柱,在白眼与冷漠中度日如年。那双乌溜溜的大眼睛陡然黯然无光"。这里有感性,更有象征,文字干净利落。

写阶级斗争给人们带来的心灵创伤,最先描写十年浩劫的是在南京教过七年书的台湾作家陈若曦，此外还有从香港北上到清华大学求学的金兆。当然，也不应该忘记张爱玲，她早在20世纪50年代就写过大陆的土改和抗美援朝，可这些作家都来不及写到两岸开放探亲，可吕红做到了，如《患难兄弟》写的那位表姐夫：

已穿过岁月的迷雾从海峡那边过来，他是第一批踏上他日思夜想的故乡的土地的。四十年的沧桑变迁啊！渡尽劫波兄弟在，相逢一笑泯恩仇。别离多年，彼此的模样，在脑海里已模糊不清。可他从车里下来后，直奔亲友而来的神情，就像从未分开过。

本来，小说家的看家本领是对话和叙事，可这里用得最佳的笔墨是抒情。当然，抒情乃至议论，篇幅不能过长，适当的抒情使作品不至于过分干枯，这是她的成功之处。

海外作家由于不生活在中国，故较少受条条框框的制约，创作视野显得相对开阔，因而吕红在书写自己的中国经验时，时时不忘掺点漂泊和离散的因子，让中国经验与海外经历在某种程度上串联起来，如《患难兄弟》中的表姐夫有一个去美国加州定居的女儿，尽管对此没有展开写；写老五红白通吃的手法老到，作品的语言不欧化而有浓厚的中国风味，如"千里送鹅毛""大难不死，必有后福"一类俗语的运用，还有经典小说《红岩》情节的转引，均使人感到吕红书写的中国经验不是蹈空而来，而是一种真实的存在，连斧头都砍不掉。

众多从中国大陆赴北美的华人作家，一直不以写曲折和苦难的海外漂泊经历为满足。在她们的作品里，中国经验总是或多或少、或明或现出现在她写海外生活的笔下。这不是说《患难兄弟》是将中国作为描写北美世界的背景，或作为新移民生活并列的参照，而是排除作者自己到美国寻梦的背景,像严歌苓的《第九个寡妇》那样直接创作纯粹的中国故事。为讲好中国故事,她们较少应用擅长的意识流、魔幻现实主义等手法,而是以传统的批判现实主义取胜。在结构上,《患难兄弟》和《美国情人》那样也采取老五、老六这两个老舅并列平行的叙事线索,但这"并列"不是半斤对八两,而是将重心放在老五身上,此外还加入了一个"第三者"表姐夫,给人留下较深的印象,如老五的"胎尿",以及表姐夫送老五的刮胡刀,属写实但这不限于写实,在一定程度上带有象征意味。

正如陈晓明教授所阐释的:"现在依然有些作家在书写历史,讲述历史故事。正如我们提到的那些作家作品,每部作品都有自身的思想内涵和表现手法,都以不同的方式处理历史。从总体来说,历史不再具有完整性,不再具有被共同认定的本质规律。它构成作家进行现代性反思的对象,历史作为定语,它只是小说叙事的时间容器和背景。它可以传奇化或神奇化。而历史作为状语则可能是一种语境。它可成为回到自我经验的一个场所。现实离历史而去。历史不再是压在我们身上的包袱,也不再是套在思想上的枷锁,历史与我们若即若离。它是一个外在他者,又是一个存在于我们内心的幽灵。对于这个时代的写作者来说,历史始终在场,历史又在别处。这就是现时代写作历史的理由,也是历史永久存在的方式。"[1]

所以说,作为思想现实的语言本身就是一种身份,一种文化的存在。海外女作家以平静的心态体察人生、观照世界,更容易超脱意识形态,目光由此可以更开阔更辽远。"理论是灰色的,而生活之树长青。"换言之,超意识形态的生活就包含广博和永恒的成分,是艺术的土壤和空气。海外女性书写蔚然成风,女作家们在使用语言中的必然性、无奈性以及矛盾性本身就很值得挖掘。而这些身处海外的女性身份意识与身

---

[1] 陈晓明:《现代性的幻象——当代理论与文学的隐蔽转向》,福建教育出版社2008年版。

处本土的作家的女性身份意识有什么最重要的不同？又是如何运用越界视角或融合跨文化跨地域的身份语言进行文本书写的呢？这也给国内学界提供了一个新的层面的思考和参照。

由于艺术累积方面厚薄不一，在新移民作家的某些文本中，还缺乏深刻的社会思考和人性挖掘及艺术提炼，作品人物或缺乏更鲜活丰满、复杂性格的刻画与典型化，文本或存在这样或那样的瑕疵，也还需要更多的时间、更从容的开掘和更凝练的创作技巧，才能达到某种至高的艺术境界吧。但新移民作家既有开阔的视野、不拘一格的现代表现手法，同时更有勇往直前的探索精神，相信必将不断地推出更加厚重的并在华文文学史留下深刻印记的扛鼎之作。

第七章 移民文学的跨文化影响

第一节 异质文化融合为多元特质

如果将华人移民文学和世界上其他国家的移民文学进行比较，最早有勃兰兑斯的《十九世纪文学主流》第一册《侨民文学》[1]。俄国文学的侨民文学也有不少人研究过。另外，还有像纪伯伦这样的移民文学大家，以及获过诺贝尔奖的辛格等美国犹太人，尤其是辛格的朋友索尔·贝娄的《洪堡的礼物》，写在美国的外国人那种难以排遣的尴尬，其身份焦虑不是浮在表面的，而是深层次的。

移民作家处于流亡或流离失所的过程中，往往由于其过于超前的先锋意识或鲜明的个性特征而与本国的文化传统或批评风尚格格不入，因此他们只好选择流落他乡，而正是在这种流亡的过程中他们却写出了自己一生中最优秀的作品，如英国的浪漫主义诗人拜伦、挪威的现代戏剧之父易卜生、爱尔兰意识流小说家乔伊斯、英美现代主义诗人艾略特、美国的犹太小说家索尔·贝娄，以及出生在特立尼达的英国小说家奈保尔等。[2] 流散文学传统和文学发展史便由这些移民作家延续下来，并在

---

[1] ［丹麦］勃兰兑斯：《十九世纪文学主流》第一册《侨民文学》，张道真译，人民文学出版社1997年版。

[2] 王宁：《"后理论时代"西方理论思潮的走向》，《文学理论前沿》2006年第3辑。

当代的全球化进程中展现了更强有力的生命特质。移民文学的兴起已成为影响当今世界文学生态格局的一个重要因素。法籍捷裔移民作家米兰·昆德拉多年关注遗忘与记忆的文化母题，尤其是在"身份""边界""认同"等"遗忘"主题上，较好地接续了文学中遗忘与记忆、认同与回归等人类文学母题的表达，可作为分析当代移民创作现象的借鉴。①此类小说主题、题材、语言的选择与变化，反映出作家认同异质文化的心理状态；作品内在的含混与矛盾，呈现了作家文化归属的复杂性。

昆德拉的《身份》②是一部思考"自我认同"问题的小说。小说描写情人珊达尔和让·马克一向沉浸在幸福之中，然而有一天，某些想象闯入了他们的生活，他们开始辨认不出对方来。在珊达尔眼中，让·马克成了所有无特征的"爸爸"中的一员，而让·马克竟然也把一个又老又丑的女人误当作珊达尔。怎么会这样呢？怎么连至爱也认不出来呢？带着一丝无奈的疑惑和自我辨认的痕迹缓慢前行，像是喃喃自语，又像是不确定的沉思，商讨着、分辨着，以询问方式进入内心深处，最终在自我中发现了那张陌生的脸——另一个自我。对象的模糊化其实反映了人自我的迷失，也许这才是昆德拉小说的深意所在。

颇有意味的是，马克在写信时，是假借别人的名义来表达自己真实的感情的，反映出交流的困难和在善意掩饰下的自我异化。刻意的委曲求全同样无法阻止她的远离，却在误解的道路上越陷越深。最后，男女谁都难以辨认哪一种内心景象才是真实的。就像是在潜意识中观看着一部电影，毫无办法地看着各种念头的影像在跳跃、闪回、推进、一掠而过……使生活起着微妙的变化，直至彼此越来越陌生，越走越远。这一切都在表明：不是生活在别处，而是心灵在别处。在移民法国20年后，昆德拉直接挑选"身份""自我认同"这样一个带有浓重跨文化意蕴与

---

① 李凤亮：《诗·思·史：冲突与融合》，商务印书馆2006年版。
② [法] 米兰·昆德拉（Milan Kundera）：《身份》（*L'identité*），董强译，上海译文出版社2003年版。

后现代色彩的话题进行探讨,不能不说反映了他近年来的特定心态。换言之,昆德拉对"身份"的关注,不仅仅源于他自身的移民处境,而且还有着伴随世界文化交流而来的"边界模糊""特征消失"等一系列文化语境。①

还有奈保尔(V. S. Naipaul,1932—)从遥远的殖民地小岛来到英帝国,作为印度裔的外族者居住在威尔特郡,著述打破了纪实与虚构、小说与散文的界限,其独具一格的跨文化跨文体的《抵达之谜》于1987年高居英国畅销书榜首。2001年瑞典文学院授予他诺贝尔文学奖,称他"是一个文学世界的漂流者,只有在他自己的内心,在他独一无二的话语里,他才真正找到自己的家"。作品所具有的非凡魅力是因为"他异乎寻常没有受到当前文学时尚和写作模式的影响,而是将现有的流派风格改造成了自己独有的格式,使通常概念上的小说和非小说之间的差别不再那么重要……小说式的叙事风格、自传体和纪录式的风格都出现在奈保尔的作品中,而并不能让人时时分辨出哪一种风格在唱主角"。② 这是文本杂糅或混杂化的又一典型。而在他之前以别出心裁创作风格获得诺奖的是移民法国的华人作家高行健。

高行健的长篇小说《灵山》获得2000年诺贝尔文学奖,这一荣誉却受意识形态等诸多因素影响,海内外反映截然有别。小说内容表现以"我"和一系列神秘女子邂逅幽会,从大河之源汪洋恣肆地滔涌到大海入口,寻找精神升华的契机。许是出于某种探索或突破的野心,其叙事方式比较独特,既类似游记又近乎独白,融笔记、散文诗、考证、报告、文物记载、历史摘录、故事、寓言等各种文本表现形式于一体,是打破常规的一种汇集,一种拼贴,在看似杂糅的叙事方式中透出文化身份寻索的深意。

评论家赵毅衡认为作品体现了一种苦思苦行,从精神上创造赖以生

---

① 李凤亮:《诗·思·史:冲突与融合》,商务印书馆2006年版。
② 瑞典文学院:《2001年诺贝尔文学奖授奖辞》,《世界文学》2002年第1期。

存的文化环境，目的是构筑起崭新的"非主流"中国文化主体。[1] 因这部小说是以中文创作的，为中国文学创造了一个全新的体例，融各种体裁，包罗万象，无法以绳墨规矩论之。刘再复特别指出其小说的"艺术意识"，[2] 20世纪中国现代文学史，从晚清到今天，其中出现过谴责文学、革命文学、讴歌文学和伤痕文学，这几种文学现象共同的缺点是"溢恶"与"溢美"，也就是缺乏节制，缺乏分寸感。而产生这种弱点的原因又是忘记或根本不理睬文学是门"艺术"。高行健的特别之处是小说艺术意识极强。他宣称只对自己的语言负责。这个"只对"，正是文学创作最根本的责任感。这种责任感与人们常说的社会责任感不同，它是作家特殊的天职。高行健对汉语的语法、语气、语调、语音、时序不断探索，弃绝欧化语言和意识形态语言，努力发挥汉语的魅力，就是他的充分的小说"艺术意识"的表现。

"高行健是创造了一种冷文学和一种以人称代替人物的小说新文体。"即所谓的"冷文学"。刘再复进一步解释"冷文学"所包含的双重意义："其外在意义是指拒绝时髦、拒绝迎合、拒绝集体意志、拒绝消费社会价值观而回归个人冷静精神创造状态；其内在意义则是指文本叙述中自我节制与自我观照的冷静笔触。"但他强调，这不是拜伦、卢梭、海明威、萨特的笔触与状态，而是卡夫卡、卡缪、乔伊斯和曹雪芹的笔触与状态。"是把温热、把人性底层的激流压缩在冷静的外壳（艺术外壳）之中的文学，有如蕴藏着熔岩的积雪的火山。即使在描写'文化大革命'中的种种疯狂，也是冷眼静观与冷静叙述。这里需要强调的是作者为了避免陷入自恋，已开始设置了审视作家本人和审视书中人物的眼睛，这实际上是作家的第三种眼睛。"这双放在"他"身上的眼睛，是"不带情绪，不带偏见，与自我的眼睛拉开距离，就能在揭示人性毁灭的血腥时代之中也呼唤人性的尊严"。

---

[1] 赵毅衡：《新海外文学》，《羊城晚报》1998年11月20日。
[2] 刘再复：《高行健的小说新文体》，《高行健论》，联经出版公司2004年版。

第七章　移民文学的跨文化影响

在世界文学史上，文学艺术家的自我流放，或曰文化流放是早已有之的现象。最著名的要算美国作家亨利·詹姆斯与格特鲁德·斯泰因一代移居欧洲的美国作家。这些作家亲近并融入欧洲文化，丰富了美国的文学，是成功的文化流放例子。如今的世界经济早已全球化，文化艺术的融合必然会产生世界文学的大交融。因此，用非母语从事文学创作，对华人作家群体来说，既是世界文学发展新走向，也是移民作家为文化身份建构所做出的努力之一。

移民作家在当今世界的活跃，相关文学奖也比较青睐具有移民背景及身份的创作者，更使人对具有多元文化交融特征的作家予以关注。和本土作家相比，这些外来作家无疑拥有更新鲜独特的文学素材。像来自加勒比海岛国的奈保尔、来自印度的鲁西迪，甚至来自中国的哈金无不如此。移民作家用非母语写作也是一种文化身份的选择。爱尔兰作家贝克特在回答为什么用法语写作时说："因为我觉得，用法语写作，写起来更容易没有风格。"也就是说语言不会成为小说外面的一件华丽的衣服。

在文本书写上，与传统小说讲述移民现实的生存状况不同，移民作家不是通过一个平滑的叙事来讲述一个完整的故事，而是在努力传达一种新的体验。譬如有的作品完全抛弃传统的线性叙事，以意识流的方式来传达主人公的归属感危机，像是在泛黄的旧照片和古老故事所建构的虚拟世界中遨游。尤其是现代人多喜欢采用自由联想的形式，来再现主人公对于自我文化身份的探求，在飘忽的意识中似乎在寻找一种确定性和"根"的感觉来抵消不确定感。其想象是破碎的，但是在杂乱与破碎之中，能够再现身份危机，也可以将移民独特的经验在现有的小说叙事模式当中再现出来。

在流动变化的当今社会，各种思维碰撞融合，各种边界被打破，男女之间、种族之间、文化之间的界限似乎越来越模糊。而反映世态人生的文学创作也呈现出扑朔迷离、变幻莫测的流向。处于边缘的海外华文文学，就这样以其独有的特质缓缓流动着。在跌宕起伏的潜流中，就有新移民作家创作的潮涌和激荡。艺术观念创新除了表现在思维语言上，还表现在结构与表述方式上的标新立异。所谓的"创造就是创新。创新，意味着对过去、现在的超越，意味着对他人、自我的超越，是一种指向未来的重构"。① 经过东西方文化洗礼的新移民文学，创新意识可以说是非常之强的，作为一种离散族裔文化表征的海外移民文学置身于各种思潮的旋涡中，艺术取向的差异也造成了文本表述的巨大分野，纪实性风格更多地体现在显性的题材、主题层面上，而现代主义倾向的文本则渗透在语言的肌理血脉中，变形夸张、扭曲或佯装复古等处心积虑的语言策略，其深处，同样诉说着文化身份的焦虑。

第二节 移民作家在世界文坛异峰突起

学者将"移民文学"作为一个名词的时候，根本无法回避这群"全球化作家"的异峰突起。事实上，在世界文学史上取得引人瞩目成就的移民作家有很多，如蒲宁以及纳博科夫、乔伊斯、贝克特、萨尔曼·拉什迪、米兰·昆德拉等，几乎可以开出一个长长的名单，诺贝尔文学奖近年似乎也格外青睐他们，除了前面提到的高行健、奈保尔，还有凯尔泰斯、库切、耶利内克、品特以及在耄耋之年获奖的女作家桃莉丝·莱辛等，移民作家或者有移民经历的作家，显然在世界文学格局中占据了重要位置，而他们的文学成就与移民经历密不可分。

在这股流动不息的移民文学洪流中，有三位几乎是一体的犹太作家的作品比较引人注目，他们就是伊萨克·辛格、马拉默德和索尔·贝娄。尽管这三位背景相近，父辈或自己都是在自由女神的召唤下从东欧移民到美国的，也都获过诺贝尔文学奖，但他们的作品却有着迥然不同

---

① 柯汉琳：《篱侧论稿》，中国社会科学出版社2007年版。

的文体和风格。保守的辛格一生顽固地坚持用意第绪语写着那些类似民间传说的小故事，偶尔涉笔长篇，内容大体都是早年在东欧老家的童年往事。中庸的马拉默德虽然基本上融入了移民的这个国家，但其作品也大多是这类求同存异的大同小异的故事。好像只有索尔·贝娄彻底成了现代美国人，文风和意识也更为开放、当代，其小说的幅员则极为辽阔，从美国的大学校园到非洲腹地的原始部落，交织着主人公现实的苦难和理想的救赎的对立、自我身份混沌及矛盾。其代表作《赫索格》以大学教授的人生境遇为主线，表现中产阶级知识分子的苦闷与迷惘，追寻和探索。审视现代社会人的生存状态和精神存在。索尔·贝娄的小说素以复杂性著称于世。而学术方面的理解、阐释和评价的差别分野也印证了作品的复杂性或深刻性。[①]

萨特及其存在主义文学和哲学在一个阶段很深地影响了贝娄的思想与创作，贝娄的头两部小说可以看到这种影响。他一方面接受了叔本华和尼采的哲学，另一方面又用美国地道的实用主义哲学的一套来看待很多问题。就文学而言，他从作为时代风尚的现代主义中学到了很多，但他又在本质上更亲近"前现代主义"的大师们。他学习了太多的东西，并为自己所用，所以，尽管他不喜欢托尔斯泰的基督教，不喜欢陀思妥耶夫斯基的反犹，他仍然从他们那儿学到要成为大文学家要具备的一些东西。贝娄的巨大影响力已经远远超越地域、超越种族和性别等，从而达到某种巅峰而成为一个时代的象征，他被称为一个典型的世界公民，一个知识狂人，一个把世界文化当作自己家乡的人。

事实上他的野心是要和海明威、福克纳一样把根扎在欧洲这一西方

[①] 索尔·贝娄（1915—2005）是20世纪著名的犹太裔美国作家，被誉为海明威与福克纳的文学继承人。在六十多年的创作生涯中，索尔·贝娄共出版了13部长篇小说和其他几部短篇小说、剧本、游记和散文集等。他曾三次获得美国国家图书奖，一次普利策奖；1968年，法国政府授予他"文学艺术骑士勋章"。此外，由于其作品"融合了对人的理解和对当代文化的精妙分析"，索尔·贝娄摘取了1976年的诺贝尔文学奖桂冠，成为美国历史上首位获得诺贝尔文学奖的犹太作家，也是迄今为止唯一一位获得三次美国国家图书奖的小说家。

文化的母体里，同时反过来对欧洲文化产生影响。美国文化本身有很强的包容性，尽管"全世界把美国当成了自己存放东西的地方"或"欧洲把它的人类垃圾倾倒在了这里"，它似乎反而更健康了。没有人比他更潇洒，也没有人比他更矛盾："他是温情的，又是讽刺的；他是尖刻的，又是宽容的。他的作品是喜剧又是悲剧，他的人物是失败者又是英雄。他把矛头对准一切猛攻，但又会很快转向自己，主人公只能在自嘲中摆脱尴尬。"

从某种意义上来说，也许文化上的相似永远弱于它们之间的差异。土耳其获得诺贝尔文学奖的帕慕克在小说《我的名字叫红》中，多次写到"中国"对土耳其的影响。然而，他的"中国"却是想象的。同样，出生于耶路撒冷的理论家萨义德，在欧美高举东方主义的大旗，虽然这里的"东方"意指亚洲西部，但并不妨碍海内外研究者对理论的热衷和对诸多移民作家在世界文坛异峰突起的莫大兴趣。

美籍阿富汗作家卡勒德·胡赛尼的《追风筝的人》这部小说让人想到萨义德的自传《格格不入》：同为被欺凌、战乱不断的小国的移民，对故国人民魂牵梦萦般的追忆，对自己过往的思辨和追悔。活跃于世界文坛的亚裔作家，一类是已经入籍欧美，另一类则是印度本土作家。而他们的主题，也围绕着两个问题，一个是印度次大陆的苦难历史和悲恸现实，一个是移民。[1]

女作家莫尼卡·阿里出生于东巴基斯坦（现今的孟加拉国），处女作《砖巷》入围布克奖的最后名单。丰满的细节张力，个性独立的群像，紧张而弹性的结构，让莫尼卡·阿里赢得2004年"大英图书奖"而享誉文坛。

小说讲述了一个移民伦敦的不识字的孟加拉妇女纳兹奈恩，在陌生的国度逐渐解放自己，突破宗教、家族和社群的阻挠而谋生的故事。小说的副线，则是女主角对故乡的思念以及妹妹悲惨的命运的描

---

[1] 林扶叠：《他们所代言的人群和文化依旧是亚洲》，《南方都市报》2006年6月14日。

写。孟加拉姑娘娜兹宁被父亲许配给一个年纪比她大了很多的男人,离开家乡,来到伦敦与未婚夫结婚。丈夫有文凭、有志向,期待光明的前途和地位,却始终不能进入英国主流社会,只能勉强维持生计。为人妻为人母的她几乎没有任何社交活动,整天忙于家务,她居住的砖巷里充满种族主义和宗教激进主义的气焰,各种走私勾当横行,生活令她感到窒息。为了帮补家计,她开始做加工牛仔裤等活计,年轻人卡里姆来敲她的门,不仅带给她生意及经济来源、各种外界资讯,同时鼓励她去参加社区会议,并以明快热烈的情感俘获了她的心。当卡里姆提出与她结婚,让她与丈夫分手时,她却痛苦拒绝:我们的相识不过是个美丽的错误。

故事还将观众拉回9·11恐怖事件对整个世界,以及穆斯林社区的巨大冲击。在集会上,她丈夫与年轻活动分子精彩的一段对白,反映不同文化价值观的激烈碰撞;丈夫为回国而筹措资金,日渐成长和反叛的女儿与母亲的柔弱隐忍形成反差;女儿讥讽父亲食古不化,说孟加拉时代已经过了!并冲着他喊:妈妈跟你结婚快20年,一直忍气吞声,妈妈你说啊,说你不想回去!

毕竟是小说改编的电影,女主角的内心独白贯穿全片,譬如:没有人会告诉我,世上爱有许多种:有的爱,开始时轰轰烈烈,到后来曲终人散;有的爱,开始不觉得,但却一点一滴,确如牡蛎中的珍珠,与日俱增,地老天荒。当丈夫终于要回国了,多年来一直期盼回到故乡的她,却改变想法,坚持与两个女儿留了下来。她说只有不信命运,才会更坚强。影片结尾是母女们在雪地上追逐,并展开了飞翔的双臂……①

由于全球化时代文化信息的极大的流通与传播,各民族各地域的移民文学或文化不可能不对其他民族或地域的文学或文化产生影响,因此,混杂化是全球化时代的一个鲜明特征。海外移民的身份、所代表的

---

① 吕红:《欲望、历史、种族——旧金山电影节震撼》,《世界周刊》2008年5月21日。

文化都具有混杂化的特点,甚至可以说"混杂性是所有不同社会文化派别相遇时的共同特征"。① 从许多移民作家的作品中,往往不难读到其中隐匿着的矛盾的心理表达:一方面,他们出于对自己祖国的某些不尽人意之处感到不满甚至痛恨,希望在异国他乡找到心灵的寄托;另一方面,由于其本国或本民族的文化根基难以动摇,他们又很难与自己所定居并生活在其中的民族国家的文化和社会习俗相融合,因而不得不在痛苦之余把那些埋藏在心灵深处的记忆召唤出来,使之游离于作品的字里行间。由于有了这种独特的经历,这些作家写出的作品往往既超越本民族固定的传统模式,同时又对这些文化记忆挥之不去,因此出现在他们作品中的描写往往就是一种有着混杂成分的"第三种经历"。正是这种介于二者之间的"第三者"才最有创造力,才最能够同时引起本民族和定居地的读者的共鸣。②

正因海外移民作家身处异域,有比较开阔的视域,加之文化多元,在创作中自觉不自觉地就会将另外的文化作为参照,写法上也趋向变化多端。作品技巧如何、文字怎样且不论,主题上的超越性、视野上的广阔性、探索的多样性却是可以独树一帜、超越同时代作家的。

当学者研究海外移民作家的特性与共性之后,得出结论,显然流散意识早已对英语文学史的重新书写产生了影响,而全球化时代后殖民主义理论思潮的再度崛起则对此起到了有力的推动作用。同样,汉语作为一种越来越具有世界性影响的语言,是否也可以来重新书写跨文化跨疆域的海外移民文学的历史呢?

第三节 身份理论对移民文学的影响

以 1978 年萨义德的《东方学》一书的出版作为后殖民理论的先

---

① [美]阿里夫·德里克:《后革命氛围》,王宁译,中国社会科学出版社 1999 年版,第 92 页。
② 王宁:《"后理论时代"西方理论思潮的走向》,《文学理论前沿》2006 年第 3 辑。

声,①引起西方学界关注,后又传入国内知识界。学者赵稀方认为:该书构建的目标,其实是想"通过描述一套观念体系"——如西方的东方学及经典文化背后的与帝国权力的牵连——来探讨"文化差异"的概念,探讨人们如何表现其他文化的问题。②

有关身份问题,萨义德不止一次表明,"同其他许多人那样,我不止属于一个世界。我是一个巴勒斯坦的阿拉伯人,同时我也是一个美国人。这赋予我一种奇怪的,但也不算怪异的双重视角。此外,我当然也是一个学者。所有这些身份都不是清纯的;每一种身份都对另一种发生影响和作用"。③正如他精辟地指出,"出入于多种文化而不属于任何一种"视为非本质主义的文化认同观:"移居对我来说是尤其难以忘怀的:从一种确定、具体的生活方式转入或移入另一种方式……人们需要理解、学习某一传统,但是不能真心归属它。"④

三位兼具"东方"和"西方"两种文化身份的后殖民理论家爱德华·萨义德、佳亚特里·斯皮瓦克和霍米·巴巴被称为后殖民理论"三剑客"。无疑为移民文学的研究提供了一把特殊的钥匙。后殖民理论作为一种文化批评话语,主要思想是对东西方交流过程中的文化不平等现象和西方掌握话语权,实行文化帝国主义的现实的无情批判和揭露以及对如何实现东西方文化平等交流的策略的探求。但真正从理论上提出这种新的思考自我文化身份的方式的,却是后殖民文学批评家霍米·巴巴所提出的"杂糅"文化身份理论。⑤他认为,移民独特的经验要求新的与稳定"疆界"相反的呈现自我的方式。"疆界"充满对立和矛

---

① [美]萨义德:《东方学》(Orientalism,又译《东方主义》),王宇根译,生活·读书·新知三联书店1999年版。
② 赵稀方:《评台湾后殖民文学史观》,见寿永明、朱文斌主编《世界华文文学研究》第1辑,百花洲文艺出版社2004年版。
③ [美]萨义德:《流亡的反思及其他论文》(Edward Said, *Reflections on Exile and Other Essays*),马萨诸塞州康桥,哈佛大学出版社2000年版,第397页。
④ 陆建德:《流亡者的家园——爱德华·萨义德的世界主义》,《世界文学》1995年第4期。
⑤ Homi Bhabha, "Life at the Border: Hybrid Identities of the Present", in *New Perspective Quarterly*, Vol. 14, No. 1, Winter 1997, Blaekwell Publishers, Inc..

盾，是人们思考世界与个体关系的障碍。巴巴这样描述"杂糅"的文化身份，他说："时空的跨越产生了复杂的身份：它既是差异，也是趋同；既是过去，也是现在；即是包容，也是排斥。"也就是说，由于跨越，传统的思维模式面临瓦解，过去与现在、内部与外部不再是二元对立，而是相互间既冲突又融合，以"流动"为特点的思考文化身份的方式。

移民身份叙事的文本中表明其内部存在的"混杂性"和"差异性"。有人认为这种"差异性"与"混杂性"在现有的语言体系中是不可再现的。但是巴巴认为"有些事物固然在现有叙事模式之外，但它也不是无法再现的。作家与文学批评家应该去寻找新的呈现方式，再现那些没有言说与再现的经验，因为它和现在的体验历史性地纠缠在一起"。

霍米·巴巴主张，我们应该"超越本质和先验的身份叙事。移民处于疆界'夹缝'中的生存状态可以作为重新阐释自我的平台，从而引入了新的表达身份的方式"。这里有三个问题要注意：首先，霍米·巴巴反对将身份本质化，认为身份是话语的建构。其次，既然身份是话语的建构，那就可能以新的方式重塑。文化不是纯洁的而是混杂多元的，新的"杂糅"身份可以通过"操演"得以塑造并强化。最后，新的身份表征对于个体和群体都可能产生重要的影响力，而新的群体关系不同于过去建立在民族、种族等稳定范畴基础上的横向联系。

那么"杂糅"与变动不居的群体之间有可能实现横向团结吗？因为只有散居的移民群落能够横向联系起来，才能真正建立起跨越时空的群体文化身份。之间跨越国界的关系，为重构移民群体身份提供了可以利用的资源。之间穿梭跨越，打破了族群、种族和民族的清晰边界，传递文明及其价值，移民能够常态化地使用另一地移民的资源，"差异中的团结"是可以建立起来的。不同地域的移民经验可以创造联系彼此的精神纽带。

受到萨义德等后殖民理论家的启发，一大批远离故土流落他乡的第三世界的移民作家作品近年来成为阅读亮点。以"他者"为视角的创作或文学评论也成为焦点。刘俊教授认为，就题材类型和视角选择而言，"他者"立场和"他者"视角在移民文学中占有极大的比重，譬如历史关注、情感遭遇、海外生活、心理世界、存在困境。而通过对这几类创作的分析，则不难发现隐含在作品中的体现创作者心态的创作视角，主要体现为历史视角、女性视角、心理视角和文化视角。对于移民文学而言，无论是在它的题材类型中，还是在它的创作视角里，都沉积着浓烈的"他者"意味——在一种具有"他者"属性的文学中，书写者在创作的时候，似乎对具有"他者"意味（边缘的、差异的、弱势的、外在的、另类的）的题材和视角有着一种自觉不自觉的趋近。[①]

移民作家的创作实践引起了主流学界的瞩目，对文学经典的重构起到了重要的挑战作用。倘若将他们的创作放在一个广阔的全球语境之下，华裔"流散作家"（diasporic writers）是比较流行的称谓。这些作家不仅仅是离开祖国并散居海外的，有些人近似流亡状态，有些则是自觉自愿地散居在外或流离失所，他们往往充分利用自己的双重民族和文化身份，往来于居住国和自己的出生国，始终处于一种"流动的"状态。也就是说，他们既有着明显的全球意识，并且熟练地使用世界性的语言——英语来写作，但又时刻不离自己的文化背景，因此他们的创作意义同时显示在（本文化传统的）中心地带和（远离这个传统的）边缘地带。尤其令人注意的是，这些华裔流散作家的写作已经同时引起海外汉学家和文学史家的重视，并被认为对重新书写文学史和重构文学经典有着重要的理论意义。

[①] 刘俊：《"他者"的存在和"身份"的追寻——美国华文文学的一种解读》，《南京大学学报》2003年第5期。

第四节 "红杉林"作家群及其成就

如果说移民或流散是后现代普遍的人类文化特性或生命状态的话，就必须同时意识到，不安于这种状态，追寻某种生命归属意义完整一致的解答，是它的另一面。"作为书写，移民文学就是身份未定者的文学，也是持续追求归属和无穷追问身份的文学。流散揭示了这种追求和追问的精神特质和哲学处境，而不仅仅是一种生活的描述。移民生活只是激活具体的人对这一点的具体感知，从而使移民人生具体地接通了后现代状态。于此，流散成为对世界的格局差异、文化冲突、意义分裂的承担与直观。身份问题便成为流散书写的题中应有之义。"①

从世界各族裔移民作家的崛起再到审视华人文群，究竟如何评价这一群身份模糊、笔墨不拘的创作群体，既感困惑而又欣喜，"文坛"这两个字的内涵和外延显然遇到了挑战。因为，作家的身份特征在"变化"中极难辨认，多数笔耕者恍若流星般闪过，只有少数才如七星北斗般闪烁。这样的创作局面很容易让人想到"五四"新文学风潮，而今海外作家更多的是直接面对中西文化冲击的思考。正是在这个意义上，学界对海外华人作家整体的肯定首先是他们在文化精神上的突破。

一 聚集力量 迈向新程

出走与回归，感性和理性，试图忘却而又梦萦魂牵——永远都是人生相互矛盾的悖论。移民海外不仅是寻找个体身份，更试图建立一个新的文化身份。而文本书写就成为新移民寄托情感、承载思考的方舟，和

---

① 刘俊：《"他者"的存在和"身份"的追寻——美国华文文学的一种解读》，《南京大学学报》2003年第5期。

文化身份构建标识。① 稳步发展颇有成就，而成为世界文学一个有机的组成部分。北美文学创作一向是世界华文文学发展的重镇。

海外华文文学研究，始于20世纪70年代后期，从港台文学、东南亚文学到北美华人文学、欧华文学、日华文学，可谓高潮迭起。恰如学者专家所见，当代的海外华文写作，在相当程度上承续了中华人文传统精髓。而海外华媒发挥团队力量，为推动中华文化传承及文学流播功莫大焉。作为连续性期刊《红杉林》创刊15载作者遍布海内外，随着移民潮涌、海外中文热以及东西方文化交流日趋频繁，无论是内容还是文本形式，都发生了质的飞跃及变化。纵观21世纪以来北美华文文学发展的脉络及文化走向，海外华文文学研究从文本走向现实，从文学走向社会，从文人走向华人世界。

海外华人文学自20世纪初发端，到了五六十年代的大批港台留学生赴美，到80年代改革开放一波波大陆留学生负笈游学，形成创作高潮。聂华苓、陈若曦、於梨华、欧阳子、白先勇等面对西方文化冲击的精神"迷失"和"文化回归"，体现了一批海外学人难以割舍的中华文化根的情怀。

其实，这也是当年《现代文学》主力相继成为本刊顾问的内在功力及动力。细解《文学杂志》、《现代文学》和《中外文学》在停刊与创刊之间的重叠，一脉相承的人文情怀："不计成败得失，以一股缓慢却悠长的力量表达对社会的关切，形塑一种值得骄傲、值得维系的文化品格。"

海外华文文学从20世纪初发端到今天汹涌澎湃，已经成为世界文学一个有机的组成部分。近三十年来中国世界华文学会及各地高校的积极开展通力合作，创办世界华文文学研究中心，力求与全球化发展的趋势同步，在研究方面有了丰富的成果。恰如学者专家所见，当代的海外华文写作，在相当程度上承续了中华人文传统精髓。华人文学社团、报

---

① 吕红：《丰盈的清秋》，《红杉林》2008年第3期。

刊网络交流平台，发挥团队力量为推动中华文化传播、社团发展及华校互动，尤其是文化传承等方面发挥了重要的影响力。

海外华文创作与研究不仅成为文化身份建构的重要资源与通向未来的坐标，而且为世界华人弘扬中华文化奠定了精神与媒介的深厚根基。

六千万海外华侨华人，是大陆、台湾、香港和澳门之外一个不可忽视的华文群落。华人在世界各地生根发芽、开枝散叶，精神血脉是源远流长的中华文化。犹记一百多年前，梁启超在太平洋途中感怀身世："余乡人也，九岁后始游他乡，十七岁后始游他省，了无大志。懵懵然不知有天下事。曾几何时，为十九世纪世界大风潮之势力所颠簸、所冲击、所驱遣，使我不得不为国人焉，不得不为世界人焉。"当今世界，全球化趋势、网络及现代科技似无远弗届，因时空转换而命运跌宕或情感交织，提供了无限遐想的空间。打破族群和民族的边界，传递文明及其价值，而创造联系彼此的精神纽带。传统被赋予新的生命，释放无穷能量而成为新的起点。新移民作家群体以开阔的视野、娴熟的笔致，构建了一个与中国本土文学殊异的文学空间，彰显出不同的文学观，并使得华人文学已成为世界文学的重要一脉。

从北美来看，20世纪50年代台湾香港赴美作家就成立了各种文学社团、协会，20世纪80年代以来大陆赴美留学生、交流访问学者以及新移民等，美加一批杂志和文学社团相继出现，有力促进了北美华文文学发展。对于这种发展状况的了解，即对欧美华文文学组织、制度和网络、期刊及微刊等史料的整理与研究，可以从史料出发描述出欧美华文文学的总体面貌，为文学史写作提供了完备的一手数据。同时，可以为国内知识界提供丰富的华文叙事及其传播的文献信息，为世界华文文学发展和研究提供坚实的丰富的资料基础。这是重大的文化基础建设工程，既有重大的文化建构功能，又有重要的史料传世价值。

《红杉林》秉承"高屋建瓴、开放广博；不拘一格，兼容并蓄""创作与研究并呈，典范与新锐兼容"之风格特色而颇受关注。特邀国际名家纪弦、聂华苓、白先勇、陈若曦、余光中、郑愁予、痖弦、洛夫、张错、张炯、公仲、单德兴、严歌苓等为顾问。南加州大学张错教授表示"是一个很好的开始，但因要走的路尚长，需要坚持和有恒"。白先勇先生题字"祝红杉林愈来愈红"。创刊号不仅有北岛、严歌苓、苏炜、少君、沈宁、刘荒田、王性初、吕红等作品展示，同时还有公仲教授、王红旗教授与刘俊教授、陈瑞琳、阙维杭等评论，还有加拿大华裔作协的文讯等。

至于刊名，编委苏炜给予过很好的启示。[①] 诚如加拿大华裔学者桑宜川教授所言："或许与美国加州湾区广为生长的红杉有关。"红杉的根被称为"慧根"，加州红杉的根在地底下紧密相连，形成一片根网，这就使得加州的红杉树都是成群结队地成片生长，而且长得特别高大。《红杉林》凭借顽强的意志和族裔情结在美国自诞生至今已十余年，并取得了出色的成绩，成为连系华人文化血脉的传媒之翘楚。[②] 诸多文坛精英支持及热切关注，期冀担当起文学刊物的责任。

江少川教授与新移民文学的代表查建英访谈，[③] 详细梳理了从《丛林下的冰河》到《留美故事》、Tide Players（《弄潮儿》）等系列创作的心路历程。作品挖掘了年青一代留学生的精神追寻，为梦想而云游四方，"怀着某种无法抗拒的使命感和英雄主义情结——或者糊里糊涂的骄傲和浪漫，完全看不到眼前和周围的真相，一步步为命运所诱惑、所戏弄，最终被命运击败，并且与自己的真爱失之交臂"——其间存在主义的悖论，与作者在中西文化不同的价值观之间游走、彷徨、困惑的感受很契合。就比如那句"找到的就已不是你所要找的"，一经传播即成为读者熟知的名句。当作品主人公生活和学业并没有如预期的那样如鱼得水，然而回到故土已物是人非——深刻反映了某种欲留难留、欲归

[①] 参见苏炜《千岁之约》，《红杉林》2006 年第 1 期。
[②] 石娟：《北美华人的精神纽带——论〈红杉林〉的媒介运营及文化建构》，《世界华文文学论坛》2017 年第 4 期。
[③] 详见江少川、查建英访谈《找到的就已不是你要找的》，《红杉林》2014 年第 1 期。

难归的纠结与矛盾的人生状态。后来，文化身份从小说家转为社会学者的查建英出版《China Pop》(《中国波普》被美国大学作为中国文化课程教材。

新移民文学在中西文化碰撞交融、对本土文学的嬗变也提供了多层面多角度的参照。如严歌苓小说双重文化背景和双重身份导致叙事主体暧昧并充满悖论，而《陆犯焉识》则以独特视角反思人在特殊境遇里的苦难及命运，电影《归来》将影响扩展至民众。

加拿大新移民作家张翎的《金山》从清末华工方得法远赴加拿大淘金修铁路讲起，描绘了方家四代人在异国他乡的卑苦的奋斗历程。探讨国际大背景下的国族身份与认同。纵横捭阖，波澜壮阔，跨越了一个半世纪浩繁的光阴和辽阔的太平洋。

从海外作家的创作历程、人生经验以及他们北美求学对其精神世界、创作风格的影响，不难看出，他们在北美活动舞台的地理空间，写作历程贯穿20世纪中叶社会诸多变迁及各类文学思潮；展现海外华人半世纪的命运迁徙与沧桑；追溯历史，心潮逐浪；对中华文化的那份深沉的爱，促使他们在异乡持续以母语创作并取得令人瞩目的成就！

他们的创作呈现出时代纹理中的某些共性及独特性。海外作家的文本书写，不仅要把握历史或一个时代的发展脉络，同时还要表现人物命运在时空转换中的历史纹理和充满质感的丰富的精神内涵，在毛茸茸的细节中体现真切而有温度的个人叙事。在创作题材及体裁上呈现多元路径，并全面地吸取其他族裔文化、东西方文化的精华，转化运用为自身的文化资本，为推动世界文学发展促进东西方文化交流更为积极的策略。

著名作家聂华苓的越界漂泊与精神的跨国流离，更让作品意蕴深幽、其作品也是西方学者研究亚裔离散文学（Diaspora）、少数民族文学、女性文学的重要范本。加州大学洛杉矶分校、伯克利分校和哥伦比亚大学等，选聂华苓的《桑青与桃红》作为教材。作家洪洋认为："美籍华人女作家的作品，走进了美国第一流大学的课堂，这就是令所有中国人自豪和高兴的事!"①

陈若曦作品表现异乡人的失落与乌托邦的追寻，表现这个世纪存在的症状，用海德格尔的话说：无家可归。思想精神和情感个体都在流亡。

从世界华文文学研究视野中来评析海外移民作家的文学创作，也是颇具启发性的。

陈若曦七十自述披露心迹：

做无冕皇帝曾是我年轻时的梦想，以为用一枝笔可以为民请命，甚至改变社会。然而一旦有机会主编报纸，才发现处处掣肘。讲真话往往得罪人，掩饰、说谎又痛苦不堪，理想和现实怎么调停呢？某日，《联合报》老板王惕吾来湾区度假，请我去他家便饭。谈到报纸内容的选择，我以为应当"有闻必录"，他不以为然。他强调："我尊崇《纽约时报》的座右铭：刊登应当登的新闻。"然而谁有权给"应当"下定义呢？相信是新闻界的无解习题。

……在美国办中文报花钱如流水，薪资、印刷费用高昂不说，派报依赖邮寄，拉到订户也要赔上邮资。老华侨已有固定的地方小报，台侨分散全美，世界日报抢先经营占了天时，市场基本上呈饱和状态，新报的生存空间十分狭窄。从台湾拿钱也很辛苦，政府一生气就不许结汇，员工薪资立即发不出。有一回，我找张富美周转。还有一回找田宏茂，他卖了些股票才让我们度过难关。感念吴基福的器重，我勉为其难，但经济担子压得我喘不过气来，不时要服安眠药才能入睡。九个月后我坦白告诉台湾的母报，远东时报没有自给自足的可能，早停以免继续失血。撑了一年七个月，远东时报以破产歇业。当了九个月主编，每天回家都无心做饭，这下卸下重担，顿时心轻如燕。这才想起当年编《现代文学》杂志时，曾听到一句话："要害人就叫他办报纸和刊物"，诚然。②她仍欣然为《红杉林》刊庆题字："文学是我们永恒的爱。"

---

① 洪洋：《高速公路梦幻曲》，长江文艺出版社2004年版，第29页。
② 陈若曦：《亲历报刊之兴衰》，《红杉林》2014年第3期。

旅居加拿大的名诗人瘂弦则说：海外华文文学无须在拥抱与出走之间徘徊，无须堕入中心与边陲的迷思，谁写得好谁就是中心，搞得好，支流可以成为巨流；搞不好，主流也会变成细流，甚至不流。同时华人作家在英文创作领域也取得较大成就。如江少川访谈哈金，其作品囊括美国所有的文学奖、在主流社会打下了一片天。[①] 近年来一批以英文写作的作家如李翊云等取得亮丽成绩，获奖频频。

从老移民作家到留学生文学再到新移民作家，创作颇丰、成就骄人，在全球化背景下，在流散、迁徙的生命体验中，海内外作家学者对艺术思考、对人文精神重新认识和想象，开启的探索思潮，渐成波澜迭起的文学巨流。

放眼一看，海外文坛色彩缤纷，新移民文学打破传统的叙事模式，在现代多元视域下，题材新锐、表现手法独特的佳作不断涌现，如哈金的获奖作品《等待》，严歌苓的《少女小渔》《陆犯焉识》等，阎真的《白雪红尘》，张翎的《金山》，虹影的《饥饿的女儿》，陈河的《去斯可比的路》，李彦的《红浮萍》系列，沈宁的《美国十五年》，苏炜的《迷谷》，少君的《人生自白》，卢新华的《紫禁女》、陈谦的《爱在无爱的硅谷》，范迁的《错敲天堂门》，施雨的《刀锋下的盲点》，宋晓亮的《涌进新大陆》，融融的《素素的美国恋情》，章平的《冬之雪》，瞎子的《无法悲伤》，陈浩泉的《寻找伊甸园》等长篇小说及中短篇小说，鲁鸣的《背道而驰》，孙博的《茶花泪》，余曦的《安大略湖畔》，曾晓文的《梦断得克萨斯》，袁劲梅的《青门里志》，吕红的《美国情人》，薛忆沩的《深圳人》等，郑南川、陆蔚青还有近年活跃的欧华作家群等创作实绩无不折射出时代风貌的深广度，或人性开掘的厚度与深度，在浮躁年代愈体现出特有的价值。

这些年来，通过文学会议、传媒国际论坛等交流频密，海外作家生活及创作可谓互为因果，比如说像瘂弦、洛夫等著名文坛前辈，从中国

---

① 参见江少川、哈金《小说创作的智性思考》，《红杉林》2013年第2期。

大陆到中国台湾到北美，经历丰富、创作影响广泛。加华作协的活跃作家陈浩泉、梁丽芳以及刘慧琴、卢因、林婷婷、韩牧、周肇玲、汪文勤、葛逸凡、施淑仪、黄冬冬、亚坚、陈华英、陈丽芬，还有孙博、宇秀、桑宜川教授等，都是学有所成的精英。新移民作家中有不少是在美国留学，而后在加拿大安顿下来即开始写作的，如张翎、曾晓文等女作家；还有在加拿大读书之后到美国工作才开始写作，如秋尘、李安等；当然也有从其他地方移民到美国或加拿大创作的，比如从欧华到北美的赵淑侠和赵淑敏姐妹、陈河等，而这种流变恰恰传达出文学与社会、文学与人生之变化所呈现的相互影响、相互作用的关系。

海外华文文学从20世纪初发端，到21世纪尤其是近些年的蓬勃发展，无论从数量还是质量或是整体实力评估来说都是惊人的，不可同日而语。至今已经形成规模甚至被誉为海外兵团的创作队伍，具有鲜明的海外特色。作为历史潮流推动的、跨文化的一代新移民作家，在高手如林的新移民文学潮中独占鳌头；多重文化背景的海外作家在作品里表现出丰富复杂的思维向度，作品"史诗性"和"抒情性"结合，个人记忆和国家记忆、民族记忆交融，在对东西方文化的思考中逐渐建构了超越地域的文化身份，在全球化时代具有不可替代的多元与跨界之意义。

近三十年来在中国世界华文学会以及各地高校的积极开展下，在研究方面有了丰富的成果。文学创作现场对于海外创作所依赖的纸媒交流平台，尤其是报刊网络与创作者相互关系密切，本书梳理了相关真实原始的历史资料，呈现给学术界作为研究资料，对于全面深入了解海外人文历史、推动新移民文学创作与研究进而总结出海内外研究成果，势在必行。

高科技与信息传播在使人们关注当前与未来时，多元文化中的"家园情怀"却恰好成为滚滚红尘纷繁复杂的世界中的心灵栖息地。从流散、追索进入一种自觉的身份建构，即以语言的疆界而非国家或民族的疆界来建构文学的历史。媒体多元化、语言疆界的拓展为海外传媒转型带来新的契机。在新闻、文学及社会性融合的路上迈出坚实的一步。

自《红杉林》创刊以来，尽可能囊括海外文化社团相关信息，比如加拿大华裔作协的学术交流以及换届活动等，构成系列，图文并茂。在加华作协创立30周年之际还做了特别专辑，包括小说，诗歌，散文，评论等，并配以作家相关介绍。副会长任京生的作品"加国惊天大案"以连载的方式在《红杉林》2018、2019年刊发，影响广泛。

近年来，随着全球化移民潮，欧华创作呈现良好势态，《红杉林》先后推出了两期欧华专辑，全方位展示欧洲华人作家的创作作品。海外华人移民身处全球性语境的西方文化环境中，又得益于自身开放的心态，所以其创作开始呈现"五四"以来中国知识分子孜孜以求的融中西文化的境界，而且视角越界较多地出现在新移民作家的创作中，这种跨文化视角的复杂性带来创作思维和叙事语言的丰富性和多样性，既承接传统，艺术性和思想性并重，又大胆地吸收借鉴了西方现代文学的表现手法，博采众体，熔铸百家。从各自的不同心理出发，寻找共有的精神归宿，同时也是在双重文化的背景中建构自己的文化身份。

海外移民多重文化背景及人生经验，跨越地域之复杂性、差异性和变化性，为作家们提供了艺术翱翔的天地。宽阔的社会历史背景，涵盖华人社区、美国主流。透过现代人的观点，在如此博大的情怀和视域下产生的作品，自有其深广的腹地；兼容多项素质，并且不自觉地注入了多元与跨界的必然性：海外作家以不同的方式来诉说命运的跌宕起伏和经验的细微感知，既包容又专精，既多变又执着，形成了海外创作的丰硕景观。

《红杉林》顾问白先勇在重塑经典过程中表现了对历史文化的忧患意识，认为重新评估历史文化是当务之急。他认为因内忧外患、外压及内耗，近百年来文化的发言权几乎由西方主导，期盼几千年的中华传统文化重现光芒。[①] 聂华苓以创作及创立国际写作中心计划推介，对人生

[①] 弘晓：《白先勇：以图影还原历史真相》，《红杉林》2013年第2期。

终极意义上的游子归宿的探寻,[①] 陈若曦以小说及人生自述来呈现社会文化历史反思,[②] 施叔青以跨域气魄推出具有代表性的长篇小说系列,拓宽了创作格局,王鼎钧在磅礴人生和宗教虔诚中的大化境界,呈现的世态百相以及对中华文化资源的深入开掘都足以在华文文学史上留下辉煌篇章。

作为文化的表现形式之一,移民文学在很大程度上体现了全球化视域下异质文化的冲突、融合的历史,而各种文学思潮及流派、现代或后现代理论的兴起,为文学研究打开新的视角、开辟了新的路径。海外华文作家不仅承载着传统和现代、东方和西方文化精髓,更凸显其在全球化、现代化进程中如何建构身份、融合为全新的生命特质。因此纵观海外多元文化的形成和发展,丰富的移民生存体验上产生的超越地域时空的人文视角,使海外作家在较短时间内能将自身身份体认上产生的困惑推展为生命本体和人类认知上的难题,在创作中呈现出一种跨文化的视野。

2005年底开始由伯克利大学亚裔系主任王灵智教授牵头,由吕红任主编,王性初任副主编,苏炜、陈瑞林、陈谦、施雨、刘荒田、李硕儒、朱琦等美华作家为主力,与相关学者共同组成编委会,荟萃人文思想和艺术精华,以弘扬中华文化为宗旨的《红杉林》美洲华人文艺 Chinese Literature of the Americas(国际刊号 ISSN 1931—6682)[③] 于2006年春正式创刊,后有陈绮屏、唯唯、茜苓等作家加盟团队,并成立了董事会。

2015年5月美华文协暨《红杉林》集合海内外创作研究的各路英豪在旧金山、洛杉矶及温哥华等地举办论坛;与伯克利大学亚裔研究

---

① 参见江少川访谈《聂华苓:往事今生三时空》,《红杉林》2015年第4期。
② 参见陈若曦《七十自述(节选)》,《红杉林》2010年第4期。
③ ISSN(国际标准连续出版物编号,International Standard Serial Number)是根据国际标准制定的连续出版物国际标准编码,ISSN 1931—6682《红杉林》作为国际正规的连续出版代码标识并进入ISSN数据系统。

系、中国社会科学院文学研究所、中国世界华文文学学会、暨南大学、南开大学等联合举办"跨越太平洋——北美华人文学国际论坛";为来自不同地域的专家学者与作家提供对话和交流平台,议题包括世界华人文学创作生态及作家作品研究等。逾百位来自海内外的专家学者,与北美华人作家齐聚一堂,共襄盛举。对于推动海外作家创作、弘扬中华文化、促进东西方文化交流具有深远意义。

《红杉林》秉承"高屋建瓴、开放广博;不拘一格,兼容并蓄""创作与研究并呈,典范与新锐兼容"的风格特色而颇受关注。社长王灵智先生在发刊词中开宗明义,确立了《红杉林》的宗旨:"其一,提供海外华人一个文学艺术作品发表与交流的平台;其二,促进自由开放的沟通,为作家艺术家与学者们提供切磋交流园地,通过各种视角的观照和评论,让来自不同地域的创作得到更进一步提高;其三是推动全美及海外华人文学艺术的发展,系统地评估艺术创作成就,包括从文学到艺术,从电影到大众文化等;其四,让更多的海外华人(譬如晚生代华裔或对华人文学感兴趣的各族裔读者或研究生等),增进对美华人历史文化的了解,提高他们的艺术欣赏水准,以及对文学作品的分析能力。并借此对世界华人文学有更深刻更全面的了解。"

自该刊创办十多年来,追求卓越与独创的宗旨始终不变。每期卷首语窥斑见豹其风格,刘荒田在吕红新著《让梦飞翔》的序言中这样写到:

必载于扉页的卷首语,是杂志的"开门见山"式橱窗,"嫁衣裳"的缩影在斯。多数人读杂志从卷首语开始,一如读书的序言。很大程度上,杂志的水准由它标出。《红杉林》何幸,有这样出色的卷首语;海内外何幸,享受卷首语引领的"嫁衣"展览。

这些卷首语好在哪里?在开放包容的格局,有容乃大的气度,在游走于两个国度、两种文化、两种乡愁的圆融,在正派的"三观"统御下的中庸,在广阔的趣味,在谦卑的态度,在缤纷的文采。而这些优势的根基在于：撰写者华洋社会的历练，学养，阅读经验，写作体悟。卷首语本身，是精美的文化随笔。这一结集，群芳汇聚，芬芳更加馥郁。每一篇既提纲挈领，凸显本期的亮点、要点，又贴切地指陈各篇的特色，行文精炼，语言铿锵。

"心的世界有如一面镜子，平面的或是凹凸的，明朗的或是晦暗的，都与你我他的信念及才情心态有关。无论写过去还是看现在，也无论语风冷峭或柔韧或轻灵，都参与构成作者个人的精神自传。而作家就是在以文字镌刻心灵史。纵有千山万水，无畏者自当微笑前行。"①

评论家李硕儒序中表示："卷首语""其来何处？此乃纸质刊物兴办以来，编者为读者提供的简介、导读、评述、感慨的一种文体。追根溯源，它应是汉语著述中序、跋的延续和新生。序与跋虽难生宏钟大吕之作，但也不乏光彩夺目之瑰宝，如远自汉代人为《诗经》所作的《毛诗序》、班固的《两都赋序》、王羲之的《兰亭集序》、王勃的《滕王阁序》，近如吴汝纶的《天演论序》、章炳麟的《革命军序》⋯只不过前者是为一诗一书作序，后者是为某刊某期作序，相比之下，前者集中，后者宽泛，前者可深入点评直入骨髓，后者则要有蜻蜓点水而后点水生光的功夫。

仅以手边两期《红杉林》卷首语为例，一是2016年第二期《笃行致远》："⋯联想逾百年来华人走向世界⋯在几乎无人察觉的静默时刻，见证东西方文明多元发展，见证移民呕心沥血，推动华夏民族融入世界的历程。⋯文学是艺术，是不用线条、彩料的绘画，是不用符号、乐器的音响，它用的是充满激情的文字，我已经听到潘畅演奏的乐章和观众的喝彩⋯"这些文字有实有虚，有烘云托月，有望空星灿，寄居海外的华人，有谁不想揭开帷幕，看看祖国的中医药如何被世界认可、如何

---

① 刘荒田：序吕红《让梦飞翔》，纽约商务出版社2021年版。

在海外发光！谁不想一睹"世界文学组织之母"的芳姿、听听她对生活对艺术的言说！谁不想领略一番苏炜笔下的《雪浪琴》！再看2017年第四期《世纪诗人，或那个年代的芳华》："…惊悉著名诗人、本刊资深顾问余光中先生仙逝，从南到北铺天盖地，无论是官媒或自媒体，几乎头版头条都以醒目标题大篇幅报道…以乡愁闻名于世的余光中一生可谓颠沛流离，时代与身世造成他的多重身分标签，右手写诗，左手写散文，学贯中西，涉猎广泛，一直致力于打通传统与现代的通道，以中国古典美学为基点，向幽深的现代性挖掘…""…《芳华》在海内外同步上映。感性的理性的，话题之多，见仁见智。文字点评或感言迅速占据所有媒体与自媒体广泛的受众群，本刊特推出相关影视评论专辑…"一篇是因当代著名诗人逝世牵出的他的前世今生、胸襟才情，一篇是誉满中外女作家的电影引发的轰动、震撼及至见仁见智的评说，看了这些激情又深情、煽惑又诱导的刊首语，又有谁能不手不释卷，或借此伤悼诗人归去，或对看看自己刚看过的电影的艺术评价呢？写卷首语，的确需要另一种功夫，而这功夫皆来自作者的学养和才情。①

比如以《寻找归途之旅》的卷首语：隆重推出加拿大华人作家陈河的小说《去斯可比的路》，原生态贴近巴尔干半岛，让一代迷茫而果决的追寻具有了新的诠释。陈河曾经商海沉浮，近年频频推出扛鼎之作，为文坛带来冲击。著名作家刘震云的小说、影视剧早已享誉海内外，其散文随笔亦见真性情，"阿克曼、雨中、布拉格英雄"等篇什短小精悍，摧刚为柔，沉郁顿挫，耐人寻味。或许，"他们并没有改变历史。历史沉重的脚步，该往哪个方向前行，还往哪个方向前行；该改变的时候，它自然会改变。但是，他们也改变了历史。历史虽然没有改变前行的方向，起码在这里停顿了一下。四十年后，人们没记住历史前进的每一步，记住了这一停顿。在人类历史上，不分地域和民族，重大义轻生死，是极少的人能够做到的；大多数人，走在商铺林立的大街上。

---

① 李硕儒：序吕红《让梦飞翔》，纽约商务出版社2021年版。

但是，这些极少的人，如廖若的晨星一样，指引着黎明和希望。"

莫道天涯芳草无归路。旅居阿拉斯加的名家陈楚年淡泊寄托遥思，身世之感与怀乡忧时，深邃隽永，于现代语境下隐现的古典诗风。难怪有人说，海外华人往往比生活在本土的华人更加执着于自己的根性，坚持母语书写，自觉或者不自觉，藉此获得安生立命的依据。

唯唯的长篇新作《寻找黑洞的女人》看似另类的视角、颠覆窠臼的姿态，与奕秦的《化石》意味迥然。女作家张慈的长篇《喷泉》，略带野性的文字，不乏深刻细腻的精神冲撞；晓薇的《香》淡淡笔调，流露底层少年的青涩向往；在心灵之旅中，陈楚年先生的《不教冷月葬诗魂》、周敏华博士的《在美丽与粗陋间》、李泽武、陈玮佳等作品文思通幽，余韵缭绕。

马淑贞的《现代思维烛照下的古典美》通过对旅美诗人王性初作品的解析，点出海外作家经过了异域文化的浸染，再回过头来看母体文化，眼光已具有某种不可复制的特性。

"在写作态度和写作资源之外，海外作家在写作方法的选择和使用方面给了我们很大的触动。"作为学者型的批评家邵燕君，有意将整个华语写作纳入一个阔达的视野，对比深入，条分缕析。认为可以为我们今日"反思80年代"，特别是在文学遗产的继承方面，提供宝贵的启示。

《人文春秋·从珞珈山到旧金山》通过对教育家吴耀玉教授亲友的访问，叙述华人教授与美国的学者教授，如何以巨大的毅力推动东西方文化交流的故事。续篇侧重表现吴耀玉教授的晚辈子女如何发挥才华，为提升华人地位、加速两岸科技进步而做出的独特贡献。恰如传媒所报道的：由于所在地区云集了斯坦福、伯克利等美国名校，《红杉林》从2010年下半年开始加入中英双语文章，将当地大学教授对中华文化、哲学研究的文章以中英文双语刊发。许多名校教授现在都成了杂志的'粉丝'。"

为时代留下身影、让历史留下见证。蔡亚娜撰写的传记文学《悠悠岁月赤子心》，深入挖掘了侨领魏需逊伉俪在异乡艰苦创业的心路历程，为文化交流默默奉献，彰显海外华人坚韧不拔的精神品格。

纵然风光险峻旖旎、路途漫长曲折，书写者心迹不言而明，在母语中寻找心灵归途。

在文坛纵横中，公仲教授的《传统和现代之间的跋涉者》、江少川教授的《女性书写·时间诗学·影像叙事》、陈瑞琳《北美草原上温柔的骑手》与丰云《穿越层级的注视》等论述，是对海外创作以点带面的解析。

所谓人生难得几回搏？周敏华博士耄耋之年，徒步深入少数民族村寨；在采风途中不断发现新鲜灵感，终于征服险难，登高远望。而绚丽奇景往往就在险峰之上，至此，真是要为自己、为同伴一起鼓劲喝彩了。

从偏重中文到增加英文作品，以两种语言拓宽读者面，也是一个跨越之举。著名诗人非马的双语诗，短小精悍；雨杰以英文书写再翻译中文的游记，引领读者去探访那几分神秘感的金赛研究所；朝东的诗歌译稿，中英对照，无不反映出中西文化交融的海外特色。

《红杉林》作为思想文化交流平台，凝聚了有影响力的海内外作家评论家，追求卓越与独创。主创者身为知识分子，能够站在文化的高度，"位卑未敢忘忧国"、具有强烈社会责任感、有批评有建言，"因为知识分子首先应该是社会的良心"。创作《日瓦戈医生》的帕斯捷尔纳克曾说过："我们唯一能够支配的事是使发自内心的生命之音不要走调。"也许，对现实无奈中有妥协，但是缝隙中总是昂起那其实从来没有睡眠和屈服的意志。

二 现代视野中的海外华文书写

哲学家苏格拉底说：未经反省的人生是没有意义的。人生既需要历史反思，也需要文化传承；既需要艺术拓展，更需要以丰富的艺术创造留下见证。大师本雅明说：文学生活是以期刊为中心展开的。前北大教授、美学家朱光潜认为：一个有影响力的文学期刊比一所大学的影响更大。当今网络日益兴盛，刊物的内容形式亦将多样化。

卷首语《边缘的坚守》一文披露：秋冬之际，第16届世界华文文学国际学术研讨会帷幕刚启文友相聚，随后海外女作家协会第11届年会又掀热潮。离开台北前夕到文坛前辈陈若曦家拜访，她欣然担任《红杉林》顾问，自传《坚持·无悔》相赠，明心可鉴。推动海外华人女作家文学社团创立，成长壮大，阵容可观。感慨当年《现代文学》发起人，相继成为本刊顾问，秉持良好意愿：让突破藩篱勇于创新之火继续燃烧。

中华文化的博大精深亦吸引了西人关注，詹姆斯教授以英文译介《道德经》，新书引言经文坛新秀晨曦再转译成中文，无疑显示出跨文化交流已成今日有识之士的共识；王克难的中英双语游记，朝东的译诗及诗评，字里行间，涵盖时空地域思维及语言的碰撞与交融。

著名评论家公仲教授《海外华文文学之我见》扫描海外作家群体风貌；加拿大评论家林楠以"学者型作家的睿智"概括任京生的创作风格，学术新锐马玲《简析莫言作品的评价史》梳理莫言创作研究概况，缪丽芳《在异质文化中寻找"我是谁"》中探讨李岘的《微时代vs青春祭》等，或解析或阐释，字里行间萌生新的灵魂撞击。

陈国恩教授有关《澳门新移民文学的语境及发展前景》阐述了新移民文学的跨地域跨文化的独特意义，与赵树勤教授的《历史境遇的别样叙说》各有侧重，丰云的《族裔文学的主流与边缘》和卢妙清的《吕红散文创作特色浅探》，从多方面体现研究者对海外华文文学创作的肯定与期待。评论家李硕儒为《今日美国：痛与变革》作序，学者蒙星宇论述《北美华文网络文学的双维写作模式》，王文胜评析施玮小说的创作特色，依林解读范迁的长篇小说《风吹草动》，周萍对《美国250》之观感等，无不体现了创作与评论多向交流的热度及深度。

从蓓蕾初绽到百紫千红，红杉林专辑图文并茂，回眸深深浅浅的足迹；推出佳作并与读者分享：如燕爽笔下的林青霞、艾玉《情人节的礼物》、杨吉成的《成都赋》、陈菊先的《宇宙子兮，归来！》；还有唯唯小说、朝东的诗歌翻译、丰云对《美国情人》非爱情元素的解析、钱锁桥对华美文学的刍议以及李宗懂谈中国寓言；颇值得一提的是，华裔洋裔中学生对"虎妈"的讨论，特色鲜明、充满活力。

女作家海云的长篇《放手》，以现实手法描摹海外新移民的困惑与探寻；依娃的《鸟儿唧啾的早晨》，剥茧抽丝叙述枪案前遭受失业打击的华人心迹；诗人小平《查理的鑽戒》却另辟蹊径生发小说新构思。真知灼见不乏真情实感。写意或抒怀、咏物或言志，相互参照，生机盎然的传递对大自然对生命的礼赞。

为了扩展视野寻求发展机会，《红杉林》参加各种学术研讨会或媒体高峰论坛，见证学者专家和官员之间的脑力激荡，内力积蓄和能量扩展，多方面夯实发展基础。透过业界精英访谈，感受社会转型期是如何突破瓶颈的文化企业嬗变，凸显从学者编者到管理者的精英风采。

无论以什么渠道或形式支持艺术创作，既是一种境界或胸襟，也让海内外文人有边缘坚守的凝聚力。卓越、独创，这是我们始终如一的宗旨，更是边缘坚守的力量所在。

恰如哈佛大学教授王德威所言："在感时忧国情怀下，这种对自由的重新思考，再一次见证文学不应该只是一个逐渐没落的学科。文学在不断的思考这些历史的，或生命所曾经带给我们新的不同的、一个不断创造的面向，所以这是一个充满想象的活动，也是一个充满挑战性的活动……文学是这样一个丰富的，知情表意的没有所谓的左右之分，我们所看见的文学是对人性深不可测的种种可能性，而这些可能性有人类追求幸福圆满的结局，也可能导致万劫不复的一个深渊。在更宽广的对人性，人与人之间的辩证看法，代表了五四之后，现代中国的文学有着更丰富复杂，同时更具象征意义的方向……"[①]

---

① 王德威：《五四之后当代人文的三个方向》，《红杉林》2019年第2期。

创造者是孤独的。既望不见顶的高山，亦看不见底的深壑。穿越在风沙漫漫的沙漠死谷，穿越在时光隧道，在生存与死亡之间，光明与黑暗之间，平庸和超拔之间，作无尽的梦想和追求。沙石机智敏锐地透出了孤独的梦幻者，在功名利禄光怪陆离烽烟四起的生存圈圈中的无奈。王瑞芸的冷峻沉着疏淡、辛哥的辛辣浓烈、融融的炫惑诡秘、尧石的生猛新锐、余雪的委婉俏皮，刘荒田将"草根"阶层的诸多滋味熔一炉，反刍异乡客畸伶的原生态；史家元游记但内涵又超出一般游记的浮泛……

作者有作者的姿态，评论家有评论家的视角，相互交叉也相互碰撞。长期致力于海外华文文学研究的著名学者古远清论两岸"看张"的戏剧化现象，洋洋洒洒，将"张爱玲热"解析得深刻透彻而别具新意。周易的立论和评析都显得出手不凡，可谓"长江后浪推前浪"。世华作品研讨会，凸显性别立场与多元视角及边缘的文化碰撞的锋芒和亮点……影视聚焦以对当今国际崭露头角的华人影视片做深入的探讨。解读电影作品，揭示人们如何在梦想破碎的情境下，对人生终极的观照和遥望。从而将创作意境和对生存状态的思考提升到哲学高度，人生或许就是这样一次旅程——从"人人生而平等"的理想主义迈向"人人死而平等"的现实主义，其中呈献的最为珍贵的祭品，是青春，热血，理想和爱情。

脱去沉重的外壳和绝望的包袱，将信念之旗插上每座希望的颠峰。让千年文化血脉流淌涌动，在异域响彻连绵不断的回声；不执著于收获、不执著于远方朦胧的硕果——唯有跋涉，无言的期许和向艺术的珠穆朗玛峰攀越探险的悲壮……

华人移民作家将切身感受化为鲜活深刻的人物塑造，尤其在文本创作中，自觉不自觉地运用了现代西方文学创作技巧，给研究者留下了不可多得的文本参照。时势需要新的文学力量的崛起，海外作家如何以更大的野心来书写他们此在的世界？过去，以台湾留学生为主的《现代文学》曾经催生了一批文学大家,而今北美的文学刊物正聚集起一批相当有生气的作家群,或许亦将成为文学思潮的肇生之地。

海外华文文学从20世纪初发端到21世纪尤其是近些年的蓬勃发展,无论从数量还是质量或是整体实力评估来说都是惊人的,不可同日而语,至今已经形成规模甚至被誉为海外创作兵团。事实上,海外创作所依赖的传媒交流平台、报刊网络与创作关系密切。本书在初步梳理大量的原始资料基础上,将《红杉林》杂志的缘起及发展脉络呈现给学术界作为研究参考,窥斑见豹,对于深入了解海外人文历史、新移民文学创作与研究必然有其意义。

海外华文文学从20世纪初发端到今天,已经成为世界文学一个有机的组成部分。恰如学者专家所见,当代的海外华文写作,在相当程度上承续了中华人文传统精髓,不仅如此,更是文化身份建构的重要资源与通向未来的坐标。

海外华文文学的作家绝大多数是从大陆或台港澳移居海外的华人,体验着异域文化与本族文化的对比,以及在异域生存面临种种挑战,在文本书写中或许会受到地域的历史、政治、文化等多方面影响,并显现各种不同的特征,但总体来说,海外华人创作呈现出的历史愿望、思想命题、文化精神、人格力量与五四新文学传统是一脉相承的。中国世界华文文学学会会长张富贵则认为:"文化自信包含对于五四以来中国现代文化,当下国际社会和人类思想文化都处于一种极度分化甚至分裂的状态,如何从理念上寻找到一个能够在冲突中实现和平发展的路径,可以说是当下整个世界最为迫切的深层次需求。而文学要在探索之路上走在前面,因为文学是人的文学,也是人类的文学。"[①]

同思想者对话,与前行者交流。收获的是丰厚与充实。陈万雄博士曾表示,在历史上一些艰难的时代,总会出现一些有灵光的人,为人类的前途思考,不断关心社会及文化传承。在思想文化界,这些有灵光的

---

① 张富贵:《文化自信与文学建构的人类价值取向》,《华文文学》2021年第1期。

人为时势造英雄作出了最佳的诠释。

　　孙中山先生说：华侨乃革命之母。真乃名言。从青涩少年，海外萌生民主理念；到辛亥革命的启蒙，北美华侨华人出钱出力，一批又一批志士抛头颅洒热血，唤起民众，前仆后继，创立民主共和；海外华侨起着至关重要作用，立下了不可磨灭的历史功勋。而今，先贤有不少子孙旅居海外，华人基因血脉依然饱满炽热、坚韧地延续着。尤身为华侨最能体会身在异域、心系故土的情怀。辛亥革命百年之际，世界华人纪念缅怀先驱，回顾与反思。

　　五四对于百年来历史、思想文化之意义不言而喻，在科技大举办的国际学术研讨各有侧重，王德威主讲"五四之后：有声的香港"；李欧梵漫谈晚清和五四时期的"西学"与国际视野；刘再复解析"五四"的失败和沉浮等等；各抒己见，各有不同立场或角度；但无可否认，世界是一个共同体，任何事情变化发展都有着千丝万缕之联系。

　　"看形式，大有惊天地之气势；看落实，大有泣鬼神之困难。"或许会有众声喧哗或莫衷一是之感；对于文化多元思考、对于社会现象解读、梳理思潮文化脉动，思辨力尤为重要。万物皆有阴阳，大千世界，是正反，是矛盾，是对话，是发展，所谓物极必反，有舍方有得，千锤百炼，更显出人文传播之于民族血脉可贵的精神价值。

　　华文文学专家赵稀方在比较世界华文文学和华语语系文学的异同[①]，后者在于"反殖民、反中心"[②]，"华语语系文学强调海外文学与中国文学及至中国文化的异质性，华语语系文学的论述强调本土性、抵抗、反中心，非正统等。在我看来，两种建构不必如此各执一端。一方面，应该注重海外华语文学的特殊价值，它与中国大陆的中文文学互为补充。事实上，各地华文文学事实上并非各自为政，而是充满了地域流

---

　　① 赵稀方：《北美华文文学的后殖民思考》，《红杉林》2016年第1期，后载入《跨越太平洋：北美华人文学国际论坛文选》，暨南大学出版社2018年版。
　　② Shu-mei Shih：《视觉与认同：跨太平洋华语语系表述·呈现》，联经出版2013年版。

动和文化交融。白先勇游走于台湾和美国之间,是台湾作家还是北美作家?施叔青从台湾到香港再回台湾,每个地方都留下代表性作品,她到底是台湾作家、香港作家抑或北美作家?东南亚作家很多都在香港台湾或大陆发表作品?他们算哪里的作家?北美新移民作家游走于中国和美国之间,但作品市场主要在中国,他们是中国作家还是北美作家?这些都打破了华文文学的界线。如果将海外与大陆的作家截然隔离,强调对立或抵抗,显然不容易。只是说,他们是独特互补的中文文学共同体的成员。"

海内外华人作家群创作实绩无不折射出时代风貌的深广度,或人性开掘的厚度与深度,坚韧执着在浮躁年代愈显现出特有的价值。在中短篇姿彩中,旅加的动漫画家兼作家提墨的中篇小说《伊努克修柯》于枫叶国隐现魔幻遗风;以狼嚎和包毕力不甘命运作弄,在印地安神话色彩与西方城市背景下沉浮;交织童年、成长及婚姻变数,挖掘人性病态与跨种族生存等议题。施玮的《校庆》则以中年人参加校庆聚会为切入点,回避宏大叙事而细微勾勒出女性面对世事无常的困惑与无奈。

丰盈的清秋,回顾专家学者演讲的睿智,作为延伸交流平台,《红杉林》汇编"女性文学专辑",文学评论家张炯的《千山万壑:华文女性书写风景线》、赵淑敏女士的《一瞥,女性书写的往世今生》、谭湘女士的《花团锦簇:华文女性文学写作丰收》、林丹娅教授《坐看云起——关于海外华文女性的言说》,乔以钢教授的《女性文学学科建设》、钱虹教授的《人类精神天地中一朵膨胀的星云》、陆卓宁教授的《海外华文女性文学研究"在场"的"缺席"》、徐学清教授的《加拿大女性文学中母子关系探索》、喻大翔教授的《果到金秋万里黄》、林树明教授的《跨性别对话:女性主义之回响》、方方的《女人的心没有家园》;陈菊先教授的《日本探寻之旅》;依林的《东边的男人和西边的男人》各有千秋;吕红与陈万雄博士《在历史与现代的交汇点上》延续对话;施雨的《开放性文本探讨:网络小说接龙》,文心社作家们

"跨国红楼"见仁见智。

　　老教授温婉纯情与少年诗人陈路奇的《秋千的脊背》尖锐冷凝形成对比；恰如"代际的生长更替有了越来越令人猝不及防的性质"，过去那种自然的神秘与温馨、世界的完整与自在，已被急剧变幻的纷杂破碎取代。新生代是让人惊叹"如此地尖锐、迷乱、深沉和早熟"。文坛纵横中，北大教授、著名文学评论家陈晓明的《文字之舞与狐狸之隐》对旅美作家严歌苓作品评述颇见深刻洞察力；江少川教授与研究生周钢山的《论新移民小说中的跨国婚恋书写》，深入解析海外新移民作家作品的精神取向与艺术特征。出走与回归，感性和理性，试图忘却而又梦萦魂牵——永远都是人生相互矛盾的悖论。而文本书写就成为新移民寄托情感、承载思考的方舟和文化身份构建标识。身在其中，甘苦自知。迥异于国内的文学生产及消费机制以及文学及文化生态，华文文学报刊呈现出此消彼长之态。海外做文化传播或有时间与精力、想法与现实纠结、脑力与体力背离之矛盾，然而，恒心与毅力终见成效。精神之美，在于思辨。岁月极美，在于它必然的流逝。不仅在于它的稍纵即逝，更在于历经沧桑的沉淀。①

　　事实上，进入 90 年代后，堪称进入了海外华文文学的丰收期，中长篇文学层出不穷，再加网络文学的兴起，两岸出版界又密切关注海外创作，遂造成海外移民作家创作的高潮。尤其引人瞩目的现象是两岸作家以及新老移民在创作视点上的差距逐渐缩小，历史造就的悲情已经淡化，共同关怀的民族以及社会的焦点甚至表现出题材选择、艺术风格上的融合之势。

　　由于移民在大洋之间穿梭，彼岸视界总有许多非常态非文学的因子——不同的文化碰撞、交融、展现，异乡、异物、异人、异景纷呈，导致大量题材进入视野。移民作家会以一种全新眼光看待过去没有注意到的东西，这是比较特殊的体验。所谓的"地球村"，非常清

---

① 参见《红杉林》2006—2021 年 V1 - 16。

晰地出现在眼前，而不是像过去很遥远地仅停留在想象和口头上，随时随地遇到些来自不同背景不同族裔的形形色色的人，并透过这光怪陆离或色彩斑斓的社会看不同的人生和人性。尤其是海外作家有了一定的积累后，都会以长篇小说来承载自己对社会文化以及人生多方面的思考。

事实上，长篇小说是对一个作家创造力的考验，让移民作家尽可能地展现其丰富和深刻的东西。独特的艺术构架，涉及人类生生不息的内驱动力。不管目的是否达到，这也是一种努力和尝试。在海外华人作家现代作品的叙事当中，对于故事的把握几乎是碎片的。在读者试图利用这些碎片对故事进行重组的时候，思维会被作者引导进入一个由意义所编织的网络中，这也就是移民文学成功的地方：带领读者进入由虚实所引发的故事中，让读者与主人公一同来探求。对现有的叙事模式进行改造并运用象征修辞手法，很好地传达了移民的身份困惑与重建的多元性。

三 经典重构 拓宽创作格局

当翻看文学史会不经意发现，或许由于机缘，有些作家是经历了大红大紫后又被时代冷落或冷藏，而有的恰恰相反，先不被重视，时过境迁却又被追捧推崇，甚至被一代又一代学人青睐（譬如张爱玲等）。这，不能不说是文坛跌宕或文学史嬗变的奇特现象。尤其是，当有的名家备受关注和肯定，而有的却迟迟未得到恰当的评价和推介；为何会出现如此反差？更去多方搜寻该作家作品研读。文学是人学，谁也无法否认文学的最大功能就在于对人的描写，对人丰富精神世界的表现，对复杂深奥的人性的揭示。

春华秋实，众多海外作家在海外创作创造了辉煌，留下精神的印记。散居在世界各地的华人移民作家及团体，创作意义同时体现在（本民族文化传统）中心地带和（远离这个传统的）边缘地带。"独特的经历，是作家写出的作品往往既超脱本民族固定的传统模式，同时又对这些文化记忆挥之不去，因此作品往往就有着混杂成分的'第三种经历'。"① 移民作家这种特征无疑体现了文化取向的多元性。受历史上的排华阴影、种族歧视、文化冲突等因素影响，与第一代华人移民作家相比，在居住地出生成长的第二代华裔作家与第一代移民作家的文化底蕴存在明显差异。文学地缘的变动，虽有因疏离本民族文化而生出隔膜和痛苦，但也促使产生新的变化，反而成为海外作家得天独厚的机缘。体现在东西方文化的结合点上，融合其丰富的人生阅历、丰沛的文化底蕴，从整体特征上呈现出开放多元的特征。

依照自然规律，世间事物都有萌生及发展从低到高或从高峰到低谷的过程。在这个循环过程中或传承了精神或创造了历史或留下了辉煌的瞬间。人生既需要历史反思，也需要文化传承；既需要艺术拓展，更需要以丰富的艺术创造留下见证。大师本雅明说：文学生活是以期刊为中心展开的。北大前教授、美学家朱光潜认为：一个有影响力的文学期刊比一所大学的影响更大。当今网媒活跃，电子刊物、网络刊物四面开花，刊物内容形式亦将多样化。

推开冬日那扇窗，让清新的风淡淡吹来。冬天，给人感觉是苍白落寞的季节，但缪斯女神却很慷慨，无分季节或地域，让四海为家的笔耕者，仍有丰沛的文思和灵感。名家张错先生的《山居》，淡淡的笔调里透出的仍是学者风范，是游子的沧桑。范迁的小说《红颜》以芭蕾舞演员的情感跌宕，演绎彼岸的凋零无奈；李泽武《万国人物志》的写法一派别出心裁，倒也以小见大反射出尘世间的形形色色；蓓蓓小说的人物背负一堆零七碎八的晦暗阴影，挣扎前行，最终，她会走出狭长阴湿的小巷么？木愉新作《寻》前面铺垫了许多，结果却另有一番滋味。似乎，每个人都在生活里寻找什么？各有各的活法，各有各的精彩和失落——寻找的结果未必就是再失去？

---

① 王宁：《全球化语境下的流散及汉语写作》，《文艺报》2004年7月15日。

什么叫身份建构？什么叫文化坚守？身在海外的移民自有切肤的人生体验。尽管华文文学在海外发展不易，边缘化的写作和办刊靠的就是一股精神在坚持。从冰天雪地的北国加拿大传来文稿的作者说，文学本来就是一份寂寞的事业，更何况是在北美这种地方，人文科学日渐式微，对未来，心中不免困惑，可是，还是不能放下。"给我顶住！"这句过去常常在战争片中出现的台词，竟会不经意地从什么地方蹦出来，它意味着坚韧和热血，意味着，还没弹尽粮绝。依娃的《妹子》，吕红的《森林中的白马》和黎娉儿《梦见我的白桦林》等散文随笔都是从细微处见真情，从寻常中发现美，从荒芜里感受生命……

"真情相约"特写杨振宁博士《通往诺贝尔奖之路》、及《北美侨界的一面旗帜》继续剥茧抽丝，继续让读者感受海外精英典范的心路历程。季节一个紧挨一个，牵引着八千里路云和月。北美爬格子的多面手，各显神通，冬季依然可以绚烂。

新世纪十年过"八"迎"九"，面对金融海啸，地球村突现巨大的嬗变空间……诗人的感性揉合学者的理性，海内外华文写作异彩纷呈。邓菡彬的《空的空间》掀开舞台帷幕一角，透过点滴细节看人性幽微。董铁柱的《摆荡》以海外游子的越洋电话为主线，在母子东扯西拉欲语还休的对话中，凸显出不同背景的人物关系及心理碰撞。依娃的《洗碗工阿良》人生况味夹杂，分明是草根阶层的"新写实"。林湄故国往返，"书城彰显了人类思维、智慧和社会活动的成果。也是作者和读者交往平台。尽管人家都喜欢钱，或已经成了富翁，财富仍然难以世代相传，留下来的还是文化，由文化构成历史、社会、艺术和宗教等等。"社会不仅需要经济支撑，更需要软实力依托，文化艺术发展是重要因素。余雪的《旅程》则从另一角度看商贸红男绿女，颇有在场感；谢为人的《荷塘畔的石凳》情感真挚、文笔朴素；木愉《加勒比海日夜》以诙谐的笔调描述趣味丰富的海上旅程；施雨的《江南古刹》沿着蜿蜒绵长的诗路探幽寻秘，而黄埔老将军詹道良耄耋之年登山涉水，留下《长江三峡行记》。

"华裔麦当劳大王"尹集成先生以非凡努力成功跨入麦当劳金色拱门之后，为什么创立 APAPA？又是如何推动亚裔参政而成为联盟领袖的？10 年辛苦不寻常，10 年心路历程更值得分享！

陈万雄博士的《辛亥革命与五四源流》精辟阐释五四前后知识分子的世代特征；江慧杰的《我的亲友与辛亥风云》生动描摹历史人文风貌。《传大师神韵自出机杼 画青山绿水享誉世界》凸显大师张大千高足伏文彦老先生的艺术探寻；欧亨利从演员角度披露他欧美大片扮喇嘛的轶闻；弘晓、茜苓对《白银帝国》导演姚树华访谈、千江月的《江湖梦短儿女情长》长短不一，味道各异。

菡彬的《一个爱情故事的七种写法》、施玮的《苹果里的星》、凌君洋《海神的挽歌》或透过情感跌宕洞见心灵幽微；或以虚构神话透视现实；当代文学的研究者希望把目光放开来，把地球上所有国度里华人作家的创作纳入主流。

世纪转折，人生变化多端，谁不想要找到心灵的密码去打开记忆之门？谁不希望让血肉丰满的形象深深刻印在读者脑海？重温中外文化大师的作品，无不体现了思想艺术的穿透力，以及生命意识的审美表达。

哲学家叔本华认为：有思想之人的作品与其他庸人作品的区别，就在于它主题鲜明、内容明确的特点，及由此而来的清晰、流畅。因为这些人明确、清楚地知道自己想要表达的是什么，不管是以散文、诗歌或者音乐的形式。古今中外，创造性即为文学家艺术家梦寐以求孜孜不倦追求的方向。卓越与独创也是红杉林始终如一追寻的品味与特性。

春华秋实，原本就是一个从生机勃发到无悔追寻的过程，更是一个从青涩到甘润的生命轮回。《生命之火 艺术之爱》百年史诗搬上舞台的奇女子沈悦，如何完成从癌症病患到艺术成就展现的生命跨越、以"博爱"超越狭隘仇视观念，去寻求和平大同的理想境界。痖弦伉俪之名作《给桥》与《花非花》（中译英）、以及克难、朝东的译诗相互映衬；公仲《两代人六十年的思考》尽显批评家的敏锐与深刻。还有学者庄伟杰博士、大荒教授与吕红博士的论述，长短不拘以交流为题旨。

　　古镇与洋场，是当下的社会生活形态；是动与静、异与同、保守与张扬的风貌有别、虚实相间、新旧并存，或许，也是思想的、文化的杂糅。跨越大洋，穿越地域的东西南北，无不深深感受着这纷纭繁复而又生机扑面之特色。

　　在海外华人社区，华文是浓浓乡愁的载体，是连接故乡与侨乡的直线，更是文化认同的情结表述。两岸"共享文学时空"盛会，凝聚了四海五洲那生生不息、永系心头的爱。

　　世华作家缘聚佛光山，多少感悟及精彩瞬间化为审美意识的丝丝缕缕？"平凡的出家人"探寻星云大师的神魄与足迹，与有缘人的佛缘。

　　曾为美西农产品之地，而今是科技与商业巨头虎踞龙盘，陈漱专访亚裔公共事务联盟名誉主席龚行宪先生，"投票参政，是权利，更是责任"凸显华人精英敢于创业、更勇于担起肩上重任的风采；《美国华裔应走向政治舞台》专访王彦邦先生，让读者从政治层面看到 APAPA 的精英们，是如何去帮助华人移民立身多元社会。已过知天命之年的王彦邦先生早在 14 岁时便作为"小留学生"来到了美国夏威夷。之后才与姐姐弟弟一起搬到了矽谷地区。他坦承从小到大从未有多么远大的目标，并笑谈从医是因为喜欢科学，而从事社区服务事业也只是因为爱管闲事。而实际上，这些选择的背后是一颗乐于帮助别人对抗生理疾病，改善生活环境的热忱的心。

　　世华作家赵淑侠的《伴着世华成长》，陈若曦的《迁居柏克莱》，施叔青的《星星，我要回家》，吴玲瑶的《男人爱车女人争宠》，姚嘉为《二度辞根下南洋》，还有符兆祥的《快乐的捆工》，尽显风采。首届全球华文名博论坛特辑，邀驰骋疆场的网络高手与平面媒体互动；杂志更多元化；发挥多功能立体效应，进而产生更大的社会效应。

　　文坛纵横体现了创作与评论杂糅，思辨性与感性相融特色，文风犀利的何与怀博士为戴厚英、为人道主义"招魂",公仲教授对《陆犯焉识》思想意蕴和人性的深层挖掘,陈河与江少川教授对谈"远行天涯的文学梦追寻",枫雨的自问自答《海外华文"文学"了么?》,虽视角不一,包容性与张力的共性趋同,即华人对文学本真的坚守,对灵魂高贵的坚守。

梁燕丽对白先勇《谪仙记》中李彤艺术形象分析颇见功力,从人物形象分析所涉及的三个层面:生命本源的丧失,生命根基的涣散,李彤这个形象最终要承载的是生命形而上的意义。李彤的沉沦,不是因为家族的没落,也不是因为爱情的聚散,而是丧失了生命的本源,就像一只断了线的风筝……

张晓婉论王德威"抒情传统"的现代性想象,作者数易其稿,但总体仍围绕在"理解""抒情"一义来源既广,定义丰富多彩,而且和史传的关系相衍相生,而另一方面更为重要的是"这样对抒情传统的观照对于我们持续思考中国现代文学,以及中国文学所呈现的现代性问题,能够提供什么样的视野?"对抒情传统的召唤不是简单的重回历史,而是要与当下此刻相互印证。讨论"'中国文学的'现代性或后现代性,我们就必须有信心叩问在什么意义上,19、20世纪的中国文学发明可以放在跨文化的平台上,成为独树一帜的贡献"。因此,王德威对抒情传统与现代性的思辨引发我们继续探究现代、当代的中国文学在什么意义上"可以吸纳古典的中国文学资源,并且和我们已经有的西学训练构成又一次的对话。"研究既不失中国文化之固有血脉,写出了其绵绵传承和时代新曲,又自外于普世主义、全球化的流俗,不泥于'现代性'这个西方典范,从而赋予'抒情传统'以全新的意涵。"

海德格尔曾经谈到,现代世界的特征是,对世界作为被征服者的世界的支配越是广泛和深入,客体的显现越客观,客体越像客体,主体也就越主观越迫切地突显出来。简言之,人的主体性往往不是依靠对自己的主体自觉建立起来,而是依靠把世界和别人看作客体而建立起来。在对严歌苓作品影视化创作中，邓菡彬、曾不容对"他者化的主体分析——解析严歌苓《无出路咖啡馆》《金陵十三钗》"颇具新意。似乎"可以理解，把主体所处世界的周遭人物漫画化或者童话化，并非是文艺创作一厢情愿，而是来源于更广泛的人群心理。"相应地，如何逆着这样的人群心理而行，而在作品中塑造更真实的主体形象，这就是艺术家所要面临的艰深课题了。林瑶透过"叙事高地，中西合璧——评吕红《午夜兰桂坊》"，主要论述作家在叙事艺术方面进行了大胆探索，形成了以下特点：一，独特丰富的叙事策略，主要体现为叙事手法的繁复、新异；二，继承借鉴中国传统小说的表现手法，主要表现在人物塑造、环境描写、语言运用等方面；三，吸收借鉴西方现代派小说技巧，运用意识流、心理分析、象征等艺术手法来进行创作。从不同角度来解读文本以及作家所身处的时代。

让思考与想象交织，去书写记忆深处的新绿——无论创业者或创作者，百折不饶的磨练让思想转换成价值。正如90%失败率与10%的成功率，对世界造成了革命性的影响。将硅谷文化启示衍生，作跨域融合之起点，变化，求新，独创，卓越……希望就从春天开始！

《改变人生那些瞬间》一文以艺术踏入美国主流的卓以玉教授，一曲"天天天蓝"滋润一代又一代小朋友的心。耄耋之年隔海追忆，亲情难忘，无言欷歔……制琴师曹树堃在青涩少年时，也曾有秉烛夜读欲当诗人的闪念，后因环境或某个机缘而改变人生命运；

文坛是如此彼岸交错，江少川对苏炜访谈录——"天涯每惜此心清"，在时空流动中梳理了一个旅美学人对文学起落与人性纠葛的思考；陈瑞琳在"黑色的眼泪"中对沙石《情徒》作特色解析；古远清看李敖如何"屠龙"似乎有些走偏锋，乃古大侠个性体现；而虔谦谈美女作家袒露心迹与文友交流；张凤的"青青子衿"，似梦中回望青葱时光的飘逝，那些来不及拾起就遗落的阴差阳错，蓦然回首仍捧起惆怅一缕……

看历史上拿破仑如何从意气风发到万般无奈；感受喧嚣或瞬间输赢得失之诡谲；方寸之间，看濮青诗舞摇曳多姿……也许，改变人生就是那些瞬间？

尘世间，多少人熙熙攘攘于功名利禄，夜阑人静时仍渴望心灵归属；在纷繁错综的世界拳打脚踢跌打爬滚，还能凭借内心的指引，找到梦的伊甸园吗？

"我的梦"中美青少年大赛开锣啦！请在静默里点上蜡烛，许个心愿；追梦人凭着信念，让文字起舞，毕竟还有那"感动山河的七弦琴被宙斯大神镶嵌在苍茫天穹，与星辰相映成辉。"

当人们看到笔直粗壮的杉树拔地而起、直入苍穹之非凡气势，怎能不惊叹，那些盘根错节的树根，竟是如此有力地深植于泥土，潜沉孕育着千年华林无限葱郁的生机。

卷首语《江山代有才人出》点题，20世纪著名的心理学家和哲学家弗洛姆（Erich Fromm）认为，人类努力想要生存，想要扩展，想要表达许多潜在能力。"在人类固有的属性中，我们可以找到人类不可让与的自由权利及幸福权利"。

"虽然生命的基本条件决定人格的发展，但是人性却具有其自己的动态力量，这种动态力量在社会过程的演化中，是一项活泼而有效的因素。（弗洛姆）"吕周聚教授的《忧思文化，关怀终极》、刘红林教授的《我眼中的加拿大华文文学》，或分析个别或宏观概括，是对"满眼生机转化钧"海外创作的肯定。

《白先勇：以图影还原历史真相》,《小说创作的智性思考——哈金访谈录》,《荒诞与尊严——访著名作家阎连科》，以及《人与地球相互依存》。思接千载，视通万里，穿梭转换在不同的时空地域；从文字到影像，从虚构转向历史真实，呈现出文化跨越的气度及内涵。经历战乱、少年早慧、丰富阅历铸就了白先勇的文思脉络，人在他乡，回望故乡，从《台北人》到《孽子》再到《纽约客》，再到《父亲与民国》，都是忧患意识与精神印记的延伸。梅菁的《写在信笺背后的忧伤》、杨夏舟的《金罂粟》及罗丹博士的中英文作品,意蕴深长。

穿梭在不同时空,总会发现,那些飞翔中的梦,透明,闪亮。一如无数青春的故事。夜空深邃,轻轻划过的羽翼……美国硅谷以创造科技与财富神话而享誉世界。而重要的是,神话的创造,离不开那里的华人精英与创投企业家所贡献的智慧创造力。几十年来,硅谷一直走在全球科技高端的最前列,硅谷拥有科技人员逾百万,院士近千人,诺贝尔奖得主达30多人。老科学家吴锡九先生,早年与百多位科学家一起,经历了20世纪50年代创建"两弹一星""半导体、计算机、电子学、自动化"学科的辉煌,也亲历"文化大革命"中的命运沉浮;再度回归,于1978年改革开放新时期;三度回归,开发绿色能源为保护人类生存环境而不懈努力。

活跃在海外文坛的著名作家虹影,从"私生女情结"到"母女三部曲",泣血惊心,直面人生的犀利与穿透生命的疼痛感。她深切感悟"写作是一门极苦的职业,在海外要坚持下来更难。只要认定了,就会努力去做,遇到困难决不会妥协放弃。"

文坛依然是女作家群芳争艳,来自德国的华人女作家刘瑛的小说《马蒂纳与爱丽丝》,鲜活地表现异域多元文化的碰撞与交融;于艾香的《错杀》与虞谦的《谁是告状者》剥茧抽丝情感挣扎或职场争斗的暗暗幽幽。朝东《平常口语诉心事,平淡几笔有波折》将 Carole Hannon/卡洛尔·翰蓉诗条分缕析又自然晓畅。

正像所有的青春都向往自由,不愿拘泥于陈旧、碎屑、雷同的生活,渴望飞翔。在离开和归来之间的博弈中相信青春从不会被打败,梦想更不会跌落悬崖。

在飞翔中,视野与心灵有了更阔达的领域;青春,使命感与创造力融合,成就了以己之力改变世界的辉煌,亦不枉白驹过隙的人生。

作品和时间是一种非常奇特的关系。为什么会这样说呢?在创作中，你看得越深入、表达越艺术越含蓄，往往作品的生命力就越强。这似乎也被时间所证明。其实任何事都有选择，有取舍。关键点在于判断标准如何拿捏？而视野的开阔，思考的深刻，对历史的观察或洞见就显得十分重要。

最近汇编百年精英一书，几乎都是在文刊"露面"、留下或深或浅印记的人物。虽机遇不一，个性不同，但都在不同领域有着不凡的成就。比如杨振宁先生，叩开了紧闭数十年的东西方科学交流的大门。1971年首次访华，就开始为中美关系正常化而奔走。回顾中他感慨："总体上来说，我所做的事情是符合历史的潮流的。""展孝义襟怀，创参业传奇"的许忠政先生，从穷乡僻壤的放牛娃到台大高材生，又继续向前，走向更大的世界。还有南加州前华人市长沈时康，有潮汕人敢想敢干的特性，无论台上台下，不断地呼吁华人努力提升自己，在逆境中奋发有为。

如何在有限篇幅刻画丰富的人物或展现内心世界，这需要沉淀，需要艺术积累。著名作家严歌苓新作《孩子啊，孩子》细腻敏锐，直面令人震颤的现实人生。著名剧作家徐小斌的中篇小说《入戏》，透过清风视角，20世纪八九十年代的社会风潮扑面而来……语言诙谐而犀利，情节紧凑、各色人等活灵活现；活跃在华文文坛的女作家顾艳新作《在监狱中写诗的人》、木愉的《宝元嫂，你在哪里？》风格各异，令人回味。

有人说人类肉眼看到的东西，多到令人眼花缭乱、目不暇接；可是肉眼看不到的其实更多，比如漂浮在空中的悬浮离子，还有那些防不胜防的细菌瘟疫给浑然不觉的人们带来的灾害……美中作协小说专辑为读者带来启迪。

或许人的想象力是无法通过仪器来看到的。可是人类看不到的想象力，却产生了多少的惊人的创造力啊。透过无远弗届的想象力与创造力，古今中外的经典作家具有思辨穿透力的文字描述了人心的种种状态，看到人性如何复杂和变化、看到错综复杂千变万化的世界。

好读书，读好书。最重要的就是：透过现象看本质。①

新移民文学打破传统的叙事模式，在现代多元视域下，题材新锐、表现手法独特的佳作不断涌现，北美作家群、欧华作家群等创作实绩无不折射出时代风貌的深广度，或人性开掘的厚度与深度，在浮躁年代愈体现出特有的价值。

惊回首，一份高品质的纯文学刊物迈入十六年历程。这些年来同伴们默默地扛着责任与信念努力奋斗，不少学者教授以及研究人员都发来信函需要详细资料，直到学者博士来函询问，为了厘清思路，用顾问白先勇先生的话说：直面真实，借由资料诠释一个历程，对诠释者来说，第一需要的是诚实，最后需要的也是诚实。真实就是一盏灯，它照亮了厚厚的历史大书。

文学刊物坚持更为不易，成就感与挫折感并存。仿如长跑，急需耐力支撑。创办不易，再上一个台阶更难，或许难中才显英雄本色。当今世界"八仙过海，各显神通"，网媒与纸媒并存，与网媒优势互补，不断扩展纸媒的影响。《红杉林》多位编辑记者以独树一帜的风格及深度人物访谈，以及扎实的理论功底在北美杰出传媒评选中获多项大奖；社长王灵智教授荣获终身成就奖；荣誉董事长尹集成、董事长刘源凯、常务副社长陈杰民特别贡献奖等，显示出良好的发展势头及人才济济的实力！

迄今已发表文坛名家譬如纪弦、痖弦、聂华苓、余光中、白先勇、陈若曦、李欧梵、郑愁予、北岛、舒婷、严歌苓、查建英、张错、张翎、苏炜、喻丽清、李林德、黄曼君、潘耀明、陶然、陈楚年、卢新华、付兆祥以及王蒙研究专题，实力派作家方方、刘震云、阿城、陈河、陈谦、少君、薛忆沩、吕红、唯唯、江蓝、范迁、施玮、施雨、沙石、王瑞云等作品，王鼎钧、刘荒田以及学者型作家于文胜、于文涛、何与怀、李硕儒、朱琦、沈宁、杨恒均、鄢烈山、江迅、信力建、李剑芒、王学信、曹万生、鲁晓鹏、融融、木愉、余雪、刘瑛、李清、绮

---

① 参见《红杉林》2006 年第 1 期——《红杉林》2021 年第 2 期。

第七章 移民文学的跨文化影响

屏、姜雪、邓菡彬、曾不容等散文，还有王性初、阙维杭、邹惟山、史家元、蔡益怀、曹树堃、马慕远、陈路奇、雪绒、为人、小平等诗作，还有施业荣、穗青、史钟麒、凌鼎年、杨建新、梁应麟、净源、虔谦等作品。刊发海内外评论家及学者如张炯、饶芃子、王列耀、公仲、古远清、白舒荣、江少川、朴宰雨、陈晓明、陈国恩、陈美兰、陈菊先、陈瑞琳、刘俊、李凤亮、李林德、李良、乔以钢、林丹娅、林树明、林中明、陆卓宁、王红旗、王宗法、王文胜、吕周聚、赵稀方、赵树勤、丰云、景欣悦、钱红、聂尔、谭湘、国荣、林瑶、舒勤、周易、秋尘、林楠、郑一楠、金进、卢妙清、徐学清、喻大翔、汤哲声、程国君、刘海军、宋晓英、石娟、颜敏、成祖明、张朝东、李耀威、刘笑宜、庄伟杰、翟业军、雷紫汉、张重岗、李洪华、刘颖慧、戴冠青、徐榛、默崎、刘雪娥、封艳梅、张正阳、罗吉萍、马玲等学术论文，女作家赵淑侠、赵淑敏、丛苏、李黎、李彦、章缘、张让、简宛、吴玲瑶、周芬娜、姚嘉为、张纯瑛、顾月华、王克难、杨芳芷、卓以玉、黄雅纯、麦胜梅、刘慧琴、甘秀霞、陆蔚青、艾禺、虔谦、海云、枫雨、张慈、张凤、章瑛、刘瑛、张棠、江岚、依娃、依林、林烨、云霞、宇秀、孟丝、濮青、梅菁、平雅、茜苓、夏婳、林美君、宋晓琪、余国英、余洁芳、徐芳芳、甄子钧及欧华作家穆紫荆、老木、章平、海娆、阿朵、春阳、黄为忻，加拿大郑南川、王燕丁等数百位名家与新秀作品；还有艺术大家徐悲鸿、欧豪年、周韶华、林墉、单柏钦、鲁正符、徐耀、周敏华、林中明、黄炯青、何岸、卓文、伍启中、刘惠汉、何蓝羽、区楚坚等作品；专家蒋述卓教授、李继凯教授、赵丽宏、屠新时、游江、梅国云、唐传林、彭西春、周立群、邓治等书画展示；尤其是还做了纪念辛亥革命百年专辑、国际论坛专辑、世界华文文学专辑、世华名博专辑、海外女作家专辑、美华文协专辑、北海专辑、中美青少年获奖作品专辑、海外文轩及欧华专辑等，对海内外创作研究起了相当强力的推动作用。

著名诗人及文学主编瘂弦从加拿大来函，称刊物办得很有规模，尤其在海外更不易。"编辑不只是一种职业,而是事业、勋业、伟业。"[①] 之所以稿源丰沛、人文荟萃,也正是这样一种精神力量的延续。当今海内外兴起"国学热",全球兴盛。其实早在 20 世纪就有华人教授与美国教授联手合作,将华夏文明思想史引入美国大学讲堂。《人文春秋·从珞珈山到旧金山》通过对教育家吴耀玉教授亲友的访问,[②] 钩沉史料,讲述了如何以十二年的艰辛努力,将深奥的东方文化精髓译介给西方读者的动人故事。

中华文化的博大精深亦吸引了西人关注,詹姆斯教授以英文译介《道德经》,无疑显示出跨文化交流已成今日有识之士的共识,涵盖时空地域思维及语言的相互交融。

随着发掘经典的意识增强,将时代精神、传统文化和文学的审美特性进行全方位整合。这种整合又被推向世界,成为全球化语境下人类共同文化的重要组成部分,或闪烁在读者众多的平面媒体中,或流动在网络纵横交错的多维时空,逐渐形成千山万壑异峰突起的势态。[③] 语言疆界的拓展将为文学史的重写带来新的契机。面对不断嬗变的华人文学,研究模式与结论殊然相异,最终作为重要的话语资源与参照系统,将形成"多元共生、互补交融"的格局,进而推动世界华文文学创作朝着纵深方向拓展。研究者将整个华语写作纳入一个阔达的视野,对比深入,条分缕析。全球化语境下多种文化背景交错的海外兵团,势必为文学史的重写提供参照。

四 华人文学:"故乡""异乡"交错

艺术创造的世界是轻灵的斑斓多彩的,现实的世界或是沉重的;抑或相反,现实物质的世界是浮华的表象,而精神的世界是丰满的纯粹

[①] 参见吕红《卷首语 共享这一片秋色》,《红杉林》2011 年第 3 期。
[②] 参见《人文春秋·从珞珈山到旧金山》,《红杉林》2010 年第 1—2 期。
[③] 参见《红杉林》第 1 卷第 1 期至第 5 卷第 4 期。

的。盈月一轮,品读美文,名家龙林语堂曾语"暄气初消,月正圆,蟹正肥,桂花皎洁,也未陷入懔烈萧瑟气态…或如文人已排脱下笔惊人的格调,而渐趋纯熟炼达,宏毅坚实,其文读来有深长意味。这就是庄子所谓'正得秋而万宝成'结实的意义"。

用时光沉淀阅历,用情爱延绵生命;用文字凝聚记忆,用艺术滋养灵魂。"百岁寿星"江孙芸长袖善舞在西方世界创中餐文化的传奇;特别企划以"谭德森纪念图书馆典礼"表达海外游子注重教育福泽乡祉一片故土情怀。

作家细腻锐敏的感觉往往是超乎寻常人,但也正是这特有的敏锐抓住了读者的心,引起许多共鸣。严歌苓善写特殊年代边缘人物的坎坷,《壮壮》《礼物》等透过细节洞灼人性幽微与时代变迁。小动物们的生死与边缘人命运交织在一起……字里行间透视着人性的善与恶,笑与泪。严歌平的中篇小说《沦陷》,以"我的小舅沈邦安与我外公沈慰堂"从1937年南京沦陷的沧桑,80年代改革开放、跨越两岸,以编年史展现上海一家命运沉浮……尤见父辈遗传基因强大,而兄妹作家作品同刊,亦为中外期刊史佳话。

著名评论家公仲《自古燕赵多义士》评女作家戴小华创作特色;韩国外大博士徐榛《黑色苦难与文化现象》评名家严歌苓作品《非洲手记》条分缕析。戴冠青教授《情人:探索精神虚构中的性别索求》,张文、王成军教授解析融融《爱情忏悔录》的忏悔意识,王克难的《译二红》均见功力。陕西师范大学世界华人文学研究中心成果丰硕……

周子龙 Justin《Into the Middle Kingdom: The Beginning 留学生的神州纪行》,是土生土长的白肤老美学中文的成果显摆;而许培根的"废纸文化"、玄黄的"玉兔灯笼"对秋月思故人。

华语之美,犹似在静默中仰望星空,从尖锐的冗长的郁闷的繁琐的物化世界劈开一道精神的闪电,在荒漠中开出清新而柔韧的花朵,从铁屋缝隙透入一缕亮光……

❖❖❖ 身份认同与文化建构

"一个没有回忆的民族和国家，也不会有历史，如果没有回忆和历史，将来又代表着什么呢？"在现代与后现代之间挥洒游走的文化名人李欧梵，以昆德拉的作品《缓慢》为例，解析现代都市生活与文化意象的关系。形容有人"从时间的连续性中被抛开，他已在时间之外，他已进入狂喜之态，他已经忘了他的年纪、妻子、子女，所以他一无所惧……"的确，对现代人而言，不会恐惧将来的人也没有将来。

海外华文创作异彩纷呈，红杉林小说专号推出陈谦、施雨和木愉三部长篇小说节选。陈谦作品素以内敛绵密见长，恬淡含蓄，娓娓道来。端的依旧是海派的婉约之风。施雨的《刀锋下的盲点》，以华人女医生叶桑因患者意外死亡而染上官司为主线，透过美国社会各族裔间的文化冲突和融合观照，对西方司法制度的冷峻审视，凸显了作家的敏锐和才华。木愉的《食人族》以独特角度表现华人"白领阶层"的生存图圄及无奈。揭示职场里的劳资冲突和种族矛盾。铺陈异乡谋生压迫之下人性的委琐、欺诈和丑恶。范迁的中篇小说《红杏》细腻精致的笔调，层层深入而逼真的心理描写，将异国男女邂逅，微妙交织。沉溺在温情脉脉梦幻里的女人，猝不及防地看到尘世金钱关系的赤裸裸本质。吟寒的《文竹》、余国英的《丢脸三郎》和游游的《夏日清晨》风格迥然。

加州大学伯克利分校彭凯平教授专注于心理学研究，卓有成就。弗洛伊德所创立的精神分析学说，几乎影响人类知识的每一个领域，尤其在文学、艺术、美学、心理学、医学方面的影响最为深远。而文学的发展恰恰在于各门学问的交叉渗透……蓓蓓《在绚烂中真实》，管窥该领域新的生长点及奥秘。

在文化之风的吹拂下不断地作自我超越，追求"卓越"及独创。在华文创作呈现的良好发展势头中，融入了海内外学者和评论家的共同努力。世界华文文学学会会长饶芃子教授和刘俊教授、王宗法教授等精辟的点评。李凤亮教授的《海外华人学者批评理论新探》，观点新锐立论扎实，为海外华人学者批评研究拓展新的视角……"大地纵横"文学人物访谈，对了解作家作品及心路轨迹颇有参考。

在全球学习中文的热潮中，海外中文教育有助于华裔学生对自我身份的认同。选刊教师心得与中小学生的佳作。如查维成的《悬念》，第二届"汉语桥杯"冠军得主彭晓岚的《今夜，让我静静地想你》，以及中文学生优秀作文和教师点评，为学生华文写作提供范例。

加州大学伯克利分校访问学者邓菡彬在研究中发现：作为一个从国内来的"访问学者"，看海外作家的小说，常常会有一种穿越时空的错觉，仿佛回到了"现代文学"的时代。情绪、氛围、表达的冲动和表达的方式，都那么像。他以"《红杉林》作家群"为例，窥斑见豹，将"海外华文写作"比照"中国现代文学"，作一次有趣的赏读。认为"海外"无异于一个放大了的"异乡"，而"中国"则是一个质点意义上的"故乡"，由"异乡"所造成的"入乎其内而又出乎其外"，归根到底是一种自然资源，而非作家的自觉创造。[1]

现代文学的发展，由于时代的特殊原因，更大的家国忧患压倒了文学自身的问题，但也还是出现了"新感觉派"和钱锺书、张爱玲、苏青等作家。说起来，文学史上所谓"中国现代文学"或"中国新文学"的主流，本身就是当年的一次海外文学运动。鲁迅、周作人、郭沫若、徐志摩、梁实秋等分属不同文学阵营的现代文学大家，最初都是在海外开始文学活动，然后又在国内掀起波澜。不要说巴金在法国，老舍在英国，更是泡在外语环境中令人吃惊地写出了大量中文作品，人在海外，就已在国内文坛成名，与如今的许多海外作家非常相似。至于茅盾和曹禺，也是在这一文学潮流的影响之下，身在故国而自身具备了异国的目光和焦虑，才写作出《子夜》《雷雨》这些现代文学经典的。而"海外移民文学"所体现的鲜明特征，看看它究竟与本土的文学潮流产生了哪些不一样的气象，是"移植"所产生的奇葩，还是"嫁接"带来的花朵？有了"中国文学"这样一个大的参照系，海外华文文学的源流

---

[1] 邓菡彬：《中国现代文学视野中的当代海外华文写作》，《红杉林》2008年第1期。

和演变就立刻有了鲜明的呈现。

　　作为一种文学的发展，这野心是必须的。由"异乡"所造成的"入乎其内而又出乎其外"，归根到底是一种自然资源，而非作家的自觉创造。真正的大文学当然可以像陀思妥耶夫斯基那样无须"异乡"来制造艺术距离，没人比他更在俄罗斯之内，但也没人比他更超越俄罗斯。这样的文学，才可以从一个高峰到另一个高峰，不断喷薄。

　　譬如在吕红的《不期而遇》中，作者借一次周末舞会，让笔下的主人公不断遭遇各色人等，而这些人又不断引发以往的记忆，大量的生活碎片仿佛随着舞曲的节奏纷至沓来，速度之快、信息之多让人应接不暇。但同时，主人公的情绪、舞会的进行、作者的笔调，三者比较浑然地结合在一起，因而能抓住读者，让他把眼睛贴近这小小的万花筒，得以想象一个更庞大的世界。颇似"新感觉派"《夜总会里的五个人》等名作的风格气派，但又更细腻，不显生硬。

　　木愉的《食人族》功力不凡，通过描写一个华人白领在美国职场像"小公务员之死"似的沉浮，展现了大量的"美国"生活场景和"美国人"。绝非沈从文式的漫画都市人，略约有点张爱玲的味道。不借用"异乡"而自具备了一种冷静，却又不至于太"隔"，不像董铁柱的《门》那样，完全站在外国人的外面，虽写之而不写。但它又终究还有点"隔"，终究有点像是"浮绘"。小说的立足点还是依靠一个"虎雏"式的主人公，所以写得好固然是好，总还显得单薄，其他人物没能一起凑趣使力，多少有沦为背景之叹。

　　施雨的小说就很能说明这个特点。《刀锋下的盲点》尤为突出。写律师事务所负责人等人物细致的感受，但她不会像沈从文那么傻那么冲动，而是像张爱玲一样，缩减写作的情绪投入，用技术来解决问题，最终提供给读者一个比较可看的文本。

　　范迁的《红颜》，"溢出"现象也较明显。它们是"却把他乡做故乡"的另一类小说的典型：它们的主要意图似乎不是表现作者对生活的直接体验,而是借用生活素材,幻成一个想象的世界,来缓释作者在生活中积聚的某些存在体验。有点像沈从文笔下的都市,是漫画式的。但文学的一个有趣之处就在于可以在作品中造出一个与作者不同的叙述者,或者提纯或者审视或者掩饰自己,这也会使小说更具可读性。李泽武的《谢立特》属于造梦高手,它充分调动各种元素,积极调动读者的兴趣,最终精确地制造了一个相当好玩的故事,其丰富、有趣的程度,不亚于好莱坞电影。但它就好像一个小心翼翼打着伞提着衣襟的观雨者:它确实在雨中走了一遭,然而它真的去过雨中吗?作者精心留出空白和供人思考的入口。但仅是入口而已。这是一个好看故事的必要道具。李泽武的另外一篇《万国人物志》流于铺叙,只剩下语言的有趣了。可见好莱坞故事片的编制也是需要相当努力的。

反观女作家创作的作品内涵与男性叙事风格截然不同。融融的长篇处女作《素素的美国恋情》中国女孩素素试图为室友寻回男友,自己却同时遭遇了哲学教授和东家男主人的爱情,并最终取代东家女主人的地位。《夫妻笔记》,异国婚恋的矛盾焦点转向中西方文化中对性爱的迥异价值观。小巧玲珑的中国妻子佩芬为了获得绿卡去做保姆,却因此迈向性的觉醒,阴差阳错成为著名模特,最终从和丈夫任平的婚姻中解脱出来。"从素素到佩芬,融融的视野由爱而性。近十年相濡以沫的夫妻之爱被琐碎的生活打磨得千疮百孔,直到性喷薄而出,唤醒肉体,释放精神,疲累的爱才再次焕发摧枯拉朽的神奇力量。升华中即便给人留下女权主义的印象,那也是宽厚而致力于两性共同成长的。"[1] 异域新鲜而不神秘,孕育着无限丰富的可能性,同性之爱,不伦之爱,畸形之爱等等。"与其说融融无条件地认同了西方的情爱观念,不如说一心描绘着属于自己的理想新世界,在那里,东方的含蓄和西方的奔放兼收并蓄,各种情爱样式和婚恋观念都能够公开、合法、坦荡、自然地存在,在有限的律法规范下,人们只要不伤害他人,就能将天性最大限度地

---

[1] 于晨:《愈简朴,愈纯粹——读融融的小说》,《一代飞鸿》,中国文联出版社2008年版。

舒展。"

据介绍，融融自1987年赴美留学，在英语世界浸淫了十年才开始中文创作。"生活安定了，发现中文退步很多，好像一觉醒来，家里被偷了东西似的，感到失落。于是就把笔拿了起来，有多少写多少，没有目标也没有企图。"有人评说，和许多出国前就已经成气候的作家相比，融融似乎不讲究技巧，习惯以一种最本真率性的方式直奔主题。"属于那种生而本能强大的人，总是放任女性的敏锐直觉，势如破竹地摒弃一切浮华雕饰，而雷火般力量的释放又如何能等到叙事圆熟之后？"[1]

在融融的长篇小说《茉莉花酒吧》中讲述了一个关乎海外华人生存境遇、命运选择的故事。主人公亚裔记者汤姆既是故事的叙述者，又作为人物深陷于故事的旋涡之中。费伦认为："确定叙事聚焦的问题实质就是回答'谁感知'的问题。"[2] 这也就是说，当一段叙述的感知者是人物时，人物便是聚焦者；而当感知者是叙述者时，叙述者就成了聚焦者。而在同一叙述中，作为人物的聚焦者与作为叙述者的聚焦者同时出现时，就形成了双重聚焦。故事中的汤姆也好，复仇的丹卉姐妹也好，都是被命运裹挟的、孤独又无奈的生命。消极的世态、叵测的命运把人们逼到角落。财富、情爱、回忆甚至是仇恨都可以成为人类匆忙抓住并填满空荡的灵魂的快速消费品。然而，它们满足了一时的欢愉，排遣了片刻的痛苦，却终究不是灵魂的归宿。叙述者汤姆选择了信仰，选择了宽恕与救赎，这是因为"法律的消极与无奈，并不能洗刷和杜绝罪恶"，[3] 罪不能消除罪。

《茉莉花酒吧》以双重聚焦的叙事技巧为我们展现出海外华人的生

---

[1] 陈瑞琳：《浴"火"再生的"凤凰"——读融融的情爱小说》，《华文文学》2006年第6期。

[2] James Phelan, "Why Narrators Can be Focalizers—and Why It Matters", Editor: *Willie van Peer and Seymour Chatman*, *New Perspectives on Narrative Perspective*, New York: SUNY Press, 2001, p. 63.

[3] 融融：《茉莉花酒吧》，秀威出版社2019年版，第239页。

存境遇，同时体现出作者对于伦理问题的关切、生命孤独的独特体味与灵魂归宿的深刻思考。这部作品超越了个人的情感，更多地表达了对生命意义与精神价值的追问。作者采用了双重聚焦的叙述策略，使人物汤姆与叙述者汤姆的关系产生间离效果，进而从两个不同的视角观察，表达了对"以暴抗暴，以罪制罪"这一伦理问题的深刻思考。人物汤姆经受了巨大的痛苦与无力，他的软弱、折磨与灵魂的漂泊最终死在了叙述者汤姆的笔下，也从侧面体现出叙述者汤姆对于人物汤姆的胜利。同时，作者也以汤姆的立场提出了罪恶的解救之道，即"安宁和幸福要靠信仰才能得到"。[1] 詹姆斯·费伦的"双重聚焦"理论为这部作品的解读提供了新的视角，通过分析照亮文本中的两种眼光，我们也能够体察到文本意图与读者认同之间的关系，感知生之颠沛，心之流离。

人生不满百　常怀千岁忧。逾百年来华人走向世界，从东向西、由西向东，在几乎无人察觉的静默时刻，见证东西方文明多元发展，见证移民呕心沥血，推动华夏民族融入世界的历程。春夏之交，我们走近爱荷华大学国际写作计划创办人、著名华裔作家聂华苓，感受到"世界文学组织之母"之丰富博大及人格魅力。同时感受到一代代华裔的精神风貌。

"长的是磨难，短的是人生"。对于梦想者来说，创作的紧迫感促使人们更加珍爱生命，善待自己与他人。硅谷工程师马慕远在工余创作中英文长篇小说《燕子岩下》，反映文化大革命时期，知青们不满现状，冒着生命危险偷渡、苦尽甘来终获新生的故事，读来令人唏嘘，期冀给同道志士以激励或启迪，尽管作家母语或非母语作品的出版过程同样艰辛。

作为华文创作的重镇，北美汇聚新老作家的才思，如赵淑敏的偕行创作路；陈瑞琳的禅意台湾；加拿大华人作家王燕丁的寻找故园；海云的一池白莲；甄子钧的心中一棵柳；李硕儒的生之不争、去不留痕；长

---

[1] 融融：《茉莉花酒吧》，秀威出版社2019年版，第239页。

短不一、风格迥异。"休渔季"则凸显了当今世界环保主题的重要性。中华民族上下五千年，有井水的地方就有诗。无论天涯羁旅，行走四方，诗歌永远是人们精神上慰藉。透过意境及文字感受艺术嬗变的多元化趋势。

名家王鼎钧著作等身，聆听其演讲如沐春风；古远清教授也趣味十足；李文心教授《海外华文文学的三种境界》、凌鼎年《白鹿原上的原生态描写》以及成祖明《读张凤女士的〈哈佛问学录〉》等文风别致新颖或深刻独到，或将给读者诸君带来启示。

刊发原创作品既是文学意义上的反思，同时也是对在非母语的环境中坚持不懈坚韧不拔的文学创作表达敬意。

拓展疆域，丰博文坛；笃行致远，硕德辉绵。为梦想，为历史，岁月留痕。恰如公仲教授所言，直面不朽比获奖更重要！要让作品流传下去，历史将证明，在世界文学发展中，华文创作将留下辉煌的一笔！

五 机遇凸显新生代华人命运抉择

梁应麟在美华文人圈里显得朴实而低调，默默耕耘，潜心创作。国际研讨会交流创作感受，梁先生滔滔不绝，诠释长篇小说《机遇》[①] 的创作感受。故事表现的是三代在美国波士顿从事餐馆业的华人移民陆长河，一门心思要子女接手餐馆，可是子女们都不领情。大儿子从医，老父无奈，只好寄望于老二。具有工商管理学知识的二儿子陆鼎昂却有自己的想法。作者围绕他如何说服父亲转让产业，退下来安度晚年，展现两代华人的不同风貌与事业追求。写出陆鼎昂敏感机智，自寻机遇，从开始养鸭找人借钱、租用场地、搭建帐篷到购鸭苗，投入养鸭生涯；从野鸭入群带来经济效益，挖到了创业第一桶金，到最后受到鸭群瘟疫感染，创业失败，却赚了教训，他不气馁不消沉，接着到泰国办养虾场，

---

① 梁应麟：《机遇》，中国华侨出版社2015年版。

结果虾场被代理人毁约而弃置。通过总结教训，他决心从负数开始起步。帮助父亲经营业务，使餐馆生意兴隆。再次从波士顿飞到旧金山，开办追债公司，从无到有，从小到大，拥有千万身家的财富，又接管公司属下的财务公司，任财务公司总裁，财务公司以钱生钱，以利滚利，不断扩大资金积累，又投资地产，并参与实业投资股份。凸显新生代移民如何抓住机遇，如何拼搏的历程。20世纪80年代，中国大陆改革开放，引进外资，陆鼎昂去广州抓住机遇，在广州投资5000万元酒店，合资建设28层大酒店的合同，考虑到公司财力有限，把公司合并为国际公司，赚了几百万元再投资扩大郊区酿酒场，生产葡萄酒，满足不断增长的海内外消费者需求。

机遇是每个人都可能碰到的，如何善于把握机遇，挖掘潜力，提升自己，让人生焕发光彩，就因人而异了。所以，常言道：机遇难逢，机遇难得，抓住机遇，机不可失，时不再来。作品通过海外移民的酸甜苦辣表现他们的奋斗历程。那么作品给我们带来什么样的启示呢？正如小说引言：

> 老一辈十分珍惜他们的职业生涯，因为他们都是从白手起家做到自己兴业，拥有以他的名字命名的长河餐馆，靠这一餐馆养育了后一代，使他们个个能读上大学，融入社会；陆长河始终坚持要下一代的儿女接手祖传产业。希望源远流长。然而，已经融入了移民社会，又具有较高的教育背景的年轻人，眼光，志趣与父辈完全不同。不仅瞄准国内经济的发展，还把眼光投向国际经济体，最终使他成为一个出色的投资者，并成为拥有国内企业与国际企业的富商。

作品对细节的描写十分传神，比如父子俩在吃火鸡大餐时的对话："爸，我读的是哲学，这哲学是很深奥的，我说的你不一定懂。

通俗点跟你说，哲学的根本问题是精神和物质的关系问题，例如今天我们父子吃的火鸡餐，这火鸡摆在桌上是个实体，但哲学说的也有抽象的火鸡……"

"好了好了，你别说了，去吃你的抽象火鸡吧！"说着他连忙把火鸡捧起来："我来吃我的烤火鸡。""爸，你别急，我还没把话说完啊！"陆鼎昂站起来说："事物是有实体的，也有虚拟即抽象的，例如你买一个公司的股票，它的实体未必值那么多钱，但可根据它的未来前景，它的产品销售的前途，可以得出一个估值，这是虚拟的，也是抽象的。"

"爸是讲实际的，爸供你读书，是想你毕业后回来接管爸的餐馆生意。爸都快七十了，什么虚拟，抽象的都没兴趣的。"

小说通过细节描写刻画了陆鼎昂对父母孝顺，在与父亲意见相异情况下不硬抗、不死顶，而是婉言相劝，以行动证明自己的能力；对朋友讲信义，对顾客讲信用，广结善缘。包括帮厨李西就，一开始和陆鼎昂还是雇员与少东主的关系，但他边干边学肯用脑子，经常出些好主意，深得陆鼎昂的信任，为公司创造了业绩，也成为独当一面的业务骨干。陆鼎昂对妻子子女尽职尽责，他深爱未婚妻苏珊，已经育有一子，由于岳父阻挠而拖延了婚期。后因公司业务跨国发展而长居广州，与女服务员互生好感并发生性关系。当闻知女友怀孕时他不是逃避，而是通过婚姻途径让其移民。表现了一个男人与两个女人之间的情感纠葛。作品层层抽丝剥茧，以白描手法描写男人在性与爱及责任心之间的两难抉择。作品反映了华裔新生代与老辈人的文化差异，尤其是反映了种族混合的社会状态。

华人的文化属性和文化身份，到第二、三代移民身上就基本上模糊了。从出生到成长都是在种族熔炉里的土生华人，既没有华夏民族数千年的文化精髓和传统包袱，似乎也就不存在文化碰撞的尴尬，或多或少会以不同方式表达他们寻找祖宗根文化或者文化认同的困惑。但受父辈祖辈影响，新一代对于祖籍国仍有流淌在血液中的爱。

作品对母亲形象的塑造也颇生动、典型。母亲朱巧成是餐馆的财务总管，既要管理好业务，也要在丈夫与儿女之间协调关系。比如父亲严格规定每一个人回到家中只能讲家乡话——台山话、广东话、国语，不能讲英语；每逢暑假都安排儿女回祖籍国寻根，传承中华文化。由于家中从小对他们做出这些规定，现在几个儿女的家乡话都说得很好，尤其是鼎昂，他已是半个中国通了，完全适应当今同中国新移民交往的需要。但老爸对儿女管得太多太严，也有朱巧成不能认同的一面，如强行要儿女按他的主意选科就读，事事要按他的主意办事，剥夺儿女就读的自由空间以及各种喜好，对儿女的成长不利。

召开家庭会细节也生动地呈现了父母子女的心态与情态。"作为孩子的妈，我是理解孩子的心情的，我记得这件事，鼎昂像是向我提过的。"朱巧成担心孩子受责备，只好用模棱两可的语气力顶着他。"正因儿子是初出茅庐，应该让他跌倒再重新爬起来，这是为父者应有的宽容大度。"这些对话凸显了她善于化解矛盾、调节关系，对子女不光是爱更有鼓励激励的智慧。"生意人是不讲情面的，即使要讲情面也得有个限度，蚀本生意是没人做的，利润是生意人追求的目标。离开利润没有谁得罪谁，只有大家关门。"

用敏锐的眼光去发现机遇，有了机遇要有雄心壮志去抓住，更要不气馁不怕难去拼搏去实现，这部小说虽然是凸显陆鼎昂寻找国内商机，也让读者一窥海外华人寻觅世界经济的商机的毅力和成效。对从事各行各业的人们同样有着启迪和借鉴作用。

总的来说，这部长篇小说很有基础，刻画的人物也相当典型。像陆鼎昂这样的移民形象，在过去的作品中不多见，但在华人社群中是有相当数量的。这些年青一代与父辈之间的代沟及文化差异，以及不同的价值取向，都非常值得作家去发掘、探究与表现。

旧金山华人移民有超过 160 年的历史，多年来不仅为居住国发展做出贡献，也为祖籍国经济文化发展做出成就。19 世纪 60 年代，来自中国的劳工为美国修筑了一条贯通全美的铁路，推进了现代美国的崛起。经过筚路蓝缕的漫长岁月的发展，华人在生物科技和电脑科技领域获得令人瞩目的成就。从开矿山修铁路、开洗衣店、开餐馆等服务业到如今跨国公司，各行各业都有了精英与代表。长江后浪推前浪，一代更比一代强。从边缘到主流，通过自身努力走上了政坛。这与华人经济地位的提升，与华裔族群第二、三代受教育及逐渐融入主流有相当大的关系。旧金山华人市长李孟贤就是这样的成功例子。

常言道，智者创造机会，强者把握机会，弱者坐等机会。人生的难题是时间永远不等人，强者勇于挑战自我，不断地解决面临的难题。作品微观地展示个人命运，也凸显了社会及历史的发展变化。因此，这部作品的意义就蕴含其中。

当然，小说是语言的艺术。好小说作品除了人物性格塑造，故事吸引人，更须有富有深刻的内涵，要用最简洁的文字表达最生动而丰富的内容。对作品主人公刻画越冷静、越客观、越细致，艺术效果就会发挥得越好。

正如诺贝尔文学奖获得者莫言在演讲中所言："要取得自己的文学地位，就必须写出属于自己的与别人不一样的东西。"唯有充分挖掘海外人生丰沛的生活素材，才能创作出更多更好的长篇力作。

中国自改革开放以来，随着紧闭的国门逐渐敞开，一批又一批的大陆学子负笈海外。改革开放初期是以留学潮中的莘莘学子为主，他们多是有一定学识和肩负理想与抱负的知识分子，又大都经历过中国大陆从思想禁锢到改革开放、从十年浩劫到拨乱反正、从下乡知青到苦读深造这样一段政治经历与人生阅历，后又踏上异国他乡求学谋生。他们面临着扑面而来的"西风"，也面临着环境的更易、生活的变迁、生存的挑战及文化的反差等，新鲜感和危机感两相交织，踌躇满志与举步维艰交相冲撞，不能不使这一批既兴奋又茫然的海外学子感受犹深，感慨良多，从而在他们心灵深处形成巨大的冲击波，翻腾起创作冲动的风暴，以至很多从不写作的人也开始借笔墨抒发自己心中的块垒，形成最早的以留学生文学为主体的华人新移民文学。而这一时期的文学题材，多以表现新移民在海外的特殊遭际、新鲜感受和奋斗历程为主。比如曹桂林的《北京人在纽约》、周励的《曼哈顿的中国女人》，被誉为早期"华人新移民文学开山之作"，曾掀起一阵热潮，同时并创下电视连续剧最火爆的收视率。成为长期处于闭塞环境的国人探究异域人生的一扇并不敞亮但却是非常新鲜的"窗口"。

第五节　女性架构的轴线跨越时空

当今整个世界女性写作蔚为大观，譬如近年荣获诺贝尔文学奖的女作家埃尔弗里德·耶利内克（Elfriede Jelinek）、多丽丝·莱辛（Doris Lessing）等暂且不论，就拿海内外华文女性写作来说亦如星空璀璨、异彩纷呈，受过系统的良好教育的女性作家以游动的、多重的、跨国的、超时空的历史与方式，来架构文本的宏观背景；以两性世界的裂缝处开掘女性情感世界的纵深与丰富；有比较宽阔的社会历史背景，作品内涵涵盖华人社区、异域主流。由于不少女作家具有西洋文学的教育背景，因此在华文写作中自觉不自觉地将现代意识带入创作中。由此可见，女性文学作为富有特色的表现形式之一，在很大程度上体现了全球化视域下中西两种异质文化冲突、融合的历史。由于海外华人女性这个特殊群体（少数边缘族群），在特殊境遇（身处异质文化包围，身负双重或多重文化传统）下，从特殊视角（女性视角）展开的自我历史的写作活动，折射出一个独特的世界——海外华人女性自我的探求，身为移民的海外华人女性在异文化包围中更加关注"失落的自我"，于是在写作中去追溯女性曾经失落的自我，来建构自己的过去、现在和将来，重建生活经验，确定自我身份。她们关注在社会背景变异中人的命运，对精神层面的追问和寻找贯穿始终，并在各具特色的书写中又有了更多的文化超越。

　　古人有云：跋山涉川之任敢辞于艰险。无论写作，无论旅行，都像是一段段既美好愉悦而又辛苦跋涉的旅程。几乎每位海外女作家都是从千山之外而来，从青涩年华到繁花盛放，从短暂的相聚到永久的别离，因那荒芜岁月最长久的坚持，也因海外女作家内心最深切的爱恋，终以文字流传在浩瀚的记忆之海，镌刻在时间和生命之舟。①

　　海外女性作家作品所呈现的独特风貌，所显露的女性的细腻情思，深入幽微的潜意识领域，探索心理变幻，巨细靡遗，有的拗涩幽婉、有的剽悍豪放，有的明快切直中略带诗词传统的感伤色彩；或兼有巾帼不让须眉的气势，或蕴含女性特有的柔韧舒缓，或有意无意展现动人的女性书写特质。恰如女性书写的形成，不在特殊语构的选择——或任何共通的律则，而是决定于女性作家的语感，而风格迥异的语感成就了海外女作家们的文体特色。艺术成就之所以呈现出斑斓气象，皆因她们之中数十载春秋仍辛勤耕耘创作不辍。会员遍布全球的海外女作家协会是海外最大最有影响力的文学社团，最初以台港赴美留学生为主体，近年大陆新移民作家创作势头正旺，也逐渐成为协会的新生力量。②

　　海外女作家协会创会会长陈若曦，写作历程贯穿20世纪中叶社会诸多变迁及各类文学思潮，自青年时期就满怀热忱关注理想中国，从原乡梦境幻灭到徘徊于异国他乡，从台湾本土关怀、大陆"文化大革命"经验到域外经验，气韵跌宕充满命运的波澜起伏；即便是随笔散文，亦展现其生命意识中如何从激情喷薄、阅历世事沧桑到淡泊悠然的个性风采。

　　在女性文本的字里行间、文思脉络，甚至是某些命题都隐约可见现代文学大家的笔触对华文女性书写的影响；20世纪60—90年代几拨留

---

　　① 吕红、吴玲瑶主编：《女人的天涯——新世纪海外华文女性文学奖作品精选》，汇聚全球八十六位女作家佳作，由台湾秀威出版公司（繁体版）2008年版、河北教育出版社（简体版）2008年版。
　　② 海外华文女作家协会2008年9月举办二十届年会，来自世界各地的华文作家学者逾百人与会。

学生文学潮起潮落，亦留下或深或浅的印痕。如丛甦等将早年与父辈的流亡经历，点点滴滴融入文思，深藏了一份说不清理还乱的痴迷与执着；少经战乱，辗转流徙的经验根深不拔，而后又托身异国，亲身感受海外华人半世纪的命运迁徙与沧桑；追溯历史，心潮逐浪；"不管是在青岛的海滩，或百慕大的细沙沿岸，或爱琴海的白净沙滩，只要有云、天、暖沙与微风，和放下烦恼的刹那，你就能偷享天堂的灿烂"。无奈何，"孱懦如我辈，又怎能挣脱这引发着我们最美的娇梦与最暗的梦魇的无涯大水的永恒的呼唤？"。

旅美女作家李黎，早年初出文坛就颇得钱锺书、茅盾等名家欣赏，其后小说、电影剧本频频获奖，其散文作品多次被收入"大系""年度选集"等。她那些充溢着才识、机敏与情趣的文字，幽微深邃地烛照出世道的不足与无奈，却又以睿智与旷达展拓着我们的视野与心胸。尤其是她的近作《像我这样的一个旅人》，其文笔之细腻、之洒脱、之隽美，令人印象深刻。真是五洲四海都经历过，才会炼出一双眼睛，看得见人生宝藏之所在。

喻丽清、王渝、张让、林湄、张凤等将不能承受的生命之轻，汇入婉转或沉郁中的思辨耐人咀嚼；赵淑侠、陈少聪、丘彦明、孟丝、华纯、章缘、吴玲瑶等感悟于亲情友情、人际交往，着力挖掘人在旅途或异邦或回归家园的趣味生活层面；而张翎、张慈、吕红、陈瑞琳、施雨、陈谦、施玮、融融、胡仄佳、顾月华等在女性书写中，涵盖更多的来自海峡两岸的留学生与新移民甘苦之经验，像是触动了心灵最柔软的地方。尽管每个女性书写者都在梦想之路上跋涉，纷繁缠绕着丝丝缕缕情感与理智的得失、不能喘息和放弃的矛盾，这也是最令人困惑和心理煎熬的。其坎坷经历和两难心态，分明带有海外华人的特性、共性及普遍性。

将内心宇宙及当下生命之存在作鲜活细致的描述，可谓千姿百态、姹紫嫣红；那些探索社会与人性、体现生命关怀的作品，为忙碌浮躁趋于快餐和流行文化的现代人阅读提供了异域女性精神体验的独特文本。①

因身份多重性、文化背景多元性，新移民作家的文本内涵往往具有一种殊异的生命况味，从而呈现丰富与复杂的特征。《台港文学选刊》推出了海外特稿"北美新移民作家散文专辑"。特别点明"新移民"系中国共产党十一届三中全会后渐次由大陆徙居海外的华人群体。该辑选发了北美新移民作家的一组散文，"透过独特视角、不同的生活切面及内心感悟来观照改革开放三十年的沧桑巨变，表现亲情之深、家乡之恋和祖国之爱"。②

仿如弹指一挥间，人生历程就从蹒跚学步的童年、风华正茂的青年走到肩负重任的中年，看父辈们仍老骥伏枥壮心不已；回眸一瞥，影响国家民族命运的历史转折的巨大震撼依然清晰地历历在目；改革开放风潮掀起，一批批学人负笈海外、云游四方，并在这个日渐缩小的地球上往返自如，已然成为各领域之中坚、多元文化融合之桥梁。

从青涩年华到繁花盛放，从短暂的相聚到永久的别离，因那荒芜岁月最长久的坚持，也因海外女作家内心最深切的爱恋，终以文字流传在浩瀚的记忆之海，镌刻在时间和生命之舟。也许可以这么说，这跨越时空、意境优美、博大厚重、意蕴悠远的方块汉字，虽孕育生长于母土，却延伸移植开花结果于海外；也许可以这么看，海外华文女性书写，由不起眼的星星点点，逐渐汇聚，宛若绚丽的焰火升空，而焕发出甚为奇美的女性生命色彩……

新移民作家张翎，从温州小城到北美大都会辗转漂泊，饱经西洋熏风，传承的却是一脉华夏婉约之风。透着淡淡意韵，描摹旧日洗澡窘

---

① 吕红：《镌刻生命之舟——〈新世纪海外华文女性文学奖作品精选〉评介》，《华文文学》2008年第3期，《海外华文女性书写新探——〈新世纪海外华文女性文学奖作品精选〉评介》，收入陆卓宁主编《和而不同》，广西人民出版社2008年版。

② 吕红：《倾听时光和命运之回响——北美新移民女作家散文管窥》，《台港文学选刊》2008年第12期。

迫：男人们"在赤裸相呈的那一刻，一切等级界限突然含混不清起来"。以寻常人家的洗澡琐忆，隐约带出那个时代的波诡云谲——"意想不到的变迁。有些一直在台上的人突然下台去了，又有些一直在台下的人突然上台来了。当北方的来风带着一些让人兴奋的信息一次又一次地拂过小城的街面时，小城的人才渐渐明白太平世道已经到来"，意味深长地引出海外游子情思，"暖暖地洗去了一身隔洋的尘土，便知道我真是回家了"。

双栖于创作与评论之间的陈瑞琳，情感充溢、文采斐然，此篇"丽江男人"以一个老美对玉龙雪山久远的魂牵梦萦，浓墨重彩地描绘那片诱人神往的神秘地域，"水依然是那么清，袅袅传来的纳西古乐里兼并着宫廷式的高贵和民间的绚烂，只是聚集在四方街上的人群却多来自外地了"。那些"寻找桃花源的"男男女女，不能不从近乎"原生态"的粗犷、从天涯不归客的个性发挥，以及那荡气回肠的放歌中，寻找到一块连接此岸与彼岸、梦想与现实的"虎跳峡巨石"。

"古圣贤孟子尝言君子有终身之忧，成功立业者存大志于胸，其忧思为的是于事业警醒精进。身不流浪心流浪，何处是归？何时归？"行云流水婉转淡柔之笔调，透过彼岸回眸，淋漓尽致表现海外游子浪迹天涯而又故土难舍之情怀。吕红的《当风筝轻轻飞起》截取机上一瞥、京都印象、江城外滩、老父洗脚等生活镜头，亲情牵挂，丝丝缕缕，旖旎回旋，散发至情至性至真之魅力。让人欣然看到，"祖国的开放和崛起，成就举世瞩目。已不再是古老落后受人歧视任人欺压的弱小民族。当今华裔人才辈出很给海外华人长面子。老外不仅刮目，学习中文想进一步了解中华文化的人也愈来愈多"。

施雨的《兰花女子》文笔精巧，糅合了南国淑女的兰心蕙质："记忆中的故乡、童年和少年时光，都在离乡后越来越完美，越来越迷人。去国多年后返乡，我依然会固执地在高层建筑、树影车声、行人商店、寥寥的残阳晚风中，去寻找昔日的三坊七巷，去寻找记忆中的兰花和女子"。正是兰的幽逸雅致,从桑梓到异域,永恒根植心间。

顾月华的《灵魂归宿》将过往的风霜、异乡的拼搏和母子深情熔为一炉,"在焰炼中发生难以预测的窑变,霎那间产生出奇妙无双的艳丽",比喻挫折磨难不是人生失落,而是人生智慧与财富。最终,归家的梦,将于故乡落叶归根的居所得到安放。

以表现农村系列、写亲情见长的依娃,此篇《老屋》视角独特,透过老屋沧桑,农民与土地的生死相依、休戚与共的关系,随着真挚笔触缓缓流转。回顾父辈一生,从刀耕火种到科学种田,再到老年迷恋养蜂,甚至连生命最后一刻也不舍丢下那两箱蜜蜂等细节,敏锐反映了巨大变革中农民生活变化和精神风貌。流连之间恍然明白,"老的东西总是要被新的东西代替,人如此,物也如此。锁上老屋的门,我才发觉,那一直都建筑在我心上的,是我的家,我的根,无论我走多远,走多久"。

感性与细腻永远是女作家的强项,多年中西文学的修养与熏陶,对世界的感知和人生体验,平和与沉静地浸入了她们笔下;在对更大世界的追寻中,女性的精神世界愈加细微而丰富……正如深具前瞻眼光的评论家所见,以当代海外女性文学为课题研究对象者并非绝无仅有,系统而全面性的研究却有待更多的努力,毕竟女性文学成就值得人们投入更多的关注。毕竟,在异国他乡生存立足和发展的多重压力下,在远离母语中文核心语境的环境中,她们不仅没有丢失自己的精神价值、人文追求,反而找到了无限旷达的自由的表述方式,呈现了丰富内容。无论是作家的数量、创作的质量还是风格的多样、作品的影响,都大大超过以往。

从前,海外女性书写不仅是被主流社会忽略,也是国内女性文学研究的盲点。大概因为缺乏异国他乡社会环境的真实体察,以及生存体验的"不在场"的隔膜吧,多年来学术界关注的仅仅是少数,甚至是被英语主流青睐的凤毛麟角,于是在论说时难免"盲人摸象"似的以偏概全。有研究者希望通过比较,通过交流,编纂汇聚文集更多的展现海外女作家的成就。① 当然,也有的仅凭零星印象,就对海外女性写作表现不以为然。其实导致海外华文写作被忽略的因素本身就是充满歧义和矛盾的,假如异域的边缘性是女作家值得研究的基础,边缘与中心的位置全视立足点而定,那么,同一个立足点也会产生边缘与中心的替换。②

由于海外写作天地的阴盛阳衰,报刊文学副刊也由女性主宰沉浮、不让须眉;男性写手寥若晨星、隐隐约约。阴盛阳衰实在不是一个蛊惑人心的提法,而是一个有数量统计支持的事实。极而言之,海外中文写作其实就是海外女性的中文写作。女性书写者在纪实、散文上为读者们掀起了一波又一波的高潮,为什么在海外中文创作上,会出现了阴盛阳衰的图景?

从女性心理生理和社会因素来看,女性善言辞,长于形象思维,体察精致,感触细腻。文学正好是她们可以扬帆远行、扶摇直上的大海和天空。但是,在漫长的男性主导社会的历史中,规范是由男性制定的,女性干什么、做什么,怎样站、怎样坐,怎样讲话、怎样为人处事,都由男性规定着。男性剥夺了女性的经济和政治权利,也剥夺了女性受教育的权利,使得女性不能像男性一样在社会的方方面面展示自己,于是,女性的潜质(包括写作才能)就不能最大限度地发挥出来。卓文君、李清照、薛涛、鱼玄机等几个为数不多的女文人在很漫长的文学史上只是一些偶然。到现代,女性较之她们的前辈,获得了平等教育的机会,因此,其固有的文学才具也凸显出来。于是,面对着全新的海外生活,她们就理所当然地直抒胸臆、诉诸笔端,自在地在文学的土地上耕耘起来。由于她们在总体上比来自故国的男性写手整齐,海外中文文坛中最有成就,在汉语造诣上最出类拔萃的也当推女性。

---

① 陈富瑞、吕红:《在多元文化语境中蓬勃兴起的海外华文文学——吕红女士访谈录》,《世界文学评论》2008 年第 1 期。
② 吕红:《海外华文女性书写新探——〈新世纪海外华文女性文学奖作品精选〉评介》,2008 年版。编入陆卓宁主编《和而不同》,广西人民出版社 2008 年版。

女性之所以构成了海外中文创作的主体，也跟社会生活有着关联。女性一旦从谋生的辛苦中解脱出来，就可以无所顾忌地进行探索性的精神活动。有的甚至解脱了职场的锁链，全身心投入创作，从而真正达到身心上的解放。要说妇女解放，女性在文坛里的成长壮大应该是一个极其重要的表现和标志。①

女性文学评论家林丹娅教授认为："值得特别注意的是，与上辈美华女性文学队伍相比，是美华新移民华文文学女研究者评论者的出现。她们常常有着多重身份，既是具体从业者又是作家，同时又是评论者研究者，或是文学组织者或刊物主持者。前者如近年来学术活动十分活跃的陈瑞琳，后者如吕红，她接过前辈重担，把美华文学的重阵刊物《红杉林》主持的风生水起，并且将之反向推向大陆学院派的图书馆体系中，召唤起更多大陆学子对海外华文文学的关注与研究。如果能在此刊中更赋予海外第一手华文资料性信息功能的话，那此刊功能将更强大，于美文文学的发展与研究，功莫大焉。"

概而言之，时空的社会性迁移，身份的多重性变化，文化背景的多元性，思想资源的丰富性与复杂性，与特具个性的性别感受、性别体验与性别视角的契合，带给美华女性言说的多方嬗变。它不仅表征着华文文学叙事的新指向与高度，也表明其创造力与活力。在东方文明与西方文化之间，在古典情结与现代认同之间，在传统观念与现实问题之间，在男性社会与女性自我之间，她们的文学言说颇具魅力："既昭示了自身存在的价值与意义，又为世界奉献出独具美学况味与精神品格的文学。"②

对于华人文学在世界文学中的身份定位，史书美曾出版英文专著 *Visuality and Identity: Sinophone Articulations across the Pacific*。③ 在该书

---

① 木愉：《海外中文文坛的性别特色》，《红杉林》2007 年第 3 期。
② 林丹娅：《美华女作家言说之魅》，《艺文论坛》2020 年第 25 期。
③ 该书中译本为《视觉与认同：跨太平洋华语语系表述·呈现》，杨华庆译，联经出版公司 2013 年版。

中，她首次提出"华语语系""华语语系表达""华语语系文学"等名词。其关键词就是：华语语系。曾小月教授认为，面对"华语语系文学"的众声喧哗，我们应果断突围。①曾小月教授并例举王德威、李凤亮、余秋雨、吕红等四位探讨海外华人文艺之审美特性及华人文化的新向度的作家，对作家创作无论是以什么形式，都试图在人物性格、故事架构，以及主题表达上突破既有模式，发出独特的声音——"移民作家可以说都在试图找寻一种世界性的语言表达方式，以便在母语以外国度的人也能得到认同。但是否能如愿以偿就靠机缘和造化，其所寻求的艺术表达方式或语言途径，既不是文本策略和影像手段，也不是发音和语调问题，却是思维方式和思维逻辑上的障碍。能够穿越重重迷雾走到希望顶点的总是凤毛麟角"。

评论家洪治纲认为："对异域现实生存中各种复杂冲突的书写，几乎是所有移民作家无法回避的命题。新移民作家也不例外。但新移民作家在面对这些生存冲突尤其是文化冲突时，不仅不满足于对其外在生存形态及观念的表达，也不再单纯地再现文化错位给移民们带来的迷惘和困顿，而是更多地立足于个体的微观体验和理性认知，积极寻求不同文化的'混血'方式，传达某种更具包容性的价值观念。如陈河的《女孩和三文鱼》《黑白电影里的城市》，袁劲梅的《老康的哲学》，苏炜的《远行人》，施雨的《纽约情人》《刀锋下的盲点》《针》，吕红的《美国情人》，林湄的《天望》《浮生外记》等，都不再强调异域生存的漂泊感和命运的失重感。这些作品中的人物，也会遭遇文化观念上的尖锐对抗，甚至出现内心的焦虑和迷惘，但他们并不逃避对异域现实的积极介入，而是自觉地寻求多元共存的生存方式。尤为重要的是，在新移民作家的笔下，故国的空间距离明显缩小，因异域文化的不适而导致的恋乡情结日趋淡化，'千山外，水长流'的思乡之情不再浓烈，'又见棕榈，又见棕榈'式的欣喜也不甚突出，因为便捷而频繁的跨国交流，

---

① 曾小月：《"华语语系文学"：一个名词的炼成和它的突围》，《红杉林》2020年第2期。

使他们逐渐消除了漂泊无依的游子心态。所以，在他们的笔下，很多人物生活在跨国界的全球性活动空间中，如严歌苓的《人寰》，张翎的《羊》《邮购新娘》，吕红的《午夜兰桂坊》等作品中的主人公，都是如此。"①

对于这种混杂性的审美表达，陈瑞琳评述道："几乎所有的新移民作家，其创作的首先冲动就是源自于'生命移植'的文化撞击。旅英作家虹影的'放弃'与'寻找'，旅加的张翎笔下的母亲河，网络名家少君的'百鸟林'，刘荒田散文里的'假洋鬼子'，苏炜小说中的'远行人'，宋晓亮迸发的凄厉呐喊，陈谦故事里的爱情寻梦，融融塑造人物的情欲挣扎，吕红在作品中寻找的'身份认同'，施雨、程宝林在诗文中苦苦探求的'原乡'与'彼岸'等，无不都是'生命移植'后的情感激荡，是他们在'异质文化'的强烈冲击下'边缘人生'的悲情体验。"可以说，新移民文学体现了某种新的汉语文学发展状态，具有明确的世界性和"混血性"。即使是对移民现实生活的展示，也非常注重表现不同族群在文化伦理、价值观念和思维方式上由冲突到融会的复杂过程，其审美目标直指全球化语境中多元生存之理想。

洪治纲认为："更重要的是，这种多元文化的彼此碰撞与相互激荡，也给创作主体提供了不同的价值立场和思考维度。所以一些新移民作家，常常自觉地选择异域文化作为参照，反省本土历史记忆中的重大问题，审视中国传统文化走向现代化过程中的种种内在沉疴，呈现出明确的现代启蒙意味。如袁劲梅的《老康的哲学》《罗坎村》，陈谦的《望断南飞雁》，王瑞芸的《戈登医生》，范迁的《桃子》和《红颜》，沙石的《我的太阳》等，都是通过中外文化的冲突，反省了中国传统伦理中所存在的一些问题，以及人性中的某些痼疾，也展示了疗治沉疴的可能性。"

正如引文中所提到的，挣脱思维方式和思维逻辑上的束缚，或许是

---

① 洪治纲：《中国当代文学视域中的新移民文学》，原载于《中国社会科学》2012年第11期。

突破现下海外移民文学创作瓶颈的一个契机。学术界面对海内外女性文学的兴起，女作家群的崛起，从另眼相看到推波助澜大张旗鼓，的的确确说明了，女性文学尽管是由女性作家创造的，但并非仅仅为女性所独享，正像任何优秀作品所拥有的大量读者是不分性别和种族的，也是属于整个人类的。

旅美作家於梨华从《又见棕榈，又见棕榈》中的牟天垒说起，谈到20世纪70年代的留学生很多是学而不留，80年代的大陆出来的，更有不少是留而不学，以久经磨砺的拼劲向各行业冲刺，杀出一条血路。90年代的呢？当然更是五花八门。出国不光靠留学，有移民、有短期访问、有贸易交流、有探亲，更有为了绿卡假结婚、短期或者长期卖身，或为了留而不惜屈身为虽然无名却有其实的二奶。这些形形色色的身份状态，使得海外华人移民文学与留学生相比，有了更为丰富的内容；从手法上也吸取了一些现代文学的艺术表现力，在人性和社会性方面有了更深刻的挖掘。

"生存"和"文化"或许是新移民文学，甚至是更早的留学生文学永远摆脱不了的母题，凡是移民，不论其经济实力如何，在刚刚踏上异国土地的时候，都会面临生存的巨大问题，这可以是起居饮食的贫寒拮据，也可以是衣食无忧的精神无所，然而随着生存状况的好转，对"生存"的焦虑便被淡化，"文化"即成了关注的焦点。在耶鲁大学东亚系任教的作家苏炜的小说《背影》，曾描绘了在文化枷锁下苦苦挣扎的留学生形象。而其创作意识基本上含有"杂糅"兼交叉的特性。据称他的小说创作冲动，来自他对当代铁幕风云的政治反思。长篇小说《迷谷》[①]描写的是昔日红色风暴中的烟尘往事，残酷而壮丽。而中篇小说《米调》，表达的则是一种精神失落后的漫漫寻找。

木愉的《食人族》通过描写一个华人白领在美国职场的"小公务员之死"似的沉浮，以独特角度表现华人"白领阶层"的生存图圄及

[①] 苏炜：《迷谷》，作家出版社2006年版。

无奈，刻画了一个拿了美国 MBA 的华人，在美国的行业里依旧是如履薄冰战战兢兢，遭受着各种精神挫折的惨痛境遇。作品通过"我"的叙述来真切地揭示职场里的劳资冲突和种族矛盾。铺陈异乡谋生压迫之下人性的猥琐、欺诈和丑恶。通过白领华人的身份境遇来透视美国主流社会对有色人种或显或隐的歧视。无论他工作多么出色，升迁是多么顺理成章，但次次都变成了竹篮打水一场空。难道就因为他是个华人吗？为什么那些能力不足、德行欠佳的白人，却大摇大摆坐收渔人之利？文化和种族这道墙到底有多坚硬？是否可以逾越或打破，文化的融合是否仍有希望？作品给读者留下诸多问号和启迪，促使人们往深处去思考、去开掘。

作家将如何摆脱"自我"的笼罩，而走进主流文化的深层？又如何在性别的潜意识左右下建立自己的风格？新移民文学探究边缘人究竟如何靠近主流的心灵演变，又如何表现新移民最具共性的人生经验，例如那些已完成"留学"和"就业"，进入稳定状态的"中产阶级"所面临的新的精神欲求？如何在东西方文化的冲突中，在经济、地位上寻求突破？如何营造自己民族的文化环境？等等。无疑为移民文学的身份认同和文化认同提供了新的研究范畴。

既然"海外华人移民文学是中国文学越过国境，版块被冲散后的重新组合，是世界性的一种新文类"，那么，研究范畴是否应该随着时代变化而变化呢？旅美评论家陈瑞琳直言提出：过去由"港台文学"课程建立的框架，即以台湾 20 世纪五六十年代的"现代"作家为主、"乡土作家"为辅，报纸杂志依然以那些作品为海外文学的代表，以此主导海外文坛的研究方向显然隐藏着极大的偏颇和误区[1]，因为很多来自台湾的"现代"作家，近二十年来在海外并无大的创作成就，影响力日渐式微，已不能再作为当今海外文学的主要代表。这样的学科框架显然不能够涵盖当今变化巨大的海外华人文学版图以及不断扩展的

---

[1] 陈瑞琳：《原地打转的陀螺——论北美华文文学研究的误区》，《中外论坛》2002 年第 3 期。

第七章 移民文学的跨文化影响

趋势。

值得注意的是,由于网络文学的兴起,文学超越了国界,影响日益增大,对写作起了推波助澜的作用。网络媒体影响力无远弗届,现代社会网络的发达,也造就了一批新移民作家的迅速崛起。譬如说"少君",这个名字是一开始在网络杂志上出现的,发表了数百万字的小说、诗歌、散文和报告文学。而影响最大的作品当属他自1997年动笔连续创作的一百篇的《人生自白》系列,其大部分是以各人自述的角度和方式,反映了形形色色的人物的心理、身份状态与生存状态。"在写作上,他既是超人气的网络作者,也是纸本书畅销作家。学历上,北大主修声学物理,美国得州大学改读经济,最后又到福建师范大学拿了一个文学博士。至于经历就更多姿多彩。多变的人生经历,使少君从来不缺写作素材。点击率超过百万人次的小说《人生自白》,整整写了一百个故事,主角遍布各行各业,许多是大陆或台湾的留学生,透过这些人物的喜怒哀乐、悲欢离合,他间接道出了自己的人生感悟,也虏获了无数网民的心。"[①] 少君不仅能写,还是个神通广大的社会活动家,组织策划出版系列丛书,参与操办国际新移民作家笔会,为新移民文学的研究做出贡献。

在现代多元视域下,一大批具有深度、题材新锐的作品成为海外移民文学的亮点,博采众体,熔铸百家,地球村趋势为世界华文作家提供了创作的丰沛资源,艺术性和思想性并重,吸收借鉴了西方现代文学、当代其他艺术形式的表现手法,超越前人、表现了人性探索。红杉林欧华专辑有欧洲华人作家刘瑛、麦胜梅、方丽娜、池元莲、谭绿屏、章平、朱文辉、穆紫荆、谢盛友、林凯瑜、张琴、郭蕾、呢喃、海娆、夏青青、老木、高关中以及留学英国的新生代作家羽中"苏珊娜"系列等,堪称长江后浪推前浪。陆卓宁教授在《欧华女性文学的精神聚合与嬗递》中精辟阐述:投射于欧洲这一特定的文化区域,在赵淑侠、

[①] 田新彬:《百变作家——访少君》,《世界日报》(副刊) 2006年12月24日。

吕大明、池元莲、郭凤西、麦胜梅、杨翠屏等一批女作家"各美其美"的创作中，感受到她们"与表现对象之间某种观念和情感的联系"的特定性。即传承了早期留欧女性"欲接引欧洲文明新鲜之空气，以补益吾身"……新世纪前后在欧洲一体化进程中相继成立的作家组织，如欧洲华文作家协会、英国华文作家协会、荷比卢华人写作协会、中欧跨文化交流协会等形成了集结，改变了欧华文学给人以"零散化"的印象，林湄、谭绿萍、虹影、黎翠华、丘彦明、郑宝娟、林奇梅、张琴、颜敏如、陈玉慧、刘瑛、穆紫荆、山飒、朱颂瑜、黄雨欣、谢凌洁、方丽娜、呢喃、林凯瑜……等一批作家的出现，也在创作实践上展现出了欧华女性创作在当下的活跃气象。

春华秋实，爱无疆界。博大厚重、意蕴悠远的方块汉字，上下五千年，虽孕育生长于古老的中华大地，却延伸移植开花结果于海外；因华人根植于心中的热爱，行走异域，而跨越了地域、族群、时空，有如火树银花的绚丽，焕发出甚为奇美的生命色彩。

这些作品无论是从生活积累的扎实和深厚方面，还是从作家个性的张扬与展示方面，以及折射时代风貌的深度和广度方面，比之早期的华人文学都是一种深化与升华，突破了抒写个人传奇经历的窠臼，从而提升到对整整一代人命运的思考。

有人说，国内本土文学目前发展遭遇到的最大障碍，是缺乏丰富多样的思想空间。没有空间就没有实验的可能，自然也就谈不上文学上的创新。如果从世界文学范围来考虑问题，一个用母语写作的作家未必只有在自己的母语国度中才能写出好作品，包括像纳博科夫、大江健三郎等人，很长时间是在北美地区生活的。不同的语言环境和文化氛围触发他们对自己的母体文化有一种新的感触和新的想象，而且，他们的文学创作可资利用的文学文化资源也比原来局限于一域时来得丰富。这就是目前所谓的跨国写作对于传统写作的挑战。因此作为进入北美主流文学的华裔作家，他们的创作在哪些方面获得了北美主流文学的认同？这种认同与中国作家的文学写作之间的距离在什么地方？这是海外移民文学提供给本土文学最有价值的思考。这种带有普遍意义的文学思考，不仅在促使文学创作产生新的变化，也更容易被不同文化背景下成长起来的读者接受。

譬如严歌苓在"文化认同"观念上的开放性使她笔下的人物"身份"实际包含三种属性，即厚重、本源的"中国"背景，强势、鲜活的"美国"背景和混杂、新生的异质背景。这三种属性的共同存在，一方面使严歌苓的作品消解了因文化认同的本质主义追求而引发的东西、中外文化的二元对立，另一方面也为她在多元文化的对接中揭示人性的复杂性提供了越界视角，而更为重要的则是，重建了一种新的"文化认同"（身份）——在文化渗透日趋深入、全球经济一体化的今天，这些人物已经具有了世界性的"人"的身份，文化认同已由对本性的民族主义的追求转而对"杂交倾向"的"拼合"的认可，一种变化的、相对主义的，新的、全球性的"文化认同"观念已经诞生——在某种程度上讲，正是这种新的"文化身份"观的建立，使严歌苓的小说创作在美国华文文学中独树一帜，别出心裁。[①]

随着华人新移民作家队伍的壮大、生活领域和认知领域的不断拓宽，以及创作的日趋多元与成熟，摆脱了早期移民文学的局限与俗套，逐步将创作题材拓宽、内容扩展、艺术手法多变，从中西方文化夹缝中挣扎求存的新移民生活的多层面折射及其心态的表现，都体现了文化身份寻找与建构的多向努力。

[①] 刘俊：《"他者"的存在和"身份"的追寻——美国华文文学的一种解读》，《南京大学学报》2003年第5期。

第八章 海外作家的现代视域与融合态势

第一节 双重生存经验互相审思的文本书写

专家学者在考察海外移民文学特征时，非常看重由作品所体现的文化属性和文化身份引起的各种思辨的多向性。所谓"新移民文学"，是"新移民"从故国到海外双重生存经验互相映照和审思的一种文学书写。它既不同于华裔美国文学基本上站在西方文化立场上对母国文化的解构和重建，如西方学者所说的是将美国文化身份内化后来寻找和辨识自己的母国文化身份，也不同于国内作家的海外记游作品，是从中国文化的立场和视野来摄取海外的生活片段。新移民作家不即不离的跨域写作，无论对国内生存经验还是海外生存经验，都具有一种"间性"的审思性质。正如学者刘登翰所指出的："国内和海外的双重经验，既是他们的生活现实，也是他们审视、比对和省思的文化优势。他们既不能完全脱离中国文化来看取海外的异质文化和自己海外的异样人生，也不能无视自己的海外文化经验来审视和反思中国文化。新移民文学所以受到特别的关注，正是来自他们双重文化身份的跨域写作所呈现的文化特征和文化优势。"[①]

---

① 刘登翰：《移民、双重经验与越界书写——〈20世纪美华文学史论〉小引》，《华文文学》2006年第5期。

第八章　海外作家的现代视域与融合态势

在全球化、人口流动加速的今天，华人文学的边界和疆域的模糊变化、同一性和多样性、杂交与混合等，"海外文学与中国大陆文学之间的关系，的确并不是那么分明对立，而是流动混杂的。各地华文文学事实上并非各自为政，而是充满了地域流动和文化交融。施叔青从台湾到香港再回台湾，然后又到美国，每个地方都留下代表性作品，她到底是哪里的作家？东南亚地区的作家很多都在中国香港、中国台湾或大陆发表作品，他们算哪里的作家？北美新移民作家游走于中国和美国之间，但作品市场主要在中国，他们是中国作家还是北美作家？这些都打破了华文文学的界线。如果将海外与大陆的作家截然隔离，强调对立或抵抗，显然不容易。只能说，他们是独特互补的中文文学共同体的成员"。[1]

由于多元文化交叉渗透，越界视角和杂糅理论促使当代世界文学发展呈现出多元化趋势。除了在理论与实践中坚持传统的文坛宿将和以丰富的社会人生阅历及深刻的人文思考奠基的中青年作家，也有更多的年轻自由的写作者在创作中强化主观色彩和个人感性体验，迷恋"酷"而放任的表情达意方式，放纵加颓废，把语言的张力推到极致，彻底颠覆了传统美学的优雅含蓄而成为"另类"的前卫代表。另外还有一些完全漠然傲视欲望城市的喧嚣与骚动，让孤独的倾诉覆盖以夜为昼的世界，梦境与现实的光斑闪烁在游荡不定的文字里。尽管这些表述未形成阵势和气候，或者说他或她就宁愿处在让人说不清道不明的特立独行状态。譬如当年残雪的出现就被认为是一个奇怪的征兆，那呓语似的语言碎片，自虐性的幻想被理解为父权压迫下的呻吟，对于粗鄙丑陋的世界的强烈不满与反抗。但由于缺乏物质基础和现实力量而流入空幻，因此在反抗此岸世界的同时又远离了彼岸世界，变成了纯主观个人被肢解的梦呓。[2] 不少探索性的作品字里行间隐隐约约可寻迹到"五四"以来中

---

[1] 赵稀方：《从未到来　却已过去》，《读书》2016年第5期。
[2] 吕红：《从情感到欲望：女性文学的流向》，《文艺评论》1996年第4期。

国现当代文学作品的血脉源流,以及西方现代文学艺术的深刻影响;联想到卡夫卡或毕加索等主观抽象之作中所呈现的混乱无序、强烈晦暗的色彩与内在压抑中的荒诞变形的夸张效果。

在这"反现代性的现代性"的思想与历史语境中,文学以其复杂的个体感受从多个层次和维度参与了这个过程。譬如严歌苓在她的创作中渗透着一种既爱又恨的复杂的感情体验,而这两种情感矛盾浓缩在《老人鱼》等穗子系列中,既冲突又和谐,充满张力。其内容指向在已经失去了或者部分失去了空间意义的维度上,转而体现在时间的维度上。作者的复杂情感依据这一维度展开叙事,本身就是现代性的话语。

而现代人的困惑与焦虑隐隐也体现在身份寻索之中。具体来说,从"恨"与"爱"体现出来的批判意识,几乎可以发现遭遇现代性作家主体的矛盾与困惑,这种情感在文本中具有现代性的美学倾向。譬如说在《扶桑》里,严歌苓一面刻意地强调扶桑在常人眼中的"呆""痴""蠢""心智低下",另一面又不惜笔墨地渲染扶桑的"成熟""浑圆""温柔""迷人""美丽",将并不和谐的两种特质绞结在一起,使形象呈现出异样的色彩,令人既爱又嫌,还无法理解,难以接受。然而,扶桑身上的相互矛盾、冲突的特质,正是从不同视角观看同一事物时所呈现出来的景象。克里斯看扶桑,既是男性的视角,也是西方的视角。扶桑之于克里斯,既是女人之于男人,也是东方之于西方,充满复杂难解、相互矛盾的谜。

严歌苓作品常常体现出与主流背离的边缘意识。有人说她写作有"边缘人"(譬如妓女、同性恋等)趋向。她反问:"什么叫边缘?什么叫主流?旧金山有20%的人是同性恋,这么大的比例,应该算主流吧?其实边缘人物的命运更让我感兴趣,主流是什么?主流是会计、律师、职员之类。我对社会上的输者感兴趣,因为他们各有各的输法,而赢者都是一个面孔,写作就要写有个性的人物。"而且,写作还要"独断专行",不听任何意见,甚至连编辑的意见都别听,"如果听了意见,也许就没有卡夫卡了"。①

波德莱尔称"现代性就是过渡、短暂、偶然,就是艺术的一半,另一半是永恒和不变"。② 从作品艺术表现上看,这种个性化一旦站稳脚跟,就失去了先前的先锋意识,呈现出自我经典化的趋势。这似乎又是一个现代性理论的悖论表现。后现代主义强调不确定性、非中心化,从宏大叙事转向微型叙事,转向多元化和不可通约性,尤其时空变幻无定,在先锋意识较明显的新移民文学创作中,已初见端倪。江少川教授在研究中发现,"新移民小说的时间意识之所以深邃复杂,主要在于其时间内部并存着互相消长的时间要素,这些要素的彼此交互,使主体陷入了一系列难以解决的矛盾和分裂境域。其时间的意向性深嵌在主体关于自我及其归宿的认识中,沉淀在两种文化空间相互作用造成的主体边缘性身份的体认和沉思中。新移民作家从纵向生命尺度而言,是前半生与后半生的时间向度,从心理生命体验而言,新移民小说中并置了两种时间经验,即'空无的时间'与'充实的时间'。这两种时间经验的区别在于价值取向所衍生的意义生成模式的不同"。③ 总之,无论从现代主义所代表的审美现代性对启蒙现代性的颠覆,边缘挑战主流,还是差异和宽容,无论作为现代主义潮流中的先锋派的不和谐之声,还是复杂交叉的时空和繁复的心理变换,不仅表现了双重生存经验互相审思的文本书写,亦似乎提示了人们如何看待审美现代性的新角度。

一 跌宕辗转 聂华苓三生三世

古往今来,荆楚大地孕育了无数文人墨客,在文学史上留下鲜明印

---

① 吕红:《严歌苓——成功女人的背后》,收入《女人的白宫》,花城出版社 2005 年版,第 292 页。
② [法]波德莱尔:《现代生活的画家》,《波德莱尔美学论文选》,人民文学出版社 1987 年版,第 485 页。
③ 江少川:《论新移民小说的时间诗学建构》,《华文文学》2009 年第 1 期。

迹；楚辞被喻为中国浪漫主义文学的源头，瑰丽奇异大气磅礴的风格不仅对汉赋产生影响，而且延伸至近代海外的华文文学，甚至对世界文明发展都产生了跨文化交流影响……

其中最具代表性的海外作家就是聂华苓。"我这辈子恍如三生三世——大陆、台湾、爱荷华，几乎全是在水上度过的。长江，嘉陵江，爱荷华河。"聂华苓自述——我是一棵树，根在大陆，干在台湾，枝叶在爱荷华。

聂华苓1925年出生于武汉。1949年迁居台湾，之后定居美国艾奥瓦州。1967年她和丈夫保罗·安格尔（Paul Engle）创办国际写作计划，迄今已有一千五百多位作家参加，有不少作家获得诺贝尔文学奖。

聂华苓著有长篇小说《失去的金铃子》《桑青与桃红》《千山外，水长流》，中篇小说《葛藤》，短篇小说集《翡翠猫》《一朵小白花》《聂华苓短篇小说集》等22部中英文作品。翻译成多国文字并发表，其代表作品为《桑青与桃红》，被列入亚洲小说一百强。那些深刻阐述和饱含深情的对生命个体的记录，承载了她所处的时代，以及那一代华人走向世界的艰辛历程。对20世纪中国人"何处是归程"的追问影响深远，堪为经典。女主人公从一个困境向另一个困境的不断迁徙（困于长江三峡、困于围城北平、困于台北阁楼），浓缩了华人颠沛流离的历史，由于外族的入侵、政治力量的纷争和交战的影响而苦难更加深重。桑青"凤凰涅槃"后化作桃红来到西方，似乎摆脱了困境，找到自由，但美国移民官对她身份如影随形的盘查，则昭示出桑青（桃红）陷入了另一种困境——她是谁？环境和现实迫使她一再陷入困境，找不到新的"出路"（归程、结局）的历史宿命。放逐与回归的主题概括了聂华苓的创作内涵。

从中国大陆到中国台港澳再到欧美，老读者提起《红杉林》刊发聂华苓女士访谈及作品，留下感言：重温聂老回故乡一章，内心充满感动，这就是文字的力量，这就是文学作品的魅力，弥久常新。

第八章 海外作家的现代视域与融合态势

楚人身处江河汇聚之地,源远流长集文化之大成,受屈原等狂放不羁文风的影响显得浪漫多姿生性豪放。相信读者会从湖北籍作家在海外创作繁花似锦的成就中,看到生生不息的楚人之歌,在全球化发展趋势中,新移民作家愈加生机蓬勃走向世界的步履……正如学者专家所概括的:作为楚人后裔,聂华苓是海外湖北籍作家的典型代表。其文学创作与楚文化有着千丝万缕的联系。聂华苓笔下的苓子和桑青(桃红)是华文文学世界里的"楚人"后裔,是"不服周"的"楚魂"再现。

由江少川教授主持的"湖北省教育厅高校哲学社会科学研究重大项目"圆满结项,并出版《海外湖北籍作家文学创作研究》,备感欣慰。生性达观行走四方的海外华人作家默默耕耘,为传承中华民族文化做出独具特色的贡献。研究论述,视野开阔、内容翔实、角度新颖,展现了世界各地具有代表性的作家概貌,体现了世界华文文学多元性的文化内涵。

著名作家聂华苓以《看到故园的不同风景》为题作序:

"2018年深秋,我托女儿蓝蓝(王晓蓝)回大陆故园,我的祖籍地湖北应山(今广水市)祭祖。她打电话告诉我,家乡正在积极筹建聂华苓文学馆,武昌首义学院也计划成立聂华苓研究中心,而且江少川教授领衔编写的《海外湖北作家小说研究》一书收录了研究我的6篇论文。家乡的一系列举动让我确知:我和故乡的联系始终未断,当晓蓝告诉我江教授有意请我为该书作序时,我便欣然答应了。

没曾想到,湖北籍的海外华人作家竟已有几十位之多。他们从湖北不同地域出发,最终定居在全球不同的大洲、国度、城市,其间必然发生了许许多多精彩的故事,这些故事文化作小说、诗歌、散文……在他们身上我看到了自己一路走来的身影。作为其中的一员,我虽听闻过他们其中部分人的信息,却不曾想象过整体的"湖北籍的海外华人作家"。江教授辛苦地将他们汇集起来,并组织学者进行研究,真是用心良苦。

通过该书,我了解到文学同乡们对家乡的情感和我不尽相同,但我们的作品共同表现了对故园的情感复杂性,这是我乐意见到的。能通过一本书看到故园的不同风景,领悟到他人对它的理解,真是一件幸事。"

评论家刘川鄂教授深刻指出:"在 1949 年,部分鄂籍知识分子远赴海外,比如彭邦桢、聂华苓、王默人、周愚、荆棘等,他们是当代意义上的第一代去海外的鄂籍作家。虽然身居海外,有着长期在国内生活的经历,目睹或亲历了战乱所导致的人民的流离失所,因此他们对祖国对故乡怀有深厚的感情,乡愁和乡恋往往是他们创作的共同主题。第二代海外鄂籍作家多出生于国内,对战乱和去国离乡缺乏父辈那样深刻的记忆,他们积极主动地融合迁徙地文化,学习西方文学的结构技巧,形成了创作上的中西交融,如程宝林、吕红、陈谦、欧阳昱、张劲帆、欧阳海燕等。虽然当代海外鄂籍作家人数不是很多,但他们创作成就还是令人瞩目的。在诗歌方面,彭邦桢的乡愁诗、杨允达的本色诗、欧阳昱的现代诗共领风骚,风靡一时;在小说创作方面,聂华苓的家园寻觅题材、王默人的乡土小说及吕红、陈谦等人的作品等,百花齐放,异彩纷呈;散文方面,以生活题材写作的女性散文和参与时代记录的杂文各抒胸怀,流光溢彩。其人其作,丰富了湖北文学的内涵,开拓了湖北文学的视野,与湖北本土作家共同为湖北文学的繁荣作出了卓越的贡献,为湖北当代文学的发展注入了生机与活力。"

邹建军教授认为:"首先该书运用文学地理学的批评方法,建立了湖北籍海外作家的全景地图,为全面和深入地研究建立了一个科学的框架。第二,作者采用细致而深入的文本分析,让海外湖北作家作品显得有血有肉,有声有色。把文学当文学,把作家当作家,把文学当艺术,让文学研究回归文学原点。不生搬理论,不为理论而理论,但力求上升到理论的高度,上升到哲学、美学和文化的高度,来认识具有跨越性的华文文学现象,并且确有许多重要的学术发现。第三,既有个体的研究,又有整体的关联,形成了一个纵横交织的论述网络与架构。许多作家是第一次被发现,许多作品是第一次被发掘,史料翔实,新见迭出。"

人与人相遇都是缘。多年前笔者独自踏上美洲新大陆，迫不及待拨通电话，那对文学且以文学为志业的人充满真挚的、惺惺相惜的感情一直都在鼓舞着我。从东部到西部，因《红杉林》创刊而再续前缘；通过电邮电话，加深交流并做了封面人物专访；举办北美华人文学国际论坛，组委会希望邀请她来美西，尽管聂老师因年事已高无法应允，但依然给予我们精神上的支持。在文学人的心目中，她是永远的领路人。

2016年5月一个清晨。笔者与唯唯乘车前往艾奥瓦大学城的路上，看到灰白絮云下是一片片嫩绿的田野。遥想当年，那个年轻女作家初抵达时，怀揣怎样一种梦想？诗人安格尔以怎样的深情，悉心守护着他们的梦想，相互扶持一步步走来，让爱荷华国际写作计划成为世界作家之摇篮……与才女张爱玲的坎坷经历相比，聂华苓真乃幸运得多，与安格尔相濡以沫，爱情与事业并举，乃天作之合！

府邸就在半山腰。绿树掩映着一座别致的红楼。年逾九旬的聂华苓看起来十分精神，思维敏捷，乡音未改。特别有缘的是，她女儿晓蓝刚好从东部回家，亲自下厨做湖北菜珍珠圆子，让口福不浅的湖北人再次品尝到家乡美味。那些来过爱荷华的作家朋友至今与其仍保持联系，前不久王安忆、莫言等专程来看望她。

在聂华苓的女儿王晓蓝陪同下我们到美国爱荷华大学国际写作中心[University of Iowa International Writing Program founder（IWP）]见到现任主管，赠送《红杉林》杂志。当期《红杉林》杂志刊登江少川教授为研究课题所作的访谈，凝结了无数海内外读者的敬佩之情。恰如文友所言，有了这样的华人前辈，永远都会让人想起：爱荷华，爱荷华！

珍藏着有聂华苓老师签名的书，继续着我们的文学之旅。[1]

---

[1] 江少川等：《湖北海外作家小说研究》，武汉大学出版社2019年版，以文学地理学的理念和方法，绘制了湖北海外作家的世界地图，深入探讨了研究地图的产生、形态、特征、隐喻、价值及其根源。著名作家聂华苓、吕红和刘川鄂教授分别撰写序文。

二 对话薛忆沩，隐居皇家山下的夺冠者

薛忆沩是当代中国文学界最为勤奋和最受关注的作家之一。在过去五年时间里，他"高潮迭起"，一共出版了近 20 部受知识界推崇的文学作品，他特立独行，被称为中国文学界"最迷人的异类"，同时他又深居简出，尽管已经在加拿大蒙特利尔居住多年，却不为海外的读者所熟悉。2016 年初，在美国注册的英语学术期刊——*Chinese Literature and Culture* 以整期全部 110 页的篇幅推出专辑"Xue Yiwei and His War Stories"，薛忆沩不同凡响的作品开始引起西方读者的注意。而随后不久，他被国内读者推崇备至的"深圳人"系列作品英译本 *Shenzheners* 在蒙特利尔正式出版，引起加拿大主流文化界的关注。从 2016 年 7 月以来，The Montreal Review of Books，Quill & Quire，The Globe and Mail，The Montreal Gazette，Literary Review of Canada，Montreal Center-Ville 等主流媒体纷纷发表书评和访谈（蒙特利尔当地最大的英语报纸上的访谈近一个整版），将薛忆沩的"深圳人"系列作品与英语文学中的经典《都柏林人》相媲美。加拿大国家广播公司（CBC）也制作了关于薛忆沩的专题报道，在星期日黄金时段播出。薛忆沩多次获邀在加拿大各地文学节和图书馆朗读和解读作品。在名家云集的温哥华作家节上还出现了读者排队购买和签名的热烈场面。英语的 *China Daily*，*That's Beijing* 等报刊相继发表了报道、书评和采访。香港《亚洲周刊》杂志将 *Shenzheners* 的"西方接受"当成封面故事之一进行了报道。据悉，CBC 的读书节目又做了最新的报道。蒙特利尔的"蓝色都市"国际文学节与多伦多的公立图书馆也发出邀请，还有法国出版社拟推出法语版……在"深圳人"走向世界之际，《红杉林》策划特辑，增进读者了解作家与众不同的文学道路和超凡脱俗的写作风格。①

---

① 薛忆沩、吕红：《隐居在皇家山下的文学奇观》，《红杉林》2017 年第 1 期。

第八章 海外作家的现代视域与融合态势

吕红：薛忆沩"深圳人"系列小说的英译本出版之后，立刻引起了加拿大主流媒体关注，从隐居者变成传媒追踪的文学奇观，被各大公共图书馆及相关文化机构邀请讲座，是否带给西方读者不一样的感觉？

薛忆沩：2016年11月17日，加拿大国家广播公司在星期日黄金时段的节目里播出了关于这本书的一个专题报道。同时，11月出版的《加拿大文学书评》也刊出了一篇关于这本书的书评。那应该是从2016年7月份以来在加拿大媒体上陆续出现的书评中最有分量的一篇。12月，加拿大国家广播公司的读书节目又邀请我参加了一个作家之间的活动。蒙特利尔《城市》杂志刊发一篇由"蓝色都市"国际文学节（蒙特利尔当地最重要的文学节）负责人撰写的书评。新年开始，更多的好消息传来：四月底的"蓝色都市"国际文学节上将有两场关于"深圳人"的活动，而多伦多公立图书馆邀请我五月底去参加最重要的作家系列活动，并有加拿大一位著名作家和学者对我的专访。另外，先在这里透露一个小秘密："深圳人"系列小说的英译本最近在主流文学界获得了第一个文学奖。具体细节有待稍后公布。

吕红：这样的关注程度对于一部从汉语翻译过来的短篇小说集有点不可思议。您2016年10月也获邀参加了温哥华国际作家节，据悉是加拿大级别最高的两大文学节之一。那么，在文学节期间读者对"深圳人"的反馈如何？

薛忆沩：我在温哥华国际作家节上的两场活动都非常成功。第一场活动是与邓敏灵和一位新西兰作家之间的对谈。邓敏灵是加拿大最近二十年来很活跃的作家，去年更是红极一时：不仅拿下了加拿大两个最大的文学奖，还进入了布克奖的终选名单。而主持我们活动的是加拿大兰登书屋的负责人、加拿大最大的出版商。这是一场门票提前售空的活动。活动过程中，读者的提问非常踊跃。活动之后主办方收到的读者反馈也非常热烈。而第二场活动是与一位美国作家和另外两位加拿大作家的对话，效果也非常好。活动之后，现场居然出现了读者排队购买

"深圳人"的场面。值得一提的是，温哥华公立图书馆在不到一个月的时间里为"深圳人"安排了专场双语活动。用最快的速度购齐了本人全部作品。活动当天，温哥华狂风暴雨，读者仍十分踊跃。而八十四岁高龄的台湾《联合文学》原主编马森先生特地从维多利亚岛赶来主持活动，尤其令人感动。

吕红："深圳人"系列小说是您用十六年的时间创作完成的作品。2013年，小说单行本《出租车司机》出版后，立刻引起了国内媒体的极大关注，并获得当年的"中国影响力图书奖"。一般来说中国的文学作品不太引起西方普通读者兴趣的。您认为是原作中的哪些因素让"深圳人"走向了世界？

薛忆沩：因为蒙特利尔最大的英语报纸用几乎整版的篇幅登出他们文化版主编对我的专访，我这个一直隐居在皇家山下的普通移民突然暴露了身份，变成了当地的"文学奇观"。有不少的邻居都去书店买了"深圳人"系列小说的英译本并找我签名。依然健步如飞的九十四岁的克劳迪娅不仅自己买了一本，读完之后，她又买了两本送给她在欧洲的朋友做圣诞礼物。我为圣诞礼物签名时她评价说，我小说的人物都很有特点。这准确的评价足以说明她读懂了我的作品。而两天前，名为让·马力的邻居在马路上拦住我。他说他刚读完小说集中题为《村姑》的第一篇，他被感动得流下了眼泪。他还说他以前对虚构作品没有什么兴趣，《村姑》改变了他。我很高兴来自普通读者的这些积极反应。我相信是作品悲天悯人的情怀让它们走近了完全生活在不同语境中的读者吧。一位在渥太华文学节上的读者称每篇作品都让她产生强烈的共鸣。

吕红：从网上看到一本名为《渡：书的信仰》的书，入选的十四篇专题涉及十四位中西作家。其中有十三位作家的名字对普通中国读者可以说是如雷贯耳，如门罗、希尼、特朗斯特罗姆、马尔克斯和莫言等这些诺贝尔文学奖得主，这样并列看起来有些特别？

第八章　海外作家的现代视域与融合态势

薛忆沩："深圳人"系列小说被一些评论家当成中国"城市文学"的代表。《新京报·书评周刊》关于我的封面专题就是在系列小说以《出租车司机》为名结集出版之际刊出的。在作为专题重点的访谈里，我从很有意思的角度、用很有意思的语言谈到了与"城市"和"文学"相关的一些很有意思的问题。那是一个准备得非常充分的专题，刊出之后马上就获得了广泛的好评。我想，这就是它后来被选进那本精选集的原因。我已经不是第一次看到自己的名字与那些如雷贯耳的名字并列在一起了，并不会感觉到特别的嘈杂和刺激。八年前，花城出版社将"薛忆沩"收入他们选编的"中篇小说金库"。"金库"的第一辑共有十二部作品：它们从《阿Q正传》开始，以我的《通往天堂的最后那一段路程》结束。我当时倒是有受宠若惊的感觉，还多次用自嘲的口气解释说那里面有十一位中国现当代文学里的神与半神，却只有一个凡人。而刘再复先生在读完我的那本专集之后，在香港《明报》上发表了一篇题为《阅读薛忆沩小说的狂喜》的读后感，肯定这个"凡人"其实也有"超凡"的才能。那是在2010年。而最近这半年来，加拿大的书评人也经常将我的作品与乔伊斯和贝克特的作品相比……我是一个虔诚的写作者，对"卑微"有深刻的认识和顽固的信仰。世俗的虚名和实惠对我都不是诱惑，从来都不是，永远也都不会是。

吕红：近五年来，您每年都有两部以上的作品由著名的出版社推出，2012年和2016年这两年里出版的数量甚至高达五部。这些作品是"一色的精品"，备受关注。著名书评人梁文道称您是"作家们的作家"，但一般读者对您了解不多。您如何看待这种认知上的反差？

薛忆沩：我曾经写过一篇题为《好文学的坏运气》的文章，爆料自己在文学道路上遭遇的阻力和坎坷。其实，好文学从来都是备受坏运气困扰的。这好像是好文学本身的宿命。作为一个坚信文学的独立性和自主性的写作者，我从来就不肯向正统的意识形态低头，也从来就不肯屈从市场的风向、迎合大众的趣味。我遭遇坏运气的机会当然会比一个

· 285 ·

普通的写作者要高出更多。我对此没有抱怨。事实上，这些年来，越来越多的普通读者在走近我的作品。有评论家说这是中国的文学欣赏水平在不断提高的标志。

吕红：还有一个有趣的现象，也与您奇特的文学身份相关：您长期居住在国外，理所当然是"海外华文作家"中的一员。但是，据我所知，绝大多数从事"海外华文作家"研究的学者和学生并不熟悉您的作品，对您的研究也与您的文学地位极不相称，残雪曾打抱不平。我想海外华文文学研究者对您的忽视也是值得深思的状况。请问您如何看待？

薛忆沩：去年马森先生为一套大部头的"海外华文文学史"写过一篇书评。那大部头里有专门关于加拿大的一本，其中又有专门关于魁北克的一章。马森先生关于这一章的质疑非常简单，关于魁北克华文文学的一章为什么涉及当地华文文学中最重要的作家呢？我自己对被研究者忽视和被研究者重视的态度其实是一样，我都不在乎。我是一个虔诚的写作者。被研究者忽视和被研究者重视从根本上对我的写作不会有任何影响。忽视我不是我的问题，是他们的问题。更何况，你们的这个专题刊出之后，情况也许马上就会改变呢。

吕红：您三十年的文学创作成果主要可以分成长篇小说、中短篇小说（包括微型小说）和随笔这三个类别。因篇幅关系，想请您集中谈谈您的五部长篇小说。20世纪90年代后期，您的第一部《遗弃》在沉寂八年之后被发现，为媒体所关注。许多评论家都强调小说对"个人状态"的深入探讨填补了中国当代文学的一空白。"个人状态"其实也可以说是您所有长篇小说的核心主题，是这样吗？

薛忆沩：是的。"个人状态"或者说个人在历史和社会的状态是我所有作品关注的主题。《遗弃》的主人公是一个热爱哲学又痴迷写作的年轻人。他与社会格格不入，始终都以反叛的姿态在寻找个人的出路和人生的意义。正因为如此，他关于一个特殊年代生活的见证才会引发后来一代代年轻读者的共鸣。《遗弃》也许是中国当代文学里最富传奇色彩的作品。用一位评论家的话说，这本"旧书"是不断的"新闻"。它最新的版本很快又要与读者见面了。而在《一个影子的告别》和《白求恩的孩子们》里，"个人状态"更深地陷于了政治的旋涡。这当然也是这两部作品至今还不能在大陆出版的原因。《空巢》的主人公是一位遭受电信诈骗的八十岁的老人。年龄给她提供了审视历史的有利角度。她将对"个人状态"的剖析转变成了对历史的反思。《希拉里、密和、我》搭建在更为广阔的国际视野上，三个人物的"个人状态"为读者打开了认识"全球化"时代的一个特殊的窗口。

吕红：这五部长篇小说虽然都专注于"个体生命"这一主题，在艺术形式上却有很大的变化。这种变化是您刻意的追求吗？看得出来，您现在依然保持着当年创作《遗弃》时的那种先锋的锐气。在您看来，艺术上的创新对写作意味着什么？

薛忆沩：艺术上的创新是写作的生命。西方现代派文学运动的主要推动者庞德曾经将中国儒家"日日新"的伦理追求转变为他们的文学纲领。这种形式上的不断创新也是我信仰的艺术准则。"日日新"也许要求太高了一点，但是我至少想做到"本本新"。所以，我创作的准备过程总是内容等待形式的过程。有时候一等就是五年，有时候一等就是十年……而"深圳人"系列小说中我自己最偏爱的《小贩》，我一共等待了三十三年才等到它最完美的形式。回到我的五部长篇小说吧，它们的形式各不相同：《遗弃》的主体部分是主人公留下的日记，而《白求恩的孩子们》采用的书信体，小说由主人公写给已经故世七十年的"亲爱的白求恩大夫"的三十二封信构成，《一个影子的告别》以不同的告别对象为单位来展开故事，而《空巢》将一天中的24个小时分成12个时段作为故事发展和人物心理转换的单元，《希拉里、密和、我》则通过对三个主要人物不断轮转的聚焦来推进叙述的线索。

吕红：《空巢》在百道网2015年公布的中国小说百强榜中高居首位。它也被认为是近两年来海外华人创作最有影响的作品之一。上海电影集团也曾有意将它改为电影。您的作品第一次走近了"大众"。您如何看待"经典化"与"大众化"之间的矛盾？

薛忆沩：《空巢》获得精英读者的青睐是因为它从一个特殊的角度反思了中国近百年来的历史。而它引起大众的兴趣是它触及了许多的社会问题，其中最重要的当然是让今天几乎所有中国人都深受其害的电信诈骗。但是，很多人注意到我审视社会问题的角度其实也非常特别：它根植于个人的生命体验和困惑，具有形而上的质地。进入"现代"之后，"经典化"与"大众化"的矛盾已经变得非常尖锐了，卡夫卡在《饥饿艺术家》中对这种尖锐有最感人的呈现。而进入"全球化"的时代，这种矛盾更加尖锐，甚至到了不再能够理喻的程度。需要专注和信仰支撑的"经典"已经不复存在了。在这个时代，大众就是权威，大众就是经典。对于一个像我这样视文学为宗教的写作者，这样的等式当然是错误的，但它却是这个时代的"真"相，毋庸置疑的"真"相。这也许就是这个时代的荒谬之处吧：它"真"在它的错，它错在它的"真"。

吕红：您正好提到了我们所处的这个时代。而您最新的长篇小说《希拉里、密和、我》就是一部献给"全球化"时代的作品。您在其中谈到了今天困扰着中国人日常生活的一些问题，如空气污染、如食品安全……但是，您更注重的却是这个时代里人的精神生活，尤其是人对"真"和"爱"的态度。您笔下的人物大都非常悲观。您自己对"全球化"的前景是不是也有很深的忧虑？

薛忆沩：我们这一代中国人从小就深受马列熏陶，崇拜的偶像里面也有不少像白求恩那样的国际主义战士。"全球化"本来应该是与我们的精神状态非常吻合的历史潮流。但是最近这二十年来，随着这个过程的急剧加速，它却越来越偏离精神的轨道，同时在物质的沼泽里越陷越深……加上四处泛滥的信息、无所不在的诱惑以及肆无忌惮的消费，人的注意力已经被彻底击溃，还有人对细节的痴迷和眷恋……希拉里、密和、"我"这三个人物从自己特殊的人生经历里看到了一个时代的荒谬,他们的相遇是出于偶然还是出于必然,很难说得清楚,而他们的离散无疑是这个时代导致的必然结果,因为在这里,他们已经无法找到"真"的理据和"爱"的根基。小说完成之后每次接受采访,我都会流露出对这个时代悲观的情绪。我想我应该多少是受了自己创造的这些性格忧郁的人物的影响。

吕红:不管是在国内还是在海外,不管是在汉语的语境中还是在其他的语境中,像您这样不断对自己的作品进行"重写"的写作者恐怕是绝无仅有。触发您对旧作进行"重写"的原因是什么?还有,为什么您的"重写"能够百发百中,每一篇都获得重新的肯定?

薛忆沩:南京大学的一位博士生以我的"重写"作为他博士学位论文的选题。过去有些知名的作家出于政治上的需要重写过自己的少量作品,而纯粹从艺术的角度出发进行重写,并且是重写自己几乎全部的作品,这在一百年中国新文学的历史上还没有先例。"重写"是通过不断的自我批判和自我否定去接近神圣的完美的过程。它如同朝圣,每一次完成,我都会有脱胎换骨的感觉,对语言更加热爱,对文学更加崇拜。为什么每次都能够抵达?也许正如博尔赫斯所说,所有作品的完美版本其实都是神早就已经写好的。我们的写作不过是对神意的一种揣测,对完美的一种接近。

吕红:在《南方人物周刊》里,您称当年选择出国定居是"为了逃避陈词滥调"。这也许是我听到过的最特别也最文学的出国理由。您多次强调反对陈词滥调的重要,为什么反对陈词滥调对文学如此重要?

薛忆沩:全部的文学史告诉我们,检查制度和陈词滥调是文学两个最大的敌人。检查制度限制文学行动的自由,陈词滥调侵害文学精神的自由,而自由是文学的生命、文学的灵魂。与简单粗暴的检查制度相比,陈词滥调实际上更加危险,因为它与文学使用的是同一种建材(语言),又经常会穿上文学的外衣、加上情感的粉饰,具有很强的欺骗性。向陈词滥调发起攻击是文学的天职和使命。今天，借助高速发展的通信技术，陈词滥调找到了更为有效的传播渠道。想想自己从早到晚要通过微信和"朋友圈"接收到多少陈词滥调吧，哪怕你远在异国他乡，哪怕你远在天涯海角。面对这样的"社会存在"，以反对陈词滥调为天职和使命的文学必须有所行动：将细节还给生活，将从容还给生活，将悠闲还给生活，将敏感还给生活，将眷恋还给生活，将专注还给生活，将质朴还给生活，将本分还给生活，将精神还给生活，将境界还给生活……一句话，将生活还给生活。

吕红：您称远离故土并不完全是您个人的选择，"里面其实还深藏着命运的安排"。这"命运的安排"显然直指您的文学状态——文学状态是命中注定的吗？

薛忆沩：出国定居对我的文学事业具有决定性的作用。十五年过去了……我越来越相信这不是我主动的选择，而是"命运的安排"。没有这安排，"薛忆沩"就肯定不会是我们所知道和所好奇的"薛忆沩"。中国当代文学的版图里也肯定不会徘徊着这样一个对标点符号都一丝不苟的"异类"。是的，每次回想起自己将近三十年的文学道路，尤其是最近这五年来不可思议的"高潮迭起"，我会越来越相信"命运的安排"。是无数神奇的力和无数普通的人将我带到了今天的文学状态。我对他们充满了感激。我只能用无条件的勤奋报答他们，我只能用无节制的努力报答他们。

吕红：在"全球化"时代，跨文化的交流成为一种世界性的趋势，您认为海外的华文作家在这种交流的过程中应该扮演什么样的角色？他们对促进华人文学的发展又能起到什么样的作用？

薛忆沩：生活在海外本来具有许多文化上的优势，但是据我所知，绝大多数的华人作家对这种优势并没有意识，更谈不上去利用和重视。比如在加拿大，收音机仍然是一种重要的传播工具，而加拿大国家广播电台每天都会播出许多顶级的文化节目，谈论书籍、谈论思想、谈论写作、谈论历史……遗憾的是，在这么多年里，我从来没有遇见过哪怕就是偶然听听这些节目的同行，更不要说像我一样着迷的了。华文作家要想对跨文化交流做出贡献首先就应该关心当地的文学状况，参与当地的文学活动，也就是说，要在"文学的祖国"里去寻找新的"在场"感觉。我自己通过多次关于"深圳人"系列小说的活动，介入了这种跨文化的交流。读者不仅与我讨论莎士比亚和乔伊斯，也问我关于深圳、关于"文化大革命"、关于汉语、关于翻译等方面的问题。非常有意思。在促进跨文化交流这一点上，在英语读者中享有盛誉的哈金为海外的华文作家树立了楷模。这次在"深圳人"系列小说出版的前夕，他写下的推荐精准又精彩，为英语读者走近我的作品起到了桥梁的作用。

吕红：那天我问起您对生命的感受，您的回答完全出乎我的意料，您说您感觉生命还没有开始。您为什么会有这种感觉。您还在期待着怎样的"开始"？

薛忆沩：在生命已经过去一大半的时候，还感觉它没有开始，这的确有点奇怪。但是，这不是玩笑，这是我真实的感觉。可能是因为我对自己的成就并不满意吧。我还有很多事想做，比如我还想写关于许多作家和作品的研究专辑，比如我还想翻译我最欣赏的那两部文学经典……而更重要的是，我还没有创作出最能见证自己的情怀和天赋的文学作品。也许一直要到开始创作这部作品的时候，我才会感觉生命的真正开始。我总是感觉时间不够，我总是感觉自己不会有时间完成想做的这些事情，我总是担心自己的生命还没有开始就已经结束。这也许就是每一个狂热的写作者都经常会有的那种对自己下一部作品的焦虑吧。创造的人生其实就是不断开始的人生。

吕红：新的一年开始了，这对您又将是硕果累累的一年，可与读者提前分享吗？

薛忆沩：关于"深圳人"系列小说英译本的反映还会继续。它很快会波及其他的国家和其他的语种。《空巢》的瑞典文版和《白求恩的孩子们》的英文版都正在翻译之中。《遗弃》最新版在春节之后就会上市。访谈集《薛忆沩对话薛忆沩——"异类"的文学之路》续集将推出。我们的这一次访谈有可能会成为其中的"压轴戏"。①

此外,根据薛忆沩长篇小说《空巢》改编的同名电影(由著名演员祝希娟主演)在 2020 年的母亲节的这个意义特殊的母亲节在"快手"平台上作为献礼片首映,半天之内点击数过亿,观看人数过千万,引起了观众的浓厚兴趣。当然,电影与原作总有些差异,属于另一种艺术表现形式,因而本刊特发表这篇评论,期冀能引起海内外读者对这部文学作品本身的兴趣。

"他们在青春期迎来了新社会,他们在历次政治运动中耗尽了自己的精力和智慧,他们又在一个浮躁的社会里遭受着最后的病痛与孤独……我相信,通过《空巢》的阅读,读者们也会对我们所处的时代和与这个时代密切相关的历史有更多的理解,也会对自己的父母有更多的理解。"薛忆沩说。

加拿大华人评论家芦苇在《红杉林》撰文称薛忆沩被视为"中国文学最迷人的异类"。隐居在蒙特利尔皇家山下的住处中,同语言厮杀。他喜欢蒙特利尔,那里的冬天很长,雪一直下到春天来临,北方的冬日阳光也与故乡的不同,明朗中透着阴郁。在每一部作品动笔前,薛忆沩总会提醒自己,必须拒绝似曾相识,拒绝眼中噙着热泪去体验旧的激情、激愤、激昂。他建造起一座"空巢",一座只有自己才能感知得到的艺术"空巢",而后再往里装入他所溺爱的一切词语。他的词语就是他的思想,就是他在时间中的家。当他无法与思想沟通时,他觉得自己就像一个孤单的孩子,刚刚目睹一场暴风雨的狂烈,却无法诉说那电闪雷鸣中的一切。而当他内心的和平终于战胜轰隆的炮声时,他的作品也就到了尘埃落定之时。他离开过的,他感受过的,他确定过的,他思考过的,都沉积于字符中回到他的身上。他的"空巢"至此不再

---

① 薛忆沩、吕红:《隐居在皇家山下的文学奇观》,《红杉林》2017 年第 1 期。

"空"：那里注满了爱与幻想，注满了时间这个唯一"不败君王"的傲慢与谦逊，注满了偏执与包容。那也是词语之花经过滴血浇灌才能够呈现于大地之上的极致的美。他也聆听着回音，他更期待着被理解，因为这已被他填满的"空巢"正是他给予世界的理解。

薛忆沩的《空巢》正是一个讲述人类"理解"故事的长篇小说。然而，小说中的"空巢"却难以被"理解"填满，因为它是人自身所无法理解的命运，或者说，它是人由于某种匮乏而难以理解自我、他者，乃至整个世界的荒诞。它的本质与艺术的本质相反，它总是在温热的时刻渐渐冷却。薛忆沩的语言既有浪漫主义文学的繁复与精致之美，也有现代派小说对"时间"概念运用自如的那份娴熟。他不属于欧美文坛近年流行的"极简风格"的崇拜者。近些年来，尤其是在短篇小说的创作风格上，极简化追求似乎是为了隐晦地迎合读者，在文学小说与通俗小说之间画出了一个中间地带。薛忆沩并非不承认雕琢语言与事实之间的对立。那又有何惧呢？艺术总是从最深远的、最神秘的源头处提升艺术家的想象力与判断力，理解这一点需要"时光机"的停留与加速，需要漫长的解释。他的经验和他的理性，他的激情和他的悲悯，都诱使他一步一步地潜入艺术的无人之境，寻找那些禁锢在事实中的本质与真相。他的遣词造句精确细密，你几乎不可能删去其中的任何一个字，他的重复句式的修辞法给读者带来撞击感特别强烈的阅读体验。我们可以感受一下以下的段落：

> "去想想你自己走过的路。去想想你这一生的经历。你有过自己的生活吗？"我儿子激动地说，"不仅是你，是你们这一代人，你们的一生就是上当受骗的一生。你们年轻的时候就把自己的一切都献出去了。献给谁了？你们连最起码的生活情趣都没有，你们连自己的孩子都很少关心。"

这只是一个短短的例子。翻开薛忆沩小说的任何一页，都可以感受到他叙述中的优美、狂放、从容、犀利。他总是既严谨又洒脱，既冷峻又热烈。在薛忆沩这里，没有冗长，没有简洁，只有艺术对他紧追不舍的逼迫。像大海波浪的翻滚一样，他的文字带来心灵震荡。他的层层递进的语句看似漫不经心，实则精雕细琢，从未流露过胆怯，他的绵延起伏的哲思也从容不迫地辗转于那些无法被取代的字符中。渐进的思考，一声又一声的叹息，一次又一次的叩问，灵光闪现的顿悟……他"重复"着一些念头，一些句子，一些词语，但那是怎样的重复啊，我们不会期待它的结束，因为那是由一位深谙艺术秘密的优秀艺术家抛向世界的雨后彩虹。①

薛忆沩的很多作品通常都建立在铺张的研究和苦闷的冥想之上，接下来还要等待天赐的灵感以及经受自己苛刻的雕琢。长篇小说《遗弃》、《白求恩的孩子们》、《空巢》和《希拉里、密和、我》莫不如是，《小贩》《首战告捷》《上帝选中的摄影师》《广州暴乱》等诸多短制也同样如此。而"经过整整四十年的生活积累，经过整整十年的学术准备，经过整整十六个月一天都不停顿的孤独攀缘"（薛忆沩语），他终于在2020年3月8日中午抵达了自己文学生命里最新的高峰。与如此的殚精竭虑和苦心孤诣相对应的是，《作家》杂志社的眼光与气魄及其出版的速度与规模：自2020年3月号到5月号，《作家》三期连载刊发了薛忆沩的长篇新作《"李尔王"与1979》。②

当生活面临危机或者转机的时候，人的心理会有种种奇特的反应。善于"乘人之危"的薛忆沩能够很好地将个人内心的奇观与时代纷繁的景象匠心独具地结合起来。一位"自愿失业者"一年所写的日记，折射出的是20世纪80年代中国人的精神状况（《遗弃》）；一个激进而敏感的大学生被开除之后在南方城市所经历的理智与情感的冲突，触及

---

① ［加］芦苇：《空巢渐冷，读薛忆沩长篇小说〈空巢〉》，《红杉林》2020年第2期。
② 冯新平：《"李尔王"的命运交响曲，载于《经济观察报》2020年8月17日。

了那个年代中国社会生活的许多层面（《一个影子的告别》）；一个背负命运苛责的中国历史学者写给精神之父白求恩大夫的三十二封长信所建构的历史迷宫，涵盖了20世纪70年代以来将近四十年的中国历史（《白求恩的孩子们》）；一位遭受电信诈骗的空巢老人一天的内心活动，所基于的是八十年来中国翻天覆地的历史（《空巢》）；一位妻离子散的中国男人与两个异域女子在蒙特利尔皇家山上的冰雪奇缘，所展示的是现代人在"全球化"时代的存在困境（《希拉里、密和、我》）。

从小说名称即可看出，《"李尔王"与1979》是一个历经沧桑的悲剧人物适逢一个百废待兴的特殊年份，更准确的说法是，一个饱受苦难的家庭即将迎来焕然一新的生活。1979年在他们渐渐趋于平静的生活中接二连三地掀起了新的波澜。而父亲记忆的大门也频繁敞开，当年他发誓要统统忘记的经历像决堤的洪水一样滚滚而来……在波澜迭起的现实表层之下是一个家族横跨五十年动荡历史的往事洪流，与此同时又以莎士比亚名作《李尔王》观照主人公的命运及其心灵历程。扎实而厚重的架构下是巨大的情感张力与叙事空间。而在文本行进过程中又始终伴随着"李尔王"对自身命运的哲理性反思。这些彼此互文、斑驳并行的叙述将文学永恒的主题纳入个人的经验之中，而作品在关注个体的同时不仅呈现出宏观的社会性视野，而且将命运的无可捉摸展现得淋漓尽致。

假如说不能和解是《遗弃》的悲剧性特点。与此相反的是，在《"李尔王"与1979》的开始阶段，所有的女性人物（"李尔王"的三个女儿）就一个接一个地"回归"那个大"家"。这是这个家庭有史以来第一次真正的团聚（1949年大年三十晚上与家人"划清界限"后的大女儿整整28年没有再踏足过故乡的土地）。写于1989年的《遗弃》是一个年轻的思想者和写作者对现实、历史以及生命的深层焦虑的宣泄。三十年后的《"李尔王"与1979》仍然初衷不改，但字里行间透露的不是焦虑，而是从容，那样的宣泄也已升华为悲悯，而这折射出的是文本之外的作者含辛茹苦的文学求索与勇猛精进的个人修为。如果说薛忆沩之前的作品是幽咽的泉水，是奔腾的河流，那么《"李尔王"与1979》就是平静的大海，就是浩瀚的湖泊。其行文从容裕如，架构宏大壮观，情感真切饱满，细节丰富生动，境界开阔深沉。这部更上层楼的集大成之作，注定会载入汉语文学史，而中国文学也终于有可以比肩西方现代派名著的作品了。

著名评论家林岗教授以现当代名家为例谈作家写作的"成长"与"老去"现象：薛忆沩毫无疑问属于能"成长"的作家。创作30年之后又两年，再为读者贡献一部新作《"李尔王"与1979》。这是中文小说里只此一家别无分店的真正现代主义小说，不仅是叙述故事的手法，更重要的是小说的精神气质渗透了现代主义文学的精神。薛忆沩在小说中致力于用一个小人物一年的"翻身"故事映衬现代中国数十年的沧桑变幻，别出心裁重新诠释当代中国史上"翻身"的含义：被上一次"翻身"压住的身体翻正过来。小说人物在过去与现在之间不时穿梭往来，历史的现场与当下的处境时常变换，读来酣畅淋漓，文字如行云流水，而且他将笔下的人物与莎士比亚《李尔王》的人物作深度镶嵌，使故事的讲述传递出多层微妙的意味。将近40万字长篇让中文小说界终于有了独擅英文现代主义小说胜场的詹姆斯、乔伊斯的传人。[①] 林岗教授认为，"现代主义文学骨子里渗透着叛逆的精神。当然浪漫主义也反叛，但它反叛的是它不认同的现实原则，这样它所认同的精神原则就成了浪漫主义正面的精神指向。现代主义与之不同，它就是反叛的本身，没有什么精神指向。窃以为正是这种彻彻底底的叛逆气质造就了现代主义文学令人眼花缭乱又不得不佩服的艺术创造力。正是现代主义文学将语言艺术的修辞水准提升了好几个数量级。乔伊斯写的平庸，卡夫卡营造的迷宫，加缪展示的荒诞，它们崇高吗？不崇高；它们于人世有益吗？不知道；它们反映了什么现实？这问题只配得到似是而非的答

---

① 林岗：《薛忆沩的"李尔王"——读〈"李尔王"与1979〉》，《作家》2020年第9期。

案。如果一定要问他们写出的巨构有什么意味，勉强可以说从中照见读者自己的面目吧。做到这个既不渺小，也不高大，但却令惯常的文学理论和批评原则束手无策。然而有一点必须肯定，这些现代主义文学大师提供了无与伦比的修辞复杂性。语言的修辞艺术在他们的手里，从此有了不同凡响的意义"。

2020年9月4日，第五届华侨华人中山文学奖举行了在线颁奖仪式。其中薛忆沩向改革开放致敬的长篇小说《"李尔王"与1979》获得评委会大奖；张惠雯的短篇小说集《在南方》、亦夫的长篇小说《无花果落地的声响》、谢炯的诗集《黑色赋》获得优秀作品奖；范迁的长篇小说《锦瑟》、李凤群的长篇小说《大野》、黑孩的小说《惠比寿花园广场》、西贝的诗集《静守百年》、周洁茹的散文集《在香港》获入围作品奖。本届获奖作品体裁题材广泛，内容多元；从作者分布地域看，美加地区和在日华文作者仍占有较大优势。除薛忆沩外，其他获奖作者都是首次参评，无论是新生代实力作家还是跨界作者，均表现出了不俗的创作实力。值得一提的是，获奖者中有7位女性作者，并首次有澳洲作者获奖，较为全面展示了近年来海外华文作家的整体面貌和创作态势。[①]

三　鲁晓鹏教授跨域爱情三部曲

一直以来，北美华人创作所呈现的发展态势为学界所关注。依据地域背景及创作特色而划分为三大群体，比如老一代华侨作家，饱经生活磨砺，作品有底蕴有质感；而20世纪60年代由台湾赴美的留学生作家带来北美文坛气象，学贯中西，从创作走向学术，成为美国高等学府的中国文化研究者；正日益壮大的新移民作家群，思维活跃出手不凡，成为海外创作最重要的一支生力军。加州大学戴维斯分校比较文学教授鲁晓鹏也是其中之一。《红杉林》杂志当初向大学教授鲁晓鹏约稿，本想

---

① 相关报道见《南都讯》等，2020年9月4日。

约学术类的稿件，甚至可能是英文的评述。却不料，收到的却是厚厚的、接二连三的中文小说稿，每一部都是一个新的跨越，内容涵盖了半个多世纪的风风雨雨，悲欢离合、命运转折与情感跌宕……《爱情三部曲》①由三篇独立而又连贯的故事组成：《感伤的岁月》、《回北京》和《西域行》（又名《乌克兰之恋》）。它们讲述了跨越家庭背景、阶级、族裔、文化、国境的爱情故事，通过描绘一个家庭及其主要人物的遭遇，作者绘声绘色地展示了中国几十年的历史巨变、人世沧桑、悲欢离合。小说的时间和地域的跨度大：从20世纪50年代到21世纪初；从南方的广州和香港，到西部地区的兰州和西安；从中国首都北京，到中国江西农村，再到美国，乃至欧洲的乌克兰。

　　小说感情真挚，文笔生动流畅，心理描写细腻，刻画出主人公在跨文化环境中的寻寻觅觅、上下求索、艰难取舍、自我反思的气质。同时小说也展现了不同类型、不同国度的女子的风采。作者以丰富的人生阅历和特有的跨文化视野，敏锐地捕捉生活细节和人物心理。第一部《感伤的岁月》反映了家族变故而劫后余生的一个时代的缩影。每当历史发生巨大变化时，大浪淘沙、泥沙俱下，总有惊心动魄的人性善恶的冲突交战。那些见风使舵的投机分子或许会飞黄腾达将他人玩弄于股掌，而正直的善良的人反而成为他们阴谋诡计的牺牲品。这是时代的悲剧。在动荡的时代，个人无法左右自己的命运，有时还会含冤负屈，悲惨牺牲。小说中的父亲便是无数被冤屈的人之一。作为一个走南闯北为革命奉献热血青春的老红军，在荒唐时代被诬陷，还因为妻子的海外关系，种种莫名其妙的理由而迫使他不断地写检查，最终被迫害致死。作品以真切而又平实的笔调表现了即便在艰难中仍有韧性向善的因素存在，那就是爱。小说塑造了母亲的形象，表现了中华女性的灵秀聪慧、内敛隐忍，尤其是在艰难中与丈夫不离不弃、相互温暖鼓励，令人感动。

---

① 鲁晓鹏：《爱情三部曲》，《红杉林》2014年第4期。

第八章 海外作家的现代视域与融合态势

比如，提起不堪回首的往事，吴缦华对她的孩子们说："一个人深爱着你、你也同样爱他，他却因为你的缘故，长期被连累，而这缘故又不是自身的错误。双方只能处于无奈的压抑中。"（这样的爱，该有着怎样的分量！）"直至他含冤去世，从没有一句怨言。这是一种无法用语言表达的痛苦。我在你们父亲去世这么多年之后，再一次翻阅一大摞为他昭雪的申诉书底稿和一堆记录着'文化大革命'中他被迫无限上纲上线的自我批判、认罪的笔记。我的心情已经不再是悲愤，而是对历史的沉思和对人生的感悟。我一页一页地撕碎、扔掉那些记载着在那场极左路线之下的浩劫中人们互相残酷斗争的材料，那些颠倒黑白、捏造罪行、践踏人的起码的尊严、蹂躏人的心灵的文字。不过我还是保存了一些，好让活着的人对那段沉重的历史仍然保留着记忆。"

作者透过晓畅明白的语言，娓娓道来，展现历史大转折大变动中的家族关系，细微至从西北偏远地到京官或及被关押之后妻小柴米油盐酱醋茶日子，读来令人鼻酸。子曰："《关雎》，乐而不淫，哀而不伤。"情感表达处于控制之中，不滥情，不失度。作品基调可以用"怨而不怒，哀而不伤"来形容，与主题"感伤"的意境是吻合的。就连最悲痛的一段——父亲姜朴去世，一家人悲伤欲绝，好似天塌了下来——也是一笔带过。这一家人必须顽强地生存下去。一个女人要负担起赡养子女的责任。而这种内敛更凸显了女性的坚韧，也体现了中华母亲的精神特质，还有那份令人铭心刻骨看似平淡实则深远的爱。

小说最后写道：20世纪80年代中期的一个春天，吴缦华收到一封来自美国的信。打开一看，是从前的恋人孙文英的信！他们几十年没有联系了。文英来到缦华的家里。他的头发已经花白，可是他温文尔雅的风度依旧。他诉说他们分别后几十年的经历。他考上了加州大学医学院，毕业后在旧金山行医。他和一个华裔女子结婚。他们的孩子都大了，远走高飞，不在身边。前年夫人去世了。他从来没有忘记吴缦华。冷战时代，双方书信断绝。他对缦华还是一往情深。他想圆当年没能实

· 299 ·

现的梦。最终吴缦华还是婉拒文英的追求。目送文英的身影逐渐消失在远方。读到这里，令人想起了张扬的《第二次握手》，此篇作品当年之所以引起轰动，也正因为海内外有太多人有类似的经历，易引起共鸣。

鲁晓鹏的《爱情三部曲》生动展现了一个家族逾半世纪的命运跌宕、情感纠葛、风风雨雨，展现了一个东方少年如何怀着希望出发，异域寻梦，从遵从前辈要求到遵循自己内心的声音；从大学理工科转向为文科，好像冥冥之中有一种看不见的力量，让他成就了今天。而这一切，皆因血液中无法分割的对母语的爱和对文学挚诚的信念……他不仅以清新质朴的风格特色、流畅自然的文笔及内涵为海外作家群注入新鲜血液，并以其真实性、丰富性及深刻性在跨文化创作中更显其独特价值。

作品几乎就是作者人生轨迹的写照，比如说这一段："晓峰被麦德森大学录取。起初他计划学习土木工程，后来又想学习物理。最终，他选择了最不实用的专业——比较文学。大学有一些香港、台湾、和中国大陆的留学生。他们的专业选择都很实际。几乎所有华裔男生学习工程或理科，尤其是机械工程、电机工程、化学工程、材料学，等等。在晓峰的华人朋友圈里，只有他一个男生选择文学专业。他觉得自己在朋友们的眼里是异类。亲戚得知后，都为他遗憾，因为他们认为晓峰的理科一直不差。他们惋惜他失去了一次学习现代科学的好机会。家人费尽周折，把他送到美国留学，为他交付数目不菲的学费，难道是为了学习文学吗？他毕业后找不到工作怎么办呢？对此事吴缦华最想不通。她因为自己的文科专业，饱尝人间辛酸，她不想看到自己的孩子重蹈覆辙。可是事与愿违。晓峰摆脱不了家庭熏陶和命运。"

为培养孩子成才，作为母亲真的是呕心沥血——吴缦华夸奖晓峰，说："写得好，你又进步了。"可是她皱起眉头，心里有一种说不出的滋味。她想："这种环境里长大的中国孩子，怎么能去西方国家留学呢？他们这样的思维习惯能适应外国的生活方式吗？要是真的把晓峰送到美国去，他会变成什么样子呢？这个时代的中国学生，和弟弟阿嘉当年去美国留学的情况,太不一样了。"

生于西安的鲁晓鹏,少年时随父母调动而到北京生活。因父母受"文化大革命"运动冲击,他童年曾在江西农村生活三年。1979年赴美国留学,先后就读高中、大学、研究院,获比较文学博士学位。曾在美国匹兹堡大学任教十年。现任美国加州大学戴维斯校区比较文学教授。他在学界耕耘二三十年,中英文著述甚丰,读者众多,桃李满天下。2000—2001学年,在北京师范大学文艺学研究中心工作。2004—2005学年,作为美国福布莱特学者在乌克兰首府基辅工作。

从喜欢阅读文学作品,到自己创作文学作品,鲁晓鹏可谓走过了一段非同寻常的路程,正如作品中所展现的主人公的心路历程那样,是曲折而又微妙的。他没有循着上辈人希望的理工科道路,却在西方比较文学领域打下了一片天,从英文写作转向到中文写作,从学术写作到文学创作,无疑这个跨度是比较大的,并通过努力将自己多年来的思考化为艺术创作,在学术研究之余,利用闲暇或假期完成了三个中篇小说《感伤的岁月》、《回北京》与《西域行》(又名《乌克兰之恋》),足可谓"失之东隅,收之桑榆"。

小说描写了美国华人知识分子观察敏锐、不满足于现状,喜欢思考喜欢接触新鲜事物、具有开拓精神的特性。其中有关主人公网恋的一段经历,颇有现代气息,反映当今社会男女时尚的交往方式。在与新女友交往时谈到《钢铁是怎样炼成的》,与奥尔哈的对话的思想冲突,刻画了主人公内心的矛盾,以及感情的丰富和细腻。尤其是苏联对中国民众影响,人们从不同角度看这个国家解体的各类反应。

女友尤利娅见母亲与姐姐,俄语对话凸显了上辈人的纯真向往。与俄罗斯姑娘同唱《红莓花儿开》的细节也很温馨。这些细节微妙地将两代人的精神血脉连起来。作品中大段的景物描写也明显受俄苏文学影响。作品在描写主人公追求爱情的过程中还穿插了乌克兰的革命。汉思参与了"橙色革命",娶回了俄罗斯新娘,可谓大团圆的完美结局。在小说结尾:"在自己家里,秦汉思润色他的小说。这也是他的劳动生产。但是,尤莉娅在进行另一种更有成效、更实在、更有形的生产。在医院里,他们的女儿出生了。他们给女儿取名秦美兰。她好似美丽纯洁的兰花,又代表中国、美国、乌克兰的结合。美兰出生的四年之后,他们的儿子出生了。儿子取名秦迈克,Mike Qin。Mike 是常见的男孩名字,而迈克中'克'又寓意乌克兰。孩子们会长大。到时候,他们会见证历史,懂得历史,创造历史。"

现代性的社会是一个开放的、多元的且充满悖论极其复杂的,"历史观"对于叙事文学非常重要。正如名作家韩少功所言,小说是一种"能做出高难度动作"的体裁,离不开作者对道德标准的自我疑问。需要作家正视历史、深入人性,敢于并善于面对写作的难度。

鲁晓鹏所受的艺术熏陶及文学素养是多方面的。作为比较文学教授,他不仅迷恋古典文学和西洋经典,而外公林碧成是香港著名词人,鲁晓鹏影响至深(小说《回北京》中亦有提及)。2015 年 5 月在旧金山参加国际文学论坛,他特别赠书与笔者:《碧城乐府》,是他为外公词集做的编著,而另一本则是他的专著译作《从史实性到虚构性:中国叙事诗学》。"叙事的作用不再是作为事实的记录或可信的历史,它的合法性来自于它创造出了一个栩栩如生的新世界。"专著被称为"英语世界一本全面研究传统中国叙事理论和历史的著作"。由于全球化与信息化的迅猛发展,交叉渗透相互影响的东西方文化及研究理论丰富和扩展了人们对跨文化领域的认知,并带来多种意义的启迪。鲁晓鹏以他学者型的睿智及历史观,洞察类比,在纪实与虚构中不断超越自我,穿梭在"东方"与"西方"之间,完成新的思考,新的跨越!

第二节 开采文化资源与海外生存策略

移民文学是带有各种历史背景和不同族裔或地域的深刻的思想文化

印记的。在传统思考方式中，移民的记忆以及物质与文化遗产往往被当作确立文化身份认同的因素。换言之，在海外移民文学的创作经验中，传统能够被赋予新的生命，释放无穷能量，成为提供新的可能性的百宝箱，更是身份建构的重要资源与通向未来的坐标。海外新移民作家在写作中不断地思考重构文化身份的可能性。而这个新的身份叙事更加繁复多变也更具包容性。

就海外作家的文化身份而言，美华作家的一个明显特征就是作为"中间物"的现实存在。美华作家自身多为第一代移民，绝少土生华人。他们创作生命的前景尚处于不明朗的状态。因此，美华作家更执着于"现在"，他们只有在"此在"的创作中才能把握未来、实现未来，这使他们自觉不自觉是自己为历史的文化的"中间物"，既拒斥同化又有所同化，从而提供一种不同于纯然的华族思维方式的艺术思维世界。①

比如，"於梨华的作品语言具有传统的清新灵动，又融入了西方句法修辞的丰富多变"。他们既为维护着母语的纯净，又相当开放地吸取外来语言现代演化的成果。仅就语言而言，美华作家的贡献是非常值得关注的。"如果在20世纪后半叶世界哲学和语言学关系演变的背景上来看待美华作品提供的语言形式，我们甚至感受得到美华文学在构筑一种新的人生观，哲学观。"

"对于海外华文文学而言，全面地吸取其他族裔文化、中华文化以及西方文化的精华，把它们视为自己的文化资源并且转化为文化资本，可能是发展的更为积极的一种策略。"②

从西方经典文本中生发新的创作灵感、新的故事结构，亦可变幻出新的艺术感觉或文学意蕴。海外移民作家也时常在自己的创作中寻找类似的创新点。在西方文学的传统中，"镜子"与"编织"的比喻屡见不

---

① 黄万华：《从美华文学看东西方海外华文文学的差异》，《美国华文文学论》，山东文艺出版社2000年版。
② 朱立立：《华文文学后殖民批评的可能性及限度》，《福建论坛》（人文社会科学版）2004年第11期。

鲜。"镜子"被用来象征如何看待现实这一文学创作的素材,"编织"则指创作的具体手段,利用各种神话传说、传统和原型来重新审视过去的经验,就像换了一面新镜子,其中的映象也随之发生了变化。而"编织"出来的故事,也因为手段的变化而生发出新的意义。

海外移民作家要为生活打拼,因而往往最初的题材与移民生活、与情感有关,尤其与漂泊身世和海外奋斗的经验有关。海外华文文学的特性就是在这多元而复杂的、故园与新土、原民族性与当地本土性的交错、冲突与融合中凸显出来的。而焦虑中的困惑、漂泊里的无奈、压抑中的奋起,在北美《一代飞鸿》所聚集的46位新移民作家作品的字里行间,在全球华人各类文学社团的风起云涌中亦可见端倪。"这真是外面的世界好精彩,海阔天空,天外有天,而且,中西文化在这里交汇、撞击、融合,生成了一种新质的文学品种:有忠实的写主义传统,也有前卫的现代派手法;有严肃的社会批判精神,也有全新的文学理念;有精美典雅的华文篇章,也有探秘索隐的西方心理分析。"[①] 逐渐引起学者专家重视的《一代飞鸿——北美中国大陆新移民作家小说精选和点评》简体升级版,由中国文联出版社出版。该书不仅进入加州伯克利大学的课堂,还进入了哈佛、斯坦福等大学图书馆,被纽约、温哥华、洛杉矶等华人集中的图书馆收藏,西雅图图书馆还为此书举办了读书会,同时也进入了国内大学研究机构的视域。

有人曾经质疑,文学在书写或者感受这个时代时有些力不从心,盖其根源在于作家的表现技巧固然颇为成熟,却缺乏更具深远的洞察力和探测力,也缺少更具深刻度的灵魂叙事。譬如,当代汉语诗坛的长诗写作虽然相当热络,除了洛夫先生的《漂木》堪称一部不可多得的杰作,尚难见有"眼界始大,感慨邃深"(王国维语)的史诗式精品巨著,同样的,流散于海外的"留学生文学",在20世纪八九十年代热闹一段时间之后,至今似已鲜见此方面的鸿篇力作。对此,有必要

[①] 陈公仲:《写在〈一代飞鸿〉出版前》,(美国)轻舟出版社2005年版。

第八章　海外作家的现代视域与融合态势

重温大诗人艾略特的文学思想中极有价值的内容之一——文学有机整体观。他认为，优秀的文学作品联合起来形成一个完美的体系，在这个整体中，每件艺术品都与整个体系形成一种关系，每一具体作品只有放在有机整体中，并与之产生紧密联系才会具有意义，才能确立自己的地位。[1]

毋庸讳言，即便是作为真正意义上的文学创作者，身处当下的现实境遇，也不可能没有困扰和眩惑，而文学批评缺乏应有的呼应和互动同样难辞其咎。面对此等情状，一个明智的诗人作家，唯有在广泛汲取营养中吐故纳新，以不安分又不守成的姿态走出书斋，善于在与自然和世界的对话中，求新求异求变。尽管多数诗人作家已深深意识到其中存在的瓶颈，在自觉或不自觉中皆能主动地从文化转型中思考着为自己重新定位，但在不断探索中"似乎还没有寻找到已经变化了的自己表达已经变化了的世界的最佳方式"（王尧语）。"即便今天文学生产的方式已经发生了很大变化，使得所有的作家几乎都处于大变动之中。因而，在如此急遽和不断变化的世界面前，对于一个作家而言，他必须付出比常人还要多的代价和时间去感受和格外动情这个世界，并适时进行自我调整，挑战局限，更理想地领略艺术和展示个性风采。"

游走于文化多元的地球村，作家的视野更加开阔。不同民族，不同地域，不同生活环境，不同风俗文化背景，作品各有其特色，也正因为这种特色，才愈加显出了文学世界的百花争妍、多姿多彩。杰出的文学作品不仅仅是民族的，也是世界的。华人在地球各个角落"落地生根"，华人作家当然也就"落地成文"了。当然，"艺术并非简单地承担起社会关系给它规定的角色，它要将那些外在的结构约束（特定的民族划分、性别、年龄、种族、阶级或信仰之类）变成自我实现的工具。我们成为我们应该成为的样子，并非由于我们超越了这些特性，而

---

[1] 庄伟杰：《文学的可能性与作家的自我修养》，《红杉林》2020年第4期。

◆◆◆ 身份认同与文化建构

是因为我们改变了它们"。① 从华人移民文学的跨文化影响来看，包括各种西方文化思潮的诸多影响，作为移民文学，远离主流，难免有不在体制之内的边缘和特殊性。但正因为没有体制束缚，更有从内到外、从外到内的跨疆域跨时代影响。因此从海外作家群特色，以及华文刊物的起落沉浮，探讨华人移民创作实践与成就，实在很有必要。另外，语言疆界的拓展不仅将为文学史的重写带来新的契机，也促使移民作家从流散、追索进入一种自觉的身份建构，也即以语言的疆界而非国家或民族的疆界来建构文学的历史。

新移民文学以多变的风格及独立超脱的人性深度承接传统，艺术性和思想性并重，又大胆地吸收借鉴了西方现代文学、当代其他艺术形式的表现手法，博采众体，熔铸百家，在题材的处理与境界的开拓方面都有不同程度的超越，并挖掘了人性的深度。刘再复曾在论文学②的人性深度时指出："我们所说的人性的深度包括两层意思：（1）写出人性深处形而上和形而下双重欲求的拼搏和由此引起的'人情'的波澜和各种心理图景。（2）写出人性世界中非意识层次的情感内容。非意识的东西潜伏在人性的深层，它只有在某种条件下，才会流露出来。"但同时，新移民作家也面临身份转换后的自我定位。主观身份的转变，影响着对客观世界的认识。从各自的不同心理出发，寻求族群共同的"根"，寻找着精神归宿。

总的来说，美国、加拿大、澳大利亚、新西兰等，是仰赖移民和留学生建立起来的国家。华人在其中，功不可没！他们与祖国更是血脉相连，息息相关！从铁道工人的血泪史，到新移民潮的起起落落，从19世纪末留美幼童，到今日留学生的喜怒哀乐……一代代漂洋过海，追寻梦想，永不停息，有的成为美好记忆，有的悄然消失。他们随波逐流赶

---

① ［美］安乐哲、［美］杜维明等：《杜威实用主义与儒学的对话》，《跨文化对话（10）》，上海文化出版社2002年版，第19页。
② 刘再复：《性格组合论》，上海文艺出版社1986年版，第409页。

洋插队，何处是起点终点？是背井离乡，还是投奔乐土；是扎根留下，还是开创地球村的新家园？

而移民文学就包含着初来乍到的艰辛，西窗苦读的寒酸，安居乐业的喜悦，去留两难的困惑，海归再回游的茫然，留学转移民的忐忑。无论文化的冲突，无论情感的交织，无论人性的磨砺，还是求职求学、苦工黑工、探险旅游、衣食住行点滴琐事，海外作家不仅是书写自己的心声，也是在双重文化的背景中建构自己的文化身份。

学者关注新移民文学、审阅文本并透析个体创作的"野心"，研究者也不止一次地在海外许多作家作品里发现了这种不言自明的"企图心"。就像本雅明的一句名言，他宣称自己的"最大野心"是"用引文构成一部伟大著作"。① 而本雅明"对时代以及人在这个时代的处境的洞察，以及他的思想方式和表达方式的独特超出了同时代人的理解力，更确切地说，超出了那个时代的意识形态的承受力"，新移民作家那种创作上的"野心"，也正是建立在"从痛苦的思考"上的，而他们深刻思考所呈现的，是杂糅切身体验、感受和文化碰撞的交融。新移民文学演绎海外人生，绘众生百相，写万种风情，融风光、故事、史实为一体，既有虚构小说亦有社会纪实。包罗万象，以全景式、全方位、多层次、多角度地再现留学或移民生活，从而打造了海外华人的新型群像，也建构了一种融合传统与现代、跨越东西方艺术视域的文化身份。

此外，文学社团与网络兴旺也为新移民文学形成发展提供了氛围、契机和培植土壤。

新移民文学社团的最初出现，也大致因为需要互相温暖和鼓励而寻找知音。这也是初抵海外的中国人往往以结社来体现亲情、乡情，甚至更广泛的民族文化感情的原因。四十多年来，新移民文学的蓬勃发展，已使一部分杰出作家的名字，响遍了中国大陆、中国台湾、中国港澳以

---

① ［德］瓦尔特·本雅明：《发达资本主义时代的抒情诗人》，张旭东、魏文生译，生活·读书·新知三联书店1989年版，第3页。

及全球的华人世界，作为少数族裔文学的代表，为所居国的主流文化圈所尊重和推崇。同时一些文学社团利用互联网的手段，已经发展成为跨越多个国家和地区的华人文学团体。这一现象及其深远影响，不容低估。作为一个时代的跨域的文学书写，体现着这一世代世界华人的生存境况和文化精神。

据学者对海外作家的研究归类，北美华人作家队伍主要有三大群体：第一大创作群体是20世纪60年代由台湾赴美的留学生作家，曾一度创造了海外华文文学的高潮，其特点是学贯中西，对中华传统文化具有深厚的依恋之情，后来他们大都演变成了美国高等学府的中国文化研究者，以学者的思辨取代了早期创作上的激情。美华文坛的第二大创作群体是老一代华侨作家，他们出身各异，教育水准不同，但都历经世事、备尝人生艰辛，提笔创作或记述自己的生命故事，作品有浓郁的生活底蕴。而第三大创作群体就是正在日益壮大的大陆新移民作家群。他们的特点是年轻气盛，视野开阔，目光敏锐且出手快，表现出相当高的文化素质，多数作家在出国前即有笔耕的修炼。这一特定的作家群普遍被认为是北美文坛的后起之秀，创作前景不可限量。

当然，对美华文群也有不同的参照与划分，新移民作家少君将美华作家分为三个群落：一是20世纪60年代的台湾留学生；二是20世纪八九十年代崛起的大陆新移民；三是用英文写作的华裔作家。他认为，大陆新移民文学发端于80年代后期，滥觞于90年代，经历了由浮躁到沉潜的过程，并从单纯描写个人奋斗的传奇故事，逐渐走向对一代人命运的反思和对中西文化心态、价值的探讨。

在东西文化的碰撞和交融中，新移民作家群体以开阔的视野、娴熟的笔致，构建了一个与中国本土文学殊异的文学空间，彰显出与前辈移民作家不同的文学观，并使得新移民文学成为世界华语文学的重要一脉。新移民作家笔会就在这样的氛围中应运而生。海外活跃的文学社团不少，其中名气较大的组织有如下几个。

一是海外华文女作家协会。成立于1989年的盛夏。最初的岁月，规模甚小，活动多在女作家的家中举行。二十年过去了，会员的数目由起始的几十人，增加到今天的逾两百人。一群热爱写作的女性文友相互嘉勉，经之营之。每两年召开一次年会，迄今已举办逾十五届，每次在不同的城市举办，其中六次在北美洲，三次在亚洲，一次在欧洲。每届会议办得轰轰烈烈，各有特色。

二是美国华文文艺界协会。成立于1994年的非营利的文学艺术团体，会员逾二百人。他们是来自中国大陆、中国台湾、中国香港、东南亚等地的作家、画家、摄影家、书法家以及文艺爱好者。该会宗旨是：团结美华文艺界的创作者和爱好者，弘扬中华文化，开展各项文艺创作和文化交流活动（由黄运基先生出资、"美华文协"主办的《美华文学》杂志，出版十年之后停刊，一年后复刊，与《硅谷女性》合办，2012再全部转为《硅谷女性》自办，2015年出版一期即停刊）。2015年创办十年的《红杉林》成为美华文协会刊。集合海内外创作与评论的各路英豪，与伯克利大学亚裔研究系、中国社会科学院文学所、中国世界华文文学学会、暨南大学、南开大学等联合举办"跨越太平洋——北美华人文学国际论坛"；为来自不同地域的专家学者与作家提供对话和交流平台，议题包括：世界华人文学创作生态及作家作品研究等。逾百位来自海内外包括中国北京、天津、上海、武汉、南昌、西安、吉林、厦门、广州与韩国等地的专家学者，与北美华人作家齐聚一堂，共襄盛举。传媒称在旧金山、洛杉矶及温哥华等地举办论坛对于推动海外作家创作、弘扬中华文化、促进中美文化交流具有深远意义。

王灵智教授代表伯克利大学与《红杉林》杂志，与本届大会共同主席吕红欢迎各位与会嘉宾，并表示北美华文文学是结合北美华人社区和美国加拿大成一整体，以中文来表达北美华人经历的文学创作，是中国大陆、台港澳文学的延伸，也是世界文学的一部分。希望跨太平洋对话将促进文学创作和学术研究，并鼓励年青一代华裔积极从事写作和研究。海外移民致使汉语始终处于一种动态的状态,它的疆界是不断扩大的。全球中文热是一个好现象,华文学校遍地开花也呈现极好的发展势头,而《红杉林》联合主办中美青少年征文大赛恰好体现了其传承中华文化之意义。

在多元文化不同语种及语境中,也为老一辈作家和新生代华文作家的切磋对话提供了一个富有成效的平台。[①]恰如著名诗人舒婷在旧金山论坛演讲题旨:"华文写作已经拓展全球视野,广阔而多元,在中西文化的碰撞与交融中,独占优势焕发异彩"。三十年来世界华文文学创作与研究蔚为大观,引起了广泛关注。从研究者角度来看,海外作家的执着及对艺术真谛的探求,发自内心的创作动力,有不同于本土的书写空间与异域视角,以及海纳百川的精神向度。文学经典的演绎,中华文化的传承,让华人文学在世界文学版图上有了煌煌篇章。

美国华文文艺界协会,简称美华文协,英语名称:Chinese Literature & Art Association in America。1994年在旧金山创立,宗旨是团结华人作家与艺术家,繁荣创作,弘扬中华文化,促进文化交流。本着"五湖四海,中华一家"吸收作家、艺术家及爱好者入会。包括来自中国大陆、中国台湾、中国香港、东南亚等地的作家、画家、摄影家、书法家以及文艺爱好者180多位。美国华文文艺界协会成立二十多年来组织作家艺术家各类交流活动,与华侨出版社、花城出版社、纽约商务出版社等策划出版会员专辑,举办新书发布会。联合文化团体及传媒、海内外高校及图书馆,举办作家作品研讨会、艺术展和征文比赛,影响甚广。

美华文协会作为一个享誉海外二十多年的文化团体,一大批有思想有才华的创作者活跃其中。首任会长:纪弦,诗龄长达七十多年的大诗人。第二任会长:戈云,文学评论家。第三任会长:黄运基,著名报人和作家。第四任会长:刘荒田,著名散文家、诗人,已出版文集和诗集

---

① 黄汉平、吕红:《跨越太平洋——北美华人文学国际论坛文选》,暨南大学出版社2018年版。

第八章 海外作家的现代视域与融合态势

多种，荣获中山文学散文首奖。第五任会长：沙石，小说家，已出版中短篇小说集《玻璃房子》等。现任会长：吕红，著有长篇小说《美国情人》《世纪家族》《午夜兰桂坊》《女人的白宫》《智者的博弈》《曝光》等，并任美国《红杉林》杂志总编。

美国华文文艺界协会创立二十多年来不断地发展壮大，为团结海外作家艺术家，为弘扬中华文化、推动人文交流做出不懈的努力。美华文协曾与加州柏克莱大学举办"开花结果在海外"华人文学国际研讨会，与美国华人历史学会、旧金山州立大学联合举办"美国华人发展研讨会"。2015年与中国社会科学院文学所、中国世界华文文学学会、加州伯克利大学、南开大学及旧金山、洛杉矶、温哥华等团体联合举办"跨越太平洋——北美华人文学"大型国际论坛，中国驻旧金山总领事罗林泉大使出席并致贺。海外作家深入描写众生百态，让不同地域读者通过作品来了解社会与人。作家和学者教授进行交流对话对于促进文化交流具有深远意义。美国华文文艺界协会《红杉林》联合学术界教育界举办文学国际论坛，专家学者与海外作家逾百位代表齐聚，共襄盛举。汇编论文集交由暨大出版，汇聚多项学术成果，恰如专家所言：海外移民致使华文始终处于一种动态的状态，它的疆界是不断扩大的。

《红杉林》以弘扬中华文化为宗旨，高屋建瓴、开放广博；刊发世界各地优秀作品，中英文双语交流，访问成就卓著的精英人物获多项传媒大奖，连续举办四届中美中英文青少年大赛。为表彰《红杉林》推动华文教育及东西方文化艺术交流方面的成绩和贡献，中国驻旧金山总领馆、美国国会议员、加州议会和旧金山市政府颁发多项嘉奖；国侨办文宣司致贺函、中国侨联颁发荣誉证。

刘荒田荣誉会长近年出版散文集《刘荒田散文精选》《刘荒田小品文精选》《你的岁月，我的故事》《天涯住久》《抓住手里的阳光》《寂寞的基座》，并获"世界华人作家作品奖"。沙石荣誉会长在《红杉林》《侨报》等发表小说及散文，创作长篇小说。

吕红会长创作长篇小说《世纪家族》，小说散文随笔刊发在《长江文艺》《香港文学》《北京文艺》《文综》《金山文艺》《北美文学家园》等刊物，并著有小说合集《踪迹》《文学双城记》《书写@千山外》《亦侠亦狂一书生》《世界美如斯》《文学山水》《文化生态之旅》等。作品获传媒大奖。曾应邀在哈佛大学、加拿大温哥华国际论坛、魁北克作协、北京大学、北京语言大学、首都经贸大学、暨南大学、华侨大学、厦门大学、华东师范大学、河南大学、湖南师范大学、武汉大学、华中师范大学、湖北大学、中南政法大学、杭州师范大学、莆田学院等举办学术讲座。

　　副会长王性初出版诗集《一滴》，诗集《初心》出版并获世界华文"中山文学奖"，组诗《古巴！古巴！》、散文《脚泊金山港》刊发于《香港文学》，出版文集《故土之恋》。副会长李硕儒长篇小说《千古商圣——范蠡的后半生》，散文随笔集《母亲的诗》出版。

　　理事唯唯在《世界日报》《红杉林》发表小说散文诗歌等，出版《今我来思》《精神枷锁》作品集。理事许培根在《红杉林》发表了短篇小说《猫之物语》，并著有散文《怀古思乡共白头》《秋灯伴我读闲书》《来生再做知己》等，《秋灯伴我读闲书》由北京华夏翰林出版社出版。理事伍可娉创作出版长篇小说系列《金山伯三部曲》，共一百多万字，填补了侨乡历史小说空白。理事梁应麟出版长篇小说《机遇》，并在《红杉林》等刊发作品及评论。会员曹树堃创作诗词并刊发于《红杉林》《星岛日报》等报刊，并出版《奇妙的提琴世界》《二曹诗集》等书。

　　秘书长谢为人书写知青生活《晒肚佬》，并著传记文学《南华影集史话》等。副秘书长邓治权的画展"鸟语花香"在旧金山总图书馆展出作品20余幅，传媒报道他"用东方的笔墨，画西方的花鸟"。马慕远创作出版中英文长篇小说《燕子岩下》。从侨领到作家，陈少康出版英文历史小说《万岁爷》《圆圆曲》在英文网畅销。

加州大学比较文学系主任鲁晓鹏教授在《红杉林》刊载原创作品《爱情三部曲》，其后由华侨出版社出版。《从史实性到虚构性：中国叙事诗学》《生态电影文集》《影像、文学、理论：重新审视中国现代性》等论著亦出版。

会员黄雅纯近在《红杉林》刊发《留取丹心照汗青》《哭泣的珊瑚》《朝圣者》，长篇小说《南宁旧事》，改为影视剧本《笛女》。董事林中明擅长诗词、书法及摄影，荣获"兵圣孙武与《孙子兵法》诗词笔会"一等奖；《广西北海采风行》《文心雕龙》到"联艺回响"艺类实展，《〈诗经〉里的"王道精神"初探》等论述刊于台湾《中国语文（月刊）》等。

《红杉林》顾问、著名评论家公仲为美华协会作家专辑《蓝色海岸线》作序撰文：

> 《蓝色海岸线·美国华文文艺界协会作家作品选》由朱文斌、吕红联合主编，成功正式出版问世了！这在华文文学文坛上，是一件大好事，特此祝贺！
>
> 内地与海外，绍兴与旧金山，合作出书，也算是一个创举，这为世界华文文学发展，辟出了一条新出路，值得肯定发扬的。以鲁迅为代表的浙江绍兴地区，是中国现代文学的一个重要的根据地；而旧金山地区，也是世界华文文学的一个突出的发祥地。这部沉甸甸的华文文学作品选，就充分显示了美华文协作家作品的实力和水准，可以说，它代表了当今华文文学在世界文学上所达到的高度和规模，在世界文学之林中，这支中国文学的海外兵团，异军突起，与世界其他各类语种文学相比较，绝不逊色，甚至还出现了一片大放异彩的文学新天地，值得大加赞扬！
>
> 限于篇幅，《作品选》主要是编选了一些短篇精品，中长篇也有少许摘录节选，但仍能看出美华文协作家作品的全貌和水平。42

位作者，从"90后"到90岁，有功成名就、四海知名的老作家、中坚实力派作家，也有初出茅庐、风头正健的新秀大咖。40多篇作品，有散文有小说有诗歌，有纪实有虚构，有历史的有现实的，有写国内有写海外的，还有内外交错，今昔映照的。真可谓琳琅满目，美不胜收。

年正九十的老作家郑其贤，以其百年的深刻观察，对原住民印第安人及天使岛的历史做了精辟的文学阐释。历史上的天使岛拘留所，在美国当年排华政策的操纵下，曾拘留过多达十七万华人，三层木屋，长铁丝网，"牢笼跃入出无能，无任伤悲血泪横。"现在这些对待华人的史迹都保存下来了，供人参观，"作反面教材，鞭策后代。"

五年前曾给我做过八十寿辰的李硕儒，今也正值八十大寿。他饱学诗书，著述丰厚，伯乐经年，跨越经纬。他也是以饱经世事的历史眼光，来看多味的古城彼得堡和苦乐自知的边缘人。儿在香港，女在旧金山，耄耋之年，何去何从？"语言障碍是座山，文化差异是片海"，"令人伤心的尴尬和躲闪"，叫老革命遇到了新问题。他这些美文发人深思了。

刘荒田可说是旧金山文坛的台柱，"荒田田不荒，年年出华章"。他是文坛的劳动模范，勤思勤写不老松。读他的"故园看雨"、"唐人街风情录"，总有一种感觉，如《红楼梦》所言，"世事洞明皆学问，人情练达即文章。"荒田已经到达了一种看透人生，看穿世事，超凡脱俗，纯净空灵的境界。写得都是凡人琐事，然文笔流畅，叙述干净，博古通今，意蕴丰厚，不时会闪烁出智慧、幽默、机灵的光彩来，颇得散文大师王鼎钧的风骨。令人折服感叹！

严歌苓是女中豪杰，公认的华文文学的女状元。她在海内外文坛所获的奖项，首屈一指，无人能出其右者。但至今不少人还不知道她是定居在旧金山,在这里当电影编剧,在这里安的家。她在《作品选》书中的短篇《礼物》,是写人与小动物的。哪怕是小短篇,严歌苓都是用极其认真严肃的态度来写作的,她对小动物真是情有独钟,至今她家中的宠物仍是形影不离。两个短篇记述描绘,缜密精细,一丝不苟,宣示了博爱善良、爱屋及乌的可贵精神。外婆与祖母,一个农村劳动妇女,一个城市知识女性,在互赠礼物之中,准确生动地刻画了两个性格各异而又都充满爱心的两种典型人物形象。小动物猫咪、麻花鸡、受伤的小燕子,皆通人性,受人庇护,可最终还是不幸身亡。"猫咪不知自己干了什么,让人那么绝情。"岂是人绝情?世运不济,人自身难保也!这大概就是作品的题旨吧。

沙石和吕红,前后两任美华文协会长,他们都是在文学上成就卓著,颇有追求的作家。他们在创作风格上也有相似之处,都重人性的开掘,心理的分析。沙石擅长纵向拓展,在曲折情节中闪现人性的真谛,而吕红则习惯于横向剖析,用碎片式手法袒露人性的奥秘,讲究细节而不大重视故事来龙去脉。沙石的《我给新娘作傧相》中的"军伢子",军干子弟,放弃回城调令,为救梅子而牺牲。事迹动人,描述精到灵动,显示了沙石深厚文字功力。吕红的《海之梦》、《硅谷的闺蜜们》,生动地写出了当代知性上班族的生存状态,以及他们的众生相。饶有情趣。

旧金山文坛,无人不识王性初。他当是老作家,大诗人,资深编辑,热心摄影师。他是福建人,这次他写的故乡的"斑蝶"、"榕树",正如"那熟悉的歌声,…在盘根错节的榕树下缭绕不绝,响彻云霄…"乡恋的情结,与旧金山的唐人街连接在一起了,"唐人街的历史铺成这条街/这条街是一条龙/异邦土地上的一条/东——方——龙"。这就是一位海外赤子之"性"格和"初"心。

秋尘与伍可娉这次推出的《黄玫瑰》和《爱情》"伶仃洋上不

伶仃",也是她们一片赤子之情的坦诚吐露。黄玫瑰送给谁?伶仃不伶仃,已经不必深究,只要有了爱心就能妙笔生花。请看一位旧金山总领事的诗赞:"根植五邑抒华韵,立步三藩说美洲。一支健笔写中外,如海文思势未休。"其实,她们都是有高学历的老作家,创作甚丰。她们的重头戏是秋尘的《青青子衿》等四部长篇,伍可娉的《金山伯三部曲》,已享誉文坛,两小短篇,已见其人其文,期待她们的是下一部大部头。

孟悟和加蓉,是书写家庭恩爱、伦理道德的高手,这些年来,日见她们的成熟和老练。"海上催眠师",神奇引人可有些玄,我更喜欢《蒙娜丽莎》。对养女的真情爱恋,化解了一场几乎破碎的婚姻。宽大包容,才是医治家庭创伤的苦口良药,"爱和宽容会让生命更加温暖"。《预言成真》中的母子情,感人肺腑。而"贱",一字千金,贱与爱,相斥又相向,非当事人是说不清道不明的。秀秀的"贱"中,包含着宽容忍让,博大胸怀,呼唤着浪子回头金不换。

夏婳更把家庭伦理外化到文化层面、传统习俗甚至国际婚姻上去了。母亲是教授,父亲是司机;女儿是洋硕士、高管,女婿是洋水电工、打工仔。门不当户不对,而且都是女高男低。传统习俗观念使母亲自视甚高,目空一切,得罪了几乎所有的人,最终孤寂抑郁,痴呆而终。女儿从母亲和洋水电工的正反两面教训里,吸取经验,正确对待,终得与洋水电工喜结良缘。故事结构精巧,语言娴熟,告诫广大善男信女:只有彼此尊重,平等相待,心存善念,才能修成正果。

以上我简略点评了十二位作家作品,其实,远不及《作品选》之一隅。如长篇节选的马慕远的《燕子岩下》、鲁晓鹏的《乌克兰之恋》、谢为人的《谭大仙外传》、怀宇的《公园里的陌生人》等就很值得一读。而旅游文学也很有特色,著名旅美学者、散文家朱琦的《读万里路》、画家邓治的《旧金山听雨》、于文涛的《美国西部绿色行》、陈国英的《高山雪莲》、杨超的《戈壁·石·风》、林中明的《太仓行·赋比兴》、王克难的《比萨饼》、陈绮屏的《半月湾四重奏》、城北的《网上的近乡情怯》、典乐的《我见青山多妩媚》、招思虹的《辛亥百年路侨心壮国魂》等等，还有美食文学也很有风味，如玄黄的《舌尖上的台湾记忆》、冰清的《蟹缘》。更有写感悟人生，冶炼情操的，如提琴制作国际大师曹树堃的《我的琴半生》、江蓝的《繁衍中的一环》、尔雅的《香水百合》、木愉的《洗碗洗到姐妹会》、梁应麟的《新娘子失踪》、唯唯的《毒气室》、王明玉的《我亲爱的熊熊》、许培根的《我在美国教中文》、卞若懿的《花见》、刘迪的《婆婆的星星》、苑慧的《奶奶》、李清的《爱的方式》以及蓓蓓的诗歌《致从不存在的重逢》等。这里有一个很有意思的现象，就是不少作品的作者，并非出自专业的作家或文字工作者，而其作品并不逊色于他们。这就说明了：文学是谁也垄断不了的，作家并不需要谁来钦定册封，是没有专利的。然而，一旦谁给自己戴上了作家的桂冠，他就有了作家的天职，作家的良心，作家的社会责任心和使命感，他就应当要为人类的公平正义博爱的美好事业，奉献终生。这本《作品选》可以作为证明。

该书的特色是每篇作品后都附有评论者的点评。

主编朱文斌、吕红在《后记》中表示：新世纪全球变局，科学飞速发展，技术全球化日新月异，传播手段的多元促使文学形态呈多元化，文学思潮、文学流派也因此不断派生、不停嬗变……这种全开放或多方位的转型，无疑使文学内涵更丰富，审美特性更繁复，还有技术性、现代性并行不悖互补交融，使得华文文学在北美的天空下逐步成长起来。

旧金山被称为美国华文文学的发源地，近几十年来，随着中国大陆新移民、留学生的不断涌入，华文文学发展得越来越繁荣，非常值得关注。从老侨民诗歌原始的文学形式，到美洲新大陆纪实文学的滥觞，底层生活形态的展示，白领众生相的描绘以及移民心路历程等等，都需要予以关注和研究。为此，浙江越秀外国语学院与美国华文文艺界协会签订了合作协议。合作协议内容主要包括：双方相互交换学术数据，包含学者的主要著作、出版社的出版物、相互交流相关的科学研究资料；相互邀请研究人员开展学术访问、讲学及共同主办国际学术会议等其他学术交流活动；共同筹建成立美华文学与文化研究中心，研究美国华文文学以及华人文化等，传承中华文明、共促文化交流。

中美学界强强联手，共同编选《蓝色海岸线o美国华文文艺界协会作家作品选》，是双方良好合作的开端，作品选全面展示了会员们的创作成就，从中可以观察华人移民作家如何以跨时空的人生阅历和个性化的语言来创作，如何用自己以前文学功底与异乡的生活催生的新的灵感相融合，如何表现东西方文化的差异和精神碰撞等。展读这些作品，我们充分感受到海外华文作家在艰难曲折中坚持华文创作，在创作上注重人格独立、人性解放和生命意识的深层揭示。以现实主义文学为主导，但也融入了浪漫主义、现代主义、后现代主义等多种风格元素，文体实验和多种话语体系的建构呈现出一种蓬勃的生命力，这也许就是海外华文文学的民族性、本土性与世界性等融合交叉与延伸的魅力所在。

《蓝色海岸线·美国华文文艺界协会作家作品选》共收录了40多位作家作品及评论，以作为第六届国际新移民华文作家笔会暨新移民文学研究国际学术研讨会的献礼。浙江大学中文系岳寒飞博士，浙江师范大学硕士刘世琴、于悦、王思佳，浙江科技学院硕士李翠翠，绍兴文理学院硕士黎丹丽、林岳斌等评论。[1]

三是文心社。成立于2000年11月，是一个以海外华人为主的非营

---

[1] 朱文斌、吕红主编：《蓝色海岸线·美国华文文艺界协会作家作品选》，北岳文艺出版社2020年版。

利性文学社团。文心社社员旅居海外各国,定期举办作品讨论会和文学讲座,在中文网站和海内外中文报刊上发表文章,文心社还与中国大陆一些有影响力的报纸建立了合作关系,通过他们向国内读者介绍社员的作品。其宗旨是促进海外华人文学创作的繁荣,推动海内外文学和文化界的互相交流。

四是加拿大中国笔会。1995年成立于多伦多,以旅加大陆作家和学者为主要成员,吸收中国港台和东南亚学人。笔会会员在海内外发表了数百篇小说、散文、诗歌和评论,其中不少作品获奖;出版了众多小说集、诗集、散文集和纪实文学集,出版了十几部长篇小说,其中有些作品已被搬上银幕。

五是加拿大华裔作家协会。华人中比较有影响的文化团体。1987年10月在加拿大政府登记注册,宗旨是促进加拿大和海峡两岸及世界各地华人文学的交流活动,加强加拿大和世界各地华人作家的友谊,交流文学创作心得,提高加拿大华人对创作及文学欣赏的兴趣。

六是火凤凰文化协会。一个以海外华人为主的非营利性华人文化社团。协会会员以中国文化、华文文学专业人士和爱好者为主。火凤凰文协的宗旨为促进海外华人文学创作的繁荣,提高会员的中文写作水平,推动海内外文学和文化界的互相交流,凝聚海外华人文化群体,弘扬中华文化。介绍海外华人的文学文化动态,以及其他族裔、语种和文化的优秀作品。

七是美国中文作家协会。英文为:CHINESE WRITERS ASSOCIATION of AMERICA。简称CWAA。宗旨是要通过网络媒体和平面媒体的互动,跨越国界和地域,为热爱汉语并用汉语进行文学创作的人们搭建起一个相互交流和相互切磋以及相互反馈的平台。同时,协会将通过学术交流,促进东西方文化的融合与汉语的传播。在2021年1月9日在网络平台举行第三届理事会换届全体会员嘉华年会。来自美国、加拿大、中国各地的美中作协顾问、会员、荣誉会员、特邀嘉宾近60人参加了会议。李岘主席在致辞和文情报告中，回顾了作协从创会（2015年）以来的创作成就以及今后的发展前景。作协网站刊登了近千篇散文、随笔、诗歌、小说、论说文、报告文学、戏剧及长篇小说和专著，文学活动包括"微论坛""命题征文""有声作品"等，出版的两本文集《心旅》和《心语》等。第二届作协副主席何绍义博士发表了感言。法律顾问王志明律师宣布：创会主席李岘博士全票当选为第三届理事会主席。作协理事会的文昊、胡沅、谭瑞钦、崔萍发言。副主席文昊为第三届顾问团成员颁发证书：法律顾问王志明，顾问周愚、曾晓文、贾非、李凡予、郭熙、余惠芬、吕红。作协秘书长胡沅解释了关于对作协章程修订。大会嘉宾 UCLA 东亚图书馆陈肃馆长和阿拉巴马大学马玲教授做专题发言。何绍义博士代表作协为陈肃馆长颁发了"文化使者奖"证书、著名华文专家、作协顾问郭熙教授为《心语》编委会成员颁奖。

此外还有北美作家协会、美国中国作家联谊会、北美新文艺学会、洛杉矶华文作家协会等比较重要的文学文艺团体。

什么叫身份建构？什么叫文化坚守？身在海外的移民自有切肤的人生体验。韩国著名学者朴宰雨教授阐述《当代中文作品翻译上的权利与困惑》；德国专家谢盛友分析《黑格尔的另一面》；旅美评论家于文涛对《美国情人》的读后感，王海伦《枫叶为谁红》，秋尘《情感的炼狱 生命的洗礼》等等，皆有心得。加拿大华裔作家薛忆沩夏初来旧金山，与年轻人 Oscar Trenam 相遇，灵感倏忽，激情迸发，《以文学的名义》/In the Name of Literature；中英文书写同一意境这本身就充满玄妙——文学想象与现实常人无法企及之彼岸……施玮长篇小说《故国宫卷》改为电影文学剧本，经洋教师译文 Nancy/Scrolls in Forbidden City (Excerpts)；陈曦/Celestine（中英文短剧）中英混合亦见创意。旅美教授清清回眸"上海弄堂的今昔"；女作家雅纯的"舌尖上的台湾"、许培根的"父子还乡记"等短小精悍；王克难英文诗 What a Beautiful LA Chinese Forum. 风味迥然。

第八章 海外作家的现代视域与融合态势

多年来学术界研究海外文学，比较偏重中长篇小说，其实在海外的文坛，大多数的笔耕者是在散文的园地耕耘，海外天地的宽阔和情感的自由，抒写性灵的文字尤其精彩纷呈。作家们不仅仅拘泥在乡愁的怀恋和精神上的何去何从，而是在极其纵横深入的领域表达自己独特的认知世界。作家又都毫无例外地在自己的本土出版著作或发表文字，将海外自由的创作风气融会在海峡两岸。大型散文系列丛书《美国新生活方式丛书》（光明日报出版社 2003 年版）囊括了北美 80 多位华文作家数百篇代表作品，总共六卷，可谓气势不凡。

在海外文学园地中，报纸的"副刊"是最快捷接近读者的传媒载体，亦是被更多人看见的文坛。生活在北美的笔耕者，几乎都曾将目光投向这些报刊峰峦叠嶂的绿岛。随着信息时代的到来，新的通信交通工具、新的娱乐方式、国际互联网等，极大地改变了人们的生活方式。但它在给人们带来便利的生活条件的同时，又极有可能使人的感性体验方式发生变异，"虽然人们可以通过打电话、看电视、在电脑互联网上建立与他人更广泛的联系，但毫无疑问，靠这种方式建立起来的联系明显带有虚假性，人们得到的是一大堆言语的、听觉的、视觉的现实幻影，失去的则是作为感性与理性统一体的自我的真实体验"。

尽管受整个国际政治经济大环境的变化影响，政治意识逐渐被平民意识取代，文学的宏大叙事也逐渐被消解，商业文化冲击了人们的文化消费——譬如报刊快餐文化、香港新派武侠小说、台湾爱情小说散文影响，消遣性的网络文化迅速传播，吃喝玩乐、插科打诨、谈情说爱变成了精神的避难所，曾几何时是先锋和新写实的宠儿摇身一变为世纪末最流行的颓废和媚俗。民众最需要的不是现代派而是通俗；文化掮客需要量最大的不是严肃作品，而是通俗文化。文化转型后，物质领域消费欲望的心理定式渐渐地转化为心理结构和阅读习惯。把物质消费习惯带进文学表面化形式，严肃文学的悲悯情怀、深度思考被瞬时性、表面化的、官能刺激性的内容取代。各种网络聊天和网络媒体纷纷应运而生，而网络写作也由最初泛滥到逐渐筛选成为平面媒体发表的另一来源。

在海外报刊或网络中不断涌现的新人新作,既显示出美华文学蓬勃发展的良好势头,同时也体现了北美作家群不断地有新血液注入的可喜气象。敏感、尖锐,交织在毛茸茸稚嫩中的激情、肆无忌惮的冲撞及不拘一格的挥洒,这是新人新作最鲜明的特色。网络写手虽然鱼龙混杂,水平参差不齐,但自由写作,没有任何包袱。捷克有个作家说过,比编辑的剪刀更可怕的,是作家自己心中的剪刀。当然他那是针对政治说的,不过在文学上也同样成立。如果是传统文学发表方式,小说都要经过编辑审查,像乔伊斯那样,光写一个人在床上辗转反侧就要写三十页,一般作者在这样写的时候心中不免有些惴惴吧?

黄曼君教授认为,"对现代文学经典的重新认识与发现首先是中国大陆的研究者和作家在多元文化语境下,充分发挥个人言说而得来的成果;其次也与台港澳学者和海外汉学界观念方法的影响有关。由于社会的开放,过去处于相互隔绝状态的大陆文学研究和海外文学研究实现了交流与互动,带来了同样建立在现代汉语基础上的不同的、新鲜的文学观念和思维方式"。[①] 如夏志清之于沈从文、张爱玲的研究,司马长风之于沈从文、刘西渭的研究,李欧梵对鲁迅、茅盾的研究,余光中对戴望舒、朱自清、艾青等的重读,又如新加坡的王润华对鲁迅、老舍、沈从文的版本研究和重新评价。因此对文学经典的重构,是在回归新文学经典本体的基础上,将时代精神、传统文化和文学的审美特性进行全方位整合。这种整合又被推向世界,成为全球化语境下人类共同文化的重要组成部分。世界华文文学在海内外多方面的努力下呈现出勃勃生机和无限发展的前景。

李欧梵教授在总结世界华文文学多年来的成就时曾表示:"我们试观这一百年来的中国近代史,其改革的动力往往产生于沿海边缘,而以新的思想向内陆挑战,逐步迫使内陆的中心承认变革的事实。所以,我

[①] 黄曼君、王又平:《中国20世纪文学理论批评史》,中国文联出版社2002年版。

认为，在20世纪末的中国，所谓的海外已经不是边缘，或者可以说，边缘文化已经在逐渐瓦解政治上的中心。"①

在多元文化语境下，将过去处于相互隔绝状态的海外华文文学研究实现交流与互动，将时代精神、传统文化和文学的审美特性进行的全方位整合。这种整合又被推向世界，成为全球化语境下人类共同文化的重要组成部分。② 尽管同样面对现当代文学，海内外研究模式迥异，而最终无疑将指向一个目标，即作为重要的话语资源与参照系统，将形成"多元共生、互补交融"的格局，进而推动世界华文文学创作朝着纵深方向拓展。尤其令人瞩目的是，这些华裔流散作家的写作已经同时引起海外汉学家和文学史家的重视，并被认为对重新书写文学史和重构文学经典有着重要的理论意义。

著名文学评论家李继凯教授认为：从近现代以来的文化思潮以及文艺思潮角度来观照文化、文艺的发展变化，就会看到不同"主义"的文化思潮或倾向及其影响下的文艺思潮。无论是文化理想主义、文化激进主义还是文化保守主义，都有如何维系和发展文化的考量；无论是文艺思潮中的现实主义、浪漫主义还是现代主义，也都有如何承继传统、创化新作的探索。其实，在所有这些"主义"各有所秉的思潮的深处，都涌动着"文化磨合思潮"的潜流，包括作家在内的文化人士不论信奉什么"主义"，其骨子里都期望着通过不同文化的对话、互动、融合、会通或衬托，来实现自己心中的文化愿景。③

诚然，文化不可能一成不变、机械复制，文学更不能千篇一律、万人一面。从理论或思潮层面言说，文化必定是要不断创造、发展的，文学毕竟也是要有所"创作"、创新的，这应当是一种客观规律和基本要求。近些年来，社会和学术界的思想相当活跃，却也相当纷乱，其间二

---

① 李欧梵：《四十年来的海外文学》，收入张宝琴、邵玉铭、痖弦编《四十年来中国文学》，（台北）联合文学出版社1995年版。
② 黄曼君：《新文学传统与经典阐释》，湖北教育出版社2005年版。
③ 李继凯：《从文化策略视角看"大现代中国文学"》，《文艺争鸣》2019年第4期。

元对立思维模式依然常被某些人套用和发挥。其实在文化实践层面，笔者认为人们的文化主张固然可以不同，但对"文化磨合"及"文化创造"的期待与追求才是最根本、最核心、最关键的。因为无论古今，只要有真正的文化传承和创新就可以磨合成真金，化成文化创造的硕果。

世界在缩小、文化在融合，移民也在为融合做着各种努力，身为作家如何看待文化融合趋势并顺势而为呢？当各种文化的交流磨合会通成为不可逆转的文化发展趋势，具有广泛性的文化生态，大作家和经典作品创作都离不开丰富多元的文化滋养。文学史上的经典，便要承认经典既是历史生成的，也是通过不断"接受"建构而成的，因此具有历史和动态的特征。恰如童庆炳先生指出的那样："文学经典是时常变动的，它不是被某个时代的人们确定为经典就一劳永逸地永久地成为经典，文学经典是一个不断的建构过程。"而持有不同的文学史观或审美观的具有"话语权"的学者，也可以像作家从事创作那样，在从心中到笔端的"文心雕龙"过程中，伴随着主体能动性的发挥，往往各显神通、各有发现，从而创构出或推举出不同的经典建构序列或层次（如王瑶和夏志清、黄修己和李欧梵、陈思和与顾彬等就是各自表达的典型案例），即使对待同一位文学史上重要的或活跃的作家（如沈从文或张爱玲），是否视其为"经典"作家及如何把握论析也会颇多争议。在文艺领域，仁者、智者式的争议可谓此起彼伏，很难止息。即使就"鲁郭茅巴老曹"这些似乎早已被文学史经典化的作家，也有诸多较大的争议。但在我们看来，他们在中国现当代文学史上经典地位的确立，既是由他们自身的成就所决定的，也离不开历来持续"书写或重写"的文学史和开放的学术界对他们的评价和定位。然而就在这种不断经典化的过程中，某些刻意彰显的东西却也会造成对作家本体某种程度上的遮蔽和扭曲。那种"万全"或"万能"的文学史是不存在的。

第三节　跨界经纬　海外创作与学术史料整理的对话

近年来，海外华文文学写作不但数量激增，而且已经形成自己的风格。站在全球华人的角度，站在文学的角度，站在审美的角度，海外华人作家的厚重之作令人刮目相看。当代世界文学的传世之作很可能出现在海外华文作家之中。海外华文文学社团、期刊网络史是华文文学史书写的重要史料基础，也是海外华文文学发展的重要资料。需有规模地系统而科学地把华文作家、社团及其期刊的档案建构起来，建立数据库等智库，从本学科层面必须着手的基础性建设工作，也是海外华文文学研究的硬性标志以及物质性基础，具有重要的史料传世价值。

于文涛：中国有句老话：有缘千里来相会。这个"缘"就是"海外华文文学"。你是《红杉林》美洲华人文艺总编，我是洛杉矶维基奥秘百科网站博客主笔和亚特兰大华人写作协会顾问，因为研究海外华文文学史论的共同兴趣而走到一起。对许多理论问题抱有浓厚的兴趣，为研究课题抛砖引玉，希望在华文文学的内涵与外延上拓展，为促进华文文学经典化做出自己的探索及贡献。

吕红：很高兴与你在国内继续讨论华文文学。有关世界华文文学研究，一般涵盖海外华人文学、华文文学和新移民文学研究。中国大陆学者对海外华人文学的研究，起始于20世纪70年代末80年代初的台港文学研究。当时，首先关注台港文学并在大陆倡导此项研究的是广东、福建等沿海地区的学者。1986年在深圳大学举行的第三届研讨会议的名称更改为"台港暨海外华文文学国际研讨会"。说明大家已经认识到台港文学与海外华文文学的差异性。1993年在庐山举行的第六届研讨会上，与会代表有感于世界范围内的"华文热"正在加温，正日益成为一种世界性的文学现象，经过充分酝酿，"世界华文文学"被正式命名，这意味着一种新的学术观念在大陆学界出现。从此开始建立了华文文学的整体观。这二十多年来，经历了对海外华文文学"空间"的界定、历史状态和区域性特色的探索、与中华文化关系探源、如何撰写海外华文文学史等重要问题，进而转入世界华文文学的综合研究和世界华文文学史的编撰，以及从文化上、美学上对各种理论问题的思考。

于文涛：我认为，华文文学是指华人作家（包括少数非华人作家）使用汉语创作的文学作品（包括文学评论与文学史）。世界华文文学包括中国文学和海外华文文学两大板块。中国文学的范畴包括中国的大陆、台湾、香港、澳门；海外华文文学的范畴主要包括欧洲、北美、东南亚、澳新等地区。你能否对海外华文文学研究的现状与走向做一个概括的分析？

吕红：这个问题可能比较微妙，目前就学术界看，中国文学是不包括世界华文文学的，世界华文文学仅指中国大陆以外的欧美、澳洲或其他地区华人文学创作与研究。当然，海外华人作家是个数量庞大、情况复杂的群体，需要在细致的划分下分别论述。就地域而言，生活于欧洲和北美、澳大利亚等地的华裔作家与东南亚诸国的华裔作家，由于地域和文化的差异，写作中的文化意蕴也是纷繁复杂的。除了地域上的区别，代际区别也是个重要因素。在其居住国出生并长大的华裔作家，与成年后才移居外国的第一代华人移民作家，不仅在文化认同上有着极大的差异，他们的作品所体现的中华文化底蕴也有极大的差异。而且1949年之前从大陆移居国外的华人、20世纪五六十年代由台湾移居到国外的华人，和大陆改革开放后移居国外的华人，在移民的构成、移民的心态以及他们在居住国的生存和发展状况等方面都有区别。因此，近年来有专家提出，对海外华人文学的研究，除了已有的国别维度，还需要建立分期、分群等更多的维度，才能更加有效地对这一领域进行研究。

于文涛：《红杉林》经常刊登一些有分量有独立见解的理论文章，特别是以关于海外华文文学的理论研究为主，我很爱读。我认为，文学

第八章　海外作家的现代视域与融合态势

世界是由作家、理论家和读者共同营造的。不知你在编刊过程中是如何促进那些有真知灼见的文学评论家与海外作家相互交流的？

吕红：正如我们在对话中所分析的，有分量的评论或者文学史如果没有深刻的认识深邃的思考、扎实的学术史料为根基，充其量也就是综合性的各个社团资料汇编。让我们回顾一下那些在历史上有影响的文学巨著，让我们看一看那些早期19世纪或20世纪中外史家编的文学史，前辈同辈文学批评家们那些专著包含了多么深厚的思想内涵，汇聚时代潮流的精华，甚至是思想艺术的一种综合，让人受到深刻的震撼和深刻的启迪。

2004年金秋，作为美国华文文艺界协会副会长，我应邀在威海出席中国世界华文文学大会，与参会的海内外作家与专家学者，其中包括张炯、杨匡汉、饶芃子、蒋述卓、王列耀、古远清、江少川、黄万华教授等建立联系，与张错教授、朴宰雨教授、卢新华、严歌苓、张翎、刘荒田、陈瑞琳、施雨、林湄及专家学者们等同登泰山。2005年秋，中国世界华文文学学会当时是秘书长王列耀教授邀请本人到暨大进行学术演讲，并同世华文学教师研修班分享创作心得。在增城文学高峰论坛做报告；接着到福建厦门华侨大学、福州等地参加研讨，并与刘登翰、杨际岚、刘小新、袁勇麟等座谈。

为了让来自不同地域、不同领域、不同风格的创作者宝贵文思、呕心沥血的精神产品有交流的平台，《红杉林》独树一帜，荟萃人文，有历史担当。办刊人员既是创作者，也是传播者，具有专业素质及奉献精神。顾问团、董事会及编委们活跃在地广人博、中西交会之处的北美华人社区，依托侨团与文化团体人脉资源共荣共生，搭建交流平台，促进海内外交流，功莫大焉。《红杉林》创办发展这些年，也正是海外华人创作蓬勃发展的时期；恰逢互联网与纸张印刷术新旧交替之际，无论是传播形式还是思想观念都面临着巨大的改变。技术载体的改变，致使某些传统形式式微，但又催生了微博微信等新的传播手段。有人说，互联网时代，不等于传统就此终结，要推开新的大门，走进更广阔的世界。人们希望看到不只回望过去的，而且是面向未来的传媒载体与文化力量。

"知识分子首先应该是社会的良心。"站在文化的高度，"位卑未敢忘忧国"，扛着责任、怀着信念，一路前行。从北美到欧亚一系列专辑，包括辛亥革命百年专辑、北美国际论坛专辑、世界华文文学专辑、世华名博专辑、海外女作家专辑、美华文协专辑、海外文轩专辑、北海采风专辑、美华专辑、欧华专辑、加华专辑等，以及陕西师范大学高研院学术论坛专辑、香港科技大学"五四"百年纪念专辑等，对海内外创作研究起了相当强力的推动作用。

于文涛：近年来，海外华文文学写作不但数量激增，而且已经形成自己的风格。站在全球华人的角度，站在文学的角度，站在审美的角度，海外华人作家的厚重之作令人刮目相看。他们的潜力不可等闲视之。当代世界文学的传世之作很可能出现在海外华文作家之中。有人说海外华文文学，在所在国处于边缘，没有进入主流；在母国又被视为旁支。我本人不这么认为，华文文学没有必要进入英语文学或法语文学或西班牙文学或阿拉伯语文学的主流。有志气有才气的海外华文作家，要变被动为主动，变"左右不靠"为"左右逢源"。我读过一些美国华文作家的作品，同中国大陆作家的作品确实不一样，有一点"怪味豆"的味道。有点"怪味"是件好事，说明作家吸纳了所在国的风味风情风格，改变了自己的"原汁原味"。为什么会有这种转变？有几个原因：生存环境改变了，衣食住行的习惯同以前不一样了；政治生态改变了，只要不触犯法律，不必担心"因言获罪"；写作语言也变杂了，无意之中变得南腔北调，甚至夹杂了外语词汇；写作风格也更自由了，可以猎奇，可以乱搭，可以随心所欲，酣畅淋漓。总之，不论在选材上，在语言运用上，在写作风格上，都变异了、突破了、升华了。

吕红：其实，这也是海外作家为什么走遍海角天涯、五洲四海，锲

第八章 海外作家的现代视域与融合态势

而不舍孜孜不倦追求的境界——"诗人对宇宙人生，须入乎其内，又须出乎其外。入乎其内，故能写之。出乎其外，故能观之。入乎其内，故有生气。出乎其外，故有高致"。

前不久无意中发现有篇论文提到本人多年前发表在《长江文艺》的中篇小说《曾经火焰山》，评论该作品是对传统人文精神的坚守，其所包含的对人精神的现实关怀和终极关怀中的价值观的不同层次和关系。强调那些站在人文知识分子的立场上，不断充实、完善自身新人文精神的都市小说家，是充分发挥创作主体意识、具备强烈的历史和社会责任心的"精神界的战士"。这种建立在热爱人和生活、不懈追求、创造人生理想基础上的责任感，犹如精神界中不灭的火种，终会形成燎原之势，激励更多富有责任感的小说家通过文本中人物的塑造，帮助现代都市人抗衡日益世俗肉麻并缺乏想象力的现实环境，找到灵魂栖息的家园。

我们需要更丰富、更复杂的文学世界观。程国君教授点评我最近发表在《侨报》的小说："在严歌苓、张翎、陈河处看不到的东西你处能看到，纸醉金迷、灯红酒绿里的坚守，谁人能识？全球化中的秩序瓦解、个体化过程和身份转换中对于人的新认知，哪个能见到？远行中的激情，无限性的迷惘，何人识得？当然，新感觉现代主义叙事开辟的路上的身影也有人赏识，《侨报》的人还是有眼光！《侨报》识你！"文人学者的快速点评也是一个很有意义的呈现方式。

于文涛： 我认为，海外华文文学，归根结底，应当归属于华文文学体系。尽管其中可能多数作者已经加入所在国安居乐业，有了身份归属，但是他们的文化基因没有完全改变，也不可能完全改变。他们在写作中所使用的汉字，他们的生活方式、思维方式、审美没有完全改变。他们同中国大陆仍保持着千丝万缕的联系。他们的"文学数据库"中仍保存着屈原、李白、杜甫、苏东坡和曹雪芹的密码。比如散文家刘荒田，作品不但在北美地区华人圈内畅销，而且在国内读者群中也颇有影响。还有不少海归作家。这就说明，世界各地的华文文学都拥有共同的

"根"。经过这些年域外经历,你创作心态、阅读感受有什么变化?

另外,从你创作与其他文类来看,我觉得你阅读范围比较广泛,大概哪类书?

吕红:每次回国的话都少不了逛书店,这是一大乐事啊。每次返回海外居住地,那个行李箱往往是超重,嗯,几乎满满是书,有时亲友不理解,而今网络发达,可以在线阅读或下载电子书,干嘛累得气喘吁吁搬箱倒柜地带那么沉重的书呢?呵呵,当然了,除了专业研究方面的一些书籍,文学类也会带一些。有的书甚至自己都买过好几种版本的。或许,这是某种怀旧情结使然?阅读会让我对人生充满了新鲜的感受!

回眸早年的文学熏陶是小人书,从小人书来又回归到小人书。记得有一次去寻找我母亲的根,到了安徽绩溪,看到有人在卖小人书《红楼梦》,十六本,我当时犹豫不决,怕带着太麻烦。走了老远,又折回,还是原价买下来。一套书带到了旧金山,夜里躺在床上一本本地翻。黛玉焚稿,焚稿之后,生命就是尽头。凄凉的紫鹃在躺在床上哭,令人感到撕心裂肺的痛苦。留下唏嘘与无尽的追索,但在另一方面又让一代代读者感到温暖与欣慰。仅这一点来说,文学意蕴与人性温度是能够穿越时空而存续的。

有一个现象值得一提,就是文学作品改编成影视剧的非常多,这种强大的视听语言无疑也是给日益萎缩的文学类书籍注入了活力。文学作品被改编成电影或者电视连续剧。那么看电影两种,一种看故事,一种是不看故事,那么发泄、发现、思索和感觉,让你用心灵去体会的,而不是通过故事来刺激。当然一个好作品故事很重要,但在我那个年龄段的时候,对故事反而不那么在意,特别去看一些心灵的东西,意识流和内心独白比较有强烈的个人化风格,女性作家比较在乎那些稍纵即逝的、曾经有过的激情与感动、那些擦肩而过的惋惜。

我们的文化是有一个断代的,社会经历了这么多的历史运动,而当代文学划分前十七年和后十七年，思想解放运动之后，世界文学或某种文学思潮也成为接触异域文学的通道，比如得了诺贝尔奖的马尔克斯的魔幻现实主义，还有哲学的存在主义。波伏娃的《第二性》，这些在我们的创作或研究、在我们的写作视野里，或多或少地产生过影响。尤其是世界经典作品改编的影视作品。这一代最初萌发文学梦是在禁锢与解禁时期，呼啦啦一大批涌进的世界电影打开视野；艾丝美拉达与丑陋却善良的敲钟人、冉·阿让都曾让我们的心灵受到强烈震撼，雨果真是了不起！世界文学经典像《红楼梦》《巴黎圣母院》《悲惨世界》《大卫·科波菲尔》《简爱》等。那些人物百年千年之后还活灵活现的，并没因时空转换而消失。

因受文艺思潮影响，那些呼唤人性的新时期的作品深深打动了我们。还抄哲学笔记，黑格尔的，康德的，歌德的，都有，还有叔本华的，一一历述人生的痛苦。一切生命，在其本质上皆为痛苦。萨特，存在先于本质。受老师的影响，读一些很生涩的哲学书，尽管读得枯燥无味还不舍得放弃。思考是西方文学的一个特点，或是学院派作家的特点。那些作家良知与勇气恰如灼热的阳光，为社会进步和净化鸣锣开道！更多为呵护内心的真理与真相而始终走在时代前列。或许放在传统语境下，有时显得有些异类异端，与中国传统的写作方式是不同的，一些对于社会的一些反思，以文学语言用意识流用内心独白把它表现出来，痛快淋漓。在海外读最新的西方作品未必比在国内多，与距离远近无关，与环境背景无关。反而是国内读者更快捷追踪西方最新作品。用一个或许不那么恰当的比喻，就好像名牌，国内人追求的程度远远超过身在西方世界的海外华人。还有一种感受，真正的中国优秀传统文学经典，仍是文化的精髓。不是说现代网络科技能够取而代之的。

于文涛：对海外华文作家以及对他们作品的评价，一定要"一分为二"。一方面，确实涌现出一大批德艺双馨的海外华文作家。就我接触知晓的范围，就有北美的黎锦扬、周腓力、哈金、严歌苓、张翎、刘荒田、吕红、岑岚、若敏等大家。另一方面，确实存在一批"文学爱好者"，但写作潜力无法估量。我们当前最急切的目标，不是选拔几个"大师"，而是营造一方可能出现"大师"的土壤。海外华文文学的选材大致可分三大部分。第一部分，作家本人在所在国的打拼经历与切身感受；第二部分，作家本人移民之前在母国经历的回顾、梳理与反思；第三部分，两种经历的交叉与闪回。不管选择什么题材，作家本人的理念与风格必须"出新"。既然移民到异国他乡，既然改变了以往的生活方式，既然接触到新的理念、技巧与审美，是海外文学创作中的优势对吧？

吕红：记得中国文坛流行过一种说法，就是越是民族的就越是世界的，越是土得掉渣的，就越能抓老外的眼球。似乎不太喜欢那种东西，嗯，可能是跟我的审美趣味有关吧。但是我没有发言权的原因就是我不是全部看，我也是感觉到看一部分颇有新鲜感。余华的《兄弟》也看了，风格很鲜明。

前两年有报刊约稿海外作家如何看待中国的文学？颇有意思的现象是：在国内文坛，若是谁的作品出格或锋芒毕露或标新立异踩到钢丝或地雷，极可能被禁；而一禁甭管是真是假立马就会拥有读者群或引起海外各大大小小出版机构的青睐，不同文本翻译的版权版税甚至电影改编权与各种奖项，也就应接不暇呼啸而至，真是所谓典型的——墙内开花墙外香！

当然，这有点像赌博似的在冒风险，风险越高，增值的可能性就越大。也难怪有人说，从来成大事者，都是一肚皮不合时宜。似乎只有与外在束缚或什么禁忌阻力障碍的撕扯中，个人创作的潜力激发受到刺激才突然蓬蓬勃勃向外伸展。

陕西作协主席陈忠实创作的《白鹿原》是当代文学一里程碑，因缘际会，我也见到他本人，并采访刊发在《红杉林》杂志。读者对其非常敬佩的。虽有人对书中描写男人娶了七房女人表示诧异，但是我认为那只是一种叙事策略，似让人去寻找其中的吊诡。

第八章 海外作家的现代视域与融合态势

于文涛：海外华文文学的文学理论与文学批评是比较薄弱的环节。目前，不要急于形成共识，不要追求舆论一律，要各抒己见，百家争鸣。对一个作家的论定，对一部作品的点评，对一种观点的取舍，均需要实践检验。即使对那几位独占鳌头的作家，也要用一分为二的观点具体分析他们的作品：哪几部是力作，哪几部是急就章，哪几部是败笔。不要武断地"排名次"，因为"仁者见仁，智者见智"，因为"萝卜白菜，各有所爱"，因为一切都是相对的、流动的、变化的。有的少年得志，有的大器晚成，有的越战越勇，有的越走越衰，最后是江郎才尽，偃旗息鼓。因为本人被特邀评论员，所以也比较关注新移民作家作品，包括一些学术研究，感觉国内高校研究者对这片领域研究得还不够深入，你对此有什么想法？

吕红：这项研究虽然前年有所突破，但还需要继续深入。正如专家程国君教授所总结的：海外华文文学社团、期刊网络史是华文文学史书写的重要史料基础，也是我们认识海外华文文学发展的重要资料。为了促进海外华文文学研究的深入和发展繁荣，由文学院程国君教授牵头开启的这项研究课题可以说是恰逢其时。他认为，对于海外华文文学阅读和研究最大的困难是资料的收集和整理。加上海外作家、社团以及期刊的"不在场"的不便以及沟通、交流的困难，没有统一体制基础，多地多元的处境等原因，国内学术界尽管有多个世界华文文学研究中心及资料中心，但此项研究还刚刚开始，也缺乏有效的智库建设，而有规模地系统而科学地把华文作家、社团及其期刊的档案建构起来，建立数据库等智库，是本学科"供给侧"层面必须着手的基础性建设工作，也是海外华文文学研究的硬性标志以及物质性基础，具有重要的史料传世价值。我觉得这是非常具有现实及历史意义的。

前几年在旧金山举办的北美华人文学国际研讨会，苏州大学博士石娟就以《红杉林》为研究对象，论文也刊发于《世界华文文学论坛》，2017年在浙江大学举办的国际学术研讨会上石娟再次提出《海外华文文学报刊研究之必要性及困境》：海外华文文学研究先以港台文学为中心，近年来延伸至世界华文文学。三十余年，成果众多，但多年来，微观层面，重心多关注于文本研究和作家研究，宏观层面，以概念、范畴的辨析和界定，新的研究方法、研究视角和理论工具的运用和发现为主导，始终是真正的"文学的"研究。无论从数量还是从内容上，都无法与现有的海外华文文学研究体量相呼应。作为文字的有形载体，也作为文学场域之一种，华文报刊的历史现场若不能得到系统梳理、开掘以及还原，必然会"一叶障目，不见泰山"，而作品研究若失掉了其赖以依托的载体以及背景，必然在解读以及研究上存在各类盲区，对作品价值的判断也会失掉其应有之本义。有鉴于此，在海外华文文学研究如火如荼的当下，进入海外华文文学报刊研究，显得十分必要。

随着全球化趋势、海外中文热以及东西方文化交流的日趋频繁，华人传媒无论是内容还是形式，都发生了质的飞跃及变化。而这种流变恰恰传达出科技文化与社会人生所呈现的相互影响、相互作用的关系。所以，我们要坚持在海外办刊有这几点原因：尽可能多样性，发现在艺术上创新、思想上突破窠臼的好作品，没有条条框框，没有体制上的约束，百花齐放、百家争鸣，没有人情关系稿，不需要迎合某些需要，虽然有经济压力，但海外有识之士仍像爱护自己的家园一般爱护这个来自全世界爱好者耕耘的艺术花园。

于文涛：尽管海外华文文学的历史较短（只有近当代史，没有古代史），就涌现出的作家和创作出的作品而言，已经可以编撰一部海外华文文学简史了。目前已经出现几部类似的简史，但远远不够。修史是项大工程，需要大量人力、物力和财力。陕西师范大学有志于此项工程，这是一件功德无量的大好事。我认为，编撰海外华文文学简史需要从纵横两个方向进行。纵的方面，从早期苦力移民的零散之作开始，中经缓慢的外交官与留学生华文文学阶段，再到当下波澜壮阔的新移民华文文学鼎盛时期。横的方面，可以侧重四大板块（欧洲、北美、东南亚、澳新），兼顾其他地区。简史包括：断代史、大事记、主要流派、主要社团、代表作家、经典著作。

海外华文文学的兴衰取决于华裔移民在所在国的沉浮。华裔强，则海外华文文学强；华裔衰，则海外华文文学衰。目前的新移民正在走强，所以海外华文文学也呈兴旺之态。至于五十年之后，一百年之后，随着"黄香蕉"一代对汉字的不断陌生，海外华文文学有可能弱化甚至消失。当然，也有另外一种可能，随着中国国力不断加强、影响不断扩大，全球出现"汉语热"，海外华文文学的疆域甚至会出现意想不到的拓宽。不但有华裔移民在坚守，而且有一部分非华裔加盟。然而，这些仅仅是预测而已。

吕红：从史料出发描述出欧美华文文学的总体面貌，为文学史写作提供完备的一手资料。同时，可为知识界提供丰富的华文叙事及其传播的文献信息，为世界华文文学发展和研究提供坚实的丰富的资料基础。这是重大的文化基础建设工程，既有重大的文化建构功能，又有重要的史料传世价值。21世纪以来，北美华文文学一枝独秀，《红杉林》至今十余年，出版共五十余期，从创刊到出版适逢海外华文文学从创作到研究的快速增长期。对其生产与消费机制以及刊物风格及流变的研究，或许可以使我们得以更清晰地窥见21世纪以来北美华文文学发展的脉络及文化走向，海外华文文学的研究从文本走向现实，从文学走向社会，从文人走向华人世界。正如石娟博士所言：《红杉林》在有限版面中呈现学理研究，每期以专栏形式发表国内学人的华文研究成果，为华文文学创作以及国内外研究者提供了学术交流平台和理论支持，对海外华文文学创作功莫大焉。正因海外华文作家及刊物与国内文化机制的差异，更显出华文传媒以及华文文学之于民族血脉难能可贵的精神价值。

如在海外华文报刊全面系统梳理的基础上得以厘清，也为当代海外华文文学的历程，留下一份"信史"。除了石娟博士的研究，还有在洛

❖❖❖ 身份认同与文化建构

杉矶大学访学的刘颖慧教授做的研究课题,《北美华文文学传播视阈中的华文报刊》有对报刊历史与现状的研究,她与伯克利大学东亚图书馆合作,发掘了不少有价值的资料。一些博士硕士也在做这方面的研究,向我们索取资料。近年颁奖给《红杉林》杂志的主流政要有美国国会议员赵美心(Judy Chu)、加州参议员威善高(Scott Wiener Senator)、加州第17选区州众议员邱信福(David Chiu)、第19选区州众议员丁右立(Phil Ting)、第25选区州众议员朱感生(Kansen Chu)、第28选区州众议员罗达伦(Evan Low)。加州主计长余淑婷(Betty Yee),加州财务长马世云(Fiona Ma),旧金山前市长纽森(Gavin Newsom),李孟贤、布里德(London Breed)及市议会等。赵美心称赞美国华文文艺界协会及《红杉林》对促进中美文化交流的贡献、对促进社区和谐发展的贡献。都柏林市(David Haubert)大卫·休伯特市长贺函:"鉴于《红杉林》杂志十多年来汇集了来自美国和世界其他地区的华人作家和艺术家,以促进人们之间的文化交流,增进和谐与友爱。特此恭贺并鼓励大家加入该组织的使命,培养独立思考的精神,并通过创造性写作来改善生活和社会。"

于文涛:你认为,对于世界文学发展我们的研究者应该如何把握其中的脉络?

吕红:正因为世界文学的影响是整体性的、相互的,虽然时代在变化、科技日新月异,但文学是人学、人性是永恒的。写论文也好,对话也好,可以碰出火花。如今人们对文学史这个话题很关注,是好事情。关注特别经典的作家作品、文学思潮、相应的有影响的文学运动,构成文学史的一个主要脉络!是一种众声喧哗,是汇聚大海浪花之总和。文学是一个时代的反映、是人类精神文化的成果。而作为研究者来说也许精力、时间及资源有限。虽然互联网发达,很多资讯在网上可以找到,仅覆盖一部分或一个层面。所以包容性及眼界开阔是很重要的。比如像王德威教授,他的学术研究总有新意,而且拿得出有分量的学术论证,这一般人是做不到的，凭着感觉或思维敏锐，有很强的创新意识、深厚的文化底蕴，同时具有前瞻性，在这种高度上做出成果才有其不凡意义和价值。总的来说，世界文学影响和对当代文学的发展，一波接一波，长江后浪推前浪。王德威教授从他《被压抑的现代性》中谈到的"没有晚清，何来五四"，到《抒情传统与中国现代性》中对中国文学"有情"历史的召唤和重新叩问，再到现在的"华语语系文学"，王德威的研究从来不缺少批评和争议，但又总能以新的理论构架、新的诠释方式带来明确的启发。新作《哈佛新编中国现代文学史》（英文版）又在尝试文学史新的撰写方式。"文学史的编撰本身就是一个充满历史话题性的过程"，不同的观点跟风格，它所造成的一个文学史的大的叙事架构，势必对我们现在所熟悉的这种不论是集体写作的或者个人写作的，刻意的强求一以贯之的文学史模式，都是一个相当的冲击。

新移民作家的创作实力不可小觑，但目前还有很多题材和内容需要深入发掘，很多东西需要好好梳理，才能创造出有深度和厚度的文学经典来。所谓的跨文化影响不是仅仅在某部作品中体现的，而是需要有个沉淀和累积的过程，也要有个寻求最佳状态的机缘。当然，新移民作家出国后首先是观念的改变，看人看事不是单一的、纯粹的而是多元的思维方式；写作上也更有意识地探索某种新的表达策略，有些作品虽然不一定成熟，但总希望去尝试，毕竟文学作为人学，其特殊性在它以人为对象的刻画描述中，包含着精神血脉所要探求的一切。几千年的文学有多种流派、多种表达，共同构成了延续至今并将延续下去的生命的自我表达。

第四节 从身份困扰到哲学思考

一个人必要首先确立自己的文化身份，才能在人文舞台上发出独立的声音。知识分子都具有相似的离散经验。自我放逐者则不再于现有的身份体系之中努力，转而试图进入另外一个身份体系之中寻求。毋庸置疑，人之身份不能脱离既有坐标体系而被定义。对身份的追求从某种意义上来说体现价值观念和文化认同，在这个过程中人们常常忽略甚或无视逻辑和秩序中根深蒂固的利益、种族、文化歧视与偏见，以及贯穿始终的经济、政治和话语上的不平等。身份不由血统决定，而是社会和文化的结果，是一个族群或个体界定自身文化特性的标志。"种族、阶级、性别、地理位置影响'身份'的形成，具体的历史过程、特定的社会、文化、政治语境也对'身份'起着决定性作用。"① 总之，文化身份"决不是永恒地固定在某一本质化的过去，而是服从于历史、文化和权力的不断'嬉戏'"。②

在西方，自启蒙主义始人们相信存在一个完整自我（a complete self）。构成社会内核的完整主体被认为是稳定和连贯的。尼采挑战完整主体的观点，认为"'主体'并非给定的，它是某种添加、发明和投射到已有事物背后的东西"。弗洛伊德提出无意识对自我控制的颠覆，从心理学的角度证明完整主体是不切实际的。结构主义否定主体作为意义创造者的地位，后结构主义继承对主体的批判态度。福柯提出主体是可以被构建的："个体不是给定的实体，而是权力运作的俘虏。个体，包括他的身份和特点，都是权力关系对身体施加作用的结构。"哈贝马斯提出身份在一定程度上是"我们自己的设计"。后现代主义进一步分化瓦解主体的整体意识，主体的身份认同危机加剧。后现代主体呈现一种去中心（de-centering）的特征。斯图亚特·霍尔说："主体在不同时间获得不同身份，再也不以统一自我为中心了。我们包含相互矛盾的身份认同，力量指向四面八方，因此我们的身份认同总是一个不断变化的过程。"③

其实，在社会群体中获得承认或身份的尝试几乎从人类文明诞生的

---

① 张京媛主编：《后殖民理论与文化批评》，北京大学出版社1999年版，前言，第6页。
② [英]斯图亚特·霍尔：《文化身份与族裔散居》，罗钢编：《文化研究读本》，中国社会科学出版社2000年版，第211页。
③ 转引自何成洲《身份认同背后的利益》讲稿（未出版），2007年。

那一天起就存在。这些力图做到标新立异别具一格的人，则希望在这个复制生产的年代寻找到自己特殊的身份与归属感。"不仅如此，一如安迪·沃霍尔在其著作《从 A 到 B 与其重复：安迪·沃霍尔的哲学》中宣称的那样，当下创作与时常行为之间界限的模糊，可以使那些最没有天赋的人有机会轻松地实现自我。"①

"作为一个整体的人类文化，可以被称作人不断解放自身的历程！"卡西尔在《人论》② 一书中力图论证的一个基本思想实际上就是：人只有在创造文化的活动中才成为真正意义上的人，也只有在文化活动中，人才能获得真正的"自由"。因为在卡西尔看来，人并没有什么与生俱来的抽象本质，也没有什么一成不变的永恒人性；人的本质是永远处在制作之中的，它只存在于人不断创造文化的辛勤劳作之中。因此，人性并不是一种实体性的东西，而是人自我塑造的一种过程：真正的人性无非就是人的无限的创造性活动。

换言之，人的身份特征，人的与众不同的标志，既不是他的形而上学本性，也不是他的物理本性，而是人的劳作。正是这种劳作，正是这种人类活动的体系，规定和划定了"人性"的圆周。语言、神话、宗教、艺术、科学、历史，都是这个圆的组成部分和各个扇面。因此，一种"人的哲学"一定是这样一种哲学：它能使我们洞见这些人类活动各自的基本结构，同时又能使我们把这些活动理解为一个有机的整体。

科学、艺术、语言、神话等都是人类文化的一个方面、一个部分，因此，它们内在地相互联系而构成了"一个有机的整体"——人类文化。归根结底，所有这些活动都是人创造他自己的历史——文化的历史——的活动，所有这些活动的产品都是"文化产品"，所以，虽然这些活动都是各不相同的，虽然"这些力量不可能被化为一个公分母，它们趋向于不同的方向并且服从着不同的原则。但是这种多样性和不可比较性并不

---

① 朱步冲：《吉尼斯主义：黑啤酒和身份焦虑》，《三联生活周刊》2005 年第 7 期。
② ［德］恩斯特·卡西尔：《人论》，甘阳译，上海译文出版社 1985 年版。

意味着不一致、不调和。所有这些功能都是相辅相成的。它们各自开启了一个新的地平线并且向我们显示了人性的一个新的方面"。"如果'人性'这个词指称着任何什么东西的话，那么它就指称着：尽管在它的各种形式中存在着一切的差别和对立，然而所有这些形式都是在向着一个共同目标而努力工作。"这个"共同目标"就是创造人自己的历史，创造一个"文化的世界"！因此，说到底，从事历史创造活动的人，尽管在不同的活动中具体的目标、具体的结果、具体的过程各不相同，但都必然地趋向于一个共同的总的目标、总的结果、总的过程——在创造文化的活动中必然地把人塑造成了"文化的人"！这就是人的真正本质，这就是人的唯一本性。

在人类迁徙的心灵历程中也许留下这样的印痕：当一次激烈的冲击过去了，归诸历史；哀灾鸿、悼文明且概以人道为怀的则是文学。文学，绝非独创于书斋或养殖于园圃，而是衍生在莽莽然、生灵聚集的沃土河流，既包容又专精，既多变又执着。透过现代人的观点来审视，它是乡野也是城市，是阡陌又是网络；它愈合你我既往的挫伤，也拓宽你我对未来的展望。在如此博大的情怀和视域下产生的作品，自有其深广的腹地；优异的文学创作往往兼容多项的素质，并且不自觉地注入了"多元化"的必然性：在形式上，将有典范与新锐的并呈；在内涵上，显示出不同的视野或焦点，以不同的方式来诉说命运的跌宕起伏和经验的细微感知；尽情展现了华文文学的纵横切面，构成海外华文文学的丰硕景观。

海外华文女作家协会前会长赵淑侠女士，在纽约华文作家协会主办的《文荟》双月刊上谈到"海外文学新境界"时指出，今天在海外，欧、美、亚、非、澳各大洲的华侨，都有各自的作家群，会合在一起，人多笔多。尤其是华文文学在海外相遇，形成一股强大的文学洪流，这个现象，是中国几千年历史从来没有过的。她认为，今天的海外文学，是中国文学越过国境，版块被冲散后的重新组合，是世界性的一种新文类。

洪治纲教授所阐释的"面向新的文化历史语境,面向新的文学发展趋向,在承继整个20世纪中国文学精神脉络之中,又全面展现中国作家新的审美追求的一种历史表述"。①

文学是人学,谁也无法否认文学的最大功能就在于对人的描写、对人丰富精神世界的表现、对复杂深奥的人性的揭示。人是什么,人怎样,人的问题弄清楚了,才能为政治的改良、教育的改善提供前提和基础。政治家才知道如何利用人性为人服务,教育家才知如何去规划人的身心发展目标,文学家才能借着文字提供给读者在这虚无、残酷的时空中继续前进的力量。

在苍茫的历史发展进程中,人性是牵动作家心灵最有力的力量,所谓人性,实际上就是人类所特有的、共有的性质、功能。人性的产生,一方面起于人的身、心、脑三者的相互作用,另一方面外接于自然、社会和人的多层面的相互作用。人性是处在不断的演化之中,当人类从依赖本能生活转向依据理性生活,追求自我的完善,但也正是这种自我完善化的能力,英雄必定要成为圣贤的典范,否则就是大众苦难的开始。争逐权位成功的英雄必须知道修养之重要,必须找回道德之善。在这发展的过程中,人显示了谬误,但也显示了智慧,既加深了人的邪恶,也发展了人的美德。这发展的本身,其实就是人性臻于丰满完善的体现。完整人格的实现就是对兽性的超越、对人性的提升,使人性中兽性向神性、物质性向精神性的提升。

从移民文学文本中分析,我们不难发现,多元文化语境下文学的多重指向的特点,由于移民文化兼有多重性,海外作家往往用充满悖论的言说方式来创作。民族性和现代性相交织的文化语境,造成了知识分子叙述移民故事的复杂情态。东方主义、自我东方化、批判国民性与民族主义的纠缠,造成了文本蕴含的复杂性和片面性。或许文学和商业携手,在某种程度上给文学创作注入了新的活力,拓展了新的领域,对各

---

① 洪治纲:《邀约与重构》,作家出版社2012年版。

种文体的发展和命运起着制约作用。移民承受着拥挤空间和快速节奏的压抑,失去了传统的自然和谐人格,开始试图在文本中寻求自然精神家园的乐土。但他们对故土精神家园的寻找,不过是"为了象征的意义",是一种想象性的自我拯救。在移民文学的许多作品中呈现了宗教观念、种族主义、家族伦理与欲望的冲突,主题都分别指向典型的文化焦虑。话语模式显示出移民文化心理结构。不少作家在故事的叙述中,偶尔闪烁出"东方主义"的眼光,透视了多元语境下的"无家"的叙事世界,和全球化浪潮下人的寻找和漂移的生命状态。

随着文学史开始发掘过去被湮没的经典,除去单一政治意识形态话语对它们的种种遮蔽,恢复其本来的历史面貌和艺术价值,华人文学研究正逐渐突破过去比较单一也比较封闭的格局,包容数十年来海内外华文文学新旧杂陈、中西并存的繁复现象,开放性地将那些虽有局限或偏激,但具有相当影响的代表作家纳入研究视野,从而使文学史的对象和范围具有更大的包容性和更宽阔的学术时空,也更符合世界华文文学的特殊状况和复杂构成。

海外移民文学的兴起带来各种理论的变化,或者说理论的力量更导致人们对海外移民文学的关注,各取所需、相辅相成。美国解构主义批评家米勒也不得不承认,文学研究的兴趣"已经从对文学作修辞学式的'内部'研究,转为研究文学的'外部'联系。确定它在心理学、历史或社会学背景中的地位"。[①] 不仅研究兴趣由内转为向外,研究对象也从经典文学或精英文学转向研究处于边缘地位的女性文学、少数族裔文学、第三世界文学或通俗文学。就批评本身而言,它不再是单一的文本结构分析或语言修辞解读,而是一个不断发展的文化创造活动或文化创造过程,这种批评,正如当代美国学者林达·哈奇所说,它业已"超出了一种已经固定或正在固定的解释,它是一种'诗学',一种永

---

① [美]拉尔夫·科恩主编:《文学理论的未来》,林必果译,中国社会科学出版社1993年版,第121页。

远开放的永远变化的理论结构。通过它既安排我们的文化知识同时也安排我们的批评历程。这将不是一种结构主义语言意义上的诗学，它将超出对文学话语的研究而成为对文化实践和理论的研究"。①

文化身份问题是在全球化和现代化进程中出现的现代性话语，文化身份是其既有稳定性又有变动性的构成因素（阶级、性别、国别、年龄、性、种族、道德、政治立场等），在异质文化冲突中的嬗变及其组合，文化身份在异质文化的冲突中发生嬗变，广告、消费文化在文化身份问题中的影响力已经越来越大。通过交往构建身份，通过自我身份认同达到社会身份认同，文化身份危机的根源在于自我认同的建构与社会认同的背离。个体文化身份要超越符号认同的屏障，重建文化身份的深度模式，摈除焦虑；社会文化建设要以人为本，为个体身份的重建开辟绿色通道，最终达到个体文化身份和社会文化认同的双重建构。

---

① ［美］林达·哈奇：《后现代主义诗学理论》，引自王逢振主编《最新西方文论选》，漓江出版社1991年版，第276页。

结　语

　　综上所述，一种潜在而深刻的认同危机在不同层面、不同程度上侵扰着新移民：生存或欲望、个人或民族、社群或地域。因此从20世纪到21世纪的海外华人文学的身份建构包含了追溯传统、重估历史、发掘自我、重建生存环境、开采文化资源、杂糅与越界、从边缘向主流的游移等多方面的种种努力。在此过程中，既有海外移民最基本的生命体验，又包含了不同时期不同作家的视域，譬如说早期移民文学的原始形态、传统和现代文体的交流、东西方多元化语境的影响，并且受到全球化时代不同文化或文学思潮的影响。

　　身份，这种不断试图向另外一个点移动的努力，通过一个个坐标点来定位生活，找到自己在这个世界里所处的位置。同时，不断地对自己现有的身份怀着焦虑，指向未来坐标体系，而这种潜藏的焦虑，则是动力。无可否认的是，海外华人移民在进入异域的同时，也一直在改变着西方国家的社会文化景观。独特的社群结构和移民文化，使得异域生活的每个个体都无法回避这种多元化的镜像，因此，对文化身份的追问与认同，成了海外华人社会的文化母题。在这里，身份不是通过其他诸如一种国籍或一种经济上的实力体现，而是通过代代相传的故事、历史，来获得自己在文化上的根基。亦为此间建立了身份表述，成为获取文化认同的诸多路径之一。正是文化的无所不在，改变了人类数千年来对精神、物质以及自身生存意义的固有认识和界定，也创造着、生成着新的身份观。

从文化属性和文化身份的角度考察移民文学的特质和走向，可见新移民作家的文化身份建构意义非同寻常，在学贯中西、留学访学的背景下，他们作为文化人对世界自有非同一般的思维方式和价值评判。虽然身处在双重的文化边缘，但海外移民文学作家对身份进行了文化重塑。就他们所身处的异域文化而言，或许是处于边缘地位，但这并不重要，毕竟文学影响力可以跨越时空，并且能够影响到世界文化的发展。

因此文化身份是一个建构的过程，一个接纳了挑战体系的文化机体将在新的层面上具有当代世界更广泛的"意识"；一种心性的文化；回观中西方对各自的借鉴，不管是直接的还是间接的，其相互的影响永远都无法抹杀。唯有挖掘个性才能达到普遍，但只有在尊重和欣赏他人的个性时，才能表达自我个性的精华。

事实上，文学的要义在于表达本身，而这一表达自有它的特殊性。正是在此意义上，移民文学才成为特殊的话语。因为每一次表达都如同电脑页面的一次刷新，每一个灵魂都是一个世界，而每时每刻不同的灵魂里都有不同的世界。当下不断更新，既更新着当下自身，也更新着对历史的记忆。文学就是这一切。所谓身份理论，其要义也不在于它得出的若干结论，而在于它正是一次话语的重构、世界的重构、表达的刷新。将个人创作或研究视为与当下生命同步的表达。生命没有完成，表达就没有完成。而人类没有结束，文学的表达也同样不会结束。由于文学的目的在表达自身、在生命本身，因此它没有什么具体的功利目的，但也正因为如此，它才实现了对灵魂的关怀和对人类的终极关怀。

移民作家从自身经历以及写作实践当中意识到移民群体的文化身份危机并积极思考这种危机的原因和重构文化身份的可能性，同时努力在现有模式下再现某种新的文化认同。为其他海外作家以及文学评论家思考移民文学和文化身份重构提供了颇有价值的参照。

海外移民作家经历过诸多的人生体验，以独具风格的写作，将个体、民族特质融合在文化属性和文化身份的寻找中。这种新的人文特质、新的书写困惑，纠缠徘徊在故乡他乡、原乡异乡之间，在身份认同、国籍认同、语言认同之间。经过西方文化冲击之后，正逐渐摸索着建立一种超越地域身份、超越有形无形之樊篱的精神归宿。因此，他们成为跨越两边文化及生活方式的国际人，在东西方之间自由穿梭和来回游走，扩展文化交流融合的空间。

文化身份认同是一个既稳定又变化的思考和选择过程。作为文化的表现形式之一，海外移民文学在很大的程度体现了全球化视域下中西两种异质文化的冲突、融合的历史。移民作家不仅承载着传统和现代，东方和西方的文化精髓，更凸显在全球化的现代进程中，通过身份建构、就异质文化相互融合为新的文化特质。

身份并非一种界定或者归宿，而是对自身拥有的文化资源的不断开掘。如果我们能更关注这一过程包含的悖论、矛盾，更关注文化情感、生存策略对身份书写的影响，华文文学中的身份认同会呈现出更丰富的意义。

移民作家通过文化身份的寻找与建构，展示了人性的广度和深度，以不同风格的艺术探求创造出体现生命价值的文学巨作，从而最终展现出一部人类精神文化成长的史诗。当代身份研究在理论和方法上受到20世纪相对主义思潮的影响。亨廷顿在《文明的冲突与世界秩序的重建》[1]中所表述的所谓"文明冲突论"，其中特别指出文化认同是由共同的宗教信仰、历史经验、语言、民族血统、地理、经济环境等因素共同形成，其特性比起政治、经济结构更不容易改变。随着冷战时代的结束，全球文明不仅没有发生趋同，反而日益分裂为相互冲突的七大文明或八大文明，即中华文明、日本文明、印度文明、伊斯兰文明、西方文明、东正教文明、拉美文明，还有可能存在的非洲文明。他认为，冷战

---

[1] [美]亨廷顿：《文明的冲突与世界秩序的重建》，周琪等译，新华出版社1998年版。

后的世界，冲突的基本根源不再是意识形态，而是文化方面的差异。

对于文学和文化理论进入了一个全球化的时代，北京大学教授王宁强调，"这是一个真正的多元共生的时代，一个没有主流的时代，一个多种话语相互竞争、并显示出某种'杂糅共生'之特征和彼此沟通对话的时代"。① 随着全球性移民潮的愈演愈烈，"流散"现象日益引起人们的注意，而作为其必然结果的"流散写作"的崛起，尤其是华裔流散写作的崛起，对文化重建和文学史重新书写的意义必将日益显现。

有学者认为，"承认各民族文化的独特性和存在价值，是多元文化的关键。在这个强调差异、特殊、多元、边缘的时代，异质文化的碰撞、冲突、挪用和吸收给文学繁荣带来新的机遇，获得前所未有的发展空间，以跨文化的优势参与交流，促进互动。文学属于全人类，异质并存的文化是全世界的财富"。②

从文化本身的多层次性来说，全球化也不会导致文化多元化的最终终结。作为深层结构的核心文化不同于那种在政治、经济基础之上的、属于上层建筑的文化的概念。文化的核心价值构成文化的深层结构，主要是指使该民族不同于其他民族的思维和行为模式、民族信仰和价值趋向等，而语言、艺术、宗教、哲学等则是它主要的客观性载体。如果说文化身份特征的认同主要是指对民族文化核心价值的认同，那么，文化身份的建构则以文化核心为建构基点，并且融会外来文化的优秀成果。

应该说，文化是一个共同体的社会遗产和话语编码，不仅有各民族创造和传递的物质产品，还包括各种象征、思想、信念、审美观念、价值标准体系的精神产品与行为方式。文化本身无优劣，只有差异，而尊重文化的差异，是世界之潮流。美学大师宗白华曾经提出功利—伦理—政治—学术—艺术—宗教这个纵轴，这是横亘于古今中西的境界之轴，

---

① 王宁：《"后理论时代"西方理论思潮的走向》，《文学理论前沿》2006年第3辑。
② 胡亚敏主编：《比较文学教程》，华中师范大学出版社2004年版，第28页。

是个不断超越的过程。当今语境中全球化不是西化,也不等于本土化,而是包含了多层面的选择。

当代德国哲学家雅斯贝尔斯提出"轴心时代"观点,① 认为第一个轴心时代正是在西方产生柏拉图、亚里士多德等思想大师,而东方产生了孔子、老子和孟子等思想文化大师的先秦时代;经过历史的流变而产生不同的文明和文化艺术流派。当今世界正进入第二轴心时代,文化的冲突碰撞必然要产生文化的交会融合。西方文化,相对于东方文化是人类整体文化的一极,亦不可能成为中心。人类文化就像太极图般地呈现出互补结构。西方的阳刚与东方的阴柔互补,才能达至阴阳平衡。另外,以文化融合为宗旨的"新时代运动"(New Age Movement),从美国加州起始逐渐影响至全球。预示着"人类由追求社会的、物质的、科技层面的进步,将演进到注重'心灵''精神'层面的探索,找到超越人种、肤色、民族、国籍以及宗教派别的人类心灵的共通点,认知人类的'同源性'和'平等性',从而达成'四海一家'与'和平'的远景"。② 而方兴未艾的海外华人文学将在此一历史过程中,以视野广阔和无羁的精神活力,担当承前启后的重任以及多元文化融合的独特角色。

---

① [德]卡尔·雅斯贝尔斯:《历史的起源与目标》,魏楚雄、俞新天译,华夏出版社1989年版,第62页。
② [美]Swami Mukananda:《拙火——生命的秘密》,王季庆译,总序,方智出版社1989年版。

参考文献

一 著作类

［法］阿兰·李比雄：《多元文化世界的互相认知》，《跨文化对话（11）》，上海文化出版社 2003 年版。

［美］埃里克·H. 埃里克森：《同一性：青少年与危机》，孙名之译，北京大学出版社 1999 年版。

［法］埃里蓬：《权力与反抗——米歇尔·福柯传》，谢强等译，北京大学出版社 1997 年版。

［美］艾·威尔逊：《论观众》，李醒译，文化艺术出版社 1986 年版。

［英］安东尼·吉登斯：《现代性与自我认同》，夏璐译，生活·读书·新知三联书店 1998 年版。

［美］安乐哲、杜维明等：《杜威实用主义与儒学的对话》，《跨文化对话（10）》，上海文化出版社 2002 年版。

［俄］巴赫金：《弗洛伊德主义》，上海文艺出版社 1988 年版。

［俄］巴赫金：《陀思妥耶夫斯基诗学问题》，白春仁、顾亚铃译，生活·读书·新知三联书店 1988 年版。

鲍晓兰主编：《西方女性主义研究评介》，生活·读书·新知三联书店

1995年版。

［德］本雅明：《发达资本主义时代的抒情诗人》，张旭东、魏文生译，生活·读书·新知三联书店1989年版。

［美］宾克莱：《理想的冲突——西方社会中变化着的价值观念》，马元德等译，商务印书馆1984年版。

［丹麦］勃兰兑斯：《十九世纪文学主流》第一分册《流亡文学》，张道真译，人民文学出版社1997年版。

［英］艾勒克·博埃默：《殖民与后殖民文学》，盛方、韩敏中译，辽宁教育出版社1998年版。

［加］查尔斯·泰勒：《自我的根源——现代认同的形成》，韩震等译，译林出版社2001年版。

查建英：《留美故事》，花山文艺出版社2002年版。

陈公仲：《写在〈一代飞鸿〉出版前》，（美国）轻舟出版社2005年版。

陈谦：《爱在无爱的硅谷》，上海文艺出版社2002年版。

陈思和：《新文学传统与当代立场》，山东教育出版社1999年版。

陈思和：《在至暗时刻，做真正清醒的理性主义者》，《亲吻世界》序，上海三联书店2020年版。

陈万雄：《五四新文化的源流》，生活·读书·新知三联书店1997年版。

陈贤茂主编：《海外华文文学史》，鹭江出版社1999年版。

陈晓明：《现代性的幻象——当代理论与文学的隐蔽转向》，北京大学出版社2008年版。

程宝林：《美国戏台》，青年读物出版社1998年版。

程国君：《从乡愁言说到性别抗争》，中国社会科学出版社2006年版。

［日］大冢幸男：《比较文学原理》，陈秋峰、杨国华译，陕西人民出版社2005年版。

［英］戴维·弗里斯比：《现代性的碎片》，卢晖临等译，商务印书馆2003年版。

参考文献

丁子江：《中美婚恋的性学分析》，中国工人出版社 2006 年版。

范迁：《丁托雷托庄园》，跋，纽约柯捷出版社 2009 年版。

范迁：《错敲天堂门》，朝华出版社 2003 年版。

范迁：《古玩街》，上海文艺出版社 2004 年版。

[奥] 弗洛伊德：《梦的解析》，赖其万等译，作家出版社 1986 年版。

[美] 弗·杰姆逊：《后现代主义和文化理论》，唐小兵译，商务印书馆 1996 年版。

[奥] 弗洛伊德：《精神分析学引论》，高觉敷译，商务印书馆 1984 年版。

[法] 福柯：《疯颠与文明》，刘兆成等译，生活·读书·新知三联书店 1999 年版。

[法] 福柯：《性史》，姬旭升译，青海人民出版社 1999 年版。

[荷] 佛克马、伯顿斯编：《走向后现代主义》，王宁等译，北京大学出版社 1991 年版。

[德] 海德格尔：《存在与时间》，陈嘉映、王庆节译，生活·读书·新知三联书店 1987 年版。

[德] 海德格尔：《海德格尔选集》，孙周兴译，上海三联书店 1996 年版。

[美] 亨廷顿：《文明的冲突与世界秩序的重建》，周琪等译，新华出版社 1998 年版。

洪治纲：《邀约与重构》，作家出版社 2012 年版。

胡德才：《阅读经典》，巴蜀书社 2006 年版。

胡亚敏：《比较文学教程》，华中师范大学出版社 2004 年版。

黄曼君：《新文学传统与经典阐释》，湖北教育出版社 2005 年版。

黄曼君、王又平主编：《中国 20 世纪文学理论批评史》，中国文联出版社 2002 年版。

黄万华：《在旅行中拒绝旅行》，中国社会科学出版社 2007 年版。

黄万华：《多元文化语境中的华文文学》，山东文艺出版社 2004 年版。

黄万华、孙基林、施战军：《美国华文文学论》，山东文艺出版社 2000

年版。

黄运基：《异乡三部曲》之一《奔流》，沈阳出版社1998年版。

黄运基：《异乡三部曲》之二《狂潮》，沈阳出版社2003年版。

黄宗之、朱雪梅：《阳光西海岸》，百花文艺出版社2001年版。

霍米·巴巴：《文化的定位》，路特利支出版社1994年版。

[美]霍尔：《解释学与文学》，张弘译，春风文艺出版社1988年版。

[德]伽达默尔：《真理与方法》（上、下卷），洪汉鼎译，上海译文出版社1999年版。

江少川：《台港澳文学论稿》，北京大学出版社2005年版。

江少川、朱文斌：《台港澳暨海外华文文学教程》，华中师范大学出版社2007年版。

[美]杰姆逊：《后现代主义和文化理论》，陕西师范大学出版社1986年版。

[美]佳亚特里·斯皮瓦克：《后殖民批评家：访谈录，策略，对话》，萨拉·哈拉希姆编，路特利支出版社1990年版。

[美]卡尔·博格斯：《知识分子与现代性的危机》，李俊等译，江苏人民出版社2002年版。

[德]卡西尔：《人论》，甘阳译，上海译文出版社1985年版。

康正果：《女权主义与文学》，中国社会科学出版社1994年版。

柯汉琳：《篱侧论稿》，中国社会科学出版社2007年版。

[美]克莱德·克鲁克洪：《文化与个人》，高佳等译，浙江人民出版社1986年版。

[美]拉尔夫·科恩主编：《文学理论的未来》，林必果译，中国社会科学出版社1993年版。

乐黛云：《比较文学与比较文化十讲》，复旦大学出版社2004年版。

李欧梵：《上海摩登》，北京大学出版社2005年版。

李欧梵：《现代性的追求：李欧梵文化评论精选集》，生活·读书·新知三联书店 2000 年版。

李泽厚：《中国现代思想史论》，东方出版社 1987 年版。

[美] 林达·哈奇：《后现代主义诗学理论》，王逢振主编：《最新西方文论选》，漓江出版社 1991 年版。

林湄：《天望》，长江文艺出版社 2004 年版。

刘登翰：《双重经验的跨域书写——20 世纪美华文学史论》，上海三联书店 2007 年版。

刘荒田：《假洋鬼子的想入非非》，贵州人民出版社 2001 年版。

刘俊：《世界华文文学整体观》，人民文学出版社 2007 年版。

刘再复：《性格组合论》，上海文艺出版社 1986 年版。

陆卓宁主编：《和而不同》，广西人民出版社 2008 年版。

吕红：《美国情人》，华侨出版社 2006 年版；《女人的白宫》，花城出版社 2005 年版；《午夜兰桂坊》，长江文艺出版社 2010 年版；《曝光》汉英对照作品集，美国南方出版社 2019 年版。

罗钢、刘象愚编：《后殖民文化理论研究》，中国社会科学出版社 1999 年版。

李宪瑜：《苏青导读》，《中国现代文学名篇导读》，中国文联出版社 1999 年版。

林丹娅：《当代中国女性文学史论》，厦门大学出版社 1995 年版。

鲁鸣：《背道而驰》，中国社会出版社 2005 年版。

[美] 马尔库塞：《爱欲与文明》，黄勇、薛民译，上海译文出版社 1987 年版。

[德] 马尔库塞：《审美之维》，李小兵译，生活·读书·新知三联书店 1989 年版。

[美] 马泰·卡林内斯库：《现代性的五副面孔》，顾爱彬、李瑞华译，商务印书馆 2002 年版。

[英] 玛丽·伊格尔顿编：《女权主义文学理论》，胡敏等译，湖南文艺出版社 1989 年版。

［捷克］米兰·昆德拉（Milan Kundera）：《身份》（*L'identité*），董强译，上海译文出版社 2003 年版。

［美］希利斯米勒：《重申解构主义》，郭英剑译，中国社会科学出版社 1999 年版。

［美］莫瓦：《性别/文本政治》，胡敏等译，春风文艺出版社 1994 年版。

木愉：《夜色袭来》，四川人民出版社 2002 年版。

［英］齐格蒙·鲍曼（Zygmunt Bauman）：《立法者与阐释者——论现代性、后现代性与知识分子》，洪涛译，上海人民出版社 2000 年版。

钱超英：《"诗人"之"死"——一个时代的隐喻》，中国社会科学出版社 2000 年版。

［美］乔纳森·弗里德曼：《文化认同与全球性过程》，郭建如译，商务印书馆 2004 年版。

饶芃子：《思想文综》第 10 辑，暨南大学出版社 2007 年版。

饶芃子主编：《思想文综·海外华人学者研究》，暨南大学出版社 2007 年版。

融融：《夫妻笔记》，世界知识出版社 2005 年版。

融融、陈瑞琳主编：《一代飞鸿》，中国文联出版社 2008 年版。

［荷］瑞恩·赛格斯：《全球化时代的文学和文化身份建构》，《跨文化对话（2）》，上海文化出版社 1999 年版。

［美］萨义德：《文化与帝国主义》，李琨译，生活·读书·新知三联书店 2003 年版。

［美］萨义德：《东方学》，王宇根译，生活·读书·新知三联书店 1999 年版。

施雨：《纽约情人》，百花文艺出版社 2004 年版。

［法］施舟人：《文化基因库：对于人文学科功能的反思》，《跨文化对话（2）》，上海文化出版社 1999 年版。

［美］斯蒂芬·P. 桑德鲁普：《〈喜福会〉里的汉语》，俞国强、雒三桂

译，北京大学出版社1999年版。

［英］斯图亚特·霍尔：《文化身份与族裔散居》，罗纲、刘象愚主编：《文化研究读本》，中国社会科学出版社2000年版。

《苏青文集》，上海书店出版社1994年版。

［美］苏珊·S. 兰瑟：《虚构的权威：女性作家与叙述声音》，黄必康译，北京大学出版社2002年版。

［美］Swami Mukananda：《拙火——生命的秘密》，王季庆译，方智出版社1989年版。

［德］瓦尔特·本雅明：《机械复制时代的艺术》，王才勇译，中国城市出版社2002年版。

王成兵：《当代认同危机的人学解读》，中国社会科学出版社2004年版。

王德威：《抒情传统与中国现代性》，生活·读书·新知三联书店2010年版。

王德威：《现代中国小说十讲》，复旦大学出版社2004年版。

王德威：《想象中国的方法：历史·小说·叙事》，生活·读书·新知三联书店1998年版。

王列耀：《印尼土生华人文学曾经的"寻根"之旅》，中国文联出版社2005年版。

王岳川：《后殖民主义与新历史主义文论》，山东教育出版社1999年版。

王政、杜芳琴主编：《社会性别研究选译》，生活·读书·新知三联书店1998年版。

［英］伍尔夫：《一间自己的屋子》，王还译，生活·读书·新知三联书店1989年版。

［法］西蒙娜·波伏娃：《第二性》，桑竹、南珊译，湖南文艺出版社1986年版。

［英］休谟：《人性论》，关文运译，商务印书馆1980年版。

许祖华：《智慧启示录：人的发现与新文学观的境界》，文津出版社1993

年版。

[德]卡尔·雅斯贝尔斯：《历史的起源与目标》，魏楚雄、俞新天译，华夏出版社1989年版。

严歌苓：《人寰》，当代世界出版社1999年版。

严歌苓：《无出路咖啡馆》，当代世界出版社2003年版。

於可训：《小说的新变》，长江文艺出版社1988年版。

阎真：《曾在天涯》，人民文学出版社1998年版。

张慈：《浪迹美国》，美中文化交流公司1987年版。

张京媛编：《后殖民理论与文化批评》，北京大学出版社1999年版。

张翎：《交错的彼岸》，百花文艺出版社2001年版。

张翎：《望月》，作家出版社1998年版。

张翎：《邮购新娘》，作家出版社2004年版。

章平：《红尘往事三部曲》，澳大利亚原乡出版社2006年版。

周励：《亲吻世界——曼哈顿手记》，上海三联书店2020年版。

周晓明：《多源与多元：从中国留学族到新月派》，华中师范大学出版社2001年版。

二　期刊及英文出版物

陈国恩：《3W：华文文学的学科基础问题》，《贵州社会科学》2009年第1期。

陈晓明：《专业化小说的可能》，《南方文坛》2002年第3期。

戴瑶琴：《交错在流动人生里的目光》，《香港文学》2006年6月。

邓菡彬：《中国现代文学视野中的当代海外华文写作》，《华文文学》2008年第1期。

樊洛平：《台湾新女性主义文学现象研究》，《北京师范大学学报》（社会科学版）1996年第1期。

公仲：《论新世纪新移民小说的发展》，《小说评论》2009 年第 3 期。

古远清：《21 世纪华文文学研究的前沿理论问题》，《甘肃社会科学》2004 年第 6 期。

黄华：《女性身份书写与重构——试论当代海外华人女作家的身份书写》，《中华女子学院学报》2005 年第 2 期。

黄文华：《知与真知灼见——维也纳心理学第三学派对现代文学见解》，《文学评论》1994 年第 2 期。

李凤亮：《遗忘·回忆·认同——从"昆德拉现象"看移民作家文化身份的变迁》，《天津社会科学》2003 年第 2 期。

李继凯：《从文化策略视角看"大现代中国文学"》，《文艺争鸣》2019 年第 4 期。

李庆本：《全球化语境下文化身份的认同与建构》，《东方丛刊》2003 年第 2 期。

刘登翰：《移民双重经验与越界书写——〈20 世纪美华文学史论〉小引》，《华文文学》2006 年第 5 期。

刘登翰、刘小新：《关于华文文学几个基础性概念的学术清理》，《文学评论》2004 年第 4 期。

刘俊：《不可理喻：新移民社会的另类展示——论沙石的小说创作》，《华文文学》2009 年第 6 期。

陆建德：《流亡者的家园——爱德华·萨伊德的世界主义》，《世界文学》1995 年第 4 期。

吕红：《从情感到欲望：女性文学的流向》，《文艺评论》1996 年第 4 期。

吕红：《作家的贫困和富有》，《星岛日报》（副刊）2007 年 12 月 30 日。

吕周聚：《生存困境中的人性展现——评吕红的〈美国情人〉》，《世界华文文学论坛》2009 年第 2 期。

孟昭毅：《流散写作：东方文学研究新垦拓的沃土》，《东方丛刊》2006 年第 2 期。

钱超英：《流散文学与身份研究——兼论海外华人华文文学阐释空间的拓展》，《中国比较文学》2006年第2期。

钱超英：《自我、他者与身份焦虑——论澳大利亚新华人文学及其文化意义》，《暨南学报》（哲学社会科学版）2000年第4期。

钱虹：《从"放逐"到"融入"——美国华人文学的一个主题探究》，《华文文学》2008年第2期。

饶芃子：《大陆海外华文文学研究概说》，《广东教育学院学报》2002年第1期。

饶芃子：《海外华文文学的比较文学意义》，《深圳大学学报》（社会科学版）2006年第2期。

沙石：《我的太阳》，《红杉林·美洲华人文艺》2007年第3期。

沙石：《一个人的小说》，《红杉林·美洲华人文艺》2006年第3期。

实斋：《记苏青》，《苏青文集》（下），上海书店出版社1994年版。

史进：《语言还乡：海外创作心灵栖息地的寻找》，第13届世界华文文学研讨会论文集，《世界日报》（副刊）2009年4月24日。

苏炜：《三个女人的戏台——读"海外知性女作家丛书"》，《华文文学》2006年第6期。

谭正璧：《论苏青与张爱玲》，《风雨谈》月刊，1944年11月号。

王红旗：《告别性别"战争"　构建两性和谐文化——对中华女性文学与文化方向的几点思考》，《红杉林》2007年第3期。

王晖：《冲突·认同·变迁——全球化语境中新移民文学民族性问题探讨》，《华文文学》2004年第4期。

王宁：《"后理论时代"西方理论思潮的走向》，《文学理论前沿》2006年第3辑。

王烨、王佑江：《试论北美新移民女作家作品的三重叙述声音》，《华文文学》2008年第2期。

唯唯：《寻找黑洞的女人》，《红杉林·美洲华人文艺》2009年第4期、

2010年第1期。

吴奕锜：《寻找身份——论"新移民文学"》，《文学评论》2000年第6期。

于晨：《愈简朴，愈纯粹——读融融的小说》，《一代飞鸿》，中国文联出版社2008年版。

张炯：《海外移民的生动画卷——评吕红的长篇小说〈美国情人〉》，《华文文学》2006年第6期；《对海外漂泊者境遇与命运的探索》，《文艺报》2006年8月5日。

张凌江：《女性主义批评之我见》，《海南师范学院学报》（社会科学版）2003年第1期。

赵毅衡：《三层茧内：华人小说的题材自限》，《暨南学报》（哲学社会科学版）2005年第2期。

朱步冲：《吉尼斯主义：黑啤酒和身份焦虑》，《三联生活周刊》2005年第7期。

朱立立：《华文文学后殖民批评可能性及限度》，《福建论坛》（人文社会科学版）2004年第11期。

Bill Ashcroft, *Post-colonial Transformation*, London：New York：Routledge, 2001.

Dian Li, *Writing in Crisis [microform]：Translation, Genre, and Identity in Modern Chinese Poetry*, Ann Arbor, Mich.：UMI, 1997.

Edward Said, Reflections on Exile and Other Essays. （萨义德：《流亡的反思及其他论文》，哈佛大学出版社2000年版）

Elaine Showalter, *A Literature of Their Own：British Women Novelists from Bront? to Lessing*, 外语教学与研究出版社 & Princeton University Press, 2004。

Friese, Heidrun, *Identities：Time, Difference, and Boundaries*, New York：Berghahn Books, 2002.

Ganim, John M., *Medievalism and Orientalism：Three Essays on Literature*, Architecture, *and Cultural Identity*, New York: Palgrave Macmillan, 2005.

Homi Bhabha, *The Location of Culture*, London and New York: Routledge, 1994.

Homi Bhabha, "Life at the Border: Hybrid Identities of the Present", in *New Perspective Quarterly*, Vol. 14, No. 1, winter 1997, Blaekwell Publishers, Inc..

Milan Kundera, "Emigration Writers and the Alternation of Cultural Identities", 《天津社会科学》2003 年第 2 期。

Niranjana, Tejaswini, *Siting Translation: History, Post-Structuralism, and the Colonial Context*, Berkeley, Los Angeles, Oxford: University of California Press, 1992.

Paul Gilroy, "Dispora and the Detors of Identity", in *Identtity and Difference*, Ed. Kathryn Woodward, Sage Publications and Open University, 1997.

Paula M. L. Moya, Michael R. Hames-Garcia (edited), *Reclaiming Identity: Realist Theory and the Predicament of Postmodernism*, Berkeley, Calif.: University of California Press, 2000.

Peter Straffon & Nicky Hayes, *A Student's Dictionary of Psychology* (M), Edward arnold, 1998.

Richard H. Dana, *Understanding Cultural Identity in Intervention and Assessment*, Thousand Oaks: Sage Publications, 1998.

Stuart Hall, "Cultural Identity and Diaspora", *Theorizing Diaspora*, eds. *Jana Evans Braziel & Anita Mannur*, Malden: Blackwell Publishing Ltd., 2003.

V. Fraukel, *Der Mensch vor der Frage nach dem Sinn*, Piper Munehen Zurich, 1986.

后　记

著名诗人卡里·纪伯伦的经典名句——"当爱召唤你时，跟随它，虽然它的道路艰难而险峻……爱虽可为你加冕，但也能将你钉上十字架。"文化人浪迹天涯海角，孜孜不倦所求的，即是文学和生命之爱。

整理书稿时翻找资料，似灵光乍现，几页字迹潦草的发言提要，从资料累积的文件夹中忽然闪现。岁月悠悠，那时刚从美东幽静学府来到美西大都会，初识金山草根文群，正由于他们的呕心沥血、殚精竭虑，华人文学由小到大、由弱到强，逐步成长起来。

从大的方面看，世界局势急剧变化，加上科学飞速发展，技术传播手段日新月异，文学思潮、文学流派也不断派生不停嬗变……21世纪大批的移民、留学生的涌入，增加了文学的新鲜血液。全开放或多方位的转型，无疑使文学内涵更丰富、审美特性更繁复；少数族裔文化与意识形态主流，还有技术性现代性并行不悖互补交融；网络文学悄然而起也是契机。然而对于海外创作及研究，无论纵向或横向来看都有空白点，都有待突破。

首先，与国内专业作家条件及环境不同，新移民要在生存压力下解决温饱之后，才有可能进行文学创作。其次，由于远离本土文化及母语语境，在异域作为"边缘"的华文文学，社会效应、经济效应自然也不如母国那么强。最后，由于时空的关系和自身环境压力，新文学思潮对老作家创作影响力滞后。反差对比，现实主义创作方法固然重要，但吸收现代表现技巧，对于拓展文学表现力的空间也是推陈出新的途径。

经过东西方文化洗礼的新移民文学，创新意识可以说是非常之强的，作为一种离散族裔文化表征的海外移民文学置身于各种思潮的旋涡中，艺术取向的差异也造成了文本表述的巨大分野。纪实性风格更多地体现在显性的题材、主题层面，而现代主义倾向的文本则渗透在语言的肌理血脉中，变形夸张、扭曲或佯装复古等处心积虑的语言策略，其深处，同样诉说着文化身份的焦虑。并且，自觉不自觉地渗透在形形色色艺术形式的探寻之路上。

性别、种族、文化之间各种思维碰撞融合，各种边界被打破；艺术创新不仅表现在思维语言上，还表现在结构与表述方式上，所谓的"创造就是创新。创新，意味着对过去、现在的超越，意味着对他人、自我的超越，是一种指向未来的重构"。

就像本雅明的一句名言，他宣称自己的"最大野心"是"用引文构成一部伟大著作"。① 而本雅明"对时代以及人在这个时代的处境的洞察，以及他的思想方式和表达方式的独特超出了同时代人的理解力，更确切地说，超出了那个时代的意识形态的承受力"。

也正是建立在"痛苦的思考"及创作上的"野心"，所呈现的，是杂糅切身体验、感受和文化碰撞的交融。各种文体实验、多种话语体系，也铸造了华文文学的世界性及跨文化延伸。也建构了一种融合传统与现代、跨越东西方艺术视域的文化身份。

著名学者乐黛云教授说："今天世界的纷争虽不完全是由文化冲突引起，但也绝非与文化冲突无关。因此，是增强不同文化间相互理解和宽容而引向和平，还是因为文化隔离和冲突而导致战争，决定着21世纪人类的命运。"强调不同文化之间的互识、互证、互补、互用，

---

① ［德］本雅明：《发达资本主义时代的抒情诗人》，张旭东、魏文生译，生活·读书·新知三联书店1989年版，第3页。

后　记

以避免日益尖锐的文化冲突酿成争端，华人文学才可能真正成为世界文学的一个重要组成部分。为人类文化发展做出贡献就成为作家学者努力的方向。

当年会议宣言依然铿锵有力："睁开眼睛，打开心扉，拥抱世界"。人生历程真是一种"马拉松"的竞赛，精神的远征，在商业社会走文学道路，更须坚忍不拔、不断历练。写作的过程实际上也是寻找对象的意义，寻找自身的意义。支撑着我思考和有限的言说。二十年间各种语境的变化，更能使我看清这种意义寻找之外的意义。时光荏苒，蓦然回首，现场留存的文字印证了多年来的思考与探求。

感谢从文以来一路支持与鼓励我的老师、亲友和同道。导师黄曼君教授生前对本人学业上的督促与鞭策，深深铭记。尤其感谢张炯先生始终关注世界华人文学研究，热忱提携后学为本书作序；特别感谢陕西师范大学高研院李继凯院长，还有李胜振副院长以及文学院多位学者专家等，他们以不同形式关注过我的研究，并给予无私的帮助。

非常感谢中国社会科学出版社郭晓鸿主任及其同人为本书的出版付出的许多辛劳，在此一并表示谢忱。

从薄薄数页笔记衍化而印成纸本厚厚的书，也是一段值得回望的宝贵人生。

吕　红

2020 年 8 月 18 日